KB248613

금강산 관광

돌아보고 내다봄

김기석 · 서보혁 · 송영훈 엮음

진인진

금강산 관광 돌아보고 내다봄

초판 1쇄 발행 | 2018년 11월 5일
엮 은 이 | 김기석 · 서보혁 · 송영훈
발 행 인 | 김태진
발 행 처 | 진인진
편　　집 | 김민경
등　　록 | 제25100-2005-000003호
주　　소 | 경기도 과천시 별양상가 1로 18 614호(별양동 과천오피스텔)
전　　화 | 02-507-3077~8
팩　　스 | 02-507-3079
홈페이지 | http://www.zininzin.co.kr
이 메 일 | pub@zininzin.co.kr

ISBN 978-89-6347-391-8 93300

*책값은 뒤표지에 있습니다.
*이 저서는 2018년도 서울대학교 통일평화연구원의 지원을 받아 수행한 연구임.

목차

발간사

남북관계는 통일을 향한 남북 간 상호작용의 장이자 그 결과라고 말할 수 있다. 바라기는 남북관계를 통해 상호 신뢰를 만들어가며 통일의 돌담을 하나씩 쌓아가기를 기대하는 것이다. 그럼에도 실제 남북관계가 항상 그런 방향으로 나아가는 것은 아니다. 불신에 따른 오해, 그 오해에 따른 더 큰 불신의 악순환이 생길 수도 있다. 어렵게 만든 남북대화를 통해 합의에 이르고 그것을 이행해나갈 경우는 남북관계에 순풍을 다는 격이지만, 그 반대로 합의한 것을 중단하거나 위반할 경우에는 남북관계가 쓰러질 수도 있다. 금강산 관광사업의 개시와 중단은 남북관계의 이런 이중성을 잘 보여주는 큰 사례이다.

금강산 관광사업을 단순 관광으로 생각하는 이는 아무도 없을 것이다. 1998년 11월 18일 첫 관광이 시작된 이래 이 관광사업은 여러모로 발전해갔는데, 그것은 남북관계의 발전을 상징하는 화해협력 사업이기도 하였다. 금강산 관광사업으로 분단 이후 남한 시민들이 북녘의 아름다운 산과 강을 찾아가게 되었고, 거기에 사는 한겨레의 사람들을 만나며 통일의 꿈을 키워왔다. 그러나 2008년 7월 11일 북한군의 총격으로 인해 남측 관광객이 사망하면서 이 사업은 10년을 채 넘기지 못하고 전면 중단되었다. 금강산 관광사업의 중단은 남북관계의 중단과 마찬가지였다. 이제 이 사업이 중단된 지 10년이 지나고 있다. 2018년 들어 남북대화가 다시 이루어지고 비핵평화 프로세스가 시작되고 있지만, 금강산 관광사업이 재개되기 전에는 남북관계의 정상화와 본격적인 평화 프로세스를 말하기 어려울 것이다.

　위와 같은 문제의식을 갖고 강원대학교 통일강원연구원과 서울대학교 통일평화연구원은 2017년 가을부터 금강산 관광사업을 다양한 각도에서 성찰하고 향후 전망을 함께 모색하는 작업을 시도해오고 있다. 두 연구기관은 공동 연구작업을 지속하면서 통일과 평화에 이바지하는 협력사업의 모범을 만들어나갈 것이다. 이제 남북관계는 대화-합의-이행-중단의 악순환에서 벗어나 대화-합의-이행-신뢰의 선순환으로 나아가야 한다. 그러기 위해서는 여러 방면에서 남북 교류협력사업을 전개할 필요가 있는데 거기에는 학술기관과 접경지역 마을의 참여도 포함된다. 앞으로 두 연구기관은 본격적인 한반도 평화번영시대를 열어나가는데 가능한 협력 방안을 발굴해나갈 것이다.

　이 책은 두 연구기관과 강원일보가 2017년 11월 21일 강원대학교에서 공동 주최한 '금강산 관광사업과 남북교류의 새로운 모색'이란 국제학술회의 발표 논문을 수정 보완한 결과이다. 옥고를 다듬어주신 이 책의 필자들은 물론 당시 기조 강연을 해주신 조건식 유라시아21 이사장님, 사회를 봐주신 권혁순, 김병로 선생님, 그리고 토론을 해주신 사이토 아케미, 이찬수, 박홍서, 홍순직, 염철, 이창희, 최규빈, 이유진, 김근식, 엄현숙, 김학재 선생님들께도 감사드린다. 두 연구기관의 협력사업을 기획해주신 정근식 전 서울대학교 통일평화연구원장과 김기석 강원대학교 통일강원연구원장께도 감사드린다. 마지막으로 이 공동사업의 결과를 단행본으로 출판하기까지 실무를 맡아준 양측의 서보혁, 송영훈 교수와 안소연, 서미숙, 김종철, 남민호, 윤지은 연구원들에게도 고마움을 전하고 싶다.

　남북관계가 더욱 개선되어 금강산 관광사업이 재개됨은 물론 남북의 민들이 자유롭게 왕래하는 날이 오기를 고대한다.

2018년 11월

서울대학교 통일평화연구원 원장 임경훈

서장

금강산 관광은 우리에게 무엇인가?

송영훈

남북관계는 갈등의 상황에서 협력의 상황으로 또는 협력의 상황에서 갈등의 상황으로 갑작스럽게 변하기를 반복해왔다. 금강산 관광사업도 이러한 남북관계의 영향에서 결코 자유롭지 못하였다. 금강산 관광사업은 국제적으로 냉전이 해체되고 한반도에서 남북한 평화공존의 중요성이 부각되면서 1998년 11월 민족적 열망을 안고 시작되었다. 해상을 통한 관광사업이 육로를 통한 관광사업으로 확대되면서 금강산 관광은 오랫동안 우리의 일상이 될 것만 같았다. 그렇지만 2008년 관광객 피격사건 발생 후 사건의 진상규명, 재발방지 및 신변안전 보장 조치에 대한 남북한 당국의 입장 차이가 좁혀지지 않아 금강산 관광사업은 갑작스럽게 중단되었다. 북한의 핵실험과 미사일 실험, 그에 대응하는 국제사회의 대북제재 등으로 인해 아직까지 금강산 관광사업은 재개되지 못하고 있다.

금강산 관광사업이 중단된 지 10년이 지난 2018년 문재인 대통령과 김정은 국무위원장의 정상회담과 고위급회담이 이어지면서 남북 교류협력에 대한 기대가 어느 때보다 커지고 있다. 문재인 정부가 한반도 신경제지도 구상을 통해 금강산 관광을 포함한 환동해 개발사업을 제시했고, 북한 당국이 원산갈마지구 해양관광 개발사업을 추진하면서 금강산 관광

재개의 가능성을 열고 있다. 그런데 이러한 바람과 계획이 실현되기 위해서는 북미관계 개선과 대북제재 완화 또는 해제라는 구조적 여건이 조성되어야 하는 과제가 여전히 남아 있다.

강원대학교 통일강원연구원과 서울대학교 통일평화연구원은 남북관계의 개선이 불투명한 상황에서도 금강산 관광사업이 가지는 상징적 의미를 높이 평가하며, 2017년 봄부터 금강산 관광사업을 역사, 사회, 정치, 문화 등 다각적인 측면에서 재조명하기 위한 작업에 착수하였다. 사업이 진행되던 10년 동안 금강산 관광은 한반도를 살아가는 주민들에게 어떤 의미였으며, 사업이 중단된 후 금강산 관광은 우리에게 무엇으로 남아있는가를 평가하고자 하였다. 남북관계의 변화와 당사자들의 이해관계에 따라 금강산 관광이 정치적으로 이용되는 것을 극복하기 위해서라도 금강산 관광의 과거와 현재를 진단하고 미래를 전망하는 작업은 시기적으로 매우 의미 있는 일이다.

이 연구총서는 3부로 나뉜다. 제1부는 금강산 관광사업을 이론과 역사, 양 차원에서 성찰하고 금강산 관광사업의 추진과정을 진단하고 있다. 제2부는 금강산 관광사업을 법, 정치, 사회, 담론 등의 측면에서 다면분석을 시도하고 있다. 제3부는 금강산 관광의 장기 비전과 그것이 미래에 가지는 가치를 논의하고 있다. 금강산 관광사업이 지니는 의미를 이 분야로만 국한시켜 평가할 수 있는 것은 아니지만, 금강산 관광사업의 재개를 위해서 신중하게 고려해야할 분야를 우선적으로 포함시켰다. 다른 분야는 후속 연구에서 다뤄질 것이다.

금강산 관광사업도 통일정책 또는 대북정책의 일환으로 인식되었기 때문에 청와대와 부처의 정무적 판단의 영향을 많이 받을 수밖에 없었다. 통일정책과 대북정책이 헌법상 대통령의 고유권한인가에 대한 논쟁은 별도로 하더라도, 북한과 가장 우선적으로 접촉하고 정보를 많이 가지고 있는 기관이 사업의 진행을 결정하는 것은 어쩌면 당연할 것이다. 이러한 이유 때문에 금강산 관광사업이 사적 영역의 비즈니스일 수 있음에도 불구하고 언제나 정부 정책의 영향을 받았고, 현장 주민의 삶과 목소리는 사회적 주변에 머무를 수밖에 없었다.

금강산 관광사업의 영향을 가장 많이 받은 고성군의 주민들은 정부가 사업을 개시하고, 정부가 중단함으로써 자신들의 삶의 터전이 급격하게 바뀔 수밖에 없었던 것에 대해 비판적 성찰이 필요하다고 한다. 정부의 정치적 판단에 의해 평온했던 지역이 관광객들로 붐볐고, 그런 지역에서 새로운 방식으로 삶을 꾸려가기 시작했는데 정부의 정치적 판단에 의해 인적 드문 지역이 되어 버렸다. 재산 손실, 가족해체 현상이 가중되는 것은 의도하지 않은 효과라고 할 수 있지만, 앞으로도 이 현상을 계속 무시할 수 없다. 그렇기 때문에 이 연구는 금강산 관광사업이 진행되던 10년과 중단된 10년 사이에 벌어진 일들을 재조명하는 것에 집중하고 있다.

금강산 관광에서 '관광'의 의미를 어떻게 해석할 것인가? 이태호(제1장)는 금강산이 역사적으로 한반도를 살아가는 이들에게 가보지는 못했어도 매우 익숙한 주제임을 보여준다. 18~19세기에 금강산은 특권계층의 유람을 중심으로 시와 회화를 통해서 표현되었으나, 20세기 초반에는 등고선 지도는 물론 금강산의 사생화가 등장할 정도로 대중적 관심으로서 금강산 관광이 일반화되기 시작하였다. 서보혁(제2장)은 관광과 평화의 연결고리로서 피스투어리즘에 대한 다각적 검토를 하고, 금강산 관광사업의 평화효과를 분석하고 있다. 그는 금강산 관광사업의 중단은 한 반도의 비평화구조가 장기적으로 고착되면서 평화관광이 정치적 격변에 의한 환경 변화를 극복하지 못한 것으로 평가한다. 이해정(제3장)은 금강 산 관광사업이 남북한의 화해 분위기 조성, 비공식적 외교채널의 제공, 남북정상회담 성사의 기반 조성 등에 기여한 점을 강조한다. 국내적으로 5·24조치와 국제적으로 대북제재가 해제되어야 본격적인 금강산 관광 이 재개될 수 있겠지만, 그 이전에라도 금강산에 있는 시설과 교통, 통 신 등을 점검하는 남북협력을 시작할 것을 제안하고 있다.

금강산 관광사업의 운영과 중단을 어떻게 평가할 것인가? 금강산 관 광사업을 재개하는 것은 남한의 국민적 합의, 북한의 태도 변화, 남북관 계의 개선, 국제사회의 여건 등을 종합적으로 고려하여 추진해야하는 고 도의 정책적 결단에 관한 문제이다. 이효원(제4장)은 북한이 금강산 관광 사업이 중단된 이후 금강산 관광지구법을 폐지하고 금강산국제관광특구 법을 제정하여 법제도를 근본적으로 바꾸었기 때문에, 이 사업을 재개할 경우 우선적으로 해결해야할 법적 쟁점이 적지 않다고 주장한다. 5·24 조치, 부동산동결 문제 등 해결해야할 법적 과제가 많지만, 법률을 안정 적으로 적용할 수 있는 법제도적인 장치들이 마련된다면 금강산 관광사 업은 법치주의를 남북한이 공동으로 실현하는 장으로서 기능할 것으로 기대된다. 이승열(제5장)은 금강산 관광이 분단과 전쟁으로 굳게 닫힌 남 북한의 경계를 많은 일반인들에게 열어주었다는 점에서 정치군사적 의미 가 크다고 한다. 금강산 관광사업은 진보와 보수 진영의 한국인들이 다 같이 북한을 방문할 수 있는 기회를 제공하였고, 북한이 장전항을 개방 하면서 동해함대를 약 100km 후방으로 재배치하도록 하였고, 서해교전의 확전을 방지하였으며, 남북 군사회담이 개최될 수 있는 계기를 마련해준 것으로 평가된다.

금강산 관광사업이 중단된 이후 현장에서는 무슨 일이 벌어졌는가? 김기석(제6장)은 정부가 결정함으로써 고성군민들의 기존 생활이 뒤흔들렸고, 다시 한 번 정부가 관광을 금지함으로써 금강산 관광사업이 시작되기 전보다 더 급격한 사회변화를 경험하고 심리적 박탈감에 시달리게 되었다고 주장한다. 이 연구를 통하여 우리는 고성군민들이 여전히 피해와 보상의 패러다임으로 금강산 관광사업을 바라보지 않고, 스스로가 관광사업의 재개뿐만 아니라 현재의 문제들을 대응하고 그것들을 해소하고자 노력하고 있음을 알 수 있다. 이선향(제7장)은 금강산 관광사업과 관련된 담론들도 다른 담론들과 마찬가지로 사회적으로 구성된다고 말하고 있다. 금강산은 남북교류의 상징으로서 최상의 정치적 이미지를 획득했지만, 정부가 갑작스럽게 이 '정치적 프로섹드'를 포기함으로써 관광사업의 직접적 이해당사자들은 막대한 사회적 비용을 지불하며 그 피해를 아직까지 극복하지 못하고 있다. 금강산 관광사업의 재개를 위해서 특정 기업의 경제적 이니셔티브에만 의존하기보다는 사회적 논의의 장에서 그 파급효과를 평가하는 과정, 사업의 효율성을 높이기 위한 법과 제도의 보완, 사회적 소외 또는 빈곤계층에 대한 배려, 사업 주체들 간의 협업 등을 위한 정책적 고려가 필요하다.

금강산 관광사업을 통해 우리는 무엇을 꿈꿀 수 있는가? 임을출(제8장)은 금강산 관광사업의 재개를 내륙 관광협력의 차원을 넘어 환동해 교류의 토대로 삼을 수 있다고 주장한다. 문재인 정부의 한반도 신경제지도 구상과 4·27 판문점선언의 본격적인 이행을 위해서는 남북한 간 신뢰

회복과 기존 합의의 이행, 법제도와 인프라 구축 등 사전 여건의 조성, 주변국 국가발전전략과의 연계 등 전략적인 접근이 필요하다. 박영호(제9장)는 금강산이 민족적 자산이기 때문에 가지는 사업 재개의 당위보다는 접촉에 의한 남북관계 변화 가능성에 대한 희망이 금강산 관광사업을 이해하는 오늘의 눈이 되어야 한다고 주장한다. 금강산 관광사업 중단의 장기화로 인해 발생하는 남한, 북한, 그리고 남북관계에 주는 부정적 효과들을 해소할 전략을 세워야 하며, 금강산 관광사업은 특정계층에게 시혜를 주는 것이라기보다 참여자들 모두가 경제적, 사회적 이익을 형성할 수 있는 방향으로 재개해야 한다.

금강산 관광사업을 비롯한 남북한 교류 협력사업이 안정적으로 이어지고 남북한 간 신뢰를 쌓아가기 위해서는 다름을 인정하고 상대를 존중하는 문화를 쌓아가야 할 것이다. 사람들이 만나고 교류하는 장에서는 언제나 동질적인 문화만 존재할 수 없다. 어쩌면 관광을 하는 이유도 다름을 찾고, 그것을 이해하기 위해서일지도 모르겠다.

2018년 4월 판문점의 봄이 9월에 평양의 가을로 이어졌다. "우리 민족은 함께 살아야 합니다"라는 문재인 대통령의 평양 시민 앞 연설처럼 남북한의 평화와 번영을 위해 그리고 새로운 미래를 위해 금강산 관광 재개를 포함하여 못할 일이 어디 있겠는가? 남북한의 두 정상이 함께 백두산을 올랐듯이 남북한 주민들이 함께 금강산, 백두산, 한라산을 오를 수 있어야 할 것이다. 이를 위해 금강산관광사업에 대한 비판적 성찰이 필요한 것이다. 이 모든 것들은 연구진에게 당위이자 현실이며, 각자의 분야에서 해결하기 위해 노력해야하는 과제이다.

제1부

금강산 관광사업의 성찰과 평가

01

금강산 돌아보기와 그리기

I. 시작하며

금강산은 아름답다. 금강산 절경은 기행산문과 시, 그림, 서예, 음악, 사진 등 여러 분야에서 예술사에 길이 남는 명작을 탄생시켰다. 금강산 회화예술, 그 이미지화는 내 감명표현으로 꾸려지지만, 탐승 여정의 기술이기도 하다. 곧 금강산 예술작품은 제작 시기의 당대 혹은 후대 감상자가 따라 여행하기에 문화 사료로써 가치를 갖는다.[1] 유람체험의 결과물은 타인이나 후대에 알려주는 교육 자료로 안내 역할을 해준다. 이는 물론 어느 인사의 어느 지역 여행이나 유사할 것 같다.

---

1   이태호, 『조선미술사기행』 (서울: 다른세상, 1999); 이태호, "일만이천봉에 서린 꿈- 금강산의 문화와 예술 300년," 그림으로 보는 금강산 300년 전시도록, 『몽유금강』 (서울: 일민미술관, 1999).

금강산에 살던 이들은 거의 시를 쓰지도 그림을 그리지 않았다. 금강산을 돌아보는 유람객들은 상당한 양의 시나 산문을 남겼다. 고운 최치원의 "천길 흰 비단을 드리운 듯하고, 만섬 진주알 쏟아지는 듯千丈白練萬斛眞珠"이라는 구룡연시가 금강산 문학예술의 첫 작품이다. 어느 조사에 따르면, 그 이후 고려시대 말부터 조선시대 말까지 금강산을 다녀간 627여명이 남긴 한시가 13,019여 수이고 산문이 422여 편이란다.[2] 한데 회화작품 사례는 그리 많지 않다. 글쎄 십 분의 일이나 될까. 이도 카피 작품을 제외하면 백 분의 일도 되지 않을 것이다. 그림으로 표현하기 쉽지 않으니, 이를 크게 즐길 수 없었을 것이다.

더구나 금강산을 돌아보고 그림을 그린 기행화첩은 10건 정도에 불과하다. 그것도 1700년 이후 300년간에 몰려 있다. 30년, 천만 인구의 한 세대에 한 건 정도가 제작된 셈이다. 조선 오백 년 금강산 유람을 노래한 문학 작품에 비하면, 유람과 더불어 사생하는 경우는 지극히 드물다. 그런 만큼 돌아보기와 더불어 그림 그리기는 여행자의 특별한 표현 방식이자 예술행위이다. 그 결과인 회화작품은 문화사적 위상이 높고, 금강산도를 '진경산수화眞景山水畵'의 진수라며 최고로 대접하는 이유도 그 때문이다.

유람에서 관광으로 탐승 여건이 달라진 20세기 이후에는 금강산 예술작업으로 사생활동이 늘었지만, 그 양은 달라지지 않았다. 물론 식민지를 겪은 뒤 분단이라는 악조건 탓에 큰 기대를 접게 한다. 이런 가운데 금강산 그리기는 조선 후기보다 도리어 위축되었다. 일정을 따라 그리는

---

2   양승이, "금강산 관련 문학작품에 나타난 유가적 사유 연구"(고려대학교 대학원 박사학위논문, 2012).

화첩제작은 거의 사라지다시피 할 정도였다. 대신에 사진이 그 자리를 차지했고, 관광을 위한 서적이나 엽서, 안내 팸플릿이 새롭게 유행했다.[3] 특히 1931년 철원에서 장안사까지 전기철도가 개통되고 경성에서 금강산까지 기차여행이 가능해지면서 그러했다. 이러한 금강산 개발은 실제로는 일본인을 위한 관광산업이자 문화형태였다. 물론 그에 편승해 조선인 관광이 늘었고, 고교생들의 수학여행까지 확산하였다.[4] 동시에 국내외 화가들의 금강산 사생이 줄을 이었다.

그럼 먼저 2장에서 금강산 유람문화와 회화, 진경산수화의 역사를, 조선 후기 18~19세기 금강산 유람이라는 여행형태와 관련 깊은 기행화첩 사례를 중심으로 재검토해 보겠다. 3장에서는 20세기전반 일제강점기 시절 관광의 대중화와 그 이후 여행하며 그린 화가들의 금강산 '사생화 寫生畵'와 분단으로 갈 수 없는 남쪽 화가들의 금강산 '추상화 追想畵' 작품을 찾아보겠다.[5] 식민지에서 분단으로 이어진 20세기 관광이 확대되면서 조선 후기에 형성된 민족예술의 전통이 새롭게 디져졌던 것 같다.

---

3 유승훈, "일제시기 투어리즘과 금강산 관광의 근대적 창출,"『사진엽서에서 만난 관광명소』(부산: 부산박물관, 2008); 유승훈, "근대자료를 통해본 금강산 관광과 이미지,"『실천민속학연구』, 제14호 (2009).

4 李良嬉, "日本 植民地下の觀光開發に關する硏究 - 金剛山 開發を中心に,"『日本語文學』, 제24호 (2004); 서기재, "일본 근대여행 관련 미디어와 식민지 조선,"『일본문화연구』, 제14호 (2005); 大熊龍二郎,『金剛山案內記』(1934).

5 이 영역은 필자의 1999년『몽유금강』전 도록에 글을 손질해 옮긴 것이다.: 이태호, "20세기의 金剛山圖 - 현장에서 그린 사생화(寫生畵)와 기억으로 담은 추상화(追想畵),"『그리운 金剛山』, 전시도록 (서울: 국립현대미술관, 2004).

Ⅱ. 18~19세기 금강산 유람문화와 회화

금강산 그림이 언제부터 그려졌을까. 백제 7세기 전반 〈산수문전〉을 들기도 하지만, 실경표현으로 보기엔 산과 나무 형태가 도식적이다.[6] 아마도 첫 금강산 표현은 고려 후기 1307년 작 노영의 지장보살도에 등장한다. 이후 한참 동안 금강산을 그린 사례가 남아있지 않다가 1700년대, 400년 뒤에야 금강산도를 다시 만나게 된다.

금강산 회화가 한국문화사에서 자리를 잡은 시기는 겸재 정선謙齋 鄭敾, 1676~1759이 출현과 함께했다. 금강산을 비롯한 조선 산하의 아름다움을 화폭에 담으며, 조선 후기 진경산수화라는 신사조를 완성했기 때문이다. 겸재의 금강산 그림은 족자그림 〈금강전도〉(삼성미술관 리움)를 대표작으로 꼽지만, 화첩그림에 당대 유람이라는 문화사적 성격이 잘 드러난다. 선배 친구들과 시인묵객으로 어울려 금강산을 유람하며 스케치하고, 이를 추억해 10~20여 폭의 명승도를 그리고, 유람기나 시를 묶어 기행화첩을 제작했던 점이 그러하다.

겸재 이후 이런 화첩 꾸밈 사례가 이어졌다. 문인 사대부층이 자신의 유람기나 시문집에 화원들의 그림을 곁들여 서화첩을 만들기도 했고, 정조는 화원 출신인 단원 김홍도와 복헌 김응환에게 금강산 일대의 명승을 그려오도록 전교를 내리기도 했다.

---

6 『아름다운 금강산』, 특별전도록 (서울: 국립중앙박물관, 1999); 이태호, "韓國 古代 山水畵의 發生 硏究 -三國時代 및 統一新羅時代의 山岳과 樹木表現을 中心으로," 『美術資料』, 제38호 (서울: 국립중앙박물관, 1987).

〔그림 1〕 겸재 정선, 금강전도

1. 금강산을 돌아본 사람들

설화에 따르면 금강산에 살던 주인은 오누이와 금강초롱, 나무꾼과 선녀, 내금강 보덕암의 보덕각시. 불교 유입 이후 유점사 터에서 상팔담 아래 구룡폭포로 밀려난 구룡九龍 등이었다. 동해안의 유적으로 살피면 삼천 년 전 신석기시대 사람들이 금강산을 왕래했겠다. 사람들의 출입 기록이나 추정은 삼국시대부터다. 고구려의 승려 보덕이나 신라의 화랑, 그리고 진흥왕이 떠오른다. 신라와 고려시대 이후 불국토로 자리를 잡았고, '금강산' 산 이름도 이때 확립되었다. 조선시대에는 유교문인들의 유람지로 사랑을 받았다. 많은 문학작품이 쏟아졌고, 그림이 그려지면서 금강산 예술이 싹텄다.

기록으로 보는 금강산 첫 유람객은 삼일포를 들렀다가 3일을 놀았다는 신라의 4화랑이고, 그 중 영랑永郎의 이름이 삼척의 설악산 영랑호, 울산 천전리 암각화의 암각에 등장한다. 황초령과 마운령 순수비를 세운 진흥왕 일행도 금강산을 들렀을 것이다.

불교가 들어와 온산을 차지했다. 풍악산이나 개골산, 혹은 상악 등의 산 이름마저 법기보살의 터전 지달산, 곧 금강산이라 정착하게 되었다. 그 시작은 인도서 53불이 와 구룡을 쫓아내고 들어선 유점사이다.[7] 유점사 개창 시기가 기원후 4년 신라 남해왕 때 일로 기술되어 있어 신빙성이 떨어지나, 황룡사나 오대산 문수신앙과 연관해 금강산불교의 성격을 말

---

7   고려 때 보덕암(普德菴)의 중이 찬했다는 〈금강산기(金剛山記)〉에 의하면, 한(漢)나라 평제(平帝) 원시(元始) 4년인 서기 4년에 서역으로부터 황금 불상 53구가 바다에 떠와서 이 산에 이르렀으므로, 인 하여 이곳에 절을 짓게 되었다고 한다.

해주는 연기설화로 주목되기도 한다.[8] 그 이후 의상, 의상의 문도인 표훈, 자장 등 주요 승려가 금강산에 족적을 남겼다. 표훈은 경덕왕 시절 석불사 주지였고, 표훈이 경덕왕의 바람으로 천제에게 왕자출산을 기원했던 장소가 내금강의 표훈사가 되지 않았을까 추정된다.[9]

신라 말~고려 초 금강산은 그야말로 불국토였고, 많은 사찰들이 들어섰다. 내금강 장연사와 외금강 신계사 3층 석탑을 비롯해서, 고려 건국 직후 태조 왕건의 탐방 일화가 있는 정양사 석탑과 석불, 마애불이 들어섰다.[10] 고려 후기 원나라의 왕비였던 기황후의 후원, 내금강 입구 삼불암을 조성했다는 나옹의 역할 등이 금강산을 유명케 한 듯하다.

조선시대에도 금강산은 여전히 불교의 터전이었고, 고승들의 승탑이나 비, 불상, 불화와 공예품들이 조성되었다. 조선 개국을 코앞에 둔 이성계가 고려말 1390년, 1391년에 〈이성계 발원 사리구〉(국립중앙박물관)를 월출봉에 공양했다. 1932년에 발견된 이 사리구 일괄품은 이른바 양구 방산도요지의 백자 외함과 은제도금 사리기 등 금강산 공예문화를 대표한다.[11] 그런 만큼 금강산은 조선건국의 성지이자 왕실의 종교적 터전이었다. 이어 유점사와 표훈사에는 세조의 공덕을 기린 어실각御室閣 이

---

8   민적, 『유점사사적기』; 염중섭(자현), "금강산 유점사의 연기설화 검토," 『한국불교학』, 제83집 (2017).

9   이태호, 『조선미술사기행』.

10   이태호, "금강산의 고려시대 불교유적," 『미술사와 문화유산』, 창간호 (2012).

11   국립중앙박물관, 『불사리장엄』 (서울: 국립중앙박물관, 1991); 국립중앙박물관, 『아름다운 금강산』; 이화여자대학교박물관, 『양구 방산의 도요지 지표조사보고서』 (2001); 정은우, "고려후기 라마탑형 사리기연구," 『동악미술사학』, 제3호 (2002); 주경미, "원대 라마탑양식이 한국 불교에 미친 영향," 『미술사의 정립과 확산2』, (항산 안휘준 교수 정년퇴임 기념논문집 간행위원회 편, 2006).

모셔져 있다.

조선시대가 유교성리학을 기반으로 삼은 세력들의 국가였던 만큼, 금강산이 불교의 성지에서 문인 사대부층의 유람 풍류터로 변화했지만 왕실 불교의 신앙지로 여전했다. 특히 임진·병자의 국란시기 서산대사를 비롯한 승군의 역할이 컸으며, 17~19세기 금강산 불교는 많은 승려들이 모여들어 번창했던 듯하다. 백화암을 비롯해서 내외금강 주요 사찰들에 배치된 많은 조선중, 후기 승려들의 사리탑인 승탑과 석비, 그리고 1950년 이 전에 찍은 조선 후기 사찰의 건물 사진들이 좋은 증거이다. 또한 20세기에도 외금강 신계사에서 득도했다는 효봉이 당시 존경을 받았고, 그 아래에서 구산이나 법정 등의 승려들이 배출되었다.[12] 근현대 한국불교 역시 금강산의 법맥이 큰 자리를 차지했다.

불교의 터전을 유지한 채 조선시대 금강산은 문인 사대부층의 유람지로 변모했고, 도가적인 쑥과 명이의 봉래산蓬萊山 이라는 이름도 생겼다. 조선 초기 봉래 양사언蓬萊 楊士彦, 1517~1584 은 강원도 관찰사까지 벼슬하며 만폭동이나 봉래풍악 원화동천, 삼일포시 등 초서체 바위글씨로 지명이나 시를 새겨 놓았다. 그 후 묘길상, 삼불암 등 큼직한 해서체의 금강산 지명 바위글씨는 역시 강원도 관찰사를 역임한 직암 윤사국直庵 尹師國. 1728~1809이 썼다. 금강산을 다녀간 이들의 이름이나 시 구절 새김이 바위바닥에 많이 남아있다.

문사들이 찾기 시작하면서 금강산은 문학예술의 주요 대상이 되었다. 남효온, 재사당 이원, 홍인우, 율곡 이이, 월사 이정구, 허균, 동주 이민구, 동회 신익성, 이경석, 송강 정철, 식산 이만부, 경현당 이현조,

---

12 김용덕,『누가 오늘 일을 묻는가』(서울: 불일출판사, 1996).

삼연 김창흡, 권섭, 연암 박지원, 박종선, 죽석 서영보, 도애 홍석모,
진택 신광하, 홍정우, 석릉 김창희 등이 쓴 그 많은 금강산시나 유람기
들이 말해주듯이, 유교이념을 다지는 주요 공간으로 사랑받았다. 요산요
수를 통해 호연지기(공자)를 기르고, 산수 닮기를 통해 성리의 궁구로 맑
은 성정 기르며 심신을 닦고, 유람을 통해 산수의 아름다움을 즐기는 풍
류의 삶을 모색했다.[13] 유교성리학 이념에 경도되었던 초기의 금강산 문
학이 후기에 들어 유람 풍류로 그 흐름이 변했다. 1830년에는 남장을 하
고 금강산을 여행한 금원錦園 이라는 여성문인도 출현할 정도였다.[14] 조
선 후기로 유람문화가 변모하는 가운데 금강산 회화예술이 부상했다.

2. 금강산을 그린 화가들

현존하는 작품자료로 볼 때, 첫 금강산 그림은 1307년 작 노영魯英의
칠화漆畵 〈지장보살도〉(국립중앙 박물관)를 꼽는다.[15] 〈아미타9존도〉의 뒷
면 그림으로, 노영은 승려화가로 추정된다. 고려를 세운 "왕건 태조가
금강산에 들렀을 때 법기보살 담무갈이 출현하자 절을 올렸다"는 일화와
정양사 근처인 그 배점의 정황을 담은 소품이다. 흑칠바닥에 금니로 그
린 지장보살도 왼편 상단에 담무갈보살과 배점에 엎드린 태조의 예배 장

---

13 민윤숙, "금강산 유람의 통시적 고찰을 위한 시론,"『민속학연구』, 제27호 (2010).

14 하경숙, "여성 인물의 현실인식과 의미 양상 – 금원(錦園)의 문학작품을 중심으로,"
    『동양문화연구』,제26집 (2017).

15 문명대, "노영필 아미타9존도 뒷면 불화의 재검토-고려 태조의 금강산배점 담무
    갈(법기)보살 예배도,"『고문화』, 제18집 (1980); 김승희, "노영의 금강산담무갈
    (법기)·지장보살현신도,"『아름다운 금강산』 특별전 도록 (서울: 국립중앙박물관,
    1999).

면이 금강산을 배경 삼아 묘사되어 있다. 가는 선묘로 탄력 있게 죽죽 내려그은 금강산 필법은 400여 년 후 정선의 화풍과도 상통해 흥미롭다. 오른편 아래로는 언덕에 엎드려 그림을 그리는 화가 노영이 보인다. 이들 장면에는 각각 '太祖' '魯英'의 행서체 글씨가 쓰여 있다.

금강산은 고려시대 그 유명세가 중국까지 퍼져 "고려에 태어나 금강산 한번 보기를 원한다 原生高麗國 一見金剛山 "라고 예찬됐을 정도였단다. 고려 말~조선 초 중국 명나라 사신들이 이 금강산을 언급하며 17명이 나 금강산 유람을 다녀왔고, 대마도 사신도 한차례 있었다.[16] 금강산도의 요구도 뒤따라, 15세기 안귀생이나 배련 같은 화원들이 제작했다는 기록이 전한다. 16~17세기에는 이경윤이 금강산 유람한 이후 화경이 깊어졌다고 하나 금강산도를 남긴 것이 없고, 김명국의 금강산도에 대한 기록이 있으나 실물이 확인된 바 없다.[17]

이들의 금강산도는 현장을 직접 체험하고 그리지 않았을 것이다. 아마도 당시의 관례대로 지리지나 경험자의 얘기를 듣고 그렸을 가능성이 높다.[18] 실제 유람하고 금강산 그림을 그린 이는 창강 조속 滄江 趙涑, 1595~1688으로 추정된다. 조속히 '장안사', '장안사도북망', '벽하담', '표훈사', '표훈사문루동망', '마하연북망', '마하연동남방', '삼일정

---

16   이상균, "조선전기 外國 使臣들의 金剛山 遊覽과 그에 따른 弊害 고찰," 『史學研究』, 제101호 (2011).

17   이태호, "한국 산수화의 모태, 조선 후기 금강산 그림," 『조선미술사기행』 (서울: 다른세상, 1999).

18   이태호, "17세기 인조시절의 새로운 회화경향-동회 신익성의 사생론과 실경도, 초상을 중심으로," 『강좌미술사』, 제31호 (2008); 이태호, 『옛 화가들은 우리 땅을 어떻게 그렸나』 (서울: 마로니에북스, 2015).

〔그림 2〕 노영, 금강산이 그려진 담무갈보살, 지장보살현신도

동망' 등 8폭을 그렸다는데, 실물이 전하지 않아 아쉽다.[19] 조속의 그림 제목은 겸재 정선 이후의 금강산도와 무관하지 않아 주목된다.

18세기 전반 겸재 정선 이후 금강산의 명승은 듬성한 대로 꾸준히 화가들의 산수풍경화의 대상이 되어 왔다. 심사정 이인상 김윤겸 강세황 허필 이방운 최북 정수영 김응환 김홍도 엄치욱 신학권 이의성 조정규 김하종 등이 금강산을 그렸다. 이들의 금강산 그리기는 전경담기와 명소선택으로 이루어졌다.

금강산 그림은 화첩 혹은 전경도나 풍경을 잘라 그린 병풍으로 제작되었다. 드물게 내리닫이 족자로 꾸민 금강전도가 전한다. 이 가운데 금강산화첩은 돌아보기와 그리기, 곧 유람과 사생이라는 금강산 문학예술의 새 문화 형식이다. 화첩은 대부분 금강산 여행 일정에 따라 명소를 담은 것이어서, 회화적 예술성과 더불어 다음 여행자나 타인에게 충실한 안내자인 셈이다. 현대적 의미의 관광을 위한 시각자료 역할을 하게 된다.

3. 기행화첩의 유람형태

조선 후기 금강산화첩은 크게 네 가지 유람형태를 보인다. 첫째 화가가 친구들과 여행한 뒤 동행자나 본인의 시문을 함께 꾸민 경우, 둘째 어명으로 도화서 출신 화가들이 그린 경우, 셋째 화가가 강원도 지방관 시절 관찰사를 비롯한 수령들과 금강산경에서 시회를 갖고 시화첩을 꾸민 경우, 넷째 고위 문인관료나 사대부층의 여행에 시문집에 삽입할 그림을 위해 화원이 직접 동행하거나 화원 그림을 끼워 넣는 경우 등이 있다. 대

---

19 南鶴鳴, 『晦隱集』.

체로 18세기 화첩에는 겸재와 단원의 예처럼 그림이 중심의 형식이었다면, 19세기 화첩에는 시문집을 주로하고 그림을 삽도로 넣은 양상을 보인다.

첫째로는 겸재 정선謙齋 鄭敾, 1676~1759이 1711년에 그린 13점의《신묘년풍악도첩》(국립중앙박물관)과 1730~1740년대 21점으로 꾸민《해악전신첩》(간송미술관)을 들 수 있다. 이 과정에서 겸재는 현장사생보다 기억에 의존해 실경을 변형하고 과장해, 〈금강전도〉와 더불어 자신의 금강산 화법 내지 진경산수화법을 완성하였다.[20] 이 업적을 높이 사 겸재가 한국미술사의 최고 거장으로 등극했다 보아도 과언이 아닐 것이다.

겸재 정선의《신묘년풍악도첩》[21]이 금강산화첩의 첫 사례이다. 본래의 시문이 없어졌지만, 1711년 늦가을에 몽와 김창집 형제와 이웃해 친했던 백석 신태동白石 辛泰東, 1559~1669을 동행해 그렸으며, 삼연 김창흡三淵 金昌翕, 1653~1722 일행과 합류했을 것으로 추정된다.[22] 이때 이들과 막역한 사천 이병연槎川 李秉淵, 1671~1751이 금화현감이었다. 다음해 1712년 8월 정선은 이병연의 초청으로 이병연의 아버지 이속, 동생

___

20　이태호, "겸재 정선의 진경산수화에 나타난 실경의 표현방식 고찰,"『방법론의 성립: 한국미술사의 과거, 현재 그리고 미래』, Los Angeles County Museum df Art 국제 학술회의, (2001년); 이태호, "실경에서 그리기와 기억으로 그리기:조선 후기 진경산 수화의시방식과 화각을 중심으로,"『미술사연구』, 제257호 (2008); 이태호,『옛 화 가들은 우리땅을 어떻게 그렸나』(서울: 생각의나무, 2010).

21　〈금성피금정도〉, 〈단발령망금강산도〉, 〈금강내산총도〉, 〈장안사도〉, 〈벽하담도〉, 〈불정대도〉, 〈백천동도〉, 〈옹천도〉, 〈고성문암관일출도〉, 〈해산정도〉, 〈총석정도〉, 〈삼일호도〉, 〈시중대도〉 등 암산에 설경이 단풍과 어울린 늦가을 정경 13폭 화첩.

22　이경화, "鄭敾의《辛卯年楓嶽圖帖》: 1711년 금강산 여행과 진경산수화의 형성," 『미술사와 시각문화』, 제11권 (2012).

이경성 등과 여행 후 30여 폭《해악첩》을 그려 이병연에게 건네기도 했다.[23] 이병연이 여기에 삼연 김창흡三淵 金昌翕, 1653~1722의 글 받고 자신의 제시를 써서《해악첩》꾸몄으나, 현재 김창흡 이하곤 홍중성의 문집에 그림들에 대한 화제만 남아있고 총 30폭 그림은 유실된 듯하다.[24] 또 정선은 1747년에 21점의《해악전신첩》을 그렸다.[25] 이병연은 이 화첩에 자신의 1712년의 제화시를 썼고, 김창흡의 시는 홍봉조가 대필해 넣었다.[26] 이렇게 유람기 산문과 시를 곁들여 제작한 서화합벽첩은 문인 사대부층 금강산 유람문화의 전형이 되었다.

정선의 경우 같은 마을의 절친 선배이자 유명 시인 이병연이 금화현감 시절에 금강산을 찾았다. 이처럼 친구들과 어울려 아는 이의 금강산 주변 지방관 시절 방문하는 일이 좋은 여건이었을 것이다. 18세기 겸재 진경 산수화풍을 따르며 개성미를 구축한 김윤겸이나 정수영, 신학권의 화첩도 그런 사례로 여겨진다. 진재 김윤겸眞宰 金允謙, 1711~1775은 진주 소촌찰방 지낸 뒤 1768(58세) 겨울에 금강산을 여행하고《봉래도권》(국립

---

23 최완수,『겸재 정선1』(서울: 현암사, 2009).

24 〈금성피금정도〉, 〈통구모우도〉, 〈단발령망금강산도〉, 〈장안사도〉, 〈정양사도〉, 〈벽하담도〉, 〈금강내산총도〉, 〈불정대망십이폭도〉, 〈백천교출산도〉, 〈해산정도〉, 〈삼일호도〉, 〈고성문암관일출도〉, 〈옹천 도〉, 〈통천문암도〉, 〈총석정도〉, 〈시중대중추범월도〉, 〈용공사(통천)동구〉, 〈입산도〉, 〈화적연도〉, 〈삼부연(철원)도〉, 〈화강백전도〉, 〈화강현재도〉, 〈당포관어도〉, 〈사인암도〉, 〈수태사동구도〉, 〈정자연 도〉, 〈곡운농수정도〉, 〈송풍정도〉, 〈첩석대도〉, 〈신선동도〉.

25 〈화적연도〉, 〈삼부연(철원)도〉, 〈화강백전도〉, 〈정자연도〉, 〈피금정도〉, 〈단발령망금강산도〉, 〈장안사비홍교도〉, 〈정양사도〉, 〈만폭동도〉, 〈금강내산총도〉, 〈불정대도〉, 〈해산정도〉, 〈사선정도〉, 〈문암관일출도〉, 〈문암도〉, 〈총석정도〉, 〈용공동구도〉, 〈당포관어도〉, 〈사인암도〉, 〈칠성암도〉.

26 최완수,『겸재 정선3』(서울: 현암사, 2009).

중앙박물관)을 그렸다. 8점 그림의 화첩에 시문은 없다.[27] 지우재 정수영
之又齋 鄭遂榮, 1743~1831의 《해산첩》(국립중앙박물관)은 화첩의 「동유기」에
의하면, 1797년 봄 한강과 임진강 유람을 마치고 바로 그해 가을 여헌적
呂軒適 등과 금강산을 유람했던 기념으로 제작한 금강산화첩이다. 사생한
초본그림을 바탕으로 2년 후인 1799년 3월~8월까지 거친 소묘풍으로
26폭의 화첩을 완성했다.[28] 정상기의 손자로 조선 후기의 대표적인 지도
학의 명문가 출신답게 그림마다 여정과 지리역사 정보를 써넣었다. 도암
신학권陶菴 申學權, 1785~1866은 겸재화풍의 병풍그림과 더불어《금강산화
첩》(개인소장)을 남겼다. 기량이 떨어지지만, 지리정보를 곁들여 놓은 서
화첩이다.

　둘째로는 어명으로 화원들의 여행사생첩 제작을 들 수 있겠다. 1788
년 정조의 전교에 따라 금강산 일대를 여행하고 70점으로 꾸몄다는 단
원 김홍도와 복헌 김응환의 '금강사군첩'이라 알려진《해악첩》이 알려져
있다.[29] 국가기록에는 보이지 않으나, 여행에 합류한 강세황이나 후대
의 조희룡이 기술해 놓았다.[30] 정조는 지방관들에게 '두 화가를 잘 보필
하도록 전교를 내렸다'하며, 금강산 속속들이 담은 명승도첩은 단원에

27　〈장안사〉, 〈명경대〉, 〈원화동천〉, 〈정양사〉, 〈내원통〉, 〈보덕굴〉, 〈마하연〉, 〈묘길상〉
　　8폭 현존.

28　〈단발령망금강산〉, 〈장안사동북제봉도〉, 〈옥경대와 명경대도〉, 〈옥추대와 영원암도〉,
　　〈정양사도중도〉, 〈천일대망금강도〉, 〈원화동천도〉, 〈분설담도〉, 〈청룡담도〉, 〈백천
　　동도〉, 〈집선봉도〉, 〈옥류동도〉, 〈비봉폭도〉, 〈구룡연도 大觀勢, 逼觀勢〉, 〈총석정
　　도〉, 〈해금강입석포도〉, 〈삼일호도〉, 〈천원조도〉.

29　진준현, 『단원 김홍도 연구』 (서울: 일지사, 1999); 이영수, "19세기 金剛山圖 硏究"
　　(명지대학교 대학원 박사학위논문, 2016).

30　강세황, 『표암유고』; 조희룡 『호산외사』.

의해 완성되었다. 김웅환이 화보풍 인물을 등장시켜 관념성을 담은 반면에, 단원은 짧은 텃치 붓질로 현장 사생의 기분을 철저히 살렸다. 이런 단원 작품으로는 초본의 일부가 간송미술관에 소장되고, "1809년 순조가 정조의 부마 홍현주에게 총70 장면 5권의 《해산첩》을 하사했다"[31]라는 이 화첩의 행방은 현재 알려져 있지 않다. 사 생화 구성의 정밀한 단원풍 필치 그림 60점으로 꾸며진《해악첩》(개인소장)이 가장 근사치로 여겨진다.[32]

셋째는 화가가 금강산 주변 지방관 시절에 관료들과 어울려 유람시화첩을 제작하기도 했다. 그 사례로는 청류 이의성 ^{靑流 李義聲, 1775~1833}이 1825~1830년 강원도 흡곡현감 시절 강원도 관찰사 관암 홍경모를 비롯해서 금강산지역 고을수령들과 시회를 갖고 유람한 일이다. 행사 뒤《해

---

31 김홍도가 정조의 명으로 그린 금강산도는 70장 5권의《해산첩》으로 궁중에 보관되어 있었는데 1809년에 순조가 매제인 홍현주에게 이 화첩을 하사했다. 이로부터 3년 후, 홍현주의 맏형인 홍석주는 이 화 첩을 보고 글을 지었고 다시 9년 후에 매 폭에 시를 지었다. 당시 홍석주가 매 폭마다 쓴 시는 현재 23수만 문집에 전하고 있다.: 洪奭周, "題檀園海山帖(七十首 選二十三)," 『淵泉先生文集』 권4.

32 傳 김홍도《해산첩》(개인 소장) 60폭의 내용 : 1권 강릉, 오대산, 관동해안지역〈淸心臺〉,〈月精寺〉,〈五臺山〉,〈中臺〉,〈史庫〉,〈上院〉,〈大關嶺〉,〈丘山書院〉,〈鏡浦臺〉,〈湖海亭〉,〈凌波臺〉,〈竹西樓〉,〈甕遷〉, 2권 설악산, 관동해안지역〈淸澗亭〉,〈望洋亭〉,〈門巖〉,〈聖留窟〉,〈越松亭〉,〈洛山寺〉,〈觀音窟〉,〈土王瀑〉,〈臥仙臺〉,〈繼祖窟〉,〈駕鶴亭〉,〈懸鍾巖〉, 3권 외금강, 해금강, 설악산지역〈武陵溪〉,〈帶湖亭〉,〈三日浦〉,〈海山亭〉,〈海金剛全面〉,〈海金剛後面〉,〈馳瀑〉,〈萬物草〉,〈叢石亭〉,〈喚仙亭〉,〈侍中臺〉,〈翠屛巖〉, 4권 내금강 내용〈長安寺〉,〈鳴淵〉,〈三佛巖〉,〈白華庵浮圖〉,〈表訓寺〉,〈眞珠潭〉,〈噴雪潭〉,〈明鏡臺〉,〈門塔〉,〈五松臺〉,〈證明塔〉,〈黑龍潭望普德庵〉, 5권 내금강, 외금강, 해금강내용〈靈源庵〉,〈圓通〉,〈須彌塔〉,〈玅吉祥〉,〈摩訶衍〉,〈隱仙臺十二瀑〉,〈曉雲洞〉,〈船潭〉,〈飛鳳瀑〉,〈九龍淵〉,〈麥坂〉,〈披襟亭〉;『단원 김홍도』, 탄신 250주년 기념 특별전 도록 (서울: 삼성문화재단, 1995).

산도첩》(개인소장)과《관동명승첩》(국립중앙박물관)을 제작했다.[33]《해산도첩》은 20점이고,《관동명승첩》은 12점으로 꾸몄다.[34] 이들은 아마추어적인 수준이지만, 김홍도 화풍의 영향이 또렷하다. 이후 특히 화원들의 금강산화첩 그림은 모두 김홍도의 그림 장소와 구성, 화풍을 그대로 따른 작품이 많다.

넷째는 문인 사대부가 금강산을 유람할 때나 유람 뒤, 시서첩에 화원에게 부탁해 그림을 곁들여 화첩을 제작하였다. 화원 김하종이 춘천부사 이광문과 귤산 이유원의 여행에 따라나섰던 게 그 좋은 사례이다.《해산도첩》(국립중앙박물관)은 1815년 춘천부사로 부임해 금강산 일대를 찾은, 소화 이광문小華 李光文, 1778~1838의 유람기에 유당 김하종蕤堂 金夏鍾, 1793~?이 단원 화풍의 명승도를 그려준 화첩이다. 이광문 이 쓴 서문 「유금강설」「우제해산도첩」과 총 25폭 내외금강산, 관동팔경, 설악산의 명승도로 구성되어 있다.[35] 또《풍악권》(개인소장)은 1865년 8월 귤산 이

<hr>

33　이영수, "이의성(李義聲, 1757-1833)의 『청류만록(青流漫錄)』과 금강산도," 『美術史學報』, 제48집 (2017).

34　《해산도첩》(개인소장)은 외금강의 〈비봉폭〉, 〈구룡연〉, 〈만물초〉, 〈발연〉, 〈옥류동〉, 〈외선담〉 등과 관동해안의 〈해산정〉, 〈대호정〉, 〈삼일호〉, 〈해금강전면〉, 〈해금강후면〉, 〈옹천〉, 〈총석정〉, 〈환선정〉, 〈현종암〉, 〈시중대〉, 〈청간정〉, 〈영랑호〉, 〈가학정〉, 〈계조굴〉 등 총 20폭.《관동명승첩》(국립중앙박물관)은 〈와선대〉, 〈관음굴〉, 〈비선대〉, 〈청심대〉, 〈대관령〉, 〈중대〉, 〈사고〉, 〈상원암〉, 〈망양정〉, 〈용추〉, 〈능파대〉, 〈낙산사〉 등 12폭.

35　내금강의 〈장안사〉, 〈명경대〉, 〈다보탑〉, 〈영원동〉, 〈천일대망정양사〉, 〈헐성루망전면전경도〉, 〈수미탑〉, 〈구구동〉, 〈분설담〉, 〈보덕암〉, 〈진주담〉, 〈가섭동〉, 〈마하연〉, 외금강의 〈은선대망십이폭〉, 〈비봉폭〉, 〈구룡폭〉, 관동지역의 〈총석정〉, 〈환선구지망청석도〉, 〈삼일포〉, 〈해금강〉, 〈낙산사〉, 설악산의 〈계조굴〉, 〈설악경천벽도〉, 〈설악전경도〉, 〈설악쌍폭도〉.

유원橘山 李裕元, 1814~1888의 금강산 유람시문에 김하종이 그림을 그려 넣은 첩이다. 총 5권의 서화첩 중 1~4권은 이유원 글과 김하종의 명승도로 꾸몄고, 5권은 이유원의 유람기를 담은 시서첩이다.[36] 이《풍악권》은 금강산 여행을 한지 10년 뒤 제작한 것이다.[37]

이유원 여행 때는 김하종이 동행하지 않은 듯하다. 그 5년 후인 1870년 4월 '金夏鍾'의 이름을 새긴 바위글 씨가 외금강 앙지대에 단원의 아들인 긍원肯園 김양기의 이름과 위아래로 있다.[38]

---

36 1권 〈금수정도〉, 〈은선대십이폭도〉, 〈효운동도〉, 〈묵희령도〉, 〈장안사동구도〉, 〈만천교장안사도〉, 〈화적연도〉, 〈명경대도〉, 〈수렴폭도〉, 〈증명탑도〉, 〈백천동도〉, 〈명연도〉, 〈삼불암도〉, 2권 〈유점사도〉, 〈백탑도〉, 〈영원암도〉, 〈무봉폭도〉, 〈구룡연도〉, 〈만물초도〉, 〈백정봉도〉, 〈옹천도〉, 〈해산정도〉, 〈현종암도〉, 〈해금강도〉, 〈보덕암도〉, 3권 〈중내원도〉, 〈마하연도〉, 〈중향성도〉, 〈백운대도〉, 〈묘실상도〉, 〈신계사도〉, 〈옥류동도〉, 〈하발연도〉, 〈만경대도〉, 〈상발연도〉, 〈연주담도〉, 〈외선암도〉, 〈삼부연도〉, 〈정자연도〉, 〈피금정도〉, 〈비봉폭도〉, 4권 〈백화암부도도〉, 〈표훈사도〉, 〈정양사도〉, 〈헐성루 만이천봉도〉, 〈금강문도〉, 〈만폭동도〉, 〈용곡담도〉, 〈자운담도〉, 〈원통암도〉, 〈수미탑도〉, 〈구구동도〉, 〈수미대도〉, 〈분설담도〉, 〈진주담도〉, 〈삼일호도〉, 〈백구암도〉, 〈문암도〉, 5권 〈풍악유기〉, 〈금강풍엽기〉, 〈금강사〉.

37 이태호, "일만이천봉에 서린 꿈-금강산의 문화와 예술 300년," 『몽유금강』.

38 이태호, 『조선미술사기행』; 이풍익, 이충구 · 이성민 옮김, 『동유첩』(서울: 성균관대학교 출판부, 2005), 1~3권은 서문, 유람기와 시, 4~10권은 글그림. 1권 서문, 두계 박종훈(荳溪 朴宗勳, 1773~1841)이 1838년에, 호산 박회수(壺山 朴晦壽, 1786~1841)가 1844년에 작품을 열람한 뒤에 씀. 2권 이풍익 의 동유기, 3권 여행 중 일행들의 시문, 4~10권 경관에 대해 일일이 유람기를 쓰고 그림을 추가함. 4권 〈해금강전면도〉, 〈해금강후면도〉, 〈해산정도〉, 〈삼일호도〉, 〈신계사도〉, 5권 〈옥류동도〉, 〈비봉폭 도〉, 〈구룡연도〉, 〈유점사도〉, 6권 〈외선담도〉, 〈효운동도〉, 〈은선대망십이폭도〉, 〈묘길상도〉, 7권 〈마하연도〉, 〈진주담도〉, 〈분설담도〉, 8권 〈보덕굴〉, 〈만폭동〉, 〈내원통암도〉, 〈수미탑도〉, 9권 〈명 운담도〉, 〈명경대도〉, 〈장안사도〉, 〈단발령도〉, 11권 〈옹천도〉, 〈총석정도〉, 〈환선정도〉, 〈피금정도〉; 이태호, "조선 후기 진경산수화의 여운," 이풍익, 이충구 · 이성민 옮김, 『동유첩』(서울: 성균관대학교 출 판부, 2005).

육완당 이풍익六玩堂 李豊瀷, 1804~1887의《동유첩》(성균관대학교 박물관) 또한 단원화풍그림으로 꾸민 서화첩이다. 이풍익이 약관 22세 때 대과를 치르기 이전, 1825년(22세) 8월 4일부터 9월 2일까지 친척 아저씨 서원西園과 친구 이맹전李孟全, 하인 둘이 동행해 유람을 다녀왔다.[39] 금강산과 관동지역을 여행하며 지은 유람기와 시문에 동행하지 않은 화원 그림을 곁들여 시서화합벽첩으로 완성했다. 본래 12권이었으나, 현재 권10과 권12 결실되고 10권이 전한다.[40] 내외금강산, 고성, 통천, 영평 등 유람이후에 그린 28면 명승도은 단원의 화풍을 충실히 따른 도화서 출신 화가의 솜씨이다.[41]

이들 이후 18~19세기 금강산 그림은 겸재와 단원 화풍에 절대적으로 의존했다. 대체로 겸재화풍은 병풍그림으로, 단원화풍은 화첩그림으로 계승되었다.[42] 특히 19세기 말부터 20세기 중반까지는 민화의 확산과 더불어서 경향 각지에서 민화금강산도 병풍이 대거 그려졌다. 병풍이 생활공간에서 쓰임새와 장식성으로 미루어볼 때, 금강산 그림의 수요 증가는

---

39 이풍익, 위의 책.

40 1~3권은 서문, 유람기와 시, 4~10권은 글그림. 1권 서문, 두계 박종훈(荳溪 朴宗勳, 1773~1841)이 1838년에, 호산 박회수(壺山 朴晦壽, 1786~1841)가 1844년에 작품을 열람한 뒤에 씀. 2권 이풍익 의 동유기, 3권 여행 중 일행들의 시문, 4~10권 경관에 대해 일일이 유람기를 쓰고 그림을 추가함. 4권 〈해금강전면도〉, 〈해금강후면도〉, 〈해산정도〉, 〈삼일호도〉, 〈신계사도〉, 5권 〈옥류동도〉, 〈비봉폭도〉, 〈구룡연도〉, 〈유점사도〉, 6권 〈외선담도〉, 〈효운동도〉, 〈은선대망십이폭도〉, 〈묘길상도〉, 7권 〈마하연도〉, 〈진주담도〉, 〈분설담도〉, 8권 〈보덕굴〉, 〈만폭동〉, 〈내원통암도〉, 〈수미탑도〉, 9권 〈명운담도〉, 〈명경대도〉, 〈장안사도〉, 〈단발령도〉, 11권 〈옹천도〉, 〈총석정도〉, 〈환선정도〉, 〈피금정도〉.

41 이태호, "조선 후기 진경산수화의 여운," 이풍익, 이충구 · 이성민 옮김, 『동유첩』.

42 이영수, "19세기 금강산도 연구"(명지대학교 대학원 박사학위논문, 2016).

새로운 문화양상이다. 그야말로 '금강산을 세 번 다녀와야 지옥에 빠지지 않을 거'라는 속설을 따라, 집안에 병풍이라도 치고 살려했던 모양이다. 한편 금강산이 전 국민의 명소로 자리 잡혔음을 시사해 주목된다. 조선의 몰락과 일제의 식민지로 전락하며, 20세기 금강산은 더욱 민족의 자랑으로 떠올랐기 때문이다.

Ⅲ. 20세기 금강산 관광 증대와 회화

민족회화의 뿌리로써 그 화맥은 금강산 관광개발이 이루어지고, 대중화가 진행된 20세기까지 이어졌다.[43]

여러 화가들이 금강산을 탐승했고, 금강산을 사생해 그림을 남겼다. 그림에도 조선 후기에 비해 20세기의 금강산 그림은 소정 변관식을 제외하면 제대로 금강산의 위용을 형상화했다고 보기 어려운 실정이다.[44] 전통형식의 퇴락은 물론, 신미술 문화의 유화 금강산 그림이 거의 없는 실상은 일제강점기에 이은 분단과 전쟁, 그리고 분단 고착화로 점철된 우리의 암울한 시대상을 여실히 반영한다.

일제로부터 식민지를 벗자 남북분단이라는 민족사적 비극으로 이어지고 냉전 이데올로기가 심화되면서, 금강산은 멀어졌다. 이역의 전설처럼 사람들의 기억 속에서 차츰 희미해져 갔다. 그런 상황에서도 1950~1960년대, 혹은 1970년대까지 여러 작가들에 의해 간간이 금

43　이태호, "한국산수화의 모태, 조선후기 금강산 그림,"『조선미술사기행1』(서울: 다른 세상, 1999).

44　이태호, "일만이천봉에 서린 꿈-금강산의 문화와 예술 300년,"『몽유금강』.

강산 그림이 그려졌다. 금강산의 끈질긴 생명력이라 하겠다. 고희동의 1950년 작 〈옥녀봉〉(일민미술관 소장), 박생광의 1950년대 작품 〈진주담도〉〈선면 보덕굴도〉〈보덕암추경〉〈금강산 10폭 병풍〉(개인소장), 김은호의 1968년 작 선면扇面 수묵화 〈우후금강도〉와 채색화 〈풍악추명도〉, 허건의 1952년 작 〈금강산 10폭 병풍〉, 허민의 1963년 작 〈만물상도〉, 홍일표의 1949년 작 〈구룡폭도〉와 〈해금강도〉 등이 그 예이다. 그런데 이들 금강산도에서는 예술성에 대한 기대보다 금강산을 추억하는 데 만족해야 할 것 같다.

1. 금강산 개발과 관광의 대중화

20세기의 우리 역사는 일본 제국주의의 가점으로 불행하게 출발하였다. 암울했던 시기 의병을 일으켰던 면암勉菴 최익현崔益鉉, 1833~1906 같은 항일우국지사는 1883년 금강산을 탐승하고, 몰락해 가는 조선 말기 현실에 빗대 금강산의 그 청정함을 읊었다.[45]

일본과 을사조약(1906)이 체결되자 자결한 연재 송병선淵齋 宋秉璿, 1836~1905도 금상산을 유람하고 쓴 「동유기東遊記」를 남긴 바 있다. 이로 미루어 볼 때, 19세기 말~20세기 초 국권상실로 인한 혼란과 격동의 시대를 살아야 했던 문인들에게 금강산이 어떤 형태로든 애국애민 의식과 일제 침략에 대한 저항을 고무시켰으리라 짐작된다. 20세기 새로운 시대의 금강산 문화는 그렇게 아픔으로 열린 것이다.

또한 1910년~1945년 일제강점기 금강산은 활판인쇄의 보급으로 신

45　최익현 〈만폭동〉 7언시나 〈옥류동〉 5언시 등에 그런 심경이 잘 드러나 있다: 리용준·
　　오희복역, 『금강산 한시집』(평양: 문예출판사, 1989).

문, 잡지, 출판물을 통해 새롭게 재조명되었다. 독립의 길을 모색하던 조선인들에게 금강산은 민족의 긍지이기도 하였고, 다른 한편으로 일본인들에 의해 관광지로 개발되었다. 그런 양상은 1910년대 한글판 매일신보毎日申報에 소개되는 금강산 관련 기획기사에서 확인된다. 또 그 기사를 통해서 금강산과 관련한 문화지형의 새 변화를 읽을 수 있다.

매일신보의 금강산 관련 첫 기사는 1913년 1월 5일자 「와유금강기臥遊金剛記」이다. "금강산 구경하려거든 이것을 반듯이 보시오"라는 소제목의 이 4단 박스 기사는 "천지개벽 후에 산천이 생겼으니 … 천하제일 명산이 조선에 있으니 … 산 이름이 금강이라"로 시작하는 기행문체 기사이다.[46] 단발령, 내외해금강과 관동8경을 둘러보는 조선시대 문인들의 답사 행로와 다름없이 기술되어 있다. 그리고 이 기사는 서울-원산 간 '경원선京元線이 개통(1914)되어야 탐승 여행이 용이하겠지만, 왕래가 불편한 대로 뭐니 해도 금강탐승이 제일 좋다'는 내용으로 마무리되어 있다. 기사의 제목 '와유금강臥遊金剛'의 개념은 조선시대 문인들의 금강산 탐승 전통을 닮은 것이고, 한문투의 문장 서술방식도 마치 정철의 〈관동별곡關東別曲〉을 풀어서 쓴 듯한 느낌을 준다.

매일신보의 금강산 관련기사는 1914년 경원선 개통 이후 더욱 자주 등장한다. 1915년에는 4월 22일 「금강춘색」의 소식을 전하였다. 그 해 경성에서 대규모로 벌어진 공진회共進會를 계기로 매일신문사 주최 금강산 탐승회가 처음으로 조직되기도 하였다. 공고 내용을 보면, 5월 14일부터 1주일 여행에 드는 비용은 28원이라는 것이다.[47] 교통편은 남대문

---

46 『每日申報』, 1913년 1월 3일.

47 『每日申報』, 1915년 5월 6일.

역에서 원산역까지 기차로 가고, 원산에서 장전항으로 배를 타고 이동한 다음 해금강을 둘러보고 도보로 온정리부터 외금강과 내금강을 구경하는 여정으로 짜여져 있다. 특히 이 탐승회 의 회원 모집에 관한 광고의 카피가 주목된다. "세상일을 모두 잊고 신선같이 놀게 하며", "바라보면 한 폭 그림이요, 생각하면 완연 선경이라", "금강산 구경은 '절대絶大한 쾌락快樂으로, 조금만 경치가 좋아도 유쾌하거늘 하물며 금강산이야" 등 전통적인 선경仙景 개념이 바탕에 깔려 있기 때문이다.[48] 그런 가운데 전체적인 기사의 내용이 구도의 길이랄 수 있는 신선의 와유臥遊에서 쾌락을 즐기는 구경 유람으로 변모하고 있음을 확인할 수 있다.

이러한 시류에 따라 매일신보에 본격적으로 금강산의 지리와 설화, 역사 등을 소개하는 기사가 속속 지면을 채웠다. 1915년 4월 27일부터 6월 9일까지 29회에 걸쳐 사진과 함께 연재된 「동양명승 금강산東洋名勝 金剛山」이 그 좋은 사례이다. 이어서 숭양산인嵩陽山人 장지연張志淵, 1864~1921도 자신의 연재 지면인 「만록漫錄」에 1916년 11월 28일부터 12월 7일까지 '금강유기金剛遊記'와 '총석유기叢石遊記'의 한문투 기행분을 썼다.

스키와 사냥 등 겨울 관광지로의 금강산 개발 가능성을 타진했던 기사도 눈에 띈다. 1917년 1월 11일자 철도국 직원이 금강산의 겨울 풍광을 돌아본 기사가 그 한 예이다.[49] 만물상 설경 사진이 곁들여 있다. 더불어 일본인 관광객이 점차 증가하면서 일본인 화가들의 금강산 스케치도 연재되었다. 1918년에는 平福百穗의 「금강산사생金剛山寫生」이 5회(매일신

48　『每日申報』, 1915년 4월 22일; 4월 27일; 4월 28일; 5월 1일.

49　『每日申報』, 1917년 1월 11일.

보, 9. 4~10. 10)에 걸쳐 실렸고, 1919년에는 大町桂月의「금강만이천
봉金剛萬二千峯」이 16회(매일신보, 3. 28~4. 20)나 연재되었다. 신문 매체
의 영향력을 감안할 때 당시 우리 화가들이 그 스케치 사생화의 기법에
자극받았을 법하다.

매일신보에 실린 내국인 화가의 첫 금강산 스케치는 김규진이 맡았다.
1919년 10월 말부터 12월까지「해강김 규진화백휘호海岡金圭鎭畵伯揮毫」
라는 제목으로 금강산 스케치를 16회에 걸쳐 실었다.[50]

매일신보에 이어 1920~1930년대에는 경성일보, 조선일보와 동아일
보에서도 금강산 관련 특집이나 연재물을 쉽게 찾아볼 수 있다. 또『신
민』(1928. 8)이나『신동아』(1932. 8/1935. 8) 등과 같은 월간지도 앞다투
어 금강산 기행문과 탐승안내문을 실었다. 당시 산악회 회보인『조선산
악』(1934)에 금강산 탐승기들이 게재되었고, 불교단체에서도『금강산』
이라는 월간지를 창간(1935)하여 금강산 순례를 도왔다. 당시 금강산이
누리던 세 간의 인기를 짐작하게 해준다.

그러한 추세는 자연스럽게 단행본 발간으로 이어져 이광수의『금강산
유기』[51]나 최남선의 탐승기행문도 출간되었다. 특히 최남선이『금강예
찬』에서 "금강산을 가진 나라에 있는 붓대 잡은 이의 고귀한 임무"라 한
것처럼,[52] 많은 지식인들이 금강산을 찬미했던 것이다.

한편 Isabella Bishop 여사의『Korea and her Neighbours』(1898)에 이어
독일인 Norbert 박사의 독일어판 금강산 답사기『In Den Diamantbergen

50　『每日申報』, 1919년 10월 28~11월22일.

51　이광수,『금강산유기』(경성, 시문사, 1924).

52　최남선,『금강예찬』(경성: 한성도서주식회사, 1928).

Korea』(1927) 등이 출간되어 금강산의 명성이 해외로 전파되기에 이른다.

일제 조선총독부는 식민지 지배를 강화하기 위해 벌써부터 학자들을 동원하여 지리, 민속, 문화유적 등을 조사 정리하였다. 그 중에서『금강산 식물조사서』같은 사례를 보면 그 치밀함에 혀를 내두르게 한다.[53] 또 1919년에는 일본인 자본가를 내세워 금강산철도주식회사가 설립되었다. 이를 계기로 금강산 관광개발이 적극적으로 추진됐고, 일본인들에게 명승지로서 대대적으로 선전하였다. 철원에서 내금강 장안사까지 단발령을 오르는 116.6km의 전기 철도의 개통(1931. 7. 1) 이후 교통망의 조성은 호텔과 산장, 골프장과 스키장, 해수욕장과 온천, 사냥 프로그램 등 대대적인 관광지 개발 사업으로 이어지게 했다. 일본어판 안내서의 출간과『조선철도여행안내』(1921) 책자에 금강산 탐승안내를 부록으로 싣는 등 일제는 정책적으로 금강산의 관광상품화를 가속화해 나갔다.

그 결과 1930년대 중반부터 금강산 관광객이 폭발적인 증가세로 돌아섰다. 1920년대까지 연간 7백여 명에 불과했던 금강산 탐승객이 1933년에는 4만여 명에 이른 것이다.[54] 수적 증가에는 학생들의 수학여행 코스로 금강산을 선호한 것도 한몫했다. 조선시대 평균 한 달여 걸렸던 서울-금강산 기행여정이 일주일 혹은 4박 5일 코스로 빨라진 점도 획기적인 변화였다.

금강산 관광의 활성화는 금강산 등반코스를 안내하는 지도제작과 사진첩의 출간, 그리고 그림엽서의 발행을 통해서도 엿볼 수 있다. 또 삼선암이나 구룡폭이 새겨진 목제나 도자류의 민예품 같은 관광기념물 판매로

53　『金剛山 植物調査書』(경성: 조선총독부 총무국, 1918).

54　大熊龍二郎,『金剛山案內記』(1934).

새로운 여행 풍속도를 그려내게 된다.

이처럼 다양해진 금강산 관련 잡지나 책자를 뒤져보면, 의외로 금강산 탐승의 여러 면모를 살필 수 있다. 명승지 앞에서 찍은 기념촬영 사진들, 또는 전철과 자동차가 내왕하며 관광객을 태운 모습이나 장안사 입구나 온정리에 숙박업소가 들어선 사진들이 그때 그 시절을 친절하게 보여준다. 특히 이 시절에는 인쇄·사진술의 발달과 함께 그림보다 사진이 한층 중요한 역할을 하였다. 민충식이나 신봉린 등 금강산을 찍은 사진작가가 배출되었고, 1930년대에는 내금강 사진동업조합이 결성되기도 하였다.[55]

사진첩은 일본의 도쿄東京나 오사까大阪에서 경성과 원산 등지로 제작처가 확대되었다. 德田富次郎이 도쿄東京에서 인쇄하여 원산元山에서 발행한 『금강산金剛山』 사진첩이 그 원조격으로, 1912년에 초판이 발간되었다.[56] 후쿠오카福岡에서 사진관을 운영하던 사람으로 금강산에 매료되어 원산에 덕전사진관德田寫眞館을 내고 정착한 경우이다. 이 사진첩에는 "일만이천봉一萬二千峯"이라는 이준李埈 공의 행서를 받아 맨 앞에 싣고 총석정부터 외금강, 내금강의 명소를 흑백사진으로 인쇄한 것이다. 각각의 명소에 간략한 해설을 달았으며, 등반 안내 지도를 곁들였다. 1912년 초판이 발간된 뒤 거의 1~2년에 한 번꼴로 재판을 찍었으니 금강산 사진첩으로는 가장 충실하게 만들어진 베스트셀러였다고 할 수 있다. 이와 함께 1920~1940년대에 나온 사진첩들은, 오늘날 1950년 전쟁으로 소실된 금강산 소재 명찰의 구조와 원형을 살필 수 있는 중요한 사료가 되

---

55 최인진, 『한국사진사』(서울: 눈빛, 2000).

56 德田富次郎, 『金剛山』(元山: 德田寫眞館, 1912).

고 있다.

금강산 탐승안내지도도 눈길을 끈다. 1915년 이후 「금강산」 지역의 등고선 지도(2만 5천분의 1이나 5만분의 1)가 제작되기도 했고, 내외산도를 구분한 대형의 채색지도를 비롯해서 소형에 이르기까지 다종^{多種}이 제작되었다. 관광안내지도는 그림식 지도가 대부분이었다. 이들 채색지도들은 일본인 화가들에 의해 그려진 것으로, 동경-부산-경성-금강산 이동 경로의 표시와 함께 금강산 전체를 부감하여 입체감을 살린 안내용 그림이다. 한데 금강산 전개도는 마치 조선 후기의 〈금강전도〉 형식을 펼쳐 놓은 듯하여 흥미롭다. 일반 관광객을 배려해 이해하기 쉽고 알아보기 용이한 방식을 채택한 것으로, 현재 국립공원 입구의 안내판 그림에서도 유사한 형식을 만날 수 있다.

2. 20세기 전반 금강산 사생화(寫生畫)

금강산 회화 전통은 안중식, 조석진, 김규진, 이도영, 김은호, 이상범, 변관식, 이응노, 허건, 고희동, 임용련, 이쾌대, 배운성 등 조선 후기에서 20세기 화가로 그 화풍이 이어졌다. 민족의 명산으로 긍지이기도 하고 금강산 관광여행의 급증에 따른 결과이다. 한데 사진이 발달하던 시대의 새 문화현상인지, 돌아보기 여정을 담아 그린 화첩류 제작은 거의 사라졌다. 이들은 겸재 정선이 이룩해 놓은 전통 진경산수화풍을 토대로 하면서 현장사생으로 이룬 금강산 그림이 등장했다. 여기에 서양화법이나 일본 남화산수화풍의 영향이 가미되어, 새로운 시대의 근대풍경화랄 수 있는 '사생화^{寫生畫}' 형식이 자리 잡힌 것이다.

1) 안중식과 김규진의 전통형식 계승과 변모

"書畵家 金剛山行 / 畵家 安中植, 趙錫晋, 李道榮, 高義東 四氏와 書家 吳世昌 氏는 약 2주일의 예정으로 金剛山 寫生 旅行次 25日 오전 元山을 향하여 출발하였다."[57] 이는 매일신보^{每日申報} 1918년 7월 26일자 2면에 실린 짤막한 단신이다. 이 기사의 금강산 스케치 여행은 인적 구성으로 볼 때, 한 달 전인 6월에 창립된 서화협회^{書畵協會} 회원들이 마련한 행사였던 모양이다. 서화협회는 일제강점기 조선인 서화가로 구성되어 우리 미술사에서 최초의 근대적인 미술단체로 평가받는다.[58] 1918년 5월 19일 발기인 모임을 갖고 6월 16일에 창립되었는바, 참여한 서화가들과 설립 목적에서 한국 근대미술사에서 차치하는 서화협회의 위상과 역할을 짐작해 볼 수 있다.[59]

서화협회의 맨 첫 행사는 회원들의 휘호회^{揮毫會}였다. '조선의 서화를 다시 일으키고 일반의 서화에 대한 취미를 보급하기 위한' 서화 대중화 운동의 첫 시도라 할 수 있겠다. 7월 21일 이문동 태화정^{泰和亭}에서 성공적으로 휘호대회를 치루었다고 한다.[60] 뒤이은 서화협회의 두 번째 행사

---

57 『每日申報』, 1918년 7월 26일: 고어체의 기사를 풀어 쓴 것이다.

58 조정육, "근대 미술사에서 서화협회의 성과와 한계," 靑餘 李龜烈 先生 회갑기념논문집 간행위원회, 『근대한국미술논총』(서울: 학고재, 1992).

59 1918년 5월 19일 고희동의 주도아래 13명이 참여하여 발기인 모임을 가졌고, 6월 16일 18명의 정회원으로 창립총회를 열었다. 안중식, 조석진, 오세창, 김규진 정대유, 현채, 강진희, 김응원, 정학수, 강필 주, 김돈희, 이도영, 고희동 등이 발기한 서화협회는 초대회장으로 안중식을 선출하였고, 총무는 고희동이 맡았다. 설립목적으로는 신구미술계의 발전, 동서미술의 연구, 후진교육, 대중화(公衆의 高趣雅想을 增長)을 내세웠다: 『書畵協會報』, 제1권 1호 (1921).

60 『每日申報』 1918년 7월 23일.: 휘호대회의 사진과 함께 실린 기사 "성황의 서화협회

가 바로 위의 금강산 스케치 여행이었던 셈이다. 또 주요 회원들만의 첫 행사이었던 점을 감안하면, 일제강점기 화가들이 품었던 금강산의 의미와 그 중요성을 새삼 재인식하게 된다.

금강산 관광이 대중화되면서 화가들의 사생여행도 빈번해졌다. 20세기 전반기의 금강산 작가라 이를 만한 해강 김규진을 비롯하여, 지운영, 지성채, 이상범, 변관식, 박승무, 노수현, 김은호, 이응로, 허건, 임신 등이 사생 여행의 흔적을 남기고 있다. 이들은 분명 조선 후기 작가들과는 다른 시각에서 금강산의 절경을 대하였다. 또 일만이천 산봉우리와 계곡을 누비며 새로운 회화 대상들을 찾고자 하였다.

조선시대는 물론 20세기 사람들에게도 금강산은 두말할 필요 없이 신선경神仙景이었다고 할 수 있다. 조선 시대에는 성리학 이념의 세계를 추구한 문인문화에서 성정을 맑게 해줄 선경으로서 금강산의 의미가 컸기에 겸재의 〈금강전도〉와 같은 단단한 '진경산수화眞景山水畵'의 형식미가 창출되었다고 볼 수 있다. 이런 조선 후기의 수준에 비하여 20세기의 금강산 그림은 양적으로나 질적으로 미치지 못하였다. 하지만, 적극적인 현장사생을 일구어내었다는데 새로운 의미를 부여할 수 있겠다. 조선 후기의 관념성을 내포한 중세적 진경산수화에서 근대의 풍경화 개념으로 그 영역을 확장했기 때문이다. 이는 금강산 같은 절경 탐승이 인간 내면의 성숙보다 문명인의 자연친화, 혹은 머리를 식히는 휴식이나 구경거리 관광여행으로 변모해 버린 양상과 그 궤를 같이하는 것이다.[61]

휘호회"를 보면, 20여명의 회원과 이완용, 윤택영, 윤덕영, 김가진 등 친일파 고관 귀족들이 주요 관객으로 참여하였다.

61   서유리, "1910~1920년대 한국의 풍경화 연구"(서울대학교 고고미술사학과 석사학위논문, 2001).

심전 안중식, 소림 조석진, 해강 김규진 등은 조선시대 말기와 20세기 초반을 걸쳐 활동했던 만큼 전통회화의 격식을 따르면서도 조심스럽게 근대적 방식으로 전환을 꾀한 금강산도를 보여준다.

심전 안중식心田 安中植, 1861~1919은 마지막 절필작이 삼선암도三仙岩圖일 정도로 1918년 금강산 여행 이후 금강산 그림에 열성을 쏟았던 듯하다.[62] 특히 개화파에 속했던 안중식은 1915년 작 〈백악춘효도白岳春曉圖〉(국립중앙박물관 소장)나 〈영광풍경〉 병풍(호암미술관 소장) 등의 예처럼, 전통화풍을 토대로 근대적 사생화의 방향을 제시한 작가로 지목된다.[63] 안중식의 금강산 그림은 전통에서 근대로 이행하는 과도기의 산물들로서 특히 주목할 만하다. 현재 알려진 안중식의 금강산 그림으로는 1918년 금강산을 여행하고 그린 〈비봉폭도〉, 〈명경대도〉, 〈옥류동도〉(개인소장) 등 병풍그림의 일부와 〈선면삼선암도〉(1918), 그리고 〈금강전도〉와 미완의 〈삼선암도〉(1919) 등이 있다. 〈명경대도〉는 '戊午孟秋'에 '長安寺 華嚴社'에서 그렸다고 밝히고 있고, 〈옥류동도〉에는 풍경을 임모하듯이 '臨景描寫'했다는 화제가 보인다.

〈옥류동도〉나 〈명경대도〉는 산허리에 가늘고 듬성하게 찍은 미점준米點皴 처리나 〈비봉폭도〉의 화면 구성에 단원 김홍도檀園 金弘道, 1745~? 사생화풍의 잔영이 남아있다. 이와 달리 『서화협회보』 창간호(1921)에 유묵遺墨 작품 사진으로 실렸던 〈금강전도〉와 〈선면삼선암도〉는 완연히 전통적 형식을 탈피한 인상이다. 그리고 매일신보에 사진으로 실린 미완의

---

62 『每日申報』, 1919년 11월 4일.

63 이구열, "전통의 계승, 근대한국화의 개창,"『안중식』(서울: 금성출판사, 1990); 이태호, "20세기 초 전통회화의 변모와 근대화 －채용신·안중식·이도영을 중심으로,"『동양학』, 제34집 (2003).

절필작 만물상 삼선암도는 삼선암의 형상을 크게 강조한 단순한 구성이
새롭다.[64]

　부채그림 〈선면삼선암도〉(개인소장)를 보면, 섬세한 태점苔點의 붓 맛
이 소담한 그림이다. 우뚝 솟은 선 바위만의 구성은 절필작과 흡사한데,
삼선암 바위 왼편 아래로 두 마리 학이 나는 장면을 삽입한 점이 다르다.
관념성이 강한 학의 존재는 안중식이 선경으로서의 금강산에 대한 전통
적 의식으로부터 완전히 자유롭지 못했음을 시사한다. 이 시기 금강산
그림이 당면해 있던 회화사적 성향을 대변하지만, 회화적으로 성공한 작
품으로 꼽고 싶다. 안중식의 금강산도는 동시기의 후배화가들이 일본화
풍과 서구 풍경화 방식을 무비판적으로 추종하며 금강산을 그리던 경향
과 차이가 두드러져 주목된다.

　20세기 초반, 금강산과 가장 인연이 깊었던 작가는 서예가이자 대나
무 그림으로 유명한 해강 김규진海岡 金圭鎭, 1868~1933이다.[65] 젊은 시절
9년 동안 중국에 유학하였고, 귀국 후 34세(1901)에 왕세자 영친왕의 사
부師傅로 궁내부시종을 역임하는 등 황실과도 두터운 인연을 가졌다. 그
런 한편 '천연당天然堂' 사진관과 '고금서화관古今書畵觀'이라는 화랑의
개설, 그리고 '서화연구회'를 창립하여 김진우나 이응노 등 후진 양성
에도 관심을 쏟는 등 20세기 초반 미술계에서 독특한 행적의 인사이기도
하다. 처음에 동참했던 서화협회 작가들과는 거리를 둔 것 같다.

　김규진의 본격적인 금강산 여행은 1919년에 금강산 암벽에 자신이 쓴
'天下奇絶' '法起菩薩' '釋迦牟泥佛' 등 대형 각자刻字의 완공식에 참

64　『每日申報』, 1919년 11월 4일.

65　金永基編, 『金海岡遺墨』(서울: 대일문화사, 1980).

석하면서 실현되었다. 이들 대형 행서체 암각글씨는 내금강 만폭동 구역
에 남아 있다. 그는 또 19m 길이의 초대형 글씨 '彌勒佛'을 외금강 구룡
폭 암벽에 새겨 넣기도 하였다. 이 글씨들은 불교도들의 주문으로 썼고,
구룡폭의 '미륵불'에는 일본인 스즈끼鈴木 아무개가 조각한 것으로 밝혀
져 있다.[66]

김규진의 첫 금강산 그림으로는 1914년에 그린 〈해금강도〉가 알려져
있어, 1919년 이전에도 금강산을 여행했던 것 같다.[67] 1919년 금강산
탐승을 마친 김규진은 앞 장에서 언급했던 것처럼 스케치를 곁들인 금강
산 기행문을 16회에 걸쳐 매일신보에 연재하였다. 이 연재물은 산의 전
경부터 삼선암이나 마하연 동자바위 같은 부분도까지를 다양하게 담은
수묵건필水墨乾筆 느낌의 사생화이다. 일본 화가들의 소묘풍과 유사하면
서도 그 화면 운영은 대체로 전통화법을 따른 투다. 특히 16회에 이어서
매일신보에 실린 구룡연 입구 〈금강문 〉(12. 1), 〈구만물상〉(12. 2), 〈구
룡연의 장관〉(12. 9) 등은 전통의 수묵산수화풍을 보여준다. 김규진의 금
강산 여행과 사생은 「금강산유람기」(1920. 1. 8)로 마감되어 있다. 더불
어서 김규진은 1920년 장편의 금강산 기행시조『金剛遊覽歌』를 짓기도
했다.[68]

그리고 1920년 순종의 요청에 따라 창덕궁의 접견실인 희정당熙政堂
벽화를 제작하기 위해 다시 3개월간 금강산을 찾아 밑그림을 스케치했
다. 현존하는 총석정 초본 상단에 "경신년 초여름에 창덕궁 희정당 벽화

---

66 이태호, 『조선미술사기행』.

67 金永基編, 『金海岡遺墨』.

68 권경숙, "海岡의 金剛遊覽歌 研究"(동아대학교 대학원 석사학위논문, 2003).

일로 명을 받들어 금강산에 들어가는 길에 통천군 고저^{庫底}에 이르러 총
석정에 올랐다. 수석이 천하에 절승함을 본 뒤 작은 배를 타고 그 전경을
그려 초본을 만들었다. … 이 작품과 만물상 전경을 나라에 바치어 궁 안
벽에 걸고 이 초본을 남기어 후세의 기념으로 한다"라고 그 제작 내력을
밝혀 놓고 있다.[69] 희정당의 중앙 홀 좌우 벽 문 위 상단의 장식화 〈금강
산만물초승경도〉와 〈총석정절경도〉는 그 초본을 옮겨 그린 것이다. 옆으
로 십여 폭 이상 이은 대형 비단의 채색화를 마치 벽화처럼 벽면에 바른
상태이다.

두 작품은 좌우 횡으로 8.8m의 긴 화면을 채우는 구도법이 참신하다.
특히 동해안에 나가 총석^{叢石} 바위들이 늘어선 해안 전체를 조망하고 스
케치했다는 총석정 그림의 수평구도가 장쾌해서 좋다. 만물초 그림은 화
려한 가을 단풍과 흰 구름 사이로 솟은 만물상 바위들을 첩첩하게 배치한
작품이다. 그 리듬감이 사람을 압도하는데, 근경에 배치한 계곡들은 실
경 맛을 떨어뜨린다. 두 그림은 전통적인 화원들의 궁중채색화풍을 충실
히 계승했다는 점에 또 다른 의의가 있겠다.

또한 김규진의 금강산 그림으로 삼선암, 만물상, 옥류동, 구룡폭 등
〈외금강 6폭 병풍〉(개인소장)도 역시 전통적인 청록산수 계통의 작품이
다. 채색이 진하면서 일본화풍의 영향도 살짝 엿보인다. 매일신보에 연
재할 때 일본화의 스케치풍을 참작한 결과일 듯하다.

화단의 한 켠에서 근대적 사생화풍이 새로이 적응했지만, 20세기 금
강산 그림은 여전히 8폭 내지 10폭의 병풍형식이 가장 선호되었다. 앞의
안중식이나 김규진의 작품처럼 명경대, 만폭동, 보덕굴, 진주담, 만물

---

69 金永基編, 『金海岡遺墨』(서울: 대일문화사, 1980).

〔그림 3〕 해강 김규진, 총석정절경도

〔그림 4〕 해강 김규진, 금강산만물초승경도

상, 삼선암, 구룡폭, 옥류천 등 구체적인 세부 절경을 각 폭마다 담아 한 벌로 꾸미는 형식이 유행했던 것이다. 여기에 사계절로 분류하여 배열하기도 하였다. 당시 전통적인 문화에 젖어 살던 금강산도 수요층의 취향을 유추해 볼 수 있다.

안중식과 함께 근대화단의 초석을 다진 소림 조석진小琳 趙錫晋, 1853~1920이 1918년 여행 후 가을에 그린 만폭동구, 장안사, 진주담, 만물상, 구룡연대폭 등 〈금강산10폭병풍〉(서울역사박물관 소장)은 근경과 후경을 결합한 양단구도로 전통성이 강하다. 그런데다 열 폭 가운데는 적벽강赤壁江과 석문폭石門瀑 같은 관념산수화가 포함되어 있다. 또 1918년 작 부채그림 〈석왕사도釋王寺圖〉(간송미술관 소장)는 차분한 농담의 전통수묵미를 보여주는 예이다. 석왕사는 금강산 북쪽 함경남도 안변 설봉산에 자리하고 있으며, 이 작품은 독립운동가 우당 권동진憂堂 權東鎭에게 그려준 것이다.

우청 황성하又淸 黃成河의 〈금강산10폭병풍〉(한빛문화재단 소장) 역시 삼선암, 만물상, 비봉폭, 구룡연, 보덕굴, 명경대 등 내외금강의 절경들을 각 폭마다 담은 것인데, 앞의 작가들보다 현장사생의 멋이 비교적 살아 있다. 반면에 석하 김우범石下 金禹範의 〈만물상도〉와 〈만폭동도〉(개인 소장)는 병풍그림의 일부인데, 전통 문인화의 담묵淡墨을 주조로 처리하여 사생의 느낌이 덜한 편이다.

백련 지운영의 금강산 기행첩『풍악유첩』의 뒷면에 그려 넣은 아들 춘초 지성채春草 池盛彩, 1899~1980의 〈헐성루상망금강歇惺樓上望金剛〉(통도사 성보박물관 소장)은 서화첩의 구성방식이나 미점米點에서 전통화풍을 고스란히 계승한 것이다. 하지만 담청색과 수묵의 적절한 미점米點 배합은 색다른 느낌을 준다. 무호 이한복無號 李漢福의 1926년 비단에 그린 수묵화 〈만물상도〉(간송미술관 소장)도 암봉들을 펼쳐놓은 구도가 전통적이면서도 참신한 별격에 해당한다.

2) 이상범과 고희동의 현장사생

일제강점기 금강산을 그린 대표작가 한 명을 꼽자면 청전 이상범青田李象範, 1897~1972을 들 수 있다. 이상범은 일찍이 조선미술전람회의 출품작을 통하여 출세하였던 만큼 일본 남화산수의 사생화풍을 적극 수용하였다. 그리고 1930~1950년대 꾸준히 자기 화풍을 모색한 결과 20세기 한국의 전통산수 분야의 거장으로 성장했다.[70]

1934년경부터 동아일보의 연재를 위해 전국의 명승지를 찾아 스케치 여행을 하면서 내처 금강산에도 다녀온 것이 분기점이랄 수 있겠다. 특히 이상범이 일본 산수화풍을 벗는데 금강산 여행과 사생이 얼마나 큰 역할을 했는지, 그의 금강산 그림들에 잘 드러나 있다.

이상범의 초기 금강산 그림으로는 1937년 작 〈금강산24승〉첩(삼성미술관 리움)을 비롯한 1930~1940년대 금강산 명소를 담은 몇 화첩이나 족자그림 정도만 꼽을 수 있다. 대신에 내금강 보덕암이나 진주담, 외금강 삼 선암이나 만물상, 옥류천, 구룡폭, 해금강 총석정 등 몇몇 명소를 집중적으로 작품화하는 경향이 두드러졌다. 1930년대의 족자그림 〈보덕굴도〉(고려대학교박물관 소장)는 현장을 눈에 보이는 그대로 찬찬히 비단 화폭에 옮긴 수묵화이다. 이보다 성숙한 필치와 색감은 〈금강산 12폭 병풍〉(개인 소장)에서 보인다. 금강산 명승을 사계로 재구성한 작품으로 삼선암, 천선대, 명경대, 비로봉, 분설담, 오만물상, 옥류동, 연주담(이

70　『이상범』(서울: 삼성문화재단, 1997).

상 봄과 여름), 비봉폭과 진주담(가을), 총석정과 옥녀봉(겨울)을 대상으로
하였다. 결 고운 명주 바탕에 그린 것으로 보존상태로 좋아 상당한 대가
집에서 소장했던 것 같다. 깔끔하고 섬세한 이상범의 회화적 취향과 똑
떨어지는 그림들이다.

〈금강산 12폭 병풍〉은 이상범 특유의 개성화법이 형성되기 이전
1930~1940년대 작품으로 추정된다. 12폭 모두 각각의 경치를 마치
50mm 표준렌즈에 포착된 그대로 전사한 듯 전적으로 현장사생에 의존
한 작품들이다. 풍경을 포착한 시점이 서구식 사생화의 방식을 따른 것
으로, 전통회화의 공간운영법과 차이가 있다. 한편 이상범은 현장사생에
지나치게 의존했던 탓인지 해방 후에는 금강산 그림을 별로 그리지 않았
다. 전통회화 분야에서 쌍벽으로 일컬어지는 소정 변관식이 오히려 금강
산 그림에 주력했던 점과 대조를 이룬다.

이상범과 함께 동연사同硏社를 결성했던 노수현 · 박승무 · 변관식 등
도 해방 전에 금강산을 여행하며 사생한 작품들을 남기고 있다. 심산 노
수현心汕 盧壽鉉, 1899~1978의 〈만학천봉萬壑千峰〉(동아일보사 소장)은 귀
면암과 만물상을 담은 작품이고, 심향 박승무深香 朴勝武, 1893~1980의
〈계추비폭季秋飛瀑〉(통도 사 성보박물관 소장)은 만폭동 계곡을 연상시키는
금강산 실경도이다.

한편 이상범의 수제자로 꼽히는 제당 배렴霽堂 裵濂, 1912~1968은 일
제강점기 금강산 그림으로 유일하게 개인전을 열었던 작가이다. 배렴도
1939년에 금강산을 여행하고 제작한 금강산도에서 일본화풍을 벗었다.
'스승의 영향에서 탈피하여 자기의 개성과 새로운 경지'를 열었다는 평

가를 받기도 했다.[71] 30여 점의 금강산 도로 꾸민 개인전(1940년 3월, 화신화랑)은 세간의 관심을 끌었고, 금강산의 인기를 증명하기라도 하듯 전시 작품들은 모두 팔렸다고 한다.

배렴의 금강산 화풍은 뾰족뾰족한 일만 이천 봉의 산세를 한 화면에 집약한 〈금강산도〉(개인 소장)나 12폭 병풍에 연폭으로 담은 대작 〈헐성루조망내금강전도〉(동아대학교박물관 소장) 등에서 살펴볼 수 있다. 금강산의 세부 특징보다 전경全景을 포괄하는데 주안점을 두고 약간 굵고 둔탁한 필치로 강한 인상을 표출하는 것이 배렴의 뚜렷한 개성이다. 앞서 거론한 이상범의 경우와 더불어서 금강산의 절경이 한 화가의 작품세계를 긍정적으로 변모시킨 좋은 사례이다.

이들과 달리 일본화풍을 적극 받아들여 금강산을 사생한 화가로는 고희동, 김은호, 김우하, 임신, 허건 등을 들 수 있다. 우리나라 최초로 유화를 배운 춘곡 고희동春谷 高義東, 1886~1965도 수묵을 써서 그린 금강산도를 여러 점 남겼다. 1939년 작 〈외금강산소견外金剛山所見〉(동산빙화랑 소장)이 대표작으로 알려져 있는데, 만물상인 듯한 바위묘사는 금강산의 실제 분위기와 거리가 있다. 그나마 〈명경대도〉(개인 소장)나 〈옥녀봉도〉(일민미술관 소장) 등이 현장 모습에 가깝지만, 회화적 완성도는 떨어지는 편이다. 입체감을 살린바 위의 표현과 풍경의 포착 방식에 일본유학에서 배웠을 서양화식 풍경화의 영향이 두드러진다.

채색인물화가로 유명한 이당 김은호以堂 金殷鎬, 1892~1979도 상당량의

---

71   홍선표, "제당 배렴-문인풍 수묵산수의 모범," 『배렴/성재휴』(서울: 금성출판사, 1990).

금강산 그림을 남겼다.[72] 미인도 계열의 인물화나 마찬가지로 금강산도를 비롯한 풍경화에도 일본화풍이 역력하다. 김은호는 1918년 초행길에 나선 이래 1923~1924년, 1937~1938년 등 세 차례 이상 금강산을 여행한 것으로 확인된다. 초기작품으로는 1942년 작 설경雪景인 〈대호정도帶湖亭圖〉(개인 소장)가 알려져 있는데, 역시 당시 풍미했던 일본 산수 풍경화의 전형을 보여준다. 해방 후에는 여러 점의 〈풍악추명楓岳秋明〉과 같은 화려한 채색의 가을 풍경화를 그렸고, 동시에 미점산수풍의 〈우후금강雨後金剛〉 같은 수묵화를 즐겼다.

외에도 20세기 전반기의 일본식 채색화풍으로 그린 금강산도로는 남농 허건南農 許楗, 1907~1987의 1940년 작 〈보덕굴도〉(목포 남농기념관 소장)가 유명하다. 가을 풍악과 잘 어울린 호분과 진채의 그림이다. 허건은 해방 후에도 금강산 여행의 기억을 살려 수묵담채풍의 1946년 작 〈묘길상대불〉과 1948년 작 〈금강산 만폭동〉(목포 남농기념관 소장), 그리고 1952년 작 〈금강산사계10폭병풍〉(개인 소장) 등을 남기고 있다.

임신林愼이 '옥룡玉龍'이라 서명한 〈명경대도〉, 〈보덕굴도〉, 〈진주담도〉, 〈옥녀봉도〉(개인 소장)의 경우도 화면을 꽉 채운 구도와 치밀한 선묘가 서양식 풍경화풍에 가깝다. 수묵화 〈구룡폭도〉(통도사 성보박물관 소장) 역시 담묵처리에서 일본 근대 수묵화풍의 영향이 감지된다. 임신은 '임자연林自然'이라고도 했고, 의재 허백련毅齋 許百鍊의 연진회鍊眞會 회원으로 이름이 올라 있다. 해방 후 월북한 것으로 전해진다.

조선미술전람회 출신 작가인 홍순관洪淳寬의 〈총석정도〉 역시 사생화풍을 보여준다. 총석정을 중앙에 배치하고, 좌우에 바닷가 풍광을 담은

72　한국근대미술연구소 편, 『이당 김은호』(서울: 국제문화사, 1978).

구성과 어리숙한 화법이 키치의 냄새를 풍긴다. 변화하는 시대 분위기 속에서 금강산 그림의 대중화 양상을 방증하는 그림이다.

김우하金又荷는 당시 일본화풍에 가장 심취해 있었던 작가로 생각된다. 김우하의 〈삼선암도〉(통도사 성보박물관 소장)는 서양화의 입체화풍과 뒤섞은 당시의 일본 산수화풍 그대로이다. 제1회 조선미술전람회(1922)에 입선작 〈추산모일秋山暮日〉도 그러한 화법으로 그린 금강산경의 분위기이다. 화면의 오른쪽 하단 '금강만물金剛萬物'이라고 쓴 〈삼선암도〉는 산허리를 감도는 안개구름이 이른바 '몽롱체'의 전형이다. 당시 선전에 출품된 일본화가의 금강산 그림과 유사한 점도 눈에 띈다. 이러한 경향은 비단 금강산 그림에 국한되지 않고 20세기 전반 산수풍경화 전반에 걸쳐 나타난다.

3) 유화로 정착된 풍경화

일제강점기 내내 일본 유학을 통해 습득한 인상주의 화풍의 풍경화들이 많이 그려졌음에도 불구하고,[73] 유화 금강산 그림의 제작은 지극히 미미하였다. 금강산을 사생한 유화를 한두 점씩이나마 남긴 작가로는 김인승·구본웅·이대원·최영림 등을 들 수 있고, 해방과 전쟁 시기에 월북한 임용련과 배운성 정도가 알려져 있을 뿐이다.

임용련任用璉, 1901~?의 〈만물상 절부암도萬物相 折斧岩圖〉는 외금강 만물상에서 안심대로 오르는 길에 뒤돌아본 절부암折斧岩 쪽 풍광을 담은 것이다. 바위틈에 나있는 도끼자국 같은 큰 구멍이 여성의 성기를 상징하여 옥녀봉玉女峯이라 불리기도 했다. 앞서 고희동이 즐겨 그린 만물상

---

73 오광수, 『한국현대미술사』(서울: 열화당, 1995).

풍경이기도 하다.

〈만물상 절부암도〉는 두툼한 캔버스에 유화물감을 엷게 펴 발라 가볍게 그린 인상주의풍 풍경화이다. 이 작품을 본격적인 유화 금강산 사생화의 시발점으로 볼 수 있을 것 같다. 시커먼 실루엣의 절부암과 그 너머 녹청색 관음연봉의 안개처리는 수묵화의 맛을 동시에 살려낸 그림이다. 의식적으로 전통적 회화형식을 차용했다기보다, 금강산의 절경이 자연스레 새것과 옛것을 적절히 조화시켜 준 것이다.

임용련은 젊어서 미국에서 미술학교를 다녔고 파리에서 활동하기도 하였다. 귀국 후에는 서울이 아닌 평안도 정주^{定州} 오산학교^{五山學校}에 부임하여 미술과 영어를 담당하다가 해방을 맞았다. 이중섭을 배출한 것이 임용련의 최고 업적일 것이다. 〈만물상 절부암도〉는 1940년 임용련이 미국서 작곡을 공부했던 동료 음악교사 김세형의 결혼기념으로 그려준 그림으로, 옥녀봉은 아이 낳기를 빌어 왔던 무속터이니 최상의 결혼 선물인 셈이다. 지금은 희미하나 캔버스 뒷면에 '祝 華婚 金世炯·鮮于信永 先生, 任用璉·白南舜 謹呈'이라고 먹으로 써 놓았다. 부인 백남순 역시 여류화가였다.

배운성^{裵雲成, 1901~?}의 〈총석정도^{叢石亭圖}〉도 전통회화의 구도법과 전혀 다르면서도 전통적 양식과 친화성을 지닌 작품이다. 바다와 하늘과 어울린 총석정 언덕풍광을 보이는 그대로 포착하였다. 총석^{叢石}들의 언덕 위에 정자와 성근 솔밭을 배치하고 육모형 총석 덩어리의 윗머리 부분을 클로즈업하여 강조한 점은 옛 그림에서 찾아볼 수 없는 시각이다. 그리고 두텁게 바른 유화의 질료감이 전체적으로 어두워선지 고전적인 느낌을 풍긴다. 〈총석정도〉는 배운성이 자주 드나들던 병원의 주치의에게 선물한 것이라 전한다. 배운성은 유럽에서 유화를 공부하였고, 1940년

9월에 귀국하여 1944년에 첫 개인전을 갖기도 했다.

몇 점 안 되지만 이들을 포함하여 20세기 유화 금강산 그림들은 전통적인 산수화풍과 다른 새로운 형식의 근대 풍경화로 정착시켰다는데, 미술사적 가치를 부여하고 싶다. 아무튼, 당시 신지식인으로 서양화를 배운 우리 작가들이 금강산에 눈을 돌리지 않은 이유는 일차적으로 전통회화를 낡은 것으로, 곧 금강산은 전통 수묵화에나 어울리는 대상으로 치부했기 때문으로 여겨진다. 특히 금강산에서 한때 살았던 박수근이나 금강산에서 가까이 원산에서 지냈던 이중섭이 금강산을 그리지 않은 것은 고개를 갸우뚱하게 한다. 우리 20세기 회화사를 가름하는 두 거장이기에 더욱 그러하다.

서양화를 공부한 화가들이 초기부터 금강산을 당대 풍경화의 중심으로 삼고, 그렸더라면 어쨌을까. 전통 형식의 장점을 살리면서 새로 유입된 유화재료의 특성을 우리 것으로 소화하는 데 적절한 방법을 금강산 경치에서 찾을 수 있었을 터인데 하는 아쉬움이 남는다.

이처럼 20세기 전반 새롭게 서구의 풍경화식 사생화법이 수용되기는 했지만, 전통적 형식을 고수한 예든 새로운 형식의 수묵채색화든 금강산의 제맛을 살려낸 작품은 찾기 어려운 형편이다. 더군다나 당시 이광수나 최남선의 기행문학이 지니는 문화사적 의미와 비교해 볼 때도, 금강산도의 회화의 수준은 지지부진한 것이었다. 또한 금강산을 그린 우리 작가가 적던 데 비하면, 조선미술전람회 도록을 훑어볼 때 오히려 일본인 화가들의 금강산 그림이 상당하다. 한데 일본화풍은 역시 금강비경의 아름다움을 형상화하기엔 걸맞지 않은 것 같다. 중국의 영향에서 벗어나 산수화의 독자적 경지를 수립했던 조선 후기의 회화적 성과를 떠올리면, 불 행하게도 정치·경제와 또 다른 회화식민지를 맞이한 것은 아닌가 하는 생각마저 든다.

3. 20세기 후반 금강산 추상화(追想畵)

20세기 후반의 양상은 전반기와 사뭇 다르게 금강산 그리기가 위축되었다. 분단의 시기였던 만큼 금강산은 남쪽 사람들에게는 갈 수 없는 땅이 되었기 때문이다. 그런 가운데 일제강점기에 금강산을 다녀온 일부 화가들이 옛 그림이나 스케치, 사진자료 등을 참고로 기억 속의 금강산을 그리게 되었다. 변관식과 이응노, 김은호, 김종영 등이 그 풍광을 기억해 표현하는 작업으로 명맥을 유지했다. 곧 '추상화追想畵'라 일컬을 수 있겠다.

1) 금강산 그림에 신명을 다한 변관식

분단의 역사 속에서도 시대를 거슬러 금강산 그림에 자신의 예술혼을 투영시킨 작가가 있었다. 소정 변관식小亭 卞寬植, 1899~1976이 바로 그 주인공이다. 조선시대 최고의 금강산 작가가 겸재 정선이라면, 20세기에는 소정 변관식이 존재한다고 내세울 수 있을 것이다.[74]

"어떤 사람은 나의 산수화는 금강산뿐이라고 하지만 사실 금강산의 아름다움과 장엄함은 내가 평생 그려도 다 못 그릴 그런 장엄미를 갖춘 것이다. …… 내 머리와 가슴속엔 금강산의 기억과 감격이 아직도 생생하게 남아 있다."라고 생전에 피력했듯이, 변관식은 가슴속에 묻어 놓은 '기억과 감격'을 토대로 금강산의 장엄미를 형상화하는데 후년의 반생을

---

74 『소정과 금강산』(서울: 삼성미술관, 1999).

바쳤다.[75]

변관식은 1937년부터 서울을 떠나 해방되던 해까지 8년간 전국을 방랑하며 지낼 때, 금강산에 가장 도취하였다고 한다.[76]

그때의 금강산 그림으로 전하는 사생화가 거의 알려져 있지 않아 아쉽다.

현존 작품 중 연대가 가장 올라가는 금강산 그림은 1959년에 그린 〈삼선암추색도〉(개인 소장)로 변관식의 대표작이기도 하다. 조선시대 화가들이 삼선암도를 별도로 그리지 않았던 데 비해, 변관식은 선배인 안중식에 이어 만물상 입구에 솟은 삼선암의 위용에서 새로운 근대적 형상미를 발견해낸 것이다. 특히 삼선암 중에서 가장 우뚝한 상선암 바위를 중심에 놓고 만물상 풍경을 배경으로 재배치하였다. 이런 구도법은 기존의 상식을 뛰어넘는 것으로, 이색적이면서도 공간감이 탁월하다. 여기에 1950년대 후반 농익은 변관식의 '적묵積墨과 파선破線'의 기법이 가미되어 더욱 역동적인 화면을 연출하고 있다. 변관식 특유의 개성미와 통했던 듯 삼선암 그림들은 대체로 완성도가 높다. 그 이유는 바위의 기세가 자유분방한 변관식의 성품에 잘 부합되었기 때문일 것 같다.

더불어 변관식이 즐겨 다룬 금강산 명소로는 외금강의 옥류동이 있다. 1963년 가을에 그린 〈옥류천도〉(개인 소장)가 대표작으로 꼽힌다. 특히 변관식이 즐겨 쓰던 짙은 농묵의 파선법을 자제하여 차분한 적묵 효과가 돋보이는 작품이다. 옥류동의 장관은 50m 높이의 흰 폭포와 비취색의 못에 있는데, 변관식은 소沼와 폭포를 생략하고 있다. 그래서 실제 풍경과

---

75 『화랑』, 1974년 여름.

76 홍용선, 『소정 변관식』(서울: 열음, 1978).

비교하면 옥류동보다는 그 위쪽 연주담에 가깝다. 가로 놓인 무대바위와 선바위를 중앙에 배치하고, 왼편 옥류동 입구의 석벽과 오른편 연주담으로 오르는 암벽길을 높게 과장하여 옥류동의 거대한 석문처럼 배치하였다. 옥류동 폭포와 물길을 중심으로 그리던 조선시대 화가들과 다른 포치방식을 보여준다.

그런데 이 〈옥류천도〉가 1999년 일민미술관의 '몽유금강'전 때, 문제작으로 세간을 떠들썩하게 했다. 어느 미술잡지 창간 준비호에서 〈옥류천도〉가 변관식의 여제자인 조순자의 이름으로 1963년 국전에 출품되었던 점을 들어, 변관식의 그림으로 보기 힘들다고 이의를 제기한 일이 있었다.[77] 한데 변관식이 그림에 제자인 '順子'라는 이름을 써넣어 국전에 출품하여 입선하게 한 일은 그다운 객기스런 파행이다. 어쨌든 〈옥류천도〉는 그 문제제기 전이나 후나 변관식의 금강산 그림을 대표하는 명작으로 꼽기에 손색없는 그림이다.[78]

1960년대 말~1970년대 초반 변관식 말년 특유의 먹점 찍기를 반복하여 형태감을 드러내는 '초묵법蕉墨法'은 말년작 〈단발령도〉에서 가장 극대화된다. 평퍼짐하게 깔아 놓은 단발령 산언덕과 송림, 단발령의 토산과 그 위로 솟은 금강연봉을 초묵의 농담으로 리드미컬하게 융화시켰다. 정선이나 심사정, 이인문 같은 조선 후기 화가들이 단발령에서 바라본 금강산을 그릴 때, 50km 안팎의 공간을 구름이나 안개 처리로 단발령과 금강산의 거리감을 표현했던 방식에서 벗어난 구도이다.

또 변관식의 분방한 기질은 마음껏 대상을 변형시키고, 임의로 재구성

77　『제12회 대한민국미술전람회 도록』(1963).

78　이태호, "〈외금강옥류천도〉는 소정의 명품이다."『미술세계』(1999).

하기 쉬운 대상을 즐겨 선택했던 데 서도 잘 드러난다. 만폭동의 진주담이나 보덕굴 그림들이 그 좋은 예이다. 이런 개성미는 변관식이 말년에 실경미보다 '기억과 감격'에 기대어 회화미를 창출한 결과로 생각된다. 이로써 변관식은 자신의 회화사적 위상을 조선시대 대가들에 비견되게 끌어 올렸다.

한편 변관식은 스스로 '기억과 감격'으로 표현한 금강산 그림의 한계를 노정시키기도 했다. 서투름은 유독 구룡폭 그림들에서 두드러진다. 널리 알려진 1960년대의 〈구룡폭도〉(개인 소장)를 보면, 전혀 구룡폭포의 실감이 전해지지 않는다. 특히 암벽과 폭포를 평면적으로 표현한 대작 〈구룡폭도〉에는 현장에서 느낄 수 있는 물길의 우렁찬 기세나 바위의 장중함이 없고, 근경에 배치한 큰 인물이 폭포의 위용을 감소시켜 버렸다. 변관 식이 구룡폭포를 직접 탐승하지 않았던 게 아닌가 하는 의구심마저 들게 할 정도이다.

2) 이응로가 꿈에서 본 금강산

20세기 금강산 그림에 새로운 가능성을 제시한 화가로, 눈여겨봐야 할 인물도 없지 않다. 고암 이응로顧菴 李應魯, 1904~1989가 그 작가이다. 1941년 봄 금강산을 여행하면서 그린 〈집선봉도集仙峯圖〉는 스케치풍이라 집선봉 자체의 입체감은 적지만, 전통적인 준법皴法이 아닌 짧은 터치의 반복 붓질이 신선하게 다가온다. 신계천 솔밭 너머의 집선봉을 한 덩어리로 포착한 시각 또한 색다르다. 같은 해 그린 스케치풍의 〈해금강 총석정도〉(개인 소장)도 서양식 풍경화에 가까운 수평구도를 보여준다. 이러한 1940년대 사생화는, 1950년대 접어들어 나름대로 전통적 산수 형식을 변용한 점은 이응로식 풍경화에 현대감각을 실어내게 한 근간이라 여겨진다.

물론 이응로는 금강산을 자기 예술의 중심으로 삼았던 변관식의 경우와는 다르다. 또 이응로는 1950년대 후반 이후에는 국내에서 활동하지 않았다. 그러나 1950년대에 제작한 대형 병풍의 금강산 전경도들이나 그 이후 금강산의 이미지가 자연스레 배어 있는 산수 작품들이 적지 않다. 어떤 면에서는 이응로의 풍경화가 이상범이나 변관식의 산수화보다 현대적 감성에 한층 치밀하게 다가선다.

이응로의 1940년대 후반에서 1950년대 중반의 금강산 그림으로 꼽을 수 있는 작품은 〈내금강전도內金剛全圖〉와 〈외금강전도外金剛全圖〉 병풍, 〈정양사망금강전도正陽寺望金剛全圖〉, 그리고 〈내금강보덕굴內金剛普德窟〉(개인 소장) 등이 있다. 이들은 일단 스케일부터 웅대하다. 또한 이들 금강산 그림의 형식미는 이응로의 1940~1950년대 현장의 감흥을 중시하는 풍경화들과 그 맥락을 같이 한다.[79]

〈정양사망금강전도〉는 근경에 약사전·석탑·헐성루가 자리한 정양사 마당을 배치하고, 그 위로 내금강의 대경大景을 펼쳐 놓은 걸작이다. 작가가 서 있는 위치를 근경으로 설정하고, 그 너머의 풍광을 담는 정선이나 정충엽 등의 '헐성루망금강전도'를 현대적 방식으로 재구성한 점이 돋보인다. 또한 대범한 수묵선묘와 독특한 청색과 갈색 설채의 첩첩 봉우리들, 정양사 마당으로 휘어져 내려온 잡목가지를 그려 넣은 점도 이응로답다. 이응로가 아니면 헐성루에서 내려다본 전망을 이처럼 대폭으로 감명 깊게 소화하기 힘들었을 것이다. 전통적인 필묵의 준법 개념에

79　김학량, "고암 이응노의 전기 그림 세계,"『한국근대미술사학2』(서울: 청년사, 1955).

서 벗어나 붓의 흐름대로 각각의 봉우리 형상을 독창적으로 재해석한 점
또한 이 그림의 미덕이다.

이응로 수묵화풍의 별미로는 1966년 파리에서 그린 〈몽견금강도 夢見金
剛圖〉(개인소장)가 있다. 일필휘지 一筆揮之 한붓의 빠른 먹선으로 산봉우리
의 형태감을 표현한 그림이다. 이 작품은 스스로 화제에 밝힌 대로 이국
만리 파리에서 금강산 꿈을 꾸고 심중의 화흥대로 풀어놓은 추상화 追想
畵이다. 한 폭의 신선한 선화 禪畵의 화격을 갖추고 있다. 산봉우리에 걸
린 푸른 달도 심상치 않다. 생전에 그토록 밟아 보고 싶어 하던 조국 땅
에 대한 향수가 파랗게 물든 것일까. 결국 이응로는 이 그림을 그린 다음
해, 재독 작곡가 윤이상 등과 함께 박정희 정권이 저지른 '동백림 사건'
에 연루되어 2년 넘게 옥고를 치르는 수모를 당했다

3) 김종영의 소묘 금강산도

우성 김종영 又誠 金鍾瑛, 1915~1982은 한국 현대미술사에서 전통 건축
이나 조각의 단순미를 극대화한 대표적인 추상조각가로 잘 알려져 있다.
이채롭게도 조각가인 그가 1970년대에 금강산도 스케치를 남기고 있어
주목된다.[80] 김종영이 끊임없이 전통과 창작을 고민했던 작가인 점을 떠
올리면, 그가 겸재 정선의 금강산 그림을 방작 倣作해본 사실이 그리 어
색하지만은 않다.

김종영은 "인간의 내부와 외부와의 관계를 두고 옛사람들은 비교적 명
쾌한 판단을 하였다. 즉 '신외무물 身外無物'이 그것이다. … '전통'이란

---

80   우성 김종영기념사업회 이효영 엮음, 『김종영-조각가의 그림』(인천: 가나아트,
     1998).

단순한 전승이나 반복에 있는 것이 아니며 어디까지나 끊임없는 탄생이
고 새로운 인격의 형성을 뜻하는 것이어야 하지 않겠는가"라고 '전통이
라는 것'에 대해 피력한 바 있다.[81]

　두 점의 〈방겸재 금강산만폭동도倣謙齋 金剛山萬瀑洞圖〉(김종영미술관 소
장)는 화면 가득 반복되는 곡선으로 금강산 개골암봉의 이미지를 채워 넣
었다. 종이에 먹과 사인펜, 그리고 수채물감으로 분방하게 그린 이 작품들
은 그야말로 겸재의 금강산도를 형해화시켜 현대적으로 재해석해 내었다
고 할 수 있겠다. 또한 종이에 먹과 수채로 그린 1973년 작 〈금강산도〉(김
종영미술관 소장)는 김종영 특유의 곡면曲面을 살린 추상 조각 작품을 연상
시키기도 하여 흥미롭다. 20세기 화가들이 금강산 그림을 현대화하는 데
소극적이었던 점에 비추어 볼 때, 김종영의 착상은 소중하기 그지없다.

　20세기 후반 남쪽의 금강산 그림은 분단이라는 비극적 상황과 금강산
에 대한 낮은 문화적 인식 속에서 빛을 제대로 발할 수 없었다. 이 시기
유화 금강산도가 거의 그려지지 않았던 점에서도 당대의 시대상을 여실
히 읽을 수 있다. 20세기 전반까지 쉬지 않고 민족의 꿈과 염원을 담아온
금강산과 금강산 그림의 전통이 퇴색해 버린 것이다. 물론 우리 20세기
역사의 부침과 반쪽 문화사 속에서 금강산 예술의 쇠락도 예정된 것일 수
밖에 없었다.

　따라서 민족의 영산靈山으로 통일의지의 상징으로, 금강산은 왜소하
기만 한 20세기의 문화 예술적 토양에서 그 위상을 튼튼히 세우지 못했
다. 금강산이 자리한 북쪽의 화가들이 많은 금강산 그림을 제작했으리라
짐작되지만, 남북 회화교류의 한계로 정확한 실상을 파악하기 어렵다.

―――
81　우성 김종영기념사업회, 위의 책.

그처럼 열악한 여건에서도 막연하게나마 꾸준히 금강산을 추억하며 금강산 그림을 그려온 작가들이 있었고, 고암 이응로나 소정 변관식 같은 작가가 배출되었다는 사실이 위안이 된다. 특히나 변관식마저 금강산을 그리지 않았거나 아예 그가 없었더라면, 우리의 분단사 50년에서 금강산은 남쪽의 문화사에서 자취조차 찾기 어려웠을 것이다.

Ⅳ. 마치며

분단 이후 금강산은 갈 수 없는 땅이었다. 남쪽 화가들은 옛 스케치나 기억된 산경, 혹은 꿈에 본 금강산을 그리게 되었다. 그러다가 1998년 11월, 바다 길이나마 금강산이 개방되었다. 금강산이 생긴 이래 가장 많은 사람을 품었을 것이다. 또 많은 작가들이 금강산을 다녀왔고, 금강산 관련 전람회가 열렸다. 그러나 박물관 강좌나 인문학 대중강연에 금강산 다녀온 사람을 확인하면 100명에 두어 명 정도이다.

나는 금강산이 뱃길로 개방되기 두 달 전 1998년 8월 말~9월 초에 제주의 강요배 화백과 북경과 평양을 경유해 금강산을 다녀왔다. 흥분으로 채운 10일이었다. 이어서 1999년 1월 동해에서 배를 타고 지인들과 금강산 설경을 살폈다. 이 인연을 따라 1999년에는 일민미술관과 동아일보가 마련한 '몽유금강-그림으로 보는 금강산 300년 전(1999. 7. 7~8. 29)'에 객원 큐레이터로 참여하게 되면서 조선시대와 근대미술 쪽 기획을 맡았다.[82] 겸해 15명의 전시참여 현대 작가들에게 금강산을 안내하면

82　이태호, "일만이천봉에 서린 꿈-금강산의 문화와 예술 300년," 『몽유금강』.

서 4월의 봄 금강산을 만끽했다. 이 여행들에 대해 쓴 글을 을 묶어 책으로 발간했다.[83] 이때는 전남대학교에 재직하던 시절이었다.

한편 금강산 여행에 동행했던 강요배와 송필용의 금강산 그림 개인전 팸플릿에 글을 쓰기도 했다.[84] 금강산 개방이 가져온 새 회화형식이 창출되는 기쁨을 실감했었다. 전남대에서 명지대학교로 옮긴 뒤, 2006년 7월에 또 여름 내외금강산을 세세하게 밟았다. 대학원 미술사학과 석박사과정 30여 명 학생들 답사로 진행했다. 그 뒤 얼마 지나지 않아, 금강산 관광이 닫혔다. 개방 10년이 못되어 다시 막혔고, 얼마나 기다려야 할지 모르겠다. 금강산 예술이 이제 본격적으로 꽃피울 때라 생각했기에, 그런데다 개인적으로 가을 풍악의 화려한 아름다움을 남겨 놓았기에 누구보다 아쉬웠다.

금강산 관람이 중단된 지 벌써 10년이 지난, 금년 여름방학 '겸재와 단원의 발자취 따라' 찾는 명지대대학원 답사에서 답사지 표지제목을 「총석정을 못 가는 관동8경 답사」라고 지었다. 옛 금강산 회화작품에 대한 깊은 연구를 위해, 또 금강산을 담은 최고 명작의 창작을 위해, 금강산이 다시 개방되어 돌아보기와 그리기의 문화가 만개하기를 기대해본다. 통일과 민족문화의 자랑거리로서 우리 시대의 금강산 예술을 위해, 분명 금강산이 다시 열려야 할 터이다.

---

83 이태호, 『조선미술사기행』.

84 이태호, "제주의 자연을 그려온 화가, 강요배-금강산의 돌과 물을 그리다,"「금강산-강요배」 전시 도록, 아트스페이스 (서울: 학고재, 1999); 이태호, "칼끝으로 빚어낸 개골옥류의 금강풍정,"『송필용의 금강산 주유기』 전시도록 (서울: 아트스페이스, 2000).

02

피스 투어리즘과 금강산 관광사업[1]

Ⅰ. 들어가는 말

관광은 평화로 가는 여권인가? 양차 세계내전을 겪은 국제사회는 전쟁 방지와 분쟁의 평화적 전환에 관광이 기여할 잠재력에 주목하였다. 많은 국제분쟁과 내전을 종식시키고 지속가능한 평화구축에 관광의 평화 유발 효과는 그 실험과 이론을 통해 많은 주목을 받았다. 다크 투어리즘dark tourism, 화해관광, 평화관광, 생태관광 등과 같은 용어가 만들어지고 확산되어갔다. 관광을 통해 평화를 구축한 사례에 힘입어 관광의 평화 유발 효과에 대한 기대가 높아지고 그런 목적을 가진 관광 프로그램이 정부와 비정부기구 사이에서 늘어갔다. 여기서 관광이 평화를 가져온다는 가설은 얼마나 증명되었는지 의문이 일어난다.

---

1   이 글은 『국제정치논총』, 제58집 2호 (2018), pp. 73~107에 게재되었다.

탈냉전 이후에도 세계 최장기 분쟁지역으로 남아있는 한반도에서 '화해협력'의 실험이 진행되는 과정에서 금강산 관광사업이 추진되었다. 그에 따라 관광의 평화 효과가 기대되었고 정부는 물론 관광학계와 북한·통일연구집단에서 관련 논의가 일어났다. 그러나 금강산 관광의 평화 효과에 관한 논의는 대부분 객관적이기보다는 기대에 찬 정책적 논의였고 평화의 관광 유발 효과와 균형적으로 전개되었다고 보기 힘들다. 보다 큰 문제는 금강산 관광이 10년을 넘기지 못하고 중단되어 그런 논의를 계속해서 전개할 수 없었다는 점이다. 금강산 관광이 정치·군사적으로 대치하고 있는 남북한 정부의 합의에 의해 화해·평화를 목적으로 추진된 사업이라는 점에 정치학적 관여가 요청된다 하겠다. 그럼에도 이에 관한 정치학계의 학술적 연구, 특히 평화구축^{peace building}의 관점에서의 논의가 크게 미흡하다는 점에 이 논문은 문제의식을 두고 있다.

이 연구는 피스 투어리즘^{peace tourism}이라는 개념에 관한 다각적인 검토를 통해 이것이 평화구축과 어떤 관계에 있는지를 파악하는데 일차적인 목적을 두고 있다. 이어 집중적인 논의를 전개하기 위해 금강산 관광사업을 별도의 사례로 삼아 한반도 평화에 관광사업이 거둔 성과와 향후 과제를 생각해보고자 한다. 이를 위해 피스 투어리즘이라는 이론적 자원을 개념과 사례연구, 양 측면에서 소개하고 이를 적용해 금강산 관광의 평화효과 및 그 반대 측면을 토론할 것이다. 그럼으로써 금강산 관광에 대한 분석·평가는 물론 향후 발전 방향을 전망함에 있어서도 보다 객관적이고 일관성 있는 논의의 창을 설계하는 효과를 얻을 수 있을 것이다.

서론에 이어 2절에서는 피스 투어리즘의 등장 및 발달과정을 정의, 성격, 특징 등을 담아 소개하고 나서, 3절에서는 관광의 평화 유발 효과를 둘러싼 논쟁을 쌍방향에서 사례연구의 성과를 활용해 논의할 것이다.

4절에서 그런 논의에 바탕을 두고 금강산 관광사업에 평화 효과가 있었는지, 얼마나 있었는지, 또 어떤 문제들이 개선 과제로 남아있는지를 앞의 이론적 자원을 통해 분석·평가해볼 것이다. 결론에서는 이상의 논의를 요약하고 그 함의를 생각해보고자 한다. 여기서 말하는 피스 투어리즘은 평화관광과 구별되고 평화관광보다는 더 넓은 개념으로 설정한다. 평화관광은 평화구축에 기여한다는 희망을 갖고 추진하거나 참여하는 관광 프로그램을 말한다. 그런 점에서 평화관광은 피스 투어리즘의 일부이다. 그에 비해 피스 투어리즘은 평화구축을 목적으로 기획·실행하는 관광사업과 관련 정책, 교육, 그리고 담론을 포함하는 포괄적인 개념으로 정의하고 있다.

Ⅱ. 피스 투어리즘 이론 개관

1. 피스 투어리즘의 정의와 성격

‘피스 투어리즘’을 어떻게 정의하고 그 성격을 어떻게 이해할 수 있을까? 피스 투어리즘이란 말이 등장한 것이 양차 세계대전 사이, 곧 전간기戰間期라는 점은 흥미를 자아낸다. 피스 투어리즘은 전쟁을 전제로 한다는 역설을 끌어안고 있기 때문이다. 피스 투어리즘에서 평화관광은 그 내용과 형태상 평화산업, 평화교육, 그리고 안보·평화정책과 관련지어 볼 수 있다. 또 1980년대 말에서 1990년대 초 정보화, 세계화, 민주화가 동시 진행되면서 그 영향으로 분쟁 유형이 변화하고 그 성격도 다변화

한 점도 피스 투어리즘의 발달에 영향을 미쳤다.[2]

　피스 투어리즘의 구성 요소를 인적 측면에서 보면 관광객과 현지인, 기부자, 자원봉사자, 중앙·지방 정부 관계자, 전문가, 관광 기획자, 안내자, 그리고 상인 등을 거론할 수 있다. 모든 관광이 그렇듯이 현장에서는 관광객과 현지인, 안내자, 그리고 상인이 눈에 띄지만, 피스 투어리즘은 거기에 정부 관계자와 관광 기획자, 그리고 전문가의 역할도 작지 않다. 그중 어떤 이해당사자들이 얼마만큼의 역할을 하느냐는 과거 분쟁의 성격과 강도, 현 피스 투어리즘의 목적과 형태에 달려 있다.

　피스 투어리즘은 이런 행위자들의 역할을 잘 조직하고 조정해 평화구축에 기여할 다양한 효과를 낼 수 있다. 관광 기획자와 관광지 운영자들이 협력해 계획 및 통제 메커니즘을 형성 운영할 필요가 여기에 있다. 가령, 경제적 시너지 효과는 집단 간 네트워크의 형성과 아래로부터의 접근으로 만들어갈 필요가 있고 그로부터 관광의 발전과 화해에 대한 기여가 동시에 일어날 수 있다. 마찬가지로 관광지 운영조직과 문화재 운용의 이해 당사자들은 영역 간·영역 내 연계를 형성해 화해에 기여할 수 있을 것이다. 또한 관광지 주민들의 참여와 그들과 여행자들의 연계를 마련해 피스 투어리즘을 발전시켜나갈 수 있다. 다만, 관광의 발전 과정을 잘못 운용하거나 정치적 긴장과 경제적 불평등에서 연유하는 영향이 발생할 경우 사회 집단들 사이의 경쟁을 조장하거나 심지어 분열을 초래할 수도 있다는 점은 유의할 바이다.[3]

2　N. Postman, *Technopoly: The surrender of culture to technology* (New York: Vintage Books, 1992); Ian M. Harris, "Peace education theory," *Journal of Peace Education*, vol. 1, no. 1 (January 2004), pp. 5~20.

3　Anna Farmaki, "The tourism and peace nexus," *Tourism Management*, 59 (2017),

피스 투어리즘의 형태는 문화재 방문, 평화박물관 여행, 정치적 성격의 답사, 분쟁을 겪은 도시 역사의 재구성 등을 포함한다. 구체적인 형태는 관광의 목적과 내용, 대상지, 주최 기관, 참여 국가 수 등에 따라 그 형태가 달라질 수 있다. 피스 투어리즘을 고수준의 교육, 개인 형태, 비정부기구 유형 등으로 제시하는 경우도 있다.[4]

피스 투어리즘은 그 다양한 형태에도 불구하고 ① 배경으로서 분쟁 경험, ② 목적으로서 지속가능한 평화구축, ③ 내용으로서 기억과 공감을 공통점으로 하고 있다. 동시에 피스 투어리즘은 그 구체적인 성격, 내용, 행위자, 차원 등에서 다면적이고 복합적이다. 행위자면에서 정치인과 비정부기구의 역할을 통합해 관광의 교육적 측면을 증진할 수 있는 점은 앞에서 언급한 바와 같다. 관광 기획자와 현지 운영자들이 관광의 희망적인 측면을 강조함으로써 전환적인transformative 학습과 행동을 진작시킬 수 있다.[5] 다만 피스 투어리즘은 관광의 속성상 다양한 측면을 갖고 있으므로 관광이 평화구축을 위한 중재 역할을 한다는 가정은 신중히게 생각해야 한다. 관광은 집단 간 차별화와 시너지 효과를 포함해 다양한 긍·부정적인 효과를 모두 초래할 수 있기 때문이다.

피스 투어리즘에서 관광이 산업, 행위, 목적 등 다차원적인 의미를 띠고 있는 점도 특징 중 하나로 꼽을 수 있다. 관광은 국가 외교정책 수단

---

p. 537.

4　이하 Veda E. Ward, "Conflicts of interest: Plasticity of peace tourism and the 21th century nation," *Perspectives on Global Development & Technology*, vol. 8, Issue 2-3 (2009), pp. 419~422.

5　A. Pritchard, N. Morgan, and I. Ateljevic, "Hopeful tourism: A new transformative perspective," *Annals of Tourism Research*, vol. 38, no. 3 (2011), pp. 941~963.

의 하나로 간주하기도 하는데, 이때 관광은 국가 영토화의 기술이기도 하다. 거기서 공간적·사회적 질서와 영토, 그리고 여행자의 행동 규칙 등을 권력 효과의 시각에서 파악할 수도 있다.[6] 피스 투어리즘의 이런 다면성과 복합성은 피스 투어리즘의 잠재력을 이해하는데 유용하기도 하지만, 그 목적 달성과정에서 고려할 요소들을 제기하는 의미 또한 있다. 관광이 하나의 산업이든지 사회적 힘이든지 간에, 그것은 폭넓은 목적을 띤 인간의 이동과 관련한 활동이다. 피스 투어리즘 또한 관광객의 모국과 관광지에서 공적·사적 영역의 이해당사자들을 포함한 복합적 층위의 네트워크이다.[7] 이 특수한 관광은 일반적인 관광보다 목적, 의미, 행위자 면에서 네트워크가 더 복잡하다.

2. 피스 투어리즘의 등장과 발전

관광을 통한 평화라는 관념은 산업화 이후 유한계층의 등장과 제1차 세계대전의 참상이라는 상반된 측면을 배경으로 한 근대의 산물이다. 1929년 영국 관광휴가협회의 연차 총회 주제가 '평화를 위한 관광'이었다. 그러나 피스 투어리즘이란 개념이 확산된 것은 제2차 세계대전 이후였다. 관광업계와 일부 국가들에서 피스 투어리즘이란 개념이 일어났다. 1946년 제1차 세계여행기구 총회가 런던에서 열려 새로운 국제비정부기구 차원의 여행기구를 창설해 국제관광홍보기구[IUOTPO]를 대체하기

---

6   I. Rowen, "Tourism as a territorial strategy: The case of China and Taiwan," *Annals of Tourism Research*, vol. 46 (May 2014), pp. 62~74.

7   Susanne Becken and Fabrizio Carmignani, "Does tourism lead to peace?" *Annals of Tourism Research*, vol. 61 (2016), p. 65.

로 결정하고 이듬해 국제여행기구연합^{IUOTO} 창립총회가 헤이그에서 열렸다. 이어 1948년 유럽에서 IUOTO의 첫 대륙 지부가 만들어지고 이어 아프리카, 중동, 중앙아시아, 아메리카 지부가 1950년대에 창설되었다.

이상과 같은 조직적 기반을 밑바탕으로 해서 IUOTO를 비롯한 세계관광업계는 유엔^{UN} 차원에서 관광이 국제협력과 평화에 이바지하도록 권위와 조직 위상을 높이려는 회의를 열어갔다. 그 과정에서 유엔은 1967년을 '관광, 평화로 가는 여권 Tourism, Passport to Peace'의 해로 정해 피스 투어리즘의 의의를 고취하였다. 1970년 9월 27일 멕시코시티에서 열린 IUOTO 특별총회에서 세계관광기구^{WTO} 회칙이 채택되었고 9월 27일을 세계 관광의 날로 지정했다. 1980년 WTO는 마닐라에서 처음으로 관광이 세계평화의 추진력임을 선언했다. 1986년 드 아모르^{L. J. D'Amor}는 세계평화관광협회^{IIPT}를 창립했는데, 관광은 모든 관광객이 '평화 대사'로 나서는 세계 최대의 평화산업이 되고 있다는 영감에서 출발한 것이다. IIPT는 관광업과 평화, 환경, 개발 등을 지속가능성으로 결합시키고 빈곤 퇴치를 주요 목표로 삼았다. 이어 IIPT 중심으로 피스 투어리즘에 관한 국제회의가 잇달아 열렸다. 1988년과 1994년은 몬트리올, 1999년은 글래스고우에서 회의를 개최한데 이어 2000년 요르단에서 '관광을 통한 평화에 관한 안만선언'을 채택하였다. 이 선언은 유엔이 공식 채택한 것이다. IIPT는 '지속가능한 윤리·가이드 강령' 등 피스 투어리즘에 관한 다양한 규정을 만들어내고 유엔 등과 협력해 피스 투어리즘을 확대하는 데 힘써왔다.[8]

---

8 WTO 홈페이지 참조; 〈http://www2.unwto.org/content/history-0〉; IIPT 홈페이지 참조; 〈http://www.iipt.org/backgrounder.html〉.

세계관광산업은 1950년 관광객 숫자가 2천 5백만 명에서 2014년 11
억 3천 3백만 명으로 급증하였다. 거의 대부분의 해에 관광업 성장률이
평균 4% 이상이었고, 일부 지역은 그 이상이었다. 2014년 경제가 발전
하는 지역에 세계 관광객의 45.3%가 방문하였는데 이는 관광이 경제발
전의 주요 수단임을 보여주는 것이다. 관광은 앞으로도 계속 성장할 것
으로 예상되는데, 2030년에는 18억 명이 관광할 것으로 내다보고 있다.
세계적으로 관광의 양이 늘어나면서 점점 많은 나라에서 평화구축의 일
부로서 관광을 자본화 하려고 한다.[9]

위 IIPT 활동 내용에서 보듯이 피스 투어리즘의 목적이 평화구축이지
만 그 내용은 광범위하다. 피스 투어리즘이라는 용어 자체가 그 목적과
의의가 다양함을 내포하고 있다. 피스 투어리즘은 평화를 향한 개인의
희망을 여행과 교육을 통해 새로운 경험과 결합시킨다. 이를 통해 개인
과 집단은 자신이 갖고 있던 정보를 현장에서 확인하고 그것을 지식으로
전환시키고, 현재와 미래의 성격을 다시 생각하고 세계에서 자신의 위치
를 민감하게 깨닫는다.[10] 이런 방식으로 피스 투어리즘은 분쟁 후 사회에
관련 집단 간 상호 이해와 화해, 사회통합, 지속가능한 발전을 도모하면
서 광의의 평화구축에 기여할 수 있다.

사상적 측면에서 관광을 통해 평화에 기여할 수 있다는 생각은 자유주
의 정치사상에서 흘러나온다. 사람들 사이의 접촉과 소통, 무역을 비롯
한 각종 교류, 특히 그 주요 방법으로 물리적 충돌까지 벌였던 상대 사회

---

9   Becken and Carmignani, "Does tourism lead to peace?" p. 64.

10   Ward, "Conflicts of interest: Plasticity of peace tourism and the 21th century
     nation," pp. 417~418.

를 방문해 분쟁을 성찰하는 일은 상호이해를 넘어 상호의존을 높이고 공동체 의식을 조성해 협력을 가져오고, 결국 평화를 구축한다는 구상이다. 물론 민주주의 정치체제를 공유할 경우 평화는 더 용이하게 만들어낼 수도 있다. 무역은 상호이익을 가져다주고 그것을 위해서는 평화가 필수적이라는 시각도 마찬가지다.[11] 칸트 I. Kant 를 비롯한 자유주의 시각에 서서 평화구축을 구상한 이들은 민주주의와 경제적 상호의존이 서로를 강화하고 평화를 만들어내는 효과를 강조한다. 이와 같이 피스 투어리즘은 트랙Ⅱ외교 혹은 저위정치 low politics 의 성격을 띤다. 이때 관광은 트랙 I 외교와 고위정치를 보완하지만 고위정치와 저위정치 간 우열이 없다는 것이 자유주의 시각의 특징이다. 트랙Ⅱ외교와 저위정치로도 평화에 충분히 기여할 수 있다는 것이다. 피스 투어리즘의 평화 유발 효과는 자유주의 시각에서 서야 설명력과 예측력을 높일 수 있다. 관광은 분열된 공동체 내 화해의 촉진자, 협력을 증진하는 일종의 신뢰구축 방안으로 정의할 수 있는데 상호 접촉이 그런 효과를 가져올 것이라는 가설에 기반하고 있다. 소위 '접촉가설'은 서로 다른 배경을 가진 사람들 사이의 이해를 증진시켜 궁극적으로 세계평화에 기여한다는 기대를 갖고 있다.

그러나 그에 대한 비평자들은 접촉가설이 상호의존이 높은 조건에서는 증명되지 않음을 설명하지 못한다고 말한다. 가령, 예 M. Ye 는 칸트의 평화론을 민주주의, 정부 간 조직, 자유무역 등으로 요약하면서 이해관계

---

11   John L. Graham, "Trade brings peace: An essay about one kind of citizen peacebuilding," Paper presented at the Global Ethics and Religion Forum and Clare Hall, Cambridge University conference (May 26, 2003).

가 상대적으로 낮으면 분쟁 수준도 낮다고 주장한다.[12] 또 다양한 사례를 볼 때 접촉이론이 너무 단순하다는 지적을 받을 수도 있다. 가령, 내전의 원인이 단순하고 그 기간이 짧았던 사회에서 추진되는 피스 투어리즘과 내전의 원인이 종교, 자원, 민족 등 복잡하고 그 기간이 길었던 경우에 시작하는 피스 투어리즘이 그 형태와 수준에서 서로 같을 수 없다. 또 내전 직후 경제가 황폐해지고 사회가 분열된 상태에서 모색되는 피스 투어리즘과 그 정도가 약한 사회에서 추진하는 피스 투어리즘도 같을 수 없을 것이다. 그에 따라 국내 행위자의 관여 범위와 기여 정도는 물론 국제사회의 건설적인 관여의 수준도 달라질 수 있을 것이다. 그렇게 본다면 분쟁 후 사회에서 피스 투어리즘 자체가 아니라 피스 투어리즘 추진의 '맥락'에 따라 평화효과가 달라진다고 가정하는 것이 너 합리적이다. 그래서 논의의 초점은 집단 간 접촉에서 관광이 시행되는 조건과 분쟁이 형성 전개된 맥락으로 옮겨져야 한다. 칸트 등 자유주의 평화이론이 제시한 조건들이 존재한다고 해도 관광이 평화를 가져다주지 못할 수도 있다는 것이다. 분쟁 후 관광이 시행되는 조건이 유동적이고 취약할 수도 있기 때문이다.[13]

접촉이론은 방법론의 측면에서도 비판을 살 수 있다. 즉, 접촉이론은 구 분쟁지역 사회를 방문하기 전과 후를 구분하는 접근을 취하는데, 그

12　Min Ye, *Comparative Kantian Peace Theory: Economic Interdependence and International Conflict at a Group Level of Analysis* (South Carolina: University of South Carolina Press, 2001).

13　Y. Mansfield and T. Korman, "Between war and peace: Conflict heritage and tourism along three Israeli border areas," *Tourism Geographies*, vol. 17, no. 3 (2015), pp. 437~460.

런 방법이 피스 투어리즘에 대한 기대를 부각시키는 의미가 있을지 몰라도 그 효과를 과대평가할 수도 있다. 방문 전과 후를 구분하는 방법은 대립하는 집단들의 인식을 탐색하지 않고 그런 인식에 미치는 장기적인 영향을 고려하지 못할 수 있기 때문이다. 말하자면 종식된 분쟁이 새로 시작하는 사회와 그 집단들의 관계에 여전히 영향을 미치는 경우도 있을 것이므로 방문 전후에 주목하는 접촉이론의 설명력은 크게 떨어질 수 있다.[14]

Ⅲ. 피스 투어리즘의 효과 논쟁

1. 관광이 평화를 불러온다

피스 투어리즘이 그 다양한 의미와 형태에도 불구하고 '관광이 평화를 불러온다'라는 공통의 복석을 삿고 있다. 피스 투어리즘이 영감을 불러일으킨 드 아모르의 저작 이후 관광이 평화구축에 기여하는 역할에 관한 논의가 확산되어갔다.[15] 그 사례로 구 유고슬라비아, 팔레스타인, 이스

---

14 Farmaki, "The tourism and peace nexus," p. 537.

15 L. J. D'Amore, "Tourism: A vital force for peace," *Tourism Management*, vol. 9, no. 2 (1988), pp. 151~154; J. Ap and T. Var, "Does tourism promote world peace?" *Tourism Management*, vol. 11, no. 3 (September 1990), pp. 267~273; J. Jafari, "Tourism and peace," *Annals of Tourism Research*, vol. 16, no. 3 (1989), pp. 439~443; R. Knopf, "Harmony and convergence between recreation and tourism," in J. B. Zeigler and L. M. Caneday, (Eds.), *Tourism and leisure: Dynamic and diversity* (Alexandria, VA: National Recreation and Park Association, 1991), pp. 53~66; S. W. Litvin, "Tourism: The world's peace industry?" *Journal of Travel Research*, vol. 37, no. 1 (August 1998), pp. 63~66.

라엘, 베트남, 북아일랜드, 미국, 아프가니스탄, 중국과 대만 등지의 사
례가 거론된다.

평화, 안전, 그리고 안보는 피스 투어리즘의 목적 이전에 성공적인 관
광산업의 필수 요소로 간주되고 있다. 그러나 관광과 평화의 관계는 이
론과 현실 양 차원에서 당혹스러워 보이는데, 왜냐하면 세계적인 이동의
증가, 여행 패턴의 변화, 레저와 비즈니스 수요의 증대, 국제 이주의 증
가, 동시에 세계적 차원의 불안정과 같은 요소들이 복합적으로 작용하기
때문이다. 이와 같이 개념적으로 모호한 경계에도 불구하고 관광이 분쟁
후의 안정에 기여한다는 광범위한 믿음이 있다. 이런 점들을 전제로 백
켄과 카미그나니S. Becken & F. Carmignani는 관광의 효과를 분명하게 드러
내고 그것을 정량화하려고 한다. 여기서 분쟁과 평화는 반비례 관계, 일
종의 제로섬 관계에 있다고 전제한다. 그러므로 관광이 평화를 증진한다
고 하면 그만큼 분쟁 위험은 줄어드는 것이다. 물론 분쟁이 부재한 경우
에도 사회적 불안이나 독재가 있을 수 있지만 그들의 연구에서 그런 형태
의 갈등은 제외한다. 관광이 평화에 기여하는 방식은 인간들 사이의 상
호이해와 교육, 투자와 관광을 통한 경제 발전, 협력과 동반자관계의 촉
진 등 다양할 것이다.

물론 평화를 가져올 다른 결정인자들도 있다. 그런 인자들은 분쟁 발
생을 설명하는 이론에서 이용되는 변인들과 같은데 가령, 거버넌스
governance와 제도적 장점, 경제적 요소, 민족 구성, 시간 의존성 등을 꼽
을 수 있다. 벡켄과 카미그나니는 분쟁을 정의하고,[16] 웁살라UPPSALA

---

16 벡켄과 카미그나니는 분쟁을 정부군과 반정부세력 사이의 물리적 충돌로 정의하고 25
    명 이상의 사망을 낸 사례에 한정한다.

와 프리오[PRIO]의 분쟁 데이터베이스[17]와 UNWTO 관광통계 전서인 *UNWTO Compendium of Tourism Statistics 2015*를 활용해 1995~2003년 사이 203개국을 다루고 있다. 분석 결과, 전반적으로 관광객 수의 증가가 분쟁이 발생할 개연성을 낮춘다는 사실을 발견했다. 이런 결과는 선진국을 뺀 샘플, 대규모 관광객 유입 국가를 제외한 샘플, 5년간 관광객 수를 합한 샘플 등 다양한 경우에 공통적으로 나타나는 현상으로 확인되었다. 다만, 둘 사이의 상관성이 선형회귀 모양을 띠는 것은 아니었다. 그럼에도 5년간 관광객 수를 합한 샘플의 경우 상관계수가 평균보다 높아 지속적인 관광객 유입이 분쟁 감소에 미친 영향이 큼을 알 수 있다.[18]

관광의 평화효과에 대한 정량 분석의 예를 더 들어보자. 전체 조사 대상의 평균 분쟁 발생 개연성인 4.1%인 상태에서 관광객이 20% 증가하면 분쟁 발생률은 3.6%, 관광객이 50% 증가하면 분쟁 발생률은 3.1%로 각각 하락한다는 통계분석이 있다. 물론 대부분의 샘플에서 분쟁 개연성은 0%에 가깝기 때문에 그런 경우 관광객 수의 증가가 미치는 영향은 분명하지 않다. 그 대신 장기간 분쟁을 겪은 나라에서 분쟁 후 관광객 수의 증가가 분쟁 감소 효과와 깊은 상관관계가 있다는 점은 명백히 확인되었다. 이런 분석 결과를 토대로 벡켄과 카미그나니는 분쟁이 재발할 가능성은 평화가 도래한 몇 년 사이에 가장 높기 때문에 분쟁 후 상황에서 관광을 진작하는 일이 중요하다고 결론짓는다. 10년 기간의 관광 투자를 해야 분쟁 발생 가능성이 줄어든다는 보고[19]를 소개하면서 이들은 계속

---

17 htpps://www.prio.org/Data/

18 Becken and Carmignani, "Does tourism lead to peace?" pp. 65~72.

19 P. Collier, A. Hoeffler, and M. Soderbom, "Post-conflict risks," *Journal of*

해서 관광에 투자를 지속해 평화를 가져오는 효과를 끌어내는 일이 보다 중요하다고 덧붙인다.[20] 그렇게 하면 과거 분쟁국가의 이미지 개선 효과도 따라올 것이라고 한다.

분쟁 후 국가에서 관광업은 그 자체로 사회에 폭넓은 기회를 제공해준다. 빈곤 감소와 사회적 평등 진작, 여성의 사회 진출 및 고용 창출 확대, 그리고 무엇보다 대중들에게 삶의 의욕을 불어넣는 등 관광업이 공동체에 가져다주는 사회경제적 이익은 광범위하다.[21] 나아가 관광의 평화효과를 유지하고 극대화 하는데 있어서 민관 협력관계 형성과 효율적인 관광계획이 대단히 중요한 변수임을 알 수 있다. 일종의 선정good governance 체계의 확립이다. 정부가 관광을 평화에 기여할 잠재력으로 끌어들인 제도적 능력 마련도 같은 맥락이다. 폭넓은 평화구축 전략이 지지받지 못한다면 사적인 관광산업은 전환적인 변화나 평화구축에 적극 기여하기보다는 그저 손해 보지 않는다는 식의 수동적인 자세에서 벗어나지 못할 것이다. 공적 영역에서 지원과 전략이 부족하면 관광에서 일어난 부정적인 영향이 확대될 수도 있다. 위 연구에서도 공적·사적 영역이 잘 연결되지 않아 바람직하지 않은 결과를 초래한 사례를 언급하고 있다. 보스니아 사태 종식 후 피스 투어리즘을 연구한 결과에 따르면, 데이턴협정이 신뢰구축 과정에서 관광전략 개발과 민족적 장려를 강조할

Peace Research, vol. 45, no. 4 (July 2008), pp. 461~478.

20 Becken and Carmignani, "Does tourism lead to peace?," pp. 75~76.

21 C. N. Buzinde, J. M. Kalavar and K. Melubo, "Tourism and community well-being: The case of Maasai in Tanzania," *Annals of Tourism Research*, vol. 44 (January 2014), pp. 20~35.

것을 제안하고 있음을 상기시켜주고 있다.[22] 전쟁 부재만으로는 번영을 가져오거나 적극적 평화positive peace 를 수립하기 어렵기 때문이다. 금강산 관광사업에 대한 평가에서도 관광사업의 결정·집행 과정에서 정부와 민간기업이 협력하는 관계가 주효했다고 평가하는데, 그것은 반대로 정부 지원이 줄어든다면 그런 효과가 축소될 수 있음을 의미한다.[23]

일반적으로 관광은 거시경제, 정치·제도적 요소들과 역동적으로 상호작용 해 발전의 결과를 결정한다. 발전의 어떤 차원에서 관광이 기여하는 바는 정치 틀에 의존한다. 정책결정자들과 연구자들이 도전에 직면하는 바는 어떤 정책이 관광의 효과를 강화 혹은 약화시키는지, 그리고 관광이 다른 사회경제적 정책의 영향을 확대하는 방법을 이해하는 것이다.[24]

그럼에도 관광이 평화구축에 주는 긍정적 측면이 분명히 존재한다. 가령, 비판적 논의가 지적하는 여행자와 관광 개최국 사이의 잘못된 소통과 불신은 상호 손중과 긍정적인 상호작용으로 완화될 수 있다.[25] 접촉이론을 비판하는 주장에는 접촉이 희망하는 결과를 만들어내려면 친밀

22 S. Causevic and P. Lynch, "Phoenix tourism: Post-conflict tourism role," *Annals of Tourism Research*, vol. 38, no. 3 (July 2011), pp. 780~800.

23 Samuel Seongseop, Kim, Bruce Prideaux and Jillian Prideaux, "Using tourism to promote peace on the Korean Peninsula," *Annals of Tourism Research*, vol. 34, no. 2 (April 2007), pp. 291~309.

24 Becken and Carmignani, "Does tourism lead to peace?" p. 78.

25 S. Askjellerud, "The tourist: A messenger of peace?" *Annals of Tourism Research*, vol. 30, no. 3 (July 2003), pp. 741~744; G. P. Nyaupane, V. Teye, and C. Paris, "Innocents abroad: Attitude change toward hosts," *Annals of Tourism Research*, vol. 35, no. 3 (July 2008), pp. 650~667.

하고 자발적인 접촉과 공유된 목표와 같은 특정 변수가 존재해야 한다고
말한다.[26] 그런 주장은 피스 투어리즘의 효과를 부정하기보다는 더 분명
한 효과, 혹은 더 지속가능한 효과를 내는데 필요한 주요 변수를 지적하
는 것에 다름이 없다. 가령, 생태관광을 하는 이스라엘인들은 요르단을
방문한 후 요르단에 대한 태도가 개선됐다는 연구결과가 있는데,[27] 이는
위와 같은 변수로 설명이 가능하다. 위 연구 결과는 공동 목표를 향한 집
단 간 협력, 관광 주최국과 여행자 간의 동등한 지위, 친밀한 접촉과 정
부의 지원 등과 같은 특정한 조건들이 충족되면 긍정적인 태도 변화가 일
어난다고 결론짓는다. 공통의 제3언어의 사용이 집단 간 대화를 증진시
킬 수도 있다.[28] 르완다에서 일어난 생태관광이나 공동체 기반 관광을 연
구한 결과에 따르면 그런 형태의 관광을 할 수 있게 하는 문화 · 환경을
보존함으로써 관광이 평화구축의 토대를 형성하고 정의를 회복하는 식으
로 평화의 촉진자 역할을 발견할 수 있다.[29]

물론 관광만으로 평화를 구축하기는 역부족이다. 교육, 정치적 지지,
그리고 문화적 신념 변화 등을 통한 인식 및 태도 전환이 평화구축에 필

26　T. F. Pettigrew and L. R. Tropp, "A meta-analytic test of intergroup contact
theory," *Journal of personality and social psychology*, vol. 90, no. 5 (May
2006), p. 751.

27　A. Pizam, A. Fleischer and Y. Mansfeld, "Tourism and social change: The case
of Israeli ecotourists visiting Jordan," *Journal of Travel Research*, vol. 41, no. 2
(2002), pp. 177~184.

28　A. Pilecki and P. L. Hammack, "Negotiating past, imaging the future: Israeli
and Palestine narratives in inter-group dialogue," *International Journal of
International Relations*, vol. 43 (November 2014), pp. 100~113.

29　R. M. Alluri, *The role of tourism in post-conflict peace-building in Rwanda* (Bern:
Swisspeace, 2009).

요하다. 적극적 평화를 구축하는 과정에서 관광은 화해, 중재, 촉진자 역할을 수행할 수 있다. 반대로 관광은 갈등 문제를 구성해서 갈등을 재연시키는 방식으로 평화의 훼방꾼이 될 수도 있다. 그 사이의 중간자 입장에서 보았을 때 피스 투어리즘이 평화구축에 기여하는 역할을 하지만 그 효과를 극대화하고 지속시키는 데는 다른 요소들과 긍정적인 조합이 이루어져야 할 것이다.

2. 평화가 관광을 불러온다

위와 반대로 평화가 관광을 불러온다는 말이 더 사실에 부합할지 모른다. 이 시각은 분쟁이 관광에 미치는 부정적인 영향에서 출발한다. 그것은 안전에 대한 우려나 여행에 대한 부정적인 여론, 나아가 관광에 대한 매력과 인프라 감소와 관련된다.[30] 이런 지적은 평화가 관광을 부른다는 말과 다르지 않다. 여기에는 관광이 평화를 구축한다는 것은 지나친 기대이거나, 미미한 관광의 평화 효과를 과장한 말이라는 비판이 내재해 있다. 심지어 피스 투어리즘이라는 것이 분쟁과 대립을 은폐하는 역할을 할 수도 있다. 인도-파키스탄 국경지대에서 관광업자들이 실시하는 '국경문 폐쇄' 행사가 국경에 대한 부정적인 이미지, 곧 전쟁과 공격적인 자세를 과장하고 있다는 연구결과는 그 단적인 예이다.[31] 물론 이 연구가 관

---

30 A. Lepp, H. Gibson and C. Lane, "Image and perceived risk: A study of Uganda and its official tourism website," *Tourism Management*, vol. 32, no. 3 (June 2011), p. 63.

31 Deepak Chhabra, "Soft power analysis in alienated borderline tourism," *Journal of Heritage Tourism*, vol. 14 (June 2017), pp. 1~16.

광의 평화효과를 부정하는 것은 아니다. 위 사례를 반면교사 삼아 연성권력 분석을 통해 관광단체들이 양국 간 평화를 증진하는데 도움을 줄 수 있다고 하면서, 그 방법으로 정부 기관과 협력해 전쟁 기억과 경성권력의 공격적 행사를 감소하는 것을 제시하고 있으니까 말이다.

그럼에도 많은 사례연구 결과를 보면 접촉이론에 기반한 관광의 결과가 분열된 공동체의 화해나 오랜 적대세력 간의 상호이해 증진을 반드시 가져온 것은 아니다. 접촉이론을 비판하는 입장에서는 그 이론이 관광의 상업적 정향을 무시한다고 주장한다. 접촉이론의 효과로 드는 대립하는 나라들 사이의 학생들의 관광 프로그램도 현실과 거리가 먼 환경에서 체류하고 그것도 짧은 기간이고, 초대한 공동체에 대한 이해가 제한적이고 거기에 언어 장벽도 있다고 지적하면서 그런 관광 프로그램의 평화효과에 의문을 표한다. 또 접촉이론을 비판하는 학자들은 관광이 띠는 정치적 관련성, 국가안보 및 권력 추구, 이념적 차이 등이 관광으로 민족중심주의를 최소화하고 적대세력을 이해하려는 태도를 형성한다는 가설을 방해한다고 주장한다. 터키를 방문한 그리스 학생들이 전통적인 적대자들 사이의 이해를 개선하지 못했다는 보고는 그 중 하나이다.[32] 과거 소련을 방문한 미국 학생들, 이집트를 방문한 이스라엘 학생들을 연구한 경우도 같은 결론을 내린 바 있다.[33] 이상을 포함해 파마키^{A. Farmaki}가 정

---

32   P. G. Anastasopoulos, "Tourism and attitude change: Greek tourists visiting Turkey," *Annals of Tourism Research*, vol. 19, no. 4 (1992), pp. 629~642.

33   A. Pizam, J. Jafari and A. Milman, "Influence of tourism on attitudes: US students visiting USSR," *Tourism Management*, vol. 12, no. 1 (March 1991), pp. 47~54; A. Milman, A. Reichel, and A. Pizam, "The impact of tourism on ethnic attitudes: The Israeli-Egyptian case," *Journal of Travel Research*, vol. 29, no. 2 (October 1990), pp. 45~49.

리한 연구사례들을 보면 접촉가설의 평화효과에 의문을 더욱 가지게 된다.[34] 분열된 키프로스에서 양측을 오가는 관광에도 불구하고 민족주의 정서가 팽배한 점이 지적된 바 있고,[35] 보스니아-헤르체고비나의 경우는 민족적 적대감보다는 불신과 잘못된 소통이 관광 협력의 장애요인으로 지적되기도 했다.[36] 그럼 금강산 관광은 어떻게 볼 수 있을까? 관광사업이 물론 남북 적대의식과 한반도 긴장완화에 기여한 측면도 있겠지만, 그 효과는 오랜 분단과 깊은 불신으로 극히 제한적일 수밖에 없다.[37]

관광을 통한 평화증진이라는 구상은 일종의 정치적 기획이라 할 수 있다. 과거 사례연구를 보면 관광은 분쟁지역에서 하나의 정치적 도구로 사용되었고, 역사적 공간이 평화를 증진하기보다는 갈등하는 사회의 특정 주장을 부각시키는데 이용되기도 했다.[38] 맥도웰S. McDowell 은 북아일

---

34 Farmaki, "The tourism and peace nexus," pp. 532~533.

35 L. Altinay and D. Bowen, "Politics and tourism interface: The case of Cyprus," *Annals of Tourism Research*, vol. 33, no. 4 (2006), pp. 939~956.

36 T. Selwyn and J. Karkut, "The politics of institution building and European cooperation: Reflection on the EC TEMPUS project on tourism and culture in Bosnia-Herzegovina," in Peter M. Burns and Marina Novelli, (Eds.), *Tourism and politics: Global frameworks and local realities* (New York: Routledge, 2007), pp. 123~145.

37 S. S. Kim and B. Prideaux, "An investigation of the relationship between South Korean public opinion, tourism development in North Korea and a role for tourism in promoting peace on the Korean peninsula," *Tourism Management*, vol. 27, no. 1 (Febraury 2006), pp. 124~137; Minho Cho, "A re-examination of tourism and peace: The case of the Mt. Gumgang tourism development on the Korean Peninsula," *Tourism Management*, vol. 28, no. 2 (April 2007), pp. 556~569.

38 C. Webster and D. J. Timothy, "Travelling to the 'other side': The occupied zone and Greek Cypriot views of crossing the Green Line," *Tourism Geographies*, vol. 8, no. 2 (November 2006), pp. 162~181.

랜드에서의 관광이 상징 구축 등의 방법으로 내부 분리주의 정치를 외부적으로 정당화하는데 이용됐다고 하면서 관광의 평화 효과에 의문을 표하고 그 대신 정치적 부작용을 경계한다.[39] 경우에 따라서 관광은 역사적 유산의 해석에 차이를 부각시키는 방식으로 분열된 집단들 간의 간격을 심화시키고, 결국 더 심한 경우 물리적 충돌을 촉발할 수도 있다.[40] 중국과 대만의 관광교류와 네팔의 사례도 정치·경제적 측면으로 분석 가능하다.[41] 평화구축의 견지에서 관광이 정부에 충분한 영향을 미칠 정도의 힘이 있다는 주장도 문제가 있다. 오히려 최근 11개국을 사례 분석한 프랫과 류[S. Pratt and A. Liu]의 연구는 관광이 평화를 위한 기반이라기보다는 평화의 수혜자라고 결론짓기도 했다.[42]

관광의 평화 효과가 미미하거나 제한적이라고 해서 그 요인을 관광 내부에서만 찾는 것은 부적절하다. 관광의 평화 효과를 제한하는 요인은 물론 관광사업 내에서도 있지만 관광이 이루어지는 외부적 환경과 맥락

---

39   S. McDowell, "Selling conflict heritage through tourism in peacetime Northern Ireland: Transforming conflict or exacerbating difference?" *International Journal of Heritage Studies*, vol. 14, no. 5 (August 2008), pp. 405~421.

40   Y. Poria and G. Ashworth, "Heritage tourism: Current research for conflict," *Annals of Tourism Research*, vol. 36, no. 3 (March 2009), pp. 522~525.

41   Y. Guo, S. S. Kim, D. J. Timothy, and K. C. Wang, "Tourism and reconciliation between Mainland China and Taiwan," *Tourism Management*, vol. 27, no. 5 (October 2006), pp. 997~1005; P. K. Upadhayaya, U. Muller-Boker and S. R. Sharma, "Tourism amidst armed conflict: Consequence, copings, and creativity for peace-building through tourism in Nepal," *The Journal of tourism and Peace Research*, vol. 1, no. 2 (March 2011), pp. 22~40.

42   S. Pratt and A. Liu, "Does tourism really lead to peace? A global view," *International Journal of Tourism Research*, vol. 18, no. 1 (January/February 2016), pp. 82~90.

에서 파생되는 측면들도 많다. 구체적으로 천편일률적인 관광, 관광 거품, 문화와 인간관계를 상업화하는 상업 관광의 경향, 편견·우려와 같은 사회심리적 요소, 그리고 분쟁 후에도 분쟁 연루 세력들 사이의 불신과 차별 등이 관광의 평화 효과를 방해한다.[43]

관광의 평화 효과를 제한하는 요인들에 대한 사례 보고는 금강산 관광사업을 평가하거나 재개를 전망하는데도 시사점을 줄 수 있을 것이다. 접촉을 위한 제도적 지지가 있어도 그것이 차별의식에 연유하는 경쟁과 편견 아래에서는 사회적 불평등은 제거되지 않고 집단 간 적대감은 늘어난다.[44] 남북한의 경제 격차와 상호 불신이 줄어들지 않는 가운데서 제한적인 범위에서 진행되는 관광사업의 평화효과는 더욱 제한적일 수밖에 없다. 관광이 과거 분쟁지역에서 경제적 이익을 창출할 잠재력을 불러일으킬 수 있지만, 분열된 사회 사이에 한정 자원을 둘러싼 경쟁이 증가할 수 있다는 사실이 부룬디 사례를 통해 보고되기도 했다.[45] 금강산 관광사업이 공간적으로 북한지역에서만 진행되고 그로 인해 관광 자원의 접근 및 이용에서 남북 간 쌍방향성이 한계를 갖고 있는 점도 이와 관련된다.

---

43 T. Berno and C. Ward, "Innocence abroad: A pocket guide to psychological research on tourism," *American Psychologist*, vol. 60, no. 6 (September 2005), p. 593; D. Maoz, "The mutual gaze," *Annals of Tourism Research*, vol. 33, no. 1 (January 2006), pp. 221~239.

44 T. Saguy, N. Tausch, J. F. Dovidio and F. Pratto, "The irony of harmony intergroup contact can produce false expectations for equality," *Psychological Science*, vol. 20, no. 1 (2009), pp. 114~121.

45 M. Novelli, N. Morgan, and C. Nibigira, "Tourism in a post-conflict situation of fragility," *Annals of Tourism Research*, vol. 39, no. 3 (July 2012), pp. 1446~1469.

또 관광의 발달 과정에서 특정 공동체가 소외되는 보스니아-헤르체고비나 사례가 보고되는데,[46] 이 경우 공동체들 사이에 경제적 불평등은 분쟁 재발의 싹이 될 수도 있다. 금강산 관광사업이 남북 간 이익의 합리적 배분, 그리고 남한 내에서 사업 추진 기업과 중앙정부, 그리고 지역사회와 선정 체계를 형성하지 못할 경우 사업이 지속되더라도 잠재적으로 갈등을 축적할 수도 있다.

이상으로부터 관광의 평화 촉진자 역할은 분쟁의 맥락에 의해 위치지어야 함을 알 수 있다. 관광이 분쟁의 맥락에 미치는 영향과 과거 분쟁의 맥락이 관광의 평화 효과를 중화시키는 영향을 동시에 고려할 필요가 있다. 관광과 맥락의 상호 관계는 장래 연구 방향이 관광이 평화에 기여하는가가 아니라, 관광의 어떤 측면이 평화를 촉진하고 분쟁의 맥락이 어떻게 관광의 긍정적 효과를 제약하는지가 되어야 함을 말해준다.[47] 그러므로 관광을 통한 평화는 한 국가의 정치, 경제, 사회적 영역에서의 전환에 기초해 지방 거버넌스, 국가 차원에서 경쟁 집단들의 재통합을 촉구한다.[48] 관광의 평화 효과를 둘러싼 이상 두 방향의 연구는 평화효과에 관한 찬반이 아니라, 관광의 전환적 잠재력의 크기와 그 방식에 대한 보다 깊이 있는 연구의 필요성을 부각시켜준다. 금강산 관광사업에 대한 평가와 전망도 이런 맥락에서 재검토할 수 있을 것이다.

---

46   S. Causevic and P. Lynch, "Phoenix tourism: Post-conflict tourism role," pp. 780~800.

47   Farmaki, "The tourism and peace nexus," pp. 536~537.

48   S. Barakat, "Post-war reconstruction and development: Coming of age," In S. Barakat, (Eds), *After the conflict: reconstruction and development in the aftermath of war* (New York: Palgrave Macmillan, 2005), pp. 7~32.

Ⅳ. 금강산 관광의 평화효과 검토

금강산 관광은 1998년 11월 18일 첫 관광을 시작해 2008년 7월 11일 북한군의 총격에 의한 남한 관광객의 사망을 계기로 전면 중단되기까지 10여 년 시행되었다. 누적 관광객 195만여 명과 관광의 범위, 방법, 그리고 사업의 제도화 등 여러 측면에서 금강산 관광사업은 발전해나가는 양상을 보였다.[49] 이 사업은 국내는 물론 세계적인 주목을 받았는데 그 한가운데 금강산 관광사업의 평화효과에 대한 관심도 포함되어 있었다. 실제 그에 관한 연구도 관광사업이 5년여를 거치면서 나타나기 시작했다. 아래에서는 금강산 관광사업의 평화효과에 관한 연구결과를 소개하며 가능한 평가를 시도해보고자 한다.

김난영은 논문 제목에 직접 문제의식을 반영하고 있는데, 금강산 관광사업이 한반도 평화에 미치는 공헌도는 남북 경제교류 확대, 인적 교류 증대, 대북 인식의 변화 등을 통해 나타나고 있다며 선반적으로 긍정적인 평가를 내린 바 있다.[50] 설문조사에 바탕을 둔 통계적인 방법으로 금강산 관광사업의 평화효과를 평가하는 연구도 일어났다. 김과 프리도[Kim and Prideaux]는 국내 7개 대도시 성인 430명을 인구 비례로 나누어 2003년 9월 29일부터 10월 23일까지 설문조사를 실시했는데, 설문지 424부를 통계분석을 위한 유효표본으로 삼았다. 분석 결과, 금강산 관광사업이 한국에 경제적 이익을 가져다주기보다는 남북 간 긴장완화에 기여하

---

49 이해정, 이 책의 3장.

50 김난영, "금강산 관광이 한반도 평화에 미치는 공헌도에 관한 연구,"『관광연구논총』, 제15호 (2003), pp. 113~132.

는 바가 크다는 것으로 나타났다. 관광의 평화효과가 크다는 것이다. 응답자들은 금강산 관광에 참여하는 동기로 아름다운 경치 관람을 가장 우선으로 꼽았고(평균값 5.24), 이어 이색적인 현상 경험, 북한 이해, 북한인들에 대한 공감과 분단현실 경험 등으로 응답했다. 금강산 관광사업의 제약요인에 대해서는 값비싼 비용(평균값 4.72)과 함께 금강산 관광에 대한 무관심도 나타났다. 흥미로운 점은 응답자들이 관광 비용이 북한 정권 유지에 도움이 된다는 항목에 대해서는 낮은 수준의 응답(평균값 3.90)을 보였다는 점이다. 이 논문은 또 게임이론을 적용해 금강산 관광사업의 지속과 발전 전망을 다루고 있는데, 북한 정부보다 남한 정부가 국내적 제약에 노출되어 있다고도 지적한다. 응답자들이 금강산 관광 참여에 압도적으로 지지하고 있다고 해석하기는 어렵다. 관광상품으로서 금강산 관광의 가치는 상대적으로 낮게 나타났기 때문이다(평균값 4.58). 정치적 목적으로 관광을 활용할 경우 시장 요소의 고려는 낮다는 지적도 눈에 띈다.[51]

이어 2006년 한국 성인 151명을 설문조사 결과로 금강산 관광의 평화효과를 분석한 신Shin도 있는데, 설문 중 현재의 남북관계에 대한 응답 중 긍정적 응답이 61.0%(강한 긍정19.9% + 긍정 41.1%)로 중간(31.1%), 부정적 응답 8.0%(부정적 7.3% + 강한 부정 0.7%)보다 높게 나타났다. 또 미래 남북관계에 대해서도 긍정적 전망이 68.9%로 부정적 전망(5.3%)을 크게 상회하였다. 그런 응답 가운데서 기성세대가 청년세대보다 평화와

---

51 Kim and Prideaux, "An investigation of the relationship between South Korean public opinion, tourism development in North Korea and a role for tourism in promoting peace on the Korean peninsula," pp. 124~137.

관광의 관계에 더 많이 동의하고, 소득수준과 거주지역은 변수로 작용하지 않았다. 그럼에도 이 연구는 향후 남북 화해의 추세에도 불구하고 냉전의 망령이 금강산 관광사업에 언제라도 영향을 미칠 수 있다고 예측한다.[52]

금강산 관광의 평화효과에 대한 보다 의미 있는 통계분석은 요인 분석과 함께 이루어진다. 2007년에 보고된 공동연구는 금강산 관광을 다녀온 한국인들을 대상으로 설문조사 해 유의미하게 수집한 468건의 응답을 분석하고 있다.[53] 먼저, 금강산 관광에 나선 동기와 관련된 요인분석을 시도했다. 18개의 질문을 관광의 즐거움, 일상 탈출, 북한에 대한 관심 등 셋으로 묶어 정리해보니 관광의 즐거움(평균값 4.09) 〉 북한에 대한 관심(평균값 4.01) 〉 일상 탈출(평균값 3.45)의 순으로 나타났다. 청년 세대는 모든 요소에 높게 반응했고, 북한에 대한 관심에는 청년세대와 60대 이상이 크게 반응했다.

위 통계분석은 금강산 관광이 한빈도 평화에 미친 영향에 관한 세대간 차이에 초점을 두고 아노바 분석을 적용하고있다. 먼저, 관광 후 북한에 대한 인식은 적(평균값 2.04), 잔혹함(평균값 1.90)보다는 남북한 생활양식의 차이(평균값 4.05)에 대한 응답이 컸다. 적대 이미지는 노령 세대가 청년 세대보다 높았다. 또 금강산 관광에 대한 인식에 관한 응답에서는 계

52　Youngsun Shin, "An empirical study of peace tourism trends between politically divided South and North Korea: Past, present, & future," *TOURISMOS: An International Multidisciplinary Journal of Tourism*, vol. 1, no. 1 (2006), pp. 73~90.

53　S. S. Kim, B. Prideaux and J. Prideaux, "Using tourism to promote peace on the Korean Peninsula," pp. 291~309.

속해야 한다(평균값 6.05), 통일해야 한다(평균값 5.90), 북한은 동포다(평
균값 5.56), 그 뒤로 북한이 가깝게 느껴짐(평균값 5.32), 금강산 관광이
화해와 평화통일에 기여함(평균값 5.31), 구체적인 북한 이해에 도움을
줌(평균값 4.57)과 같은 순서로 나타났다. 이런 응답은 인적 접촉 방식의
관광이 평화 증진에 기여한다는 자유주의적 시각을 지지해준다. 다만 관
광을 상호주의적으로 전개해 그 효과를 배가시키는 것이 필요하다는 지
적이 덧붙여진다. 그러나 이들은 관광이 저위정치, 민간외교에서 효과적
인 수단이라고 해도 그것은 고위정치, 정부 간 외교에서 발생하는 사건
으로 그 효과가 저해될 수 있다고 하면서 "관광이 평화의 요인이 아니라
평화의 수혜자"[54]라는 리트빈S. W. Litvin의 주장을 상기시킨다. 결론적으
로 필자들은 북한이 현실주의 시각을 견지하고 있어 금강산 관광의 평화
효과는 제한적이지만, 금강산 관광은 단순히 평화의 수혜자로 머물지 않
고 촉진자라고 평가하고 있다.

한편, 금강산 관광사업의 평화효과에 관한 이론적 논의도 일어났다.
대표적으로 김과 프리도Kim and Prideaux에 의하면, 관광이 정치적 긴장을
완화하는 하나의 수단이 될 수 있지만, 그 반대의 측면도 있고 의도하지
않게 평화를 방해하는 수단이 될 수도 있다고 지적한다. 이들에 따르면
오랜 분단 이후 진행된 금강산 관광은 한쪽만의 접근으로 나타난 특이한
사례이다. 사람과 사람의 접촉이 아니라 특정 공간과 시설이 개방된 것
이다. 분단 한반도에서 관광이 사람 대 사람의 상호작용 수단으로 유용
하고 궁극적으로 분쟁 종식과 평화 증진에 기여한다는 이론과 기대가 있
었다. 그렇지만 금강산 관광사업에 잠재적으로 어두운 측면도 있는 것이

---

54 S. W. Litvin, "Tourism: The world's peace industry," p. 64.

사실이다. 만약 금강산 관광사업의 대가가 북한의 무기 구입에 흘러들어 간다면 관광은 평화를 파괴하는 수단이 될 수도 있기 때문이다. 결국 관광은 정치적 관계를 정상화시키는 과정에 도움으로 작용하는 많은 요소들 중 하나이다. 관광은 민족을 분열시킬 수 있는 다른 이념적·경제적 문제를 다루지 못한다. 위 두 연구자는 결국 금강산 관광사업은 화해를 목적으로 하는 정치적 과정의 결과이지, 그 과정의 기원이라고 보기는 어렵다고 평가한다.[55] 버틀러와 마오 Butler and Mao가 말한 관광의 4단계 긴장완화 효과에 의하면[56] 금강산 관광사업은 관광이 없는 1단계를 넘어 섰지만 친지를 방문하는 2단계에 이르지 못한 채 제한적인 수준에 머무르다 중단되었다. 이때 관광 접근성이 그런 과정을 파악하는 주요 변수로 간주되는데 한 측의 제한으로 여행 빈도 증가와 평화 효과 사이의 비례관계는 확증하기 어렵다.

결국 금강산 관광 사례를 통해 관광사업의 평화효과에 대한 검증은 단순하게 말하기 어렵다. 김과 크롬턴 Kim and Crompton은 관광이 남북관계 개선을 이끌어내는 덜 대결적인 방법의 하나이고 평화와 통일을 촉진하

---

55 S. S. Kim and B. Prideaux, "Tourism, peace, politics and ideology: Impacts of the Mt. Gumgang tour project in the Korean Peninsula," *Tourism Management*, vol. 24, no. 6 (December 2003), pp. 675~685.

56 이 이론에 따르면 관광을 통한 접촉의 정상화는 4단계를 거치는데, 그것은 관광이 없는 1단계, 친지·친적을 방문하는 2단계, 중간 수준의 3단계, 그리고 성숙한 4단계를 말한다. 이때 주요 변인인 관광 접근성은 관계 없음, 비공식 관계, 양측의 제한, 한 측의 제한, 제한 없음, 정상화 된 정부간 관계 등으로 나누어진다. 이들은 분쟁 중인 나라들 사이에서 여행의 빈도가 증가하면 더 평화에 가까워진다고 가정한다. R. W. Butler and B. Mao, "Conceptual and theoretical implications of tourism between partitioned states," *Asia Pacific Journal of Tourism Research*, vol. 1, no. 1 (1996), pp. 25~34.

는 정치적 메커니즘의 보완책이라고 말한다. 이들은 1980년대 초부터 나타난 남한의 포괄적인 통일정책 방안 안에 관광이 포함되어 있었다고 상기시켜준다.[57] 금강산 관광사업의 평화효과에 거는 기대를 암시한다.

반면에 부정적인 평가도 제시되고 있는데 통합이론의 파급효과를 통한 분석이 그 한 예이다. 조민호 등은 아자르[E. Azar]의 분쟁평화자료은행 COPDAB[58]을 금강산 관광에서 나타난 사건 자료에 적용해 '금강산 평화지수[MGPI]'를 개발하고, 이를 통해 금강산 관광의 파급효과를 분석한 바 있다.[59] 분석 결과, MGPI는 1998~2003년 사이 약하고 느리게 증가했다. 그러나 1999년에는 관광객 구금 사건으로 급격하게 하락하기도 했다. 이 기간 동안 금강산 관광이 남북 간 평화적 관계에 크게 기여했다고 말하기는 어렵다고 평가한다. 파급효과 측정은 활동 유형과 그 헌신도 두 측면에서 이루어졌는데, 먼저 경제적·문화적 관계에서 발생한 사건이 정치적·군사적·법적 영역으로 크게 확대되지 않았다. 북한이 경제적 이익을 위한 기술적 협력에만 반응했을 따름이다. 둘째, 활동 헌신도 면에서도 양측의 협력이 높지 않고 오히려 남한의 활동만이 두드러져 헌신도의 수준을 성공이라고 평가하기 어렵다. 이들은 결국 금강산 관광이

---

57 Y. K. Kim and J. L. Crompton, "Role of tourism in unifying the two Koreas," *Annals of Tourism Research*, vol. 17, no. 3 (1990), pp. 353~366.

58 E. Azar, *The Codebook of Conflict and Peace Date Bank* (College Park, Mar.: Center for International Development and Conflict Management, University of Maryland, 1982).

59 김난영·조민호, "금강산 관광개발이 한반도 평화에 미치는 공헌도에 관한 연구," 『관광학연구』, 제30권 3호 (2006), pp. 51~70; Minho Cho, "A re-examination of tourism and peace: The case of the Mt. Gumgang tourism development on the Korean Peninsula," pp. 556~569.

한반도 평화에 기여한다는 가설은 유효하지만, MGPI와 파급효과가 미미해 기능주의를 적용하는 게 적절한지 재검토가 필요하다고 말한다.

금강산 관광사업의 평화효과에 대한 연구에 비해 평화, 곧 남북 간 긴장완화가 금강산 관광에 미친 효과에 관한 연구는 찾기 힘들었다. 관련 연구로 충남 지역 대학생 397명(금강산 관광 경험자는 25명, 6.3%)을 대상으로 한 통계분석이 하나 있다. 이 연구는 '금강산 관광 위험지각이 관광의도에 영향을 미칠 것이다'라는 가설을 검증하고 있다. 구체적으로 금강산 관광 시 기능적 위험 및 신체적 위험에 대한 우려가 커질수록 금강산 관광 의도는 낮아지는 경향이 있는 것으로 나타났다. 나아가 잠재 관광객이 가장 높게 지각하는 위험은 사회·안전상의 위험으로 나타났는데, 이 요인을 줄이기 위해 기업 차원을 넘어선 국가 차원의 제도적 안전장치를 체계화시켜야 할 필요가 있다고 말한다. 금강산 관광이 재개되어 보다 많은 관광객을 유인하기 위해서는 북한 관광이라는 특수성을 부각하기 이전에 관광 상품으로서의 기본 요건을 갖추기 위한 노력이 필요하다. 즉, 금강산 관광의 기능적 위험과 신체적 위험을 낮추기 위한 노력이 필요하다. 이 연구는 관광의 안전성과 관광사업의 평화효과가 비례관계에 있음을 말해주고 있다. 즉 금강산 관광의 안정성 제고가 이 사업의 남북 긴장완화 효과를 높이는 주요 전제조건이라고 말할 수 있다.[60]

전체적으로 금강산 관광사업에 관한 국민들의 반응은 찬반으로 갈렸는데, 지속적인 추진에 찬성하는 사람들의 이유는 남북교류 활성화에 도움(평균 5.27), 남북화해와 평화통일 도움(평균 5.20) 등으로 나타났고, 반

60　김난영·윤황, "금강산 관광 위험인지와 관광의도에 관한 연구,"『동북아연구』, 제29권 1호 (2014), pp. 203~229.

면 사업 지속을 반대하는 응답자들의 이유는 관광 대가가 북한군사력 증강에 도움(평균 5.59), 남한 경제 사정이 나빠서(평균 5.53) 등으로 나타났다.[61] 말하자면 금강산 관광의 평화 유발 효과에 관한 국민들의 반응이 나눠진다고 할 수 있다.

이상과 같은 통계분석 결과는 금강산 관광사업의 평화효과가 있음을 증명하고 있지만, 그 크기가 매우 높지 않고 관광사업의 평화효과를 가져오는 조건들이 미흡함을 시사해주고 있다. 그 조건들은 금강산 관광사업 자체와 그를 둘러싼 정치·경제적 요소들을 포괄한다.

관광을 통한 평화 유발 효과를 보장하기 위해서 먼저, 갈등을 둘러싼 행위자 관계의 맥락이 변화해야 하며, 이를 위해 다양한 이해당사자들의 참여와 독립성과 중립성을 갖춘 국제기구의 중재 역할, 그리고 대화의 제도화가 보완책으로 거론된다. 그 연장선상에서 금강산 관광이 재개될 경우 세계관광기구UNWTO 등을 참여시킴으로써 남북한 사이의 관광교류를 제도화하는 방안이 하나의 대안으로 언급되기도 한다.[62] 금강산 관광사업 중단 이후 북한의 금강산국제관광특구 정책[63]에 대한 평가를 통해 북한의 협력을 유도할 방안을 개발하는 것도 과제로 언급되고 있다. 평화관광이 10년이 지나면 평화 효과가 발생한다는 접촉가설을 증명

---

61 김성섭·문보영·김용완, "금강산 관광사업에 대한 시민인식 분석,"『관광학연구』, 제28권 1호 (2004), p. 294. 이 연구방법은 앞의 Kim and Prideaux(2006)와 같다.

62 조한승, "평화 매개자로서 국제관광의 개념과 대안: 이해관계자 맥락과 국제기구의 참여,"『국제정치논총』, 제56집 1호 (2016), pp. 47~79.

63 2011년 4월 29일에 북한 정부는 금강산지역에 '조선금강산국제관광특구'를 설립하고 동시에 현대그룹의 금강산 관광 독점권을 취소한다고 선포하였다. 유병호, "금강산국제관광특구 연구,"『통일과평화』, 6권 1호 (2014), pp. 48~80.

하기에는 10년 만에 중단된 금강산 관광사업 사례의 적절성은 논쟁이 될
수 있다. 다만, 금강산 관광사업의 경우는 관광 외적 환경이 관광 내적
요소보다 더 중요한 변수라 할 수 있다. 정전체제가 지속하고 북핵 문제
가 해결되지 않고 있는 한반도에서 금강산 관광의 평화 효과를 기대하는
것은 과도한 희망인지도 모른다. 금강산 관광 재개에 찬성하는 국민들의
의견도 2008년 63%에서 2017년 44%로 줄어들었다.[64] 더욱이 금강산
관광의 중단과 그 불투명한 재개 전망을 고려할 경우, 먼저 검토할 바는
관광의 평화 효과보다는 평화의 관광 유발 효과일 것이다.

Ⅴ. 맺음말

이 글은 피스 투어리즘론의 전개과정을 개관하고 관광사업의 평화 유
발 효과를 분석하는 틀을 이론과 경험 양 측면에서 종합 분석하고 있다.
피스 투어리즘과 평화구축의 관계는 인과관계를 둘러싸고 쌍방향의 논
쟁이 전개되었다. 과연 피스투어리즘이 평화구축 효과가 있는가, 아니면
피스 투어리즘은 평화구축의 수혜자인가 하는 논쟁이 그것이다. 이 논쟁
을 피스 투어리즘의 평화 유발 효과의 측면에서 볼 때는 피스 투어리즘의
전개 맥락과 행위자들의 의도와 상호관계가 중요함을 말해준다. 그리고
피스 투어리즘의 평화 효과는 그 사례보고에서 알 수 있듯이 분쟁 종식이
란 소극적 평화와 함께 화해, 참여, 지속가능한 발전, 커뮤니케이션 등

64　이 설문조사는 서울대학교 통일평화연구원이 2007년부터 매년 실시하는 '통일의식조
　　사' 결과로서, 전국 성인 남녀 1,200명(유효표본)을 대상으로 1:1 개별면접조사를 통
　　해 실시했는데 표본오차는 ±2.8% (95% 신뢰수준).

적극적 평화를 포함하고 있기 때문에 인접 정책연구 영역과 긴밀한 협업이 필요하다.

이런 논의를 통해 관광의 평화 효과를 평가함에 있어서 적절하고 효과적인 관광사업과 함께 그것이 진행되는 외적 환경, 곧 정치적 맥락이 다 함께 주요 변인임을 확인하였다. 또 관광의 평화 효과와 함께 그 반대인 평화의 관광 유발 효과도 주요 논의 지점으로 삼을 수 있음을 확인하였다. 두 방향의 효과를 증명하는 사례는 각각 발견할 수 있지만 관건은 사례의 수보다는 과학적인 증명 방법이다.

본 논의에서 특별 사례로 꼽은 금강산 관광사업을 선행연구를 활용하여 재검토하였다. 금강산 관광사업에 관한 기존 연구는 관광사업의 평화 효과에 초점을 두고 있다. 관련 연구결과를 종합해보면 금강산 관광사업은 접촉가설의 효과와 한계, 그리고 고위정치와 저위정치의 위계를 전형적으로 보여주고 있다. 그만큼 관광산업의 평화효과는 일시적이었고 평가도 제한적이다. 금강산 관광사업에 관한 기성 연구는 피스 투어리즘 논의에서 다뤄진 평화 유발 효과의 요인과 맥락을 체계적으로 적용한 분석에는 미치지 못하고 있음도 확인하였다. 이와 반대로 한반도 평화가 금강산 관광사업을 이끌었는지에 관한 연구는 미진하다. 금강산 관광사업이 중단된 상태에서 지난 기간 관광사업의 평화효과는 근본적인 재평가를 요청받고 있다. 금강산 관광사업이 평화에 기여하기보다는 그것은 한반도 긴장완화의 결과가 아닌가 하는 반론도 만만치 않다. 종합적으로 볼 때 관광사업의 평화 효과성을 유발할 관광사업 안팎의 조건들이 구비되지 않을 경우 그 효과가 미미하거나 일시적임을 금강산 관광사업은 웅변해주고 있다. 금강산 관광사업 재개를 전망함에 있어서 피스 투어리즘론이 제공하는 유용한 점들을 적극 활용할 필요가 있다. 특히 관광사업의 지속가능성의 조건으로서 관련 당사자들 사이의 장기적 이익에 대한 기대 형성, 쌍방향의 관광사업의 제도화를 꼽을 수 있다. 외적 환경으로서는 남북관계의 안정적인 발전과 호혜적인 방향으로의 교류협력사업의 제도화를 꼽을 수 있다. 그럴 경우 금강산 관광은 재개될 수 있을 것이다. 2018년 10월 현재, 세 차례의 남북정상회담 이후 결정적인 긴장완화가 이루어진다면 재개될 금강산 관광사업은 평화의 수혜자가 될 것이다. 그 이후, 금강산 관광은 타 교류협력사업들과 함께 한반도 평화구축에 기여할 수 있을 것이다.

금강산 관광사업의 평화효과를 과학적으로 평가하기 위해서는 필요충분조건과 적절한 차원의 평가지수 개발이 필요하다. 관광과 평화 사이의 인과관계를 양방향에서 분석하고 그를 위한 변인 설정은 앞으로 심화연구가 필요한 분야이다. 이런 연구과제는 금강산 관광사업의 재개를 전망하는데 기여할 뿐만 아니라 피스 투어리즘 연구의 발달에도 기여할 것이다. 피스 투어리즘은 국내에서 주로 관광학에서 다뤄져왔는데 다양한 정향과 현실을 고려할 때 학제 간 접근이 요청되는 분야로 다가와 있다.

03

금강산 관광사업의 추진 과정과 향후 과제[1]

Ⅰ. 서론

1998년 11월 시작된 금강산 관광은 2008년 7월 연간 40만 명의 남북 관광 시대를 목전에 두고 중단되었으며, 현재 중단 10년째를 맞고 있다. 1998년 6월 故 정주영 현대그룹 명예회장이 소 떼 500마리를 몰고 민간 기업인 최초로 판문점을 통과하고, 금강산 관광 등 경협사업 논의하면서 남북 간 본격적인 해빙 분위기가 조성되었다. 우리 정부의 전향적인 대 북 정책과 경제난 해소를 위한 북한의 실리주의적 접근 자세 등이 복합적 으로 작용하면서 금강산 관광은 전격 성사되었다.

1998년 금강산 관광의 시작은 단순한 관광 상품 개발이 아닌 대규모

---

1   본 연구는 이해정, "금강산 관광 16주년의 의미와 과제,"『현안과 과제』, 제14-43호 (2014)를 수정 · 보완한 것임.

물적·인적 교류를 통해 남북 간 신뢰 형성 및 경제통일의 단초^{緞絹}를 제공하였다는 데 의의가 있다. 정치적 측면에서는 남북 당국 간 대화의 통로조차 없던 상황에서 민간의 관광·경협 사업을 통한 화해 분위기 조성은 극단적인 대립 예방과 비공식적인 외교 채널로서의 역할을 수행한 것으로 평가된다. 나아가 최초의 남북정상회담이 성사될 수 있는 여건을 조성하는 데 기여한 것으로 보인다. 경제적 측면에서는 1990년대 초반부터 미미하게 이루어지던 단순 교역과 소규모 위탁가공 수준의 남북경협이 본격적인 투자단계로 발전할 수 있는 계기를 마련한 것으로 평가할 수 있다. 금강산 관광사업을 계기로 개성공단 사업 등 남북경협이 본격화될 수 있었으며, 통일한국에 대비한 국토의 균형있는 발전에 기여한 것으로 보인다. 사회·문화적 측면에서는 분단 이후 막혀있던 민간의 인적 교류를 개방하여 남측 민간인들이 북한 땅을 자유롭게 밟고, 북측 주민들과 자연스럽게 접촉할 수 있는 기회를 제공하여 민족 동질성 회복에 기여한 최초의 민간사업이라고 할 수 있다.

하지만 2008년 7월 금강산 관광이 중단되면서 남북 간 접촉과 교류 확대의 의미가 퇴색되었다. 이에 본 고에서는 금강산 관광이 단순 관광이 아니라 남북 간 정치·경제·사회문화적으로도 의미가 있는 사업임을 되새겨보면서 남북관계 개선을 위해 금강산 관광을 활용할 수 있는 방안을 모색하고자 한다. 4·27 판문점선언 이후 문재인 정부의 '한반도 신경제 구상'이 현실화될 가능성이 높아진 현시점에서 금강산 관광의 의미를 재조명하고, 금강산 관광 활용이 한반도 신경제 구상 실현을 위해 가장 시급히 추진되어야 할 과제임을 확인하고자 한다.

Ⅱ. 금강산 관광사업의 추진 과정

민간 주도 사업인 금강산 관광사업에 대한 정부의 역할은 사업의 활성화를 위하여 직·간접적인 방식으로 금강산 관광사업을 지원하는 것이었다.

1998년 4월 김대중 정부는 남북 간 경제협력을 활성화하기 위해 대북 투자와 민간기업의 방북을 허용하는 제2차 '남북경제협력 활성화 조치'를 발표하였다.[2] 이에 따라 이에 동년 6월 故 정주영 명예회장은 판문점을 거쳐 북한을 방문하였으며, 현대는 북측의 조선아시아태평양평화위원회와 금강산 관광 및 개발사업에 합의하였다. 정부는 1998년 8월 현대 3사(현대상선, 현대건설, 금강개발산업)를 금강산 관광사업 협력사업자로 승인하였으며, 1998년 10월 현대와 북한은 금강사 관광사업에 대한 4건의 합의서를 체결하였다.

1998년 11월 18일 금강산 관광선인 금강호가 동해항을 첫 출항함으로써 금강산 관광이 시작되었다. 이는 1989년 1월「금강산 관광 개발 의정서」체결 후 10년 만에 실현된 것이었다.[3]

---

2   대기업 총수와 경제단체장 방북 전면 허용, 대북 투자규모 제한 완전 폐지, 대북 투자 제한업종의 '네거티브 리스트'화, 생산 설비 대북반출 제한 폐지 등임. 한편, 1차 남북경협 활성화 조치는 1994년 11월에 발표된 바 있으며기업 총수를 제외한 기업인 방북 등 남북 경제인사의 상호방문 허용, 1회 100만 달러 이하의 위탁가공용 시설재 반출 및 기술자 방북 허용, 500만 달러 이하의 시범적인 경제협력사업 실시 등의 내용을 포함.

3   1988년 7월 7일 노태우 前 대통령은 '민족자존과 통일번영을 위한 특별선언(7·7선언)'을 발표하여 남북한교역 문호개방, 남북한 민족경제의 균형적 발전, 북방정책 추진 등을 천명. 이에 1989년 1월 故 정주영 현대그룹 명예회장은 북한을 방문, 금강산 개발사업 추진에 관해 원칙적으로 합의. 현대는 북한측 조선대성은행 간 금강산 관광

〔표 1〕 금강산 관광 주요 일지

일자	추진 내용
1989. 1. 24~31	故 정주영 명예회장 방북, 김일성 주석 면담, 금강산개발 의정서 체결
1998. 6. 16	故 정주영 명예회장 소떼 방북, 금강산 사업 등 경협 합의
1998. 8~9	금강산 관광사업의 협력 사업자 지정(8. 6) 및 사업 승인(9. 7)
1998. 10. 27	故 정주영 명예회장 소떼 재방북
1998. 10. 29	금강산 관광개발 사업 합의서 체결(김정일 국방위원장 첫 면담)
1998. 11. 18	금강산 관광선 금강호 첫 출항 · 이산가족, 실향민, 기자 등 826명을 태우고 동해항을 첫 출항 *'98. 11. 20 봉래호, '99. 5. 14 풍악호, '00. 9. 9 설봉호 투입
1999. 6. 21	민영미씨(6.19 풍악호 승선) 억류사건 발생(관광중단)
1999. 7. 30	관광세칙 및 신변안전관련 합의서 체결
2000. 8. 22	현대-아태간 합의서 체결(관광 확대, 공단 건설, SOC 건설 등)
2001. 10. 3~5	제1차 금강산 당국회담 개최
2002. 1. 23	금강산 관광사업 지원방침 발표 · 관광공사의 기금 대출조건 완화, 외국상품판매소 설치 허용 · 학생, 교사, 이산가족 등에게 금강산 관광경비 보조
2002. 9. 10~12	제2차 금강산 당국회담 개최
2002. 11. 22	현대-아태, 동해선 임시도로를 통한 육로관광 실시 합의 · '02. 12.5부터 시범육로관광 실시 · 관광정례화 및 철도, 도로 연결 후 확대
2002. 11. 25	北,『금강산 관광지구법』 발표 · 자유로운 투자 · 관광활동 보장, 관리기관 구성, 특구 개발 · 운영
2003. 2. 14~16	동해선 임시도로 개통식 및 시범육로관광 · 시범관광 참가(총 466명 1박2일, 2박3일 병행) *'03. 2. 23~3. 1 일반인 대상 육로관광 3회 실시(총 1,005명 관광)

개발 및 시베리아 공동개발과 원동지구 공동진출에 관한 '의정서'를 체결하였음.

일자	추진 내용
2003.10. 9	매일 육로관광 실시
2004. 1. 11	해로관광 중단
2004. 3. 31~4. 4	금강산 1박2일 시범관광 2회 실시
2004. 5. 26~29	관리기관 설립·운영, 세관, 출입·체류·거주 등 3개 규정 발표(5. 26) 노동, 외화관리, 광고 등 3개 규정 발표(5. 29)
2004. 6. 15	금강산 당일관광 시범 실시, 268명 참가
2004. 6~7	관광 일정 확대 : 1박 2일 관광 시작(6. 19), 당일관광 시작(7. 3)
2005. 6. 7	금강산 관광객 100만 명 돌파
2005. 9. 1	옥류관, 금강산가족호텔, 제2온정각 개관
2005. 11. 25	제2차 금강산 체험학습 경비 지원 결정 ·교사, 학생 16,429명('05. 12. 22~'06. 3. 8) 실시
2006. 5. 27	내금강코스 답사, 현대-北 아태·명승지종합개발회사간 공동 실시
2007. 5. 28	금강산 면세점 개장
2007. 6. 1	내금강 관광 실시
2008. 1. 13	제3차 금강산 체험학습 실시
2008. 3. 17	금강산 승용차 관광 실시
2008. 7. 11	관광객 박왕자(53)씨 북한군 총격에 사망, 금강산 관광 잠정적 중단
2010. 2. 8	금강산 관광 재개 위한 남북실무회담, 합의도출 실패
2010. 4. 23	北, 금강산 정부자산 몰수, 민간기업 자산 동결, 관리인원 추방
2011. 5. 31	北,『금강산국제관광특구법』채택

자료: 현대경제연구원, "금강산 관광 19주년 현황과 과제,"『현안과 과제』, 제17-29호(2017); 통일부 홈페이지〈http://www.unikorea.go.kr〉.

정부는 1999년 2월 현대아산(주)을 금강산 관광사업의 협력사업자로 승인하였다. 그러나 북측에 지불하기로 한 관광 대가와 부두·도로 건설 등 초기투자로 인해 자금난을 겪게 되자 현대아산은 2001년 6월 북측과 관광대가를 총액 개념에서 관광객 1인당 지불개념으로 변경하는 등 수익성을 개선하기 위해 노력하였다. 정부도 2001년 10월 및 2002년 9월 금강산 관광 활성화를 위한 제1·2차 당국 간 회담을 개최하는 등 사업 안정화를 위한 정부 차원의 노력을 기울였다. 한편, 북한은 2002년 11월 『금강산 관광지구법』을 발표하며 금강산 지역을 자유로운 투자 및 관광 활동을 보장하는 '관광특구'로 지정하였다.

1998년 해로관광을 시작으로 2003년에는 육로관광이 실시되었으며, 2004년에는 해로관광이 중단되고, 2008년 승용차 관광이 실시되는 등 관광 방식이 다양화되었다. 또한, 2004년부터 당일 관광, 1박 2일 관광, 2박 3일 관광 등으로 기존 2박 3일 일정에서 관광 일정도 확대되었다.[4] 관광 코스는 초기의 구룡연, 만물상, 삼일포 등에서 해금강과 동석동~세존봉~구룡연의 순환 코스 등이 추가되었으며, 야영장과 해수욕장 등도 개방되었다. 2007년부터는 내금강 관광이 실시되면서 관광 코스가 확대되었다. 2005년부터는 남북관광 30만 명 시대가 열렸으며, 2008년 7월 관광 중단 전까지의 누적 관광객은 195만 6천 명에 달했다.

---

4   현대그룹이 시작한 금강산 관광의 노정은 초기 단계에는 3박 4일의 일정이었으나, 비용 절감을 위해 2박 3일로 변경하였음.

〔표 2〕 연도별 금강산 관광객 추이 (단위 : 만 명)

구분	1998	1999	2000	2001	2002	2003	2004	2005	2006	2007	2008. 7
연도별	1	15	21	6	9	7	27	30	24	35	19
누적	1	16	37	43	52	59	86	116	141	176	196

자료: 현대경제연구원, "금강산 관광 19주년 현황과 과제,"『현안과 과제』, 제17-29
호(2017).

Ⅲ. 금강산 관광사업의 성과

금강산 관광은 분단 이후 최초의 대규모 인적 교류를 통해 한반도의
평화와 안정에 기여했으며, 정치·군사 및 경제, 사회문화적으로도 큰
성과를 달성한 것으로 평가된다.

관광은 '평화로 가는 여권 a passport to peace' 이라고도 한다.[5] 관광은 평
화산업이며, 관광 교류는 국가 간 자유 왕래를 통하여 적대감을 해소하
고 상호 이익증진과 신뢰구축에 가장 경제적이며 효과적 수단이기 때문
이다. 금강산 관광은 그 대표적인 사례로 들 수 있다. 향후 금강산 관광
재개 시 북한의 마식령스키장과 원산관광특구 개발, 정부의 한반도 신경
제 구상 실현과 연계하여 한반도 평화 달성에 크게 기여할 수 있을 것으
로 보인다. 나아가 유라시아 철도 및 남·북·러 가스관 연결 사업 등 신
북방정책 추진에도 긍정적인 효과를 줄 수 있을 것으로 기대된다.

---

5 국제연합(UN)은 냉전시대 "관광은 평화로 가는 여권(Tourism is a passport to
  peace)"이라는 표어 아래 1967년을 국제관광의 해로 정하고 관광의 중요성을 강조.
  심상진, "남북관광이 국내관광산업에 미치는 영향,"『한국관광정책』, 제30호 (2008).
  p. 40.

구분	내용
정치 · 군사 부문	- 한반도 긴장완화에 기여: 북방한계선과 군사분계선 북상 · 해상 100km 후퇴(전선까지 이동시간 2시간 지연), 군사분계선을 관통한 관광객의 출입 · 왕래 - 정치적 대립의 완충과 가교 역할 수행 : 당국간 대화 채널 유지 · 비공식적 외교 채널 역할 수행, 남북정상회담 성사 기반 조성 - 코리아 디스카운트 해소: 한반도의 평화와 안정을 대내외 과시
경제 부문	- 자본주의 시장경제 학습의 장: 금강산은 관광 · 서비스업 중심, 개성공단은 제조업 중심 - 북한 경제 개발 및 통일비용 감축 효과: 민간의 북한 경제 활성화 지원으로 정부 차원의 통일비용 절감 효과 기대
사회문화 부문	- 민족적 동질성 회복: 분단 이후 최초의 대규모 인적 교류로 사회문화교류의 새로운 장을 마련 - 북한 사회에 대한 이해 증진: 상호 이질감 해소, 이산가족 상봉의 공간 제공 - 남북 간 법 · 제도적 격차 조율 기회 제공: 북한 법제 인프라 개선에 기여

자료: 필자 작성.

1. 정치 · 군사적 측면

우선 정치 · 군사적 측면에서의 성과를 살펴보면 다음과 같다. 금강산 관광을 위해 북한이 군사적 요충지를 개방하도록 하여 한반도의 평화와 안정에 기여하였으며, 민간의 접촉 확대는 정치적 대립의 완충과 가교 역할을 하였다. 금강산 관광은 첫째, 한반도 긴장완화에 기여하였다. 군사항 개방과 함께, 해상 및 육로관광을 위해 북방한계선과 군사분계선을 북상시켰다. 최전방 군사지역 개방으로 동해상 긴장 해소에도 기여한 것으로 평가된다. 해로관광을 위한 동해상 군사적 요충지인 장전항의 개방으로 금강산 관광 이후 동해안에서 북한의 군사적 도발이 중단되었다. 금강산 관광이 시작되면서 장전항을 사용하던 북한의 동해 함대가 후방으로 약 100km 후퇴하여 장전항에는 소형 함정 몇 척만이 정박하게 되었다. 해상에서의 100km 후퇴 의미는 전선까지 이동시간이 2시간여 지연된다는 것을 의미(함정 최고속도가 25노트일 경우 시속 46km)한다.[6] 특히, 군사분계선을 관통한 관광객의 출입·왕래가 이루어졌다는 것도 의미가 있다. 2003년 2월 군사분계선을 관통한 육로관광의 시작으로 북한은 국도 7호선을 개방하였다. 대립과 갈등의 군사지역이 한 달에 3만여 명이 오가는 화해와 협력의 관광교류협력 지대로 변모하게 되었던 것이다.

둘째, 금강산 관광은 정치적 대립의 완충과 가교 역할을 수행하였다. 남북정상회담을 포함한 주요 당국 간 회담을 견인하였으며, 민간 경협의 확대는 당국 간 대화 채널 유지의 결정적 역할을 하였다. 남북관계 개선의 연결 고리로서의 역할뿐만 아니라, 서해교전과 1차 북핵실험 등 당국 간 대화 부침 속에서도 남북 교류 협력의 모멘텀을 안정적으로 관리해나갈 수 있는 통로 역할을 수행하였다. 2017년 10월 전문가 대상 설문조사 결과 전문가의 10명 중 9명(90.8%)은 금강산 관광을 '남북한 화해 및 평화의 상징(61.2%)'과 '대규모 남북한 교류의 출발점(29.6%)'으로 인식하고 있는 것으로 나타났다.

셋째, 금강산 관광은 코리아 디스카운트 해소 및 국가 브랜드 가치 제고에 기여하였다. 1997년 말 IMF 외환위기 이후 대외 신인도 회복이 필

---

6 진희관, "금강산 관광 재개의 필요성과 의의,"『한반도 평화를 위한 긴급간담회』, 김동철·김성곤·설훈·원혜영의원 주최 (2013년). p. 10.

요하던 시기 금강산 관광을 통해 한반도의 평화 안정을 대내외에 과시할 수 있었다.[7] 남북관광사업이 향후 평양, 백두산 등지로 확대될 경우 경제적 효과는 관광산업을 넘어 국가 브랜드 가치 상승으로 이어질 것으로 기대된다.

[표 4] 금강산 관광의 의미

금강산 관광의 의미	2014. 3	2015. 11	2017.10			
			종합	보수	중도	진보
남북한 화해 및 평화의 상징	61.4%	50.0%	61.2%	44.4%	66.7%	68.5%
대규모 남북한 교류의 출발점	30.6%	43.1%	29.6%	40.8%	21.2%	28.9%
단순 관광 상품에 불과	8.0%	6.9%	9.2%	14.8%	12.1%	2.6%

자료: 현대경제연구원(2017)
주: 현대경제연구원, "남북관계 전문가 설문조사 - 신뢰 회복을 위한 남북한 실천적 조치 필요,"『현안과 과제』, 제14-13호 (2014); 현대경제연구원, "남북관계 현안 설문조사 결과와 시사점,"『현안과 과제』, 제15-38호 (2015); 현대경제연구원, "금강산 관광 19주년 현황과 과제,"『현안과 과제』, 제17-29호 (2017).

---

7 1998년 11월 19일 방한한 클린턴 당시 美 대통령은 금강산 관광선 출항 장면을 숙소에서 TV를 통해 지켜본 후, 다음 날 한미정상회담을 마치고 "감동을 금할 수 없다. 매우 신기하고 아름다운 장면이었다. 우리의 힘과 부와 행복을 북한에 전달할 수 있는 가능성을 관광선에서 발견할 수 있었다. 이게 가장 중요한 메시지"라고 감회를 표현한 바 있음.

2. 경제적 측면

금강산 관광은 북한에 자본주의 시장경제 학습의 기회를 제공하고, 북한 경제 개발 및 통일비용 감축 효과 등을 제공한 것으로 평가된다. 금강산 관광은 첫째, 북한이 시장경제를 학습할 수 있는 기회를 제공하였다. 금강산에서는 '서비스 산업의 꽃'인 관광산업에 대해, 개성공단에서는 제조업에 대한 시장경제 학습 기회를 제공하였다. 북한은 '굴뚝 없는 산업'인 관광산업을 통해 시장경제 메커니즘을 학습하고, 대외개방의 노하우를 습득할 수 있었다. 북한은 당초에 관광을 기본적으로 부르주아 생활 양태로 비생산적인 것으로 인식하여, 자본주의적 관광행태에 대해 "호색적인 관광, 도박관광과 같은 변태적이며 속물적인 관광"이라는 비판적인 입장을 견지하였다.[8] 그러나 금강산 관광을 계기로 이러한 인식이 변화되었으며, 이는 개성공업지구 개발과 개성관광 등 남북경협사업의 확대로 이어질 수 있었다.

둘째, 남북한 경제 통합의 여건 개선 및 통일비용 절감에 기여하였다. 금강산 관광사업은 남북 간 소득 격차 경감과 국토의 균형있는 발전에 기여한 것으로 평가할 수 있다. 민간 차원의 북한 경제 활성화 지원으로 정부 차원의 통일비용 절감 효과를 거둘 수 있었다는 것도 의미가 있다. 남측의 민간 투자로 북한 경제가 활성화되어 북한이 산업 기반을 형성하고 시장경제의 기초를 마련할 수 있는 토대가 마련된 것이다. 또한, 통일한 국에 대비한 국토의 균형있는 발전에 기여하였다. 분단 이후 50여 년간 단절되었던 남북 사이 정규 항로 개발, 군사분계선 상의 도로 및 철도 연

---

8   조선국제여행사, 『조선관광문답100』(평양: 조선국제려행사, 1994), p. 1.

결을 통해 남북 간 물류 인프라 연결의 기회를 제공하였다. 남북관광을 위해 투자되는 도로 등 관광 인프라는 통일 이후에도 활용될 수 있는 통일 인프라의 성격을 가진다는 점에서 주목할 만 하다.

3. 사회문화적 측면

사회문화적 측면에서는 남북 주민들 간 통일의 접촉점을 마련하여 민족 동질성 회복의 기회가 마련된 것으로 평가된다. 첫째, 금강산 관광은 민족적 동질성 회복의 기회를 제공하였다. 분단 이후 최초의 대규모 남북 인적 교류로 상호 이질감 해소에 기여하였다. 1989~1998년까지 10년 동안 북한 방문 인원은 총 5,722명이었으나, 1998년 11월 금강호 출항 후 12월까지 2달간 금강산 관광 인원만 10,543명을 차지하여 남북 교류의 새 시대를 여는 역할을 수행하였다. 2005년부터는 남북관광 30만 명 시대가 개막되었으며, 2008년 7월 관광 중단 전까지의 누적 관광객은 195만 6천 명에 달하였다. 다만, 제한된 지역에 대한 남한 관광객의 일방적인 방문이었다는 한계는 남아있었다. 또한, 상호 이질감 해소의 기회를 제공하였다. 현지에 종사하는 남측 인원들과 재중동포(조선족) 약 1,300여 명, 북측 관계자, 서비스업 종사자, 관광 해설자 등 1,000여 명 및 남측 관광객이 매일 약 1,000여 명 방문하여 자연스러운 교류가 이루어졌다. 온정리 금강산문화회관은 분단 이후 민간차원에서 이룬 최초의 남북 합작 건축물로, 이곳에서 평양 모란봉 교예단의 공연을 감상할 수 있게 되는 등 사회문화교류의 새로운 장이 마련되었다. 조국평화통일기원 금강산기도회, 금강산 마라톤 대회, 자동차 질주대회, 국제 모터사이클 투어링, 전국 대학생 자전거 국토순례, 금강산 콘서트 등 각종 종교, 학술, 체육, 문화 교류의 장소로도 활용되었다. 특히, 이산가

족 상봉의 공간을 제공하였다는 의미가 크다. 총 20차례의 이산가족 당
국 간 교류 가운데 1985년 고향방문단 행사와 2000년 1·2차, 2001년
3차를 제외한 모든 행사는 금강산에서 개최되었다.

둘째, 전문가들은 금강산 관광이 정치·사회문화적 기여가 큰 사업
으로 평가하고 있다. 전문가들은 금강산 관광이 경제적 분야는 물론 정
치·사회문화적인 분야에서 더 큰 의미를 갖는다고 평가하였다. 전문가
들은 '남북관계 및 한반도 긴장완화(43.2%)'와 '사회문화(26.1%)'에서
의 기여도를 높게 평가하였다. 이는 금강산 관광이 긴장완화와 이산가족
상봉 면회장으로의 역할을 수행한 것을 비롯하여 금강산 관광사업을 계
기로 남북 간 상호 이질감 해소와 신뢰회복에 기여한 점을 인정한 것으로
보인다.

〔표 5〕 금강산 관광의 분야별 기여

분야별 기여도	종합	보수	중도	진보
정치: 남북관계 및 한반도 긴장완화 등	43.2%	40.0%	37.9%	53.8%
사회문화: 북한 사회에 대한 이해 증진	26.1%	20.0%	29.7%	27.0%
경제: 남북경협 확대 등	19.3%	24.0%	21.6%	11.5%
관광: 한반도 내 관광자원 개발의 가능성 확인	11.4%	16.0%	10.8%	7.7%

자료: 현대경제연구원, "남북관계 전문가 설문조사-신뢰 회복을 위한 남북한 실
천적 조치 필요,"『현안과 과제』, 제14-13호 (2014).
주: 2014년 3월 통일·외교·안보 분야 전문가 88명을 대상으로 실시한 설문
조사 결과, 2015년 11월 전문가 144명을 대상으로 실시한 설문조사 결과,
2017년 10월 전문가 98명을 대상으로 실시한 설문조사 결과.

〔표 6〕 금강산 관광 일정별 통일인식 변화(2007년)

구분	사례수(명)	긍정적으로 변화	변화없음	부정적으로 변화
당일관광	261	61.0%	30.1%	3.2%
1박 2일	366	65.7%	28.2%	2.7%
2박 3일 외금강	1,127	74.0%	21.7%	1.8%
2박 3일 내금강	346	74.0%	22.5%	0.8%
전체	2,100	71.0%	24.0%	1.9%

자료: 김철원 · 이태숙, "남북관광 협력과 통일 인식 변화에 관한 연구 – 금강산 관광을 중심으로," (2008)

셋째, 통일의 필요성을 인식하는 계기를 마련하여 통일한국을 준비하는 데 기여한 것으로 평가된다. 2007년 금강산 방문객 2,100명을 대상으로 실시된 설문조사 결과 관광객의 71.0%는 관광 이후 북한 및 통일문제에 대한 인식이 '긍정적으로 변화'했다고 응답하였다.[9] 특히, 2박 3일 관광객의 긍정적 인식 변화 비율이 74.0%로 당일 방문 관광객의 긍정적 인식 변화 비율 61.0%보다 높은 것으로 나타나 관광 일정이 길어질수록 긍정적 인식으로 변화하는 관광객 비율이 높은 것으로 알 수 있다. 또한, 대학생들의 금강산 평화 캠프 등 미래 세대에 대한 통일 교육의 산실 역할을 수행하였다.[10]

---

9   김철원 · 이태숙, "남북관광 협력과 통일 인식 변화에 관한 연구 – 금강산 관광을 중심으로,"『통일문제연구』, 제49호 (2008), p. 83.

10   1972년부터 1989년까지 서독 연방정부와 지방정부는 서독을 방문하는 동독 주민에게 총 20억 DM(10억 달러)의 환영금을 지급. 서독 정부는 서독을 방문하는 동독 주민에게 1인당 30 DM 의 환영금을 지원하였으며, 1987년부터는 연 1회에 한하여 100 DM 을 지불. 주정부도 서독을 방문하는 동독 주민에게 연간 2회에 한하여 각 20 DM

넷째, 남북 간 법·제도적 격차를 조율할 수 있는 기회를 제공한 사업으로 평가할 수 있다. 금강산 관광사업과 관련한 각종 관련 법제의 정비를 통해 남북관계 제도화의 기틀을 마련할 수 있었다. 2002년 금강산 관광지구법 관련 하위규정과 2003년 투자보장·이중과세방지·상사분쟁·청산결제 등 남북 4대 경협합의서 발효 등이 그 좋은 예이다. 이는 북한의 시장경제에 입각한 새로운 제도 도입을 촉진하였으며, 이는 개성공단 및 특구 법제 창설로 이어졌다. 다만, 외국 자본 유치를 위한 투자자 보호, 투자기업의 창설과 운영, 우대조치 등과 관련한 법제 미비 등의 한계는 남아 있었다.

Ⅳ. 금강산 관광 재개를 위한 과제[11]

북한의 핵실험이 지속되고, 장거리 미사일 발사 등 잇따른 군사 도발로 개성공단 가동이 중단되는 등 남북경협은 사실상 단절된 상황이다. 남북관계를 개선하고 한반도의 평화 정착을 모색하는 한편, 나아가 '한

을 지불. 동독 주민들은 환영금으로 백화점이나 상점에서 일상용품을 구입하거나 식당서비스 등을 이용하면서 서독의 풍요로움을 동경하게 되었음. 동독 주민들의 서독에 대한 동경은 자유선거를 통한 '서독 연방에의 가입'을 결정하는데 결정적 역할을 함. 또한, 서독은 민족 동질감 인식을 위한 청소년 교류를 재정적으로 지원. 서독의 연방정부와 주정부는 대동독 견학여행을 장려, 청소년여행에 대한 교통비 및 체류비 지원. 이에 대한 자세한 내용은 이해정, "독일 사례를 통해 본 통일 기반 여건 조성 방안-비정치 분야의 다양한 접촉면 확대 필요,"『현안과 과제』, 제13-48호 (2013) 참고.

11　본 장은 이해정·이용화, "남북경제협력의 정상화 과제-AGAIN, 남북경협,"『현안과 과제』, 17-27호 (2017) 자료를 수정·보완한 것임.

반도 신경제 구상'과 '신북방정책'[12]을 성공적으로 추진하기 위해서는 남북경협을 적극적으로 활용하는 전략이 필요하다. 지금이 남북한 모두에 막대한 경제적 이익을 가져다줄 수 있는 남북경협의 점진적·단계적 재개를 위한 방안을 모색해야 할 시점이며, 그 첫 단추는 기존에 추진된 바 있는 개성공단 및 금강산 관광사업의 재개라고 할 수 있다. 금강산 관광을 포함한 남북경협 재개를 위해서는 ① 고도의 정책적 결단Adequate political decision, ② 남북관계의 근본적 변화Genuine changes, ③ 남북 간 합의Agreement, ④ 국제사회의 대북제재International sanctions regimes, ⑤ 남북경협 재개에 대한 국민적 합의National consensus 등 5가지 고려 사항을 검토해야 한다.

1. 정책 결단(Adequate political decision)

북한의 지속되는 도발과 국제사회의 대북제재 국면에서 남북경협을 재개할지 여부는 고도의 정책적 결정 사항이다.

---

12 문재인 정부는 동북아시아 지역의 지정학적 긴장과 경쟁구도를 타파하고 동북아 지역의 장기적 평화협력 환경 조성을 위해 신북방정책을 제시. 동북아플러스 책임공동체를 형성해 동북아 평화와 협력적 환경을 조성, 이를 위해 동북아 주요국 간 다자협력 전략의 제도화를 도모. 아세안과 인도와의 관계 강화, 유라시아 협력강화를 통해 동북아를 넘어서는 남방·북방 지역을 '번영의 축'으로 삼는 신남방정책과 신북방정책을 병행 추진. 나진·하산 물류사업과 철도·전력망 등 남·북·러 3각 협력 추진 기반 마련, 유라시아경제연합(EAEU·러시아·카자흐스탄·키르기스스탄·아르메니아·벨라루스, 2014년 창설)과의 자유무역협정(FTA) 추진, 중국의 일대일로 구상 참여 등이 주요 내용임. 이에 대한 자세한 내용은 이해정·이용화, "신북방정책 추진의 기회와 위협 요인,"『VIP 리포트』, 17-28호 (2017) 참고.

〔표 7〕 AGAIN, 남북경협

구분	주요 내용
고도의 정책적 결단 (Adequate political decision)	- 현황: 북한의 잇따른 도발로 남북관계는 사실상 중단 - 시사점 : 경협의 필요성 및 재개에 대한 판단 필요
남북관계의 근본적 변화 (Genuine changes)	- 현황: 北 군사 도발 지속과 南 정책 추진 일관성 결여 - 시사점 : 남북관계 제도화 모색
남북 간 합의 (Agreement)	- 현황 : 경협 재개를 위해서는 남북 간 합의 필요 - 시사점 : 남북한 경제 모두에 이익이 되는 방안 도출
국제사회의 대북제재 (International sanctions regimes)	- 현황 : 국제사회의 대북제재 확대 · 강화 - 시사점 : 국제사회의 지지와 이해를 구할 필요
국민적 합의 (National consensus)	- 현황 : 경협의 필요성에 대한 인식 공유 부족 - 시사점 : 통일 공감대 확대를 위한 노력

자료: 필자 작성.

4·27 판문점선언 이후 남북경협 추진에 우호적인 환경이 조성된 것은 사실이나, 제재 국면에서 경협 재개는 정책적 결단이 필요한 사항이다.

현 상황에서 남북경협을 활용한 남북관계 개선이 국익에 도움이 된다는 최고 정책결정자의 정책적 판단과 이에 대한 국민적 공감대가 형성되어야 남북경협 사업은 재개할 수 있을 것이다. 경협 재개를 위해서는 최고 정책결정자가 '한반도 신경제 구상' 실현을 위한 남북경협 재개는 한반도 평화 정착에 기여한다는 장기적 관점에서 경협의 당위성을 제시해야 할 것으로 보인다. 이와 관련하여 발생할 수 있는 남남갈등 해소를 위해서는 국민적 공감대 형성을 위한 노력이 필수적이며, 아울러 국제사회와의 공감대 형성 노력도 병행할 필요가 있다. 특히 대북제재만을 강조하는 '경협무용론'이나 남북경협을 조건 없이 진행해야 한다는 '맹목적 재개 경협론' 모두 배제되어야 할 것이다.

2. 근복적 변화(Genuine changes)

한반도 평화 정착과 남북관계의 근본적인 변화를 도모하기 위해서는 남북경협을 적극 활용할 필요가 있다. 그동안 남북경협은 남북관계 개선과 한반도 긴장완화라는 평화의 가교Bridge of Peace 역할을 수행해왔다. 1998년 금강산 관광이 시작되면서 장전항을 사용하던 북한의 동해 함대가 후방으로 약 100km 후퇴하면서 사실상 군사분계선을 북상시킨 것으로 평가된다. 개성공단의 경우에도 2003년 공단 조성을 계기로 남한 수도권을 겨냥한 장사정포 부대를 후방으로 약 10km 이동시킴으로써 북방한계선을 북상시킨 효과를 거둔 것으로 분석된다. 남북경협 사업의 본격화로 대립과 갈등의 비무장지대DMZ가 화해와 협력의 평화 통일 이상을 실현하는 평화적 공간Dream Making Zone으로 변화된 것이다.

그럼에도 불구하고 북한의 잇따른 군사 도발과 남한의 정책 추진 일관성 결여로 남북경협의 효과는 지속되지 못하였다. 2008년 북한의 금강산 관광객 피격 사건으로 남북 간 대립 국면이 촉발된 이후, 북한은 계속된 핵실험과 미사일 발사, 천안함·연평도 도발 등 군사 도발을 지속하고 있다. 남한도 보수와 진보가 공감할 수 있는 경협정책의 부재로 정책 추진 동력을 상실하였다. 그 결과 남북경협의 상징인 금강산 관광은 2008년, 개성공단은 2016년에 중단되면서 현재 남북 간 경제협력은 전무한 상황이다.

남북경협의 재개로 남북관계 변화의 동력이 마련될 수 있도록 경협을 관계 정상화에 적극 활용하는 한편, 제도화를 통한 안정적 추진 정책을 모색해야 할 것으로 판단된다. 남북경협의 근본적인 목적은 단기적으로는 남북관계 개선에 보탬이 되는 것이고, 중장기적으로는 한반도 평화체제 구축과 통일경제강국 구현에 도움이 되는 것이다. 남북경협이 정치·군사적 영향으로 중단되거나 정체되지 않도록 점진적·단계적인 경제협력 재개 방안 마련을 통해 남북 간 통일 공감대 형성을 도모할 필요가 있다. 경협을 통한 북한 시장화 촉진으로 아래로부터의 변화를 유도하면서, 변화가 점진적으로 확장되는 'bottom-up 방식'의 남북관계 정상화를 모색하는 것이 바람직할 것이다. 이를 위해서는 「남북기본협정」체결 및 남북관계 제도화를 추진하여 정책 추진의 일관성을 도모하고, 남북관계의 근본적 변화를 위한 제도적 기반을 마련해야 한다.

3. 남북 간 합의(Agreement)

남북경협 재개를 위해서는 남북한 경제 모두에 이익이 되는 발전적 협력 방안에 대한 남북 간 합의 도출이 필요하다. 현시점에서 경협 재개를 논의하기 위해서는 경협 중단 사태의 재발 방지, 투자 보장 등 발전적 협력 방안에 대한 남북 간 합의가 필요한 상황이다. 남북은 「개성공단의 정상화를 위한 합의서(2013. 8. 14)」를 통해 가동 중단 사태의 재발 방지, 3통(통행·통관·통신) 문제해결, 국제화 추진 등을 합의한 바 있다. 이를 참고하여 남북 간 경협 재개를 위한 합의를 도출해야 할 것이다.

특히, '한반도 신경제 구상'이 현실화될 수 있도록 남북 간 합의를 발전시켜 나가야 할 것으로 보인다. 한반도 신경제 구상은 동해권, 서해안 등 권역별 남북 협력 벨트를 마련하여, 동서를 잇는 소위 'H라인의 경제 벨트'를 조성하여 장기적으로 경제통일을 이룬다는 구상이다. 북한도

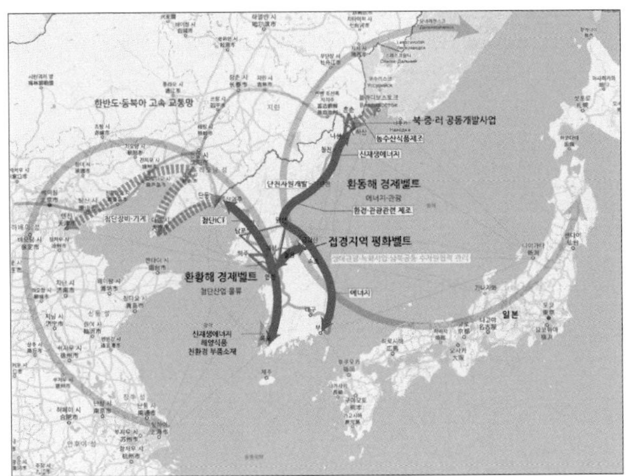

〔그림 1-1〕'한반도 신경제' 구상

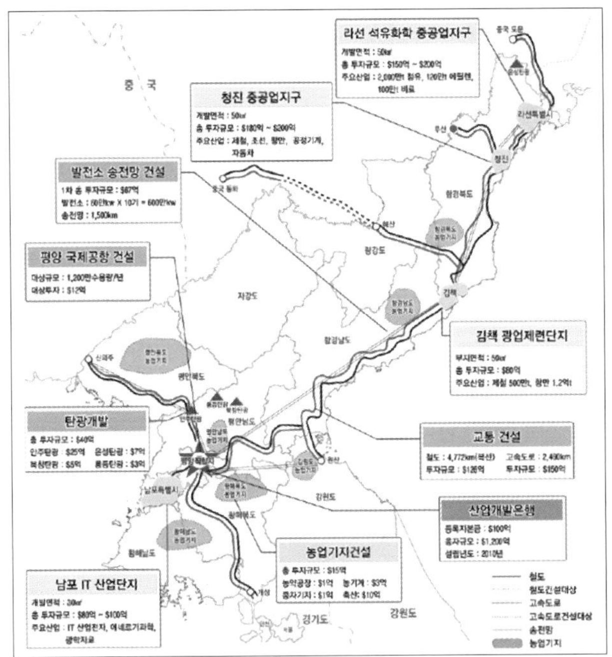

〔그림 1-2〕 북한 '국가경제개발 10개년 전략계획'

자료: 국정기획자문위원회, "한반도 신경제지도 구상," (2017), p. 3; 국토교통부, 『북한 건설·개발제도 및 계획현황 연구』(세종: 국토교통부, 2015). -4. 앞에

「국가경제개발 10개년 전략계획(2010~2020)」[13]을 통해 서남 방면(신의주-남포-평양)과 동북 방면(나선-청진-김책)의 양대 축을 개발한다는 계획을 가지고 있다. 남북한 모두 한반도 개발을 위해 'H 라인의 경제 벨트'를 조성해 장기적으로 협력을 확대해가야 한다는 인식을 공유하고 있어 합의로 발전할 가능성이 충분히 남아있다.

4. 국제사회의 제재(International sanctions regimes)

북한의 핵 개발 지속으로 국제사회의 대북제재는 확대·강화 추세에 있다. 북한의 도발 수위가 높아질수록 유엔 안전보장이사회를 중심으로 한 국제사회의 대북제재는 한층 더 강화되고 있는 것이다. 미국도 안보리 제재안과는 별도로 '북한·러시아·이란 제재 패키지 법(17. 8. 2 발효)' 등 독자 제재를 마련해 대북 압박을 확대하고 있다. 남북경협 재개를 위해서는 남북관계 특수성을 근거로 국제사회의 지지와 이해를 구할 필요가 있다. 북핵 문제가 진전될 경우, 남북경협 재개가 한반도의 긴장 해소 및 정세 안정을 견인하여 동북아 평화에 기여할 수 있다는 것을 국제사회에 주장하여 안보리 제재위원회로부터 의무면제^{waiver}를 받는 방안도 고려할 수 있다.

---

13 북한은 2011년 「국가경제개발 10개년 전략계획(2010~2020)」을 발표하여, 10년 간 총 1,000억 달러의 인프라 등 투자 유치 계획을 수립. 농업, 산업단지 개발, 에너지 및 인프라 개발 등 크게 12대 분야로 나누어 추진. 남포IT산업단지 등 공업지구 개발에 490~580억 달러 투자 예정. 철도·고속도로·공항 등에 258억 달러 투자 예정. 탄광 건설, 화력발전소 건설, 송전망 건설 등에 100억 달러 투자 예정.

〔표 8〕 UN의 對 북한 제재 일지

구분	제재	주요 내용
1차 핵실험('06. 10. 9)	1718호	- 무기, 사치품 등 금수조치(embargo)
2차 핵실험('09. 5. 25)	1874호	- 금융 제재 강화 - 선박 검색 강화
3차 핵실험('13. 2. 12)	2094호	- 대량 현금(Bulk Cash) 이전 금지 - 선박 검색 의무화
4차 핵실험('16. 1. 6)	2270호	- 광물수출 금지 (민생 목적 제외)
5차 핵실험('16. 9. 9)	2321호	- 석탄 수출 상한선(금액 · 총량) 제한
6차 핵실험('17. 9. 3)	2375호	- 대북 원유 공급 동결 - 섬유제품 수출 금지

자료: 필자 작성

5. National consensus: 국민적 합의

남북경협 재개를 위해 '평화를 견인하는 남북경협의 역할'에 대한 국민적 공감대가 형성될 필요가 있다. 통일은 남북 모두에게 새로운 성장 동력을 제공할 수 있다는 인식 하에 남북경협을 활용한 경제 통합을 단계적으로 추진해야 한다는 국민적 공감대가 형성되어야 할 것이다. 한편, 전문가들은 5·24 조치 해제, 개성공단 재가동, 금강산 관광 재개 등에 대해 대체로 찬성한다는 입장을 밝힌 바 있다('18. 1. 26~2. 5, 전문가 92명 대상 설문조사 결과).

특히, 다수의 전문가들은(86.8%) 금강산 관광 재개가 필요하다고 인식하고 있으며, 전문가의 90.8%는 금강산 관광 재개가 남북관계에 긍정적인 영향을 줄 수 있을 것이라고 응답하였다. 따라서 금강산 관광 재개를 위해서는 이러한 인식이 광범위하게 확산되어야 할 것으로 판단된다.

〔표 9〕 남북관계 주요 현안들에 대한 전문가 설문조사 결과

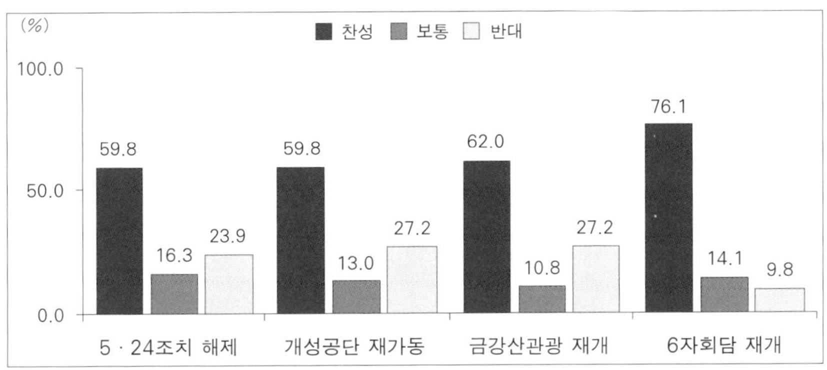

자료: 현대경제연구원, "평창올림픽 이후 남북관계 전망 전문가 설문조사,"『현안과 과
제』, 제18-06호 (2018).
주: 전문가 설문조사(18. 1. 26~2. 5, 전문가 92명 대상) 결과.

〔표 10〕 금강산 관광 재개 필요성

구분	종합	보수	중도	진보
매우 필요하다	63.3%	40.7%	57.6%	84.2%
약간 필요하다	23.5%	26.0%	33.3%	13.2%
별로 필요없다	10.2%	22.2%	9.1%	2.6%
매우 필요없다	3.0%	11.1%	0.0%	0.0%

자료: 현대경제연구원, "금강산 관광 19주년 현황과 과제,"『현안과 과제』, 제17-29
호, 2017.
주: 2017년 10월 25일부터 11월 3일까지 전문가 98명을 대상으로 실시한 설문조사
결과.

결국, 금강산 관광을 포함한 남북경협 재개를 위해서는 충분한 논의를
통해 형성된 국민적 합의에 바탕하여 단계적으로 사업을 추진해야 할 것
이다. 이를 위해서는 남남갈등 해소 및 통일 공감대 확대를 위한 다양한

토론과 소통의 장이 마련되어야 할 것이다. 특히, 단기적인 성과보다는 남북경협이 평화에 기여한다는 장기적 관점에서 경협의 필요성에 대한 인식을 공유할 필요가 있다. 금강산 관광 등 기존에 추진한 바 있는 경협 사업의 재개를 통한 시장경제 교육 확대는 통일비용 절감에도 효과적일 것으로 판단된다.

V. 시사점

금강산 관광사업 재개를 통해 신북방정책 추진 및 한반도 신경제 구상 실현의 동력을 확보할 필요가 있다. 남북 협력 사업의 성공 사례로 지적 되는 금강산 관광 및 개성공단 사업의 재개를 '한반도 신경제' 구상 실현 의 단초로 삼아야 할 것이다.

첫째, 남북경협 확대를 위해 5·24조치의 해제를 검토할 필요가 있다. 금강산 관광 재개와 DMZ 환경·관광벨트 조성을 연계하는 등 전략적인 정책 추진을 통한 단계적인 해제 방안에 대한 검토가 필요하다.

둘째, 남북경협 중 관광협력을 재개함으로써 기존의 금강산 관광을 신 북방정책 추진 및 한반도 신경제 구상 실현의 단초로 활용할 필요가 있 다. 금강산 관광 재개를 북한의 경제 개발과 개방 지원 정책의 시발점으 로 활용할 수 있다. 최근 북한의 특구 중심 개방 정책에 호응하여 원산· 마식령 지구 등 북한 동부지역의 개방 확대를 유도하고, 이에 대한 자신 감에 기초하여 북한이 적극적인 개방 정책으로 나아갈 수 있도록 측면 지 원을 고려할 수 있다.

셋째, 경원선 연결 등을 통한 북한 내륙관광 협력으로 남북관광협력을 확대할 필요가 있다. 이를 통해 남북경협 뿐 아니라 신북방정책 추진의 실천력을 강화할 수 있을 것이다. 남북 접경지역(경원선, 동해북부선) 철도 연결 → 북한 철도 개보수 → 북한 철도 현대화(복선화·고속화) 등으로 이어지는 유라시아의 철도 연결 사업 추진이 필요하다.

넷째, DMZ 환경·관광벨트 조성사업도 금강산 관광 등과 연계를 통해 남북관계 개선 및 동북아 안정에 대한 기여하는 방향으로 추진할 필요가 있다. 설악산·금강산·원산·백두산 관광벨트 구축 및 DMZ 생태·평화안보 관광지구 개발을 위해 금강산 관광 재개를 우선 검토할 수 있다.

마지막으로 금강산 관광 재개를 이산가족 상봉 정례화의 촉매제로 활용해야 한다. 금강산에 설치된 이산가족면회소를 적극 활용하여 이산가족 상봉 정례화는 물론 그 대상과 규모를 확대해나가야 한다. 금강산 이산가족면회소를 활성화하여, 생사확인 등의 상시정보교환과 정례화 지원체제를 상시적으로 운영할 필요가 있다.

비봉폭포(구룡연코스) ⓒ현대아산

구룡폭포 ⓒ현대아산

귀면암(만물상코스) ⓒ현대아산

귀면암 겨울(만물상코스) ⓒ현대아산

수정봉에서 바라본 고성항 ⓒ현대아산

세존봉에서 바라본 집선연봉 ⓒ현대아산

제2부

금강산 관광사업의 다면 분석

04

금강산 관광사업의 법적 평가와 과제[1]

I. 서론

2018년 4월 27일 판문점에서 남북정상회담이 개최되었으며, 남북한 정상은 '한반도의 번영, 통일을 위한 판문점선언'을 발표하였다. 6월 12일에는 처음으로 북미정상회담이 개최되고, 도널드 트럼프 대통령과 김정은 국무위원회 위원장은 새로운 관계수립을 위한 4가지 사항을 담은 공동합의문을 발표하였다. 한반도를 둘러싼 국내외적인 환경이 변화되면서 남북관계의 개선과 발전을 포함하여 금강산 관광사업도 재개될 가능성이 커지고 있다. 남한은 2018년 남북협력기금 1조 462억원 가운

---

1   이 글은 2017년 11월 21일 서울대학교 통일평화연구원, 강원대학교 통일강원연구원, 강원일보가 공동주최한 '금강산 관광사업과 남북교류의 새로운 모색' 국제학술 심포지엄에서 발표하고, 법무부가 발간하는 『통일과 법률』, 제34호 (2018)에 게재한 글을 보완한 것이다.

데 2,480억원을 무상경협기반사업에 배정하였고, 이 중 62억원을 금강산·백두산관광사업과 수산업협력에 책정하였다고 한다.[2]

1998년 정주영 현대그룹 회장이 평양을 방문하여 북한 조선아시아태평양평화위원회와 금강산 관광사업을 위한 '의정서'·'합의서'를, 민족경제협력연합회와 '금강산 관광을 위한 계약서'를 각각 체결하였다. 1998년 11월 18일 금강호가 출항하여 금강산 관광사업이 본격적으로 시작되어 10년간 195만 6천여명의 관광객이 금강산을 다녀왔다. 2008년 7월 11일 남한 관광객이 북한군의 총격에 의해 사망한 사건이 발생하였다. 남한정부는 다음날인 12일 금강산 관광사업의 잠정적 중단을 선언하였으며, 지금까지 재개되지 못하고 있다.

금강산 관광사업은 개성공단과 함께 남북한의 교류협력, 한반도의 평화정착, 그리고 평화통일을 위한 화해와 소통의 장으로 기능하였다. 북한은 2002년 최고인민회의 상임위원회 정령으로 '조선민주주의인민공화국 금강산 관광지구를 내옴에 대하여'와 '조선민주주의인민공화국 금강산 관광지구법'을 제정하였다. 2003년부터 2007년까지 '개발규정'을 비롯하여 총 10개의 하위규정을 제정하기도 하였다. 남북한은 금강산 관광사업을 위해 '개성공업지구와 금강산 관광지구의 출입 및 체류에 관한 합의서' 등을 체결하여 법적 인프라를 구축하기도 하였다.

북한은 2010년 4월 13일 남한 소유의 이산가족면회소 등 부동산을 동결하고 관리인원을 추방하였으며, 23일에는 위 부동산을 몰수하고 현대아산 등 민간 소유의 부동산에 대해서도 동결조치를 취하였다. 2011년 4월 8일에는 현대아산의 독점권을 취소한다고 발표하였다. 2011년 4월

---

2 『조선일보』, 2017년 9월 21일.

29일 금강산 관광지구를 국제관광특구로 지정하고, 5월 31일 금강산국제관광특구법을 채택하여 금강산 관광사업을 변화시키고 있다.

금강산 관광사업을 재개할 것인지 여부는 법적인 문제가 아니라 고도의 정책적 결단에 관한 문제이다. 금강산 관광사업을 재개하는 것은 남한의 국민적 합의, 북한의 변화상황, 남북관계의 개선, 국제사회의 여건 등을 종합적으로 고려하여 확정할 수 있을 것이다. 북한은 금강산 관광사업이 중단된 이후 금강산 관광지구를 해제하고 국제관광특구로 지정하였으며, 금강산 관광지구법을 폐지하고 금강산국제관광특구법을 제정하는 등 법제도를 근본적으로 바꾸었다. 따라서 금강산 관광사업을 재개할 경우에는 우선적으로 해결해야 할 법적 쟁점이 적지 않다.

이 글에서는 금강산 관광사업을 재개할 것을 대비하여 금강산 관광사업을 법적 관점에서 평가하고, 이를 바탕으로 금강산 관광사업을 성공적으로 추진하기 위한 법적 과제를 제시하고자 한다.

Ⅱ. 금강산 관광사업의 규범체계

1. 금강산 관광지구의 규범체계

1) 남북합의서

금강산 관광지구는 지역적으로 북한이지만 남한기업이 사업을 운영하며, 남한주민이 관광객으로 출입·체류하였다. 금강산 관광지구는 남북관계에 관한 법률체계인 남북합의서, 북한법률, 남한법률에 의해 규율되었다. 남북한은 금강산 관광지구에 적용되는 남북합의서를 별도로 체결하였다. 남북합의서는 남북한의 의사가 직접적 또는 간접적으로 표현되어 있어 상호 일정한 범위에서 구속력을 가진다. 특히, 남한헌법 제6조 제1항과 남북관계발전에 관한 법률 제21조 제3항에 따라 국내법과 동일한 효력을 갖는 남북합의서는 남북한 사이에 발생하는 법적 쟁점을 해결함에 있어서 중요한 의미를 갖는다.[3]

남북한은 1991년 체결한 '남북 사이의 화해와 불가침 및 교류협력에 관한 합의서(이하에서는 '남북기본합의서'라고만 한다)를 통하여 남북관계를 정의하고 상대방의 실체를 인정하였다. 남북기본합의서는 남북분단 상황을 현실적으로 인정하는 바탕 위에 원칙적으로 남한지역에서는 남한법률이, 북한지역에서는 북한법률이 적용된다는 것을 확인하고 있는 것으로 해석된다. 남북기본합의서에 따르면 금강산 관광지구도 북한지역에 해당하므로 원칙적으로 북한법률이 적용된다고 할 것이다. 헌법재판소와 대법원은 남북기본합의서에 대하여 단순한 신사협정에 불과할 뿐, 법적 효력이 있는 조약이나 이에 준하는 것으로 인정하지 않고 있어 그 규범력에 한계가 있다.[4]

금강산 관광지구에 적용되는 법률체계로 중요한 것은 법률적 효력을 갖는 남북합의서이다. 이는 '남북 사이의 투자보장에 관한 합의서' 등 4개 경협합의서와 그 후속조치로 체결된 '개성·금강산지구 출입·체류 합의서' 등 9개 합의서이다. 이들 합의서는 2000년 12월부터 2004년 5월까지 체결되었으며, 모두 2003년 6월부터 2004년 12월까지 국회의

---

3 남북합의서의 법적 성격과 효력과 관련하여 조약으로서의 인정될 수 있는 요건 등에 대해서는 이효원, 『통일법의 이해』(서울 : 박영사, 2014), pp. 127~162.

4 헌법재판소 2000.7.20. 98헌바63; 대법원 1999. 7. 23. 98두14525 등.

동의를 받은 후, 문건을 교환하여 발효하였다.[5] 특히, '개성·금강산지구 출입·체류합의서'는 지구관리기관의 출입·체류증명서 발급을 인정하고, 인원 및 차량의 출입심사와 체류등록에 있어서 북한당국의 행정권을 인정하고 있다. 다만, 금강산 관광지구에 출입하는 남한주민에게 적용되는 '지구에 적용되는 법질서'가 구체적으로 무엇인지는 명확하게 규정하지 않고 있다.

현대그룹은 금강산 관광사업을 위해 북한과 '금강산 관광을 위한 계약서' 등을 체결하였는데, 이들은 남북한 당국이 체결한 것이 아니어서 남북관계발전에 관한 법률의 적용을 받는 남북합의서는 아니다. 하지만, 남한의 현대아산 등과 북한의 민족경제협력연합회 등 계약 당사자들이 체결한 사법적 私法的 계약으로서 효력을 갖는다.

2) 북한법률

금강산 관광지구를 규율하는 북한법률에는 금강산 관광지구법과 북남

---

5   4개 경협합의서는 '남북사이의 투자보장에 관한 합의서'(2000년 12월 16일 체결), '남북사이의 소득에 대한 이중과세방지합의서'(2000년 12월 16일 체결), '남북사이의 상사분쟁해결절차에 관한 합의서'(2000년 12월 16일 체결), '남북사이의 청산결제에 관한 합의서'(2000년 12월 16일 체결)를 말하고, 9개 후속합의서는 '남북사이 차량의 운행에 관한 기본합의서'(2002년 12월 6일 체결), '개성공업지구 통신에 관한 합의서'(2002년 12월 8일 체결), '개성공업지구 통관에 관한 합의서'(2002년 12월 8일 체결), '개성공업지구 검역에 관한 합의서'(2002년 12월 8일 체결), '남북상사중재위원회 구성·운영에 관한 합의서'(2003년 10월 12일 체결), '개성공업지구와 금강산 관광지구의 출입 및 체류에 관한 합의서'(2004년 1월 29일 체결), '남북사이의 열차운행에 관한 합의서'(2004년 4월 13일 체결), '남북해운합의서'(2004년 5월 28일 체결), '남북해운합의서의 이행과 준수를 위한 부속합의서'(2004년 5월 28일 체결)를 말한다. 정인섭, 『조약법강의』(서울: 박영사, 2016), pp. 407~408.

경제협력법이 있다. 북한은 2002년 10월 23일 최고인민회의 상임위원회 정령으로 '조선민주주의인민공화국 개성공업지구를 내옴에 대하여'를 제정하였다. 이 정령은 제4조에서 "개성공업지구에는 조선민주주의인민공화국 주권이 행사된다"라고 규정하였다. 11월 13일 최고인민회의 상임위원회 정령으로 금강산 관광지구법을 제정하였다. 제1조에서 "금강산 관광지구는 공화국의 법에 따라 관리·운영하는 국제적인 관광지역이다"라고 규정하였다. 이를 통해 북한지역인 금강산 관광지구에는 북한의 주권과 법률이 적용된다는 것을 선언하였다.

금강산 관광지구법은 제4조에서 "관광지구에서 관광과 관광업 그 밖의 경제활동은 이 법과 그 수행을 위한 규정에 따라야 한다. 법규로 정하지 않은 사항은 중앙관광지구 지도기관과 관광지구 관리기관이 협의하여 처리한다"고 규정하였다. 금강산 관광지구에서의 경제활동에 관한 영역에 대하여는 북한법률의 적용을 배제하고 금강산 관광지구법과 그 시행을 위한 하위규정, 그리고 중앙관광지구 지도기관이 제정한 시행세칙이 적용될 것을 예정하고 있었다.[6] 북한은 2003년 5월 이후 '개발규정', '기업창설·운영규정' 등 총 10개의 하위규정을 제정하였으나, 시행세칙이나 사업준칙은 전혀 제정하지 않았다.

북한은 2005년 7월 6일 최고인민회의 상임위원회 정령으로 '조선민주주의인민공화국 북남경제협력법'을 제정하였다. 이 법률은 남한의 남북 교류협력에 관한 법률에 대응하는 것으로 남북한 경제협력을 총괄하

---

6   금강산 관광지구법에 대한 자세한 내용은 법무부, 『북한 금강산 관광지구법 분석』(법무부, 2003) 참조.

여 규율하는 기본법이라고 할 수 있다.[7] 이 법은 북남경제협력에 있어서 그 장소적 효력범위에 대해 북한지역은 물론 남한지역과 제3국도 포함하고 있다. 인적 효력범위에 대해서도 북한의 기관 등은 물론 남한의 법인과 개인에게도 적용된다고 규정하고 있다. 따라서 금강산 관광사업에 대해서도 북남경제협력법이 적용된다고 해석된다.

3) 남한법률

남한은 금강산 관광사업을 위해 별도의 법률을 제정하지는 않았다. 남한은 1990년에 남북 교류협력에 관한 법률과 남북협력기금법을, 2005년에는 남북관계발전에 관한 법률을 각각 제정하였다. 이들 법률은 남북관계에 있어서 기본적이고 일반적인 사항을 규율하는 것일 뿐, 금상산 관광사업에 대해 특별하게 규정히지는 않고 있다. 2007년 개성공단사업을 지원하기 위해 개성공업지구지원에 관한 법률을 제정한 것과 비교된다. 이 법률은 정부차원에서 필요한 각종 행정적·재정적 지원을 가능하게 하고, 개성공업지구에 투자하는 현지기업과 남한주민이 실체법적·절차법적으로 특별한 지원과 보호를 받을 수 있도록 규정하고 있다.[8]

남북 교류협력에 관한 법률과 남북관계발전에 관한 법률은 금강산 관광사업에도 적용된다고 해석된다. 남북 교류협력에 관한 법률은 '관광'

---

7   북남경제협력법에 대한 자세한 내용은 법무부, 『북한 북남경제협력법 분석』(법무부, 2006) 참조.

8   개성공업지구지원에 관한 법률에 대한 자세한 내용은 이효원, 『통일법의 이해』, pp. 234~242 참조.

을 협력사업의 일종에 포함시키고 있다. 금강산 관광사업을 추진함에 있어서는 남북관계발전에 관한 법률이 규정하는 적법절차에 따라 민주적 정당성과 투명성을 확보해야 한다. 남한은 북한지역 관광에 따른 환전지침, 남북한 방문특례 및 북한주민접촉절차 등 행정규칙을 통해 금강산 관광사업을 규율하고 있었다.

2. 금강산국제관광특구에 대한 규범체계

북한은 2011년 4월 금강산 관광지구를 국제관광특구로 대체하여 지정하고, 5월 31일 금강산국제관광특구법을 제정하였다. 이에 따라 국제관광특구를 규율하는 규범체계도 변화하게 되었다.[9]

첫째, 북한이 금강산 관광지구를 해제하고 금강산국제관광특구법을 제정한 것이 남북합의서의 효력에도 영향을 미치는가. 남한은 금강산 관광지구에 적용되는 것으로 체결한 남북합의서에 대해 그 효력을 상실시키는 어떠한 조치를 취한 적은 없다. 남북관계발전에 관한 법률 제23조 제2항은 "대통령은 남북관계에 중대한 변화가 발생하거나 국가안전보장, 질서유지 또는 공공복리를 위하여 필요하다고 판단될 경우에는 기간을 정하여 남북합의서의 효력의 전부 또는 일부를 정지시킬 수 있다"라고 규정하고 있다. 그러나 남한은 남북합의서에 대해 그 효력을 정지시키는 조치를 취하지 않았다.

북한은 2010년 3월 4일 아세아태평양평화위원회 명의로 "남한이 금강산 관광을 재개하지 않을 경우에는 모든 합의와 계약을 파기하고, 부

9　금강산국제관광특구법에 대한 자세한 내용은 한명섭, 『통일법제 특강』 (서울: 박영사, 2016), pp. 363~368 참조.

동산 동결 등 특단의 조치를 취하겠다"고 발표하였다. 남북합의서 가운데 금강산 관광지구를 전제로 하지 않고 남북 교류협력에 일반적으로 적용되는 남북합의서는 아무런 영향을 받지 않고 그대로 유효할 것이다. '남북사이의 투자보장에 관한 합의서' 등 4개 경협합의서를 비롯하여 남북 교류협력의 일반적 사항에 대해 규율하는 남북합의서는 금강산 관광지구에 적용되는 것을 전제로 체결된 것이 아니다. 따라서 이들 남북합의서는 금강산국제관광특구에도 그대로 적용된다고 해석된다.

금강산 관광지구를 전제로 하여 체결된 남북합의서도 금강산 관광지구가 금강산국제관광특구의 형식으로 계속적으로 동일한 것으로 인정할 수 있는 경우에는 그대로 유효한 것으로 해석된다. 하지만, 금강산국제관광특구가 금강산 관광지구와 계속적으로 동일한 것으로 인정되지 않는 경우에는 금강산 관광지구를 전제로 체결된 남북합의서는 그 범위에서 실효되었다고 해석해야 한다. 금강산국제관광특구는 그 명칭과 형식뿐만 아니라 남북경제협력지구에서 국제경제특구로 그 법적 지위가 변화되었으며, 국제관광특구관리위원회를 중심으로 관리체계도 변하였다. 특히, 법률의 적용에 있어서 남북합의서의 법적 효력을 인정하였던 규정을 삭제하였다. 따라서 금강산 관광지구에 적용되는 것을 전제로 체결된 남북합의서는 그 범위에서 실효된 것으로 해석해야 할 것이다.[10]

'개성·금강산지구 출입·체류합의서'는 금강산 관광지구에 적용되는 것을 전제로 하고 있으므로 그 부분에 있어서는 실효되었다고 해석된다.

10　한명섭, 위의 책, p. 365는 "금강산국제관광특구법의 제정으로 인하여 기존의 금강산 관광지구가 없어졌으므로 금강산 관광지구를 전제로 한 금강산 관광지구법과 10개의 하위 규정, 금강산 관광지구를 전제로 한 남북합의서는 실효된 것으로 해석된다"라고 설명하였다.

이에 따라 금강산국제관광특구에서 남한주민이 범죄를 저지른 경우에 신변안전보장에 관한 규정이 적용되지 않게 되었다. 또한, 2008년 체결된 '금강산 관광활성화를 위한 남북실무접촉합의서'도 금강산 관광지구에 관리위원회를 구성하고 운영하기 위한 것이므로 실효되었다고 해석된다.

한편, 현대그룹이 북한과 체결한 각종 합의서와 계약서는 실효되었는지가 명확하지 않다. 현대그룹은 그 합의서 등을 취소하거나 해제한다는 의사를 표명한 적이 없다. 북한은 이를 취소하거나 해제한다고 명확하게 밝히지는 않았지만, 금강산 관광사업을 중단하는 과정에서 '모든 합의와 계약을 파기하겠다'는 의사를 밝힌 적이 있다. 이에 대해서는 계약 당사자가 명시적으로 실효시키기로 합의한 것이 아니고 위 합의서 등에도 일방적 파기에 관한 규정이 없으므로 위 합의서 등은 여전히 사법적^{私法}^的 효력을 갖는 것으로 해석할 수 있다. 하지만, 북한이 금강산 관광사업의 중단으로 인하여 이를 파기하였다고 주장할 경우에는 현실적으로 유효한 계약으로 인정되기는 어려울 것이다.

2009년 8월 금강산 관광사업을 재개하기 위해 현대그룹과 북한이 공동보도문의 형식으로 발표한 '조선아시아태평양평화위원회와 현대그룹 사이의 공동보도문'도 합의내용이 이행되지 않았다. 남북한은 금강산 관광사업을 재개하고 관광에 필요한 모든 편의와 안전을 철저히 보장하기로 하였으나 2010년 2월 개최된 남북한 당국 간 실무회담에서 합의를 하지 못하여 이행되지 않았다. 이 합의서도 그 효력이 그대로 유지된다고 말하기 어려운 상황이다.

둘째, 북한의 금강산 관광지구법령은 실효되었는가. 북한은 2011년 5월 금강산국제관광특구법을 제정하였는데, 이는 금강산 관광지구법을 대체한 것으로 금강산 관광지구법은 폐지되었다고 해석된다. 북한은

2012년 '조선민주주의인민공화국 법전(제2판)'을 편찬하면서 '북남경제협력부문'에서는 북남경제협력법과 개성공업지구법만 규정하고, 금강산관광지구법은 삭제하였다. 그 대신 '외교·대외경제부문'에서 금강산국제관광특구법을 규정하였다.[11]

금강산 관광지구법은 금강산 관광지구를 남북경제협력지구로서 지정하고, 개발업자가 추천하는 성원으로 관리위원회를 구성하도록 하며, 남북합의서에도 법과 동일한 효력을 부여하였다. 분쟁해결에 대해서는 당사자의 협의 이외에 남북한이 합의한 상사분쟁해결절차를 이용할 수 있도록 규정하였다. 하지만, 금강산국제관광특구법은 금강산지역을 경제특구의 하나로 지정하고, 북한당국인 금강산국제관광특구관리위원회가 관리하며, 적용법규에서 남북합의서를 제외하고 있다. 분쟁해결에 대해서도 남북한이 합의한 상자분쟁해결절차를 이용할 수 있도록 하는 규정을 삭제하였다.

북한은 금강산국제관광특구법을 제정한 이후, 최고인민회의 상임위원회 정령으로 총 7개의 하위규정을 제정하였다. 이로써 금강산 관광지구법의 하위규정이었던 '개발규정' 등 10개의 하위규정은 실효되었으며, 이들을 '기업창설·운영규정' 등 7개의 하위규정이 대체하고 있다. 이에 따라 금강산국제관광특구의 투자대상은 카지노업, 골프장업, 경공업, 농업부문 등으로 확대하고, 출입경로에 비행기를 이용한 경로를 추가하고, 세관 설치지역에 대해서도 국제비행장, 철도역 등 통로를 다양화하

---

11   법률출판사, 『조선민주주의인민공화국 법전』(평양: 법률출판사, 2012). 한편, 북한
      은 2013년 3월 '경제개발구법'을 제정하였는데, 부칙에서 "라선경제무역지대와 황
      금·위화도경제지대, 개성공업지구와 금강산국제관광특구에는 이 법을 적용하지 않
      는다"라고 규정하여 경제개발구법의 적용을 배제하고 있다.

였다.[12]

북남경제협력법은 남한의 남북 교류협력에 관한 법률에 대응하여 남북한 경제협력을 총괄하여 규율하는 기본법으로서 금강산국제관광특구에 남한주민이 관광객으로 출입·체류하는 경우에도 적용된다고 하겠다. 다만, 북남경제협력법은 현실적으로 그 시행여부가 불분명하여 규범력에 있어서 실효성이 의문시되고, 그 내용에 있어서도 금강산국제관광특구법 등 다른 법률과의 관계가 불명확하여 그 적용에는 한계가 있다. 특히, 북남경제협력법은 분쟁해결에 대해 남북상사중재위원회를 이용할 수 있는 근거를 규정하고 있으나, 금강산국제관광특구법에는 그 내용이 삭제되어 적용되지 않을 것으로 판단된다.

셋째, 남한은 금강산국제관광특구와 관련하여 아무런 법령을 제정하지 않았다. 따라서 남북관계발전에 관한 법률, 남북 교류협력에 관한 법률, 남북협력기금법, 형법과 국가보안법, 북한이탈주민의 보호 및 정착지원에 관한 법률, 남북 이산가족 생사확인 및 교류촉진에 관한 법률, 남북주민 사이의 가족관계와 상속 등에 관한 특례법 등이 그대로 적용된다고 해석된다.

---

12 북한은 2012년 4월 '금강산국제관광특구 상업은행법'을 제정하고, 금강산발전은행(Korea Kumgang Development Bank)을 설립하였다고 한다. 하지만, 북한이 2012년과 2016년 발간한 조선민주주의공화국 법전에는 수록되어 있지 않다. 이에 대한 자세한 내용은 유병호, "금강산국제관광특구의 연구,"『통일과 평화』, 제6집 제1호 (2014), pp. 67~68.

Ⅲ. 금강산 관광사업에 대한 법적 평가

1. 법치주의의 확대

1998년부터 약 10년간 계속된 금강산 관광사업에 대한 공과에 대해서는 다양한 입장이 있을 수 있다.[13] 금강산 관광사업은 개성공단사업과 함께 남북한의 평화와 교류협력의 가교이자 성과물이라고 할 수 있다. 이것은 단순히 관광사업에 국한된 것이 아니라 남북한의 평화적 협력을 통해 새로운 경제활동을 창출함으로써 남북한이 상생하는 모델을 제시하기도 하였다.[14] 또한, 남북 이산가족의 상봉을 위한 장소로 활용되었으며, 국제사회에 대해 한반도의 군사적 긴장을 완화시키는 효과가 있다는 것을 보여주었다.

금강산 관광사업은 법적 관점에서도 다양하게 평가할 수 있을 것이다. 북한지역인 금강산 관광지구에 남한주민이 출입·체류하는 사업을 정치적 결단만이 아니라 법제도를 정비하고 추진한 것은 법치주의에 바탕을 둔 것으로 높이 평가할 수 있다. 금강산 관광지구에서는 남한주민이 북한법의 적용을 받는 것을 전제로 하고 있는데, 남북관계의 특수성을 고려할 때 이는 헌법이 지향하는 자유민주적 기본질서와 평화통일원칙에 부합하는 것으로서 헌법적으로도 정당성을 갖는다고 하겠다.

---

13 금강산 관광사업에 대한 평가에 대해서는 전일욱, "금강산 관광의 의미와 재개 해법," 『한국동북아논총』, 제71호 (2014), pp. 227~244.

14 금강산 관광사업은 북한은 물론 남한에도 새로운 경제활동을 창출하였다. 현대아산을 비롯한 30여개의 회사가 투자에 참여하였고, 160여개의 사업체가 금강산 관광사업에 자재를 납품하였다. 특히, 속초와 고성군 지역에서는 90여개의 숙박업체, 음식점, 주유소 등이 금강산 관광사업을 기반으로 운영되었다.

북한은 헌법기관인 최고인민회의 상임위원회에서 정령으로 금강산 관광지구법을 제정하고, 이에 따라 사업을 추진하였다. 남북한은 '개성·금강산지구 출입·체류합의서' 등 법률적 효력을 갖는 남북합의서와 '남북사이 차량의 도로운행에 관한 기본합의서' 등 남북합의서를 체결하여 법제도적 시스템을 구축하였다. 이는 금강산 관광사업을 법치주의의 틀에서 관리하려는 노력으로 평가되며, 남북관계의 발전과 평화통일을 위해서도 중요한 의미가 있다.

하지만, 이러한 법제도적 시스템은 남북관계와 국제사회의 정치적 변화를 맞으면서 금강산 관광사업을 안정적으로 지속하도록 보장하는 안전장치로 기능하지는 못했다. 여기에서는 금강산 관광사업을 재개할 경우를 대비하여 그동안의 경험을 반면교사로 활용한다는 측면에서 문제점으로 지적될 수 있는 부분을 중심으로 평가하고자 한다. 이는 향후 금강산 관광사업을 재개할 경우에 개선해야 하는 과제가 될 것이다.

2. 남한정부의 역할 한계

금강산 관광사업은 현대그룹과 조선아시아태평양평화위원회와 금강사 관광사업에 관한 합의서를 체결함으로써 시작되었다. 북한의 조선아시아태평양평화위원회는 사실상 북한당국이라고 할 수 있지만, 남한의 현대그룹은 민간사업체였다. 금강산 관광사업을 추진함에 있어서 남한정부는 간접적으로 관여할 수밖에 없는 민간주도형 사업이었던 것이다. 이러한 구조에서 남한주민의 신변안전보장, 투자자산 보호, 분쟁해결절차 등 남한정부가 중심이 되어 법제도를 마련하여 사안을 해결하는 데에는 한계

가 있었다.[15]

북한은 중요한 사안에 대해 남한정부를 배제하고 현대그룹과 협의하려고 하였고, 남한정부와 현대그룹 사이에서도 금강산 관광사업의 운영에 관한 기본사안에 대해 인식의 차이가 있었다. 남북관계의 현실을 고려할 때, 남한정부가 중심적 역할을 할 수 없는 구조에서 금강산 관광사업을 성공적으로 추진하기에는 한계가 있었다. 이러한 문제점은 금강산 관광사업을 재개하려고 노력하는 과정에서도 드러났다.

1999년 6월 관광객이 북한에 억류되는 사건이 발생하여 금강산 관광사업이 중단되었을 때, 북한 금강산 관광총회사와 현대아산은 '금강산 관광객 신변안전보장을 위한 합의서'와 '금강산 관광시 준수사항에 관한 합의서'를 체결하여 금강산 관광사업을 재개하였다. 남한주민의 신변 안전에 대한 문제가 발생한 경우에는 북한과 현대아산이 각각 3~4명으로 구성되는 '금강산 관광사업조정위원회'에서 협의하여 처리하기로 하였다. 이때에도 남한정부는 아무런 역할을 하지 않았던 것이다.

2009년 8월 현대그룹의 현정은 회장은 북한을 방문하여 김정일과 면담을 통해 금강산 관광사업을 재개하고, 관광객의 안전보장과 이산가족의 상봉 등을 합의하였다는 내용의 공동보도문을 발표하였다. 하지만, 2010년 남한정부는 금강산 관광재개를 위해 북한과 실무회담을 개최하였으나 입장 차이를 좁히지 못해 결렬되고 말았다. 이러한 점은 남한정

---

15 한명섭, 『통일법제 특강』, pp. 360~363은 금강산 관광사업의 중단과 경과에 대해서 설명하면서 "2009년 현대그룹 현정은 회장이 방북하여 김정일 국방위원장과 면담 등을 통해 공동보도문 형식으로 금강산 관광의 재개 등 합의사항을 발표하였으나, 이 합의는 어디까지나 민간차원의 합의로서 남북관계를 더욱 어렵게 만들었다"는 취지로 설명하였다.

부가 주도가 되어 추진한 개성공단사업과 대비되는 것이었다.

3. 관련법령의 정비 미비

금강산 관광사업에 대해서는 관련법령이 체계적으로 정비되지 않았다. 금강산 관광지구법을 구체적으로 집행하기 위해 '개발규정', '관리기관설립운영규정' 등 10개의 하위규정을 제정하였지만, 다양한 법적 쟁점을 규율하기에는 부족하였다. 특히, 중앙관광지구 지도기관과 관리기관은 시행세칙과 사업준칙을 제정하도록 규정하였으나, 실제로 시행세칙과 사업준칙은 제정되지 않았다. 이점은 개성공단사업과 대비된다. 개성공단에서는 남한주민으로 구성된 관리위원회가 조직되어 개성공단을 관리하였으며, 개성공업지구법 이외에 16개의 하위규정, 16개의 시행세칙, 51개의 사업준칙이 제정되었던 것이다.[16]

금강산 관광지구법은 개발업자를 포함하여 관광객에 대한 신변안전을 보장하는 장치가 미비하였다. 금강산 관광지구를 출입·체류하는 남한주민에 대한 신변안전보장에 대해서 북한은 1998년 7월 사회안전부장의 신변안전보장각서, 민경련회장의 확인서, 대외경제위원회 위원장의 보증서를 통해 약속하였고, 1999년 7월 금강산 관광총회사와 현대아산은 신변안전보장에 관한 합의서를 체결하였다. 하지만, 이는 남북한 당국이 합의한 것이 아니었고, 그 내용도 추상적이고 원론적이어서 구체적인 사항이 부족하였다.

2004년 1월 남북한은 '개성·금강산지구 출입·체류합의서'를 체결

---

16 개성공업지구법에 대한 자세한 내용은 법무부, 『북한 개성공업지구법 분석』 (법무부, 2003) 참조.

하여 남한주민의 신변안전보장을 강화하였다. 이 합의서는 제10조 제1
항에서 "북측은 인원의 신체, 주거, 개인재산의 불가침권을 보장한다",
제2항에서 "북측은 인원이 지구에서 적용되는 법질서를 위반하였을 경
우 이를 중지시킨 후 조사하고 대상자의 위반내용을 남측에 통보하며 위
반정도에 따라 경고 또는 범칙금을 부과하거나 남측지역으로 추방한다.
다만, 남과 북이 합의하는 엄중한 위반행위에 대해서는 쌍방이 별도로
합의하여 처리한다", 제3항에서 "북측은 인원이 조사를 받는 동안 그의
기본적인 권리를 보장한다"고 각각 규정하고 있다.

이는 남한주민의 형사범죄와 신변안전보장에 대해서는 원칙적으로 북
한의 형사사법권과 재판관할권을 배제하기로 한 것이었다.[17] 하지만, 이
합의서를 이행하기 위한 후속합의서나 조치가 취해지지 않아 2008년 남
한 관광객에 대한 총격사건이 발생하였을 때 실효적으로 기능하지 못하
였다.

4. 관련법령의 실효성 부족

금강산 관광사업을 규율하기 위해 금강산 관광지구법 등이 제정되었지
만, 실효적으로 이행되지는 않았다.

첫째, 금강산 관광지구법은 관광지구의 개발은 토지이용권을 발급받
은 개발업자가 담당하고, 관광지구의 관리는 개발업자가 추천하는 성원
으로 구성되는 관리기관이 담당하도록 규정하였다. 하지만, 금강산 관광
지구에서는 관리위원회가 구성되지도 않았다. 이에 대해 북한은 관리위

---

17   이효원, 『통일법의 이해』, pp. 39~40.

원회의 필요성을 깊이 인식하지 않았고, 현대아산도 사업운영에 있어서 재량권이 줄어드는 것을 우려하여 소극적인 태도를 보였다는 분석도 있다.[18]

개성공단의 경우에는 남한주민을 중심으로 관리위원회가 구성되어 개성공단사업의 행정법적 관리업무를 담당하였다. 개성공단 관리위원회는 북한법률에 의하여 설립된 법인으로서 북한의 행정기관인 중앙특구개발지도총국의 지도를 받는다. 하지만, 그 조직과 운영에 있어서 고도의 자율성과 독립성이 보장되는 특수공법인이라고 할 수 있다. 또한, 관리위원회는 남한법률에 의하여도 그 법적 지위가 인정되어 일정한 영역에서 행정적 권한과 재정적 지원을 받는 동시에 그 운영에 대하여는 개성공업지구 지원재단의 지도와 감독을 받게 된다.

둘째, 금강산 관광지구법은 관광지구의 개발과 관리운영 등에 대해 분쟁이 발생한 경우에는 남북 사이에 합의한 상사분쟁 해결절차를 통해 해결할 수 있도록 규정하고 있었다. 금강산 관광지구법 부칙 제2조는 "금강산 관광지구와 관련하여 북남 사이에 맺은 합의서의 내용은 이 법과 같은 효력을 가진다"라고 규정하고 있었다. 남북한은 '남북 사이의 상사분쟁 해결절차에 관한 합의서'와 '남북상사중재위원회 구성·운영에 관한 합의서'를 체결하였으나, 이 합의서가 발효된 날부터 6개월 내에 구성하도록 되어 있는 남북상사중재위원회도 구성하지 못하였으며, 쌍방이 초안을 교환하기로 한 중재규정도 마련되지 않았다.

셋째, 남북한은 2004년 1월 '개성·금강산지구 출입·체류합의서'를 체결하였으나 그 후속합의서를 체결하거나 이를 이행하기 위한 조치도

---

18 『조선일보』, 2008년 7월 1일.

취하지 않았다. 또한, 2008년 5월 '금강산 관광활성화를 위한 남북실무 접촉합의서'를 체결하여 금강산관리위원회를 설치하고 금강산 통행검사소 신설 등에 합의하고도 이를 이행하지 않았다.

넷째, 남한에서도 금강산 관광사업을 체계적으로 지원하는 법제도적 장치를 제대로 마련하지 않았다. 남한은 2007년 개성공단사업을 특별히 지원하기 위해 개성공업지구 지원에 관한 법률을 제정하였다. 개성공업지구를 활성화시키고 효율적으로 운영하기 위하여 정부로 하여금 개성공업지구를 개발하고 운영함에 있어서 필요한 각종 행정적·재정적 지원을 할 수 있도록 하고 있다. 또한, 개성공업지구에 투자하는 현지기업 및 투자기업과 남한주민이 실체법적으로나 절차법적으로 특별한 지원과 보호를 받을 수 있도록 구체화하고 있다. 남한은 금강산 관광사업에 대해서는 이와 같은 특별법을 제정하지 않았던 것이다.

5. 금강산국제관광특구법의 문제점

북한은 2011년 5월 31일 금강산국제관광특구법을 제정하였으며, 후속조치로 7개의 하위규정을 제정하였다. 하지만, 금강산국제관광특구법도 다음과 같은 문제점을 갖고 있는 것으로 지적될 수 있다.

첫째, 관광객의 신변안전에 대한 보장이 미흡하다. 금강산국제관광특구법은 원칙적으로 외국인 관광객을 대상으로 하지만, 남한주민도 관광할 수 있다고 규정하고 있다. 국제관광특구에서는 무사증제를 실시하여 지정된 통로로 사증없이 출입할 수 있도록 하고, 국제관광특수관리위원회의 임무에 '국제관광특구에서의 질서유지, 인신 및 재산보호'를 규정하고 있다. 하지만, 관광객에 대한 신변안전을 보장하는 내용을 규정하지 않고 있다.

이 법은 남북합의서에 대해 법률과 동일한 효력을 부여하고 있던 내용을 삭제함으로써 '개성·금강산지구 출입·체류합의서'가 적용되지 않도록 하였다. 이에 따라 남한주민이 범죄를 저지른 경우에 신변안전보장을 위한 규정이 적용되지 않게 되었다. 오히려 제40조에서 "공화국의 안전을 침해하거나 사회질서를 심히 위반하였을 경우에는 해당 법에 따라 행정적 또는 형사적 책임을 지운다"라고 규정하여 북한의 형사법을 적용할 수 있도록 하고 있다.

둘째, 금강산국제관광특구에서 발생한 분쟁해결절차가 부족하다. 금강산국제관광특구법 제41조는 "국제관광특구의 개발과 관리운영, 기업의 경영활동과 관련하여 발생한 의견 상이는 당사자들 사이에 협의의 방법으로 해결한다. 협의의 방법으로 해결할 수 없을 경우에는 당사자들이 합의한 중재절차로 해결하거나 공화국의 재판절차로 해결한다"라고 규정하고 있다. 금강산 관광지구법에서 규정하였던 '북남 사이에 합의한 상사분쟁해결절차'를 삭제하여 남북상사중재위원회를 이용할 가능성이 거의 없게 되었다. 금강산 관광지구에 있어서 발생한 분쟁에 대해서는 국제경제무역중재위원회, 남북공동위원회, 남북상사중재위원회 등을 통해 해결하려는 시도가 있었으나 모두 무산되고 말았다. 금강산국제관광특구법에서도 효율적인 분쟁해결수단이 부족한 것으로 평가된다.

셋째, 금강산국제관광특구에 투자하는 자산에 대한 보호가 미흡하다. 금강산국제관광특구법은 제5조에서 "국가는 투자자가 투자한 자본과 합법적으로 얻은 소득, 그에게 부여된 권리를 법적으로 보호한다"라고 규정하였다. 하지만, 이 규정만으로는 국제관광특구의 투자자산을 충분히 보호할 수가 없다. 이 법은 남북합의서에 대해 법률과 동일한 효력을 부여하고 있던 내용을 삭제하여 남북한이 체결한 '남북한 투자보장합의서'를 적용하는 것도 명확하지 않게 되었다. 이 조항에 대해서는 북한이 금강산 관광지구의 재산을 동결하고 몰수한 이후 대외적인 비난을 의식해서 금강산국제관광특구법에 의해 투자하는 기업가의 투자자산을 보호한다는 규정을 신설한 것이라는 평가도 있다.[19]

Ⅳ. 금강산 관광사업 재개를 위한 법적 과제

1. 현안문제의 해결

1) 관광객 총격사건에 선결조건

금강산 관광사업을 재개하기 위해서는 다양한 법적 쟁점을 해결해야 한다. 금강산 관광사업을 중단하는 과정에서 발생한 법적 분쟁도 해결해야 할 뿐만 아니라 그 이후 변화된 남북관계와 국제사회의 여건도 반영해야 한다. 금강산 관광사업을 재개하기 위해서는 우선적으로 관광객 총격사건에 대한 선결조건을 해결해야 한다. 남한은 금강산 관광 재개를 위한 실무회담에서 총격사건에 대한 진상규명, 재발방지대책, 신변안전보장의 제도적 장치를 마련할 것을 전제조건으로 제시하였다.

남한은 구체적 방안으로는 진상규명을 위한 현장조사, 적절한 수준의 사과, '개성·금강산지구 출입·체류합의서'의 개정과 공동관리위원회의 설치 등을 제안하였다.[20] 북한은 이를 수용하지 않았다. 이 문제는 기

---

19   안택식, "금강산국제관광특구법의 개선 과제,"『한양법학』, 제23권 제4집 (2012), p. 164.

20   한명섭,『통일법제 특강』, pp. 362.

본적으로 정치적 결단을 통해 해결할 사항이며, 남북합의서를 개정하는 등 법제도적 장치는 이에 수반하여 마련할 수 있을 것이다.

2) 부동산 동결과 몰수조치

금강산 관광사업을 재개하기 위해서는 북한이 취한 부동산 동결과 몰수조치에 관한 문제를 해결해야 한다.[21] 북한은 금강산 관광사업의 중단에 대해 손해보상을 주장하면서 금강산국제관광특구법 제40조(제재조항)를 근거로 남한정부의 부동산에 대한 동결과 몰수, 그리고 민간기업의 부동산에 대한 동결하였다.

자산동결은 자산을 현존상태대로 두고 그 이동·사용을 금지하는 것으로 일반적으로 회사가 파산한 경우에 채권자를 보호하기 위해 법원이 취하는 조치이다. 국제법적으로는 국제분쟁의 경우에 상대국에 대한 일종의 경제제재로 활용되기도 한다. 북한 행정처벌법은 제22조에서 "몰수는 비법적으로 이루어졌거나 위법행위에 이용된 재산을 가지고 있는 기관, 기업소, 단체와 공민에게 적용하는 행정처벌이다"라고 규정하고 있다. 금강산 관광지구 세관규정은 제42조에서 "밀수품, 비법적으로 반입한 금지물은 몰수한다. 밀수행위에 이용한 운수수단도 몰수할 수 있다"라고 규정하고 있다. 금강산 관광지구에서 몰수의 대상이 된 부동산은 행정처벌법이나 세관규정의 몰수요건에 해당되지 않는다.

북한이 금강산 관광지구에서 취한 동결과 몰수는 북한의 민법, 민사소

---

21 북한의 부동산 동결과 몰수처분에 대한 자세한 내용은 한명섭, "북한에 의한 금강산 관광지구의 우리 자산 몰수·동결과 관련한 법적 쟁점 연구,"『통일과 법률』, 제3호 (2010) 참조.

송법, 대외경제계약법 등 어떠한 법률에도 근거를 두지 않았으며, 남북합의서는 물론 현대그룹과 체결한 합의서에도 근거하지 않은 불법행위라고 할 수 있다.[22] 남북사이의 투자보장합의서 제4조 제1항은 "남과 북은 자기 지역 안에 있는 상대방 투자자의 투자자산을 국유화 또는 수용하거나 재산권을 제한하지 않으며 그와 같은 효과를 가지는 조치를 취하지 않는다. 그러나 공공의 목적으로부터 자기측 투자자나 다른 나라 투자자와 차별하지 않는 조건에서 합법적 절차에 따라 상대방 투자자의 투자자산에 대하여 이러한 조치를 취할 수 있다. 이 경우 신속하고 충분하며 효과적인 보상을 해준다"라고 규정하고 있다.

북남경제협력법 제16조는 "투자재산은 북남투자보호합의서에 따라 보호된다"라고 규정하고 있다. 남북 사이의 투자보장합의서는 부록에서 수용이라는 용어에 대해 북한에서는 몰수라고 규정하고 있지만, 북한이 부동산을 동결하고 몰수한 것은 투자보장합의서의 적용대상이 아니다. 북한은 투자보장합의서와 북남경제협력법을 위반한 것으로 해석할 수 있는 것이다.

북한은 금강산 관광사업을 중단선언한 남한에 그 책임이 있다고 주장하고 있고, 남한은 북한의 부동산 동결과 몰수의 위법성을 주장하고 있다. 남북한 사이에 분쟁해결을 위한 법적 장치가 없는 상황에서 북한이 취한 동결과 몰수에 대한 조치를 사법적 수단을 통해 해결되기 어렵다. 남북한이 금강산 관광사업을 재개할 경우에는 정치적 결단과 타협을 통해 이 문제를 해결할 수밖에 없을 것이다.

---

22 한명섭, 『통일법제 특강』, pp. 373~374.

3) 5·24조치의 해결

남북한이 금강산 관광사업을 재개하기 위해서는 남한이 5·24조치를 해제하는 조치가 선행되어야 한다. 남한은 금강산 관광사업을 중단한 이후 2010년 천안함 폭침사건을 계기로 남북교역을 중단하고, 남한주민의 방북과 대북 신규투자를 금지하고, 대북지원사업을 원칙적으로 보류하는 것을 내용으로 하는 5·24조치를 발표하였다. 금강산 관광사업을 재개하는 것은 5·24조치에 위반되기 때문에 남북한은 정치적 결단을 통해 남한의 5·24조치를 해제하는 조치가 필요한 것이다.

5·24조치 그 자체는 국가통치의 기본사항에 관하여 고도의 정치적 결단에 따라 행하는 국가행위로서 헌법적으로는 통치행위에 해당한다고 할 수 있다.[23] 5·24조치에 기초하여 개별적으로 방북 등을 불승인한 것은 행정처분에 해당하여 행정소송의 대상이 될 것이다. 다만, 통치행위라는 이유로 위법하거나 부당한 국가작용이 정당화되는 것은 아니라는 것에 유의해야 한다.[24] 법원은 개성공단 입주업체가 '5·24조치'로 인하여 경제적 손해를 입은 부분에 대해 손해배상과 손실보상을 청구한 사건에서 원고인 입주업체의 청구를 모두 기각한 사례가 있다.[25]

23　5·24조치의 법규범적 의미에 대해서는 이효원, "개성공단 재개에 관한 법적 쟁점," 『통일과 법률』, 통권 제31호 (2017), pp. 5~7.

24　대법원 2004. 3. 26. 2003도7878; 헌재 1996. 2. 29. 93헌마186; 헌재 2009. 5. 28. 2007헌마369.

25　서울중앙지법 2011. 11. 17. 2011가합26501; 서울고법 2012. 4. 13. 2011가합29845; 대법원 2015. 6. 24. 2013다205389 등.

2. 남북합의서의 체결

금강산 관광사업이 중단되고 금강산국제관광특구법이 제정되면서 금강산 관광지구를 전제로 체결된 남북합의서는 그 범위에서 실효되었고, 남북 교류협력을 규율하는 남북합의서도 사실상 기능하지 못하고 있다. 금강산 관광사업을 재개하기 위해서는 실효된 남북합의서를 발전적으로 복원시키고 금강산 관광사업을 안정적으로 지속시킬 수 있는 제도적 장치로 남북합의서를 체결해야 한다. 남북합의서를 체결할 경우에는 다음과 같은 사항이 포함되어야 한다.

첫째, 금강산 관광사업을 정상화하기 위한 기본적인 합의서를 체결해야 한다. 이 합의서를 통해 남한 관광객 총격사건에 대한 신결조건과 부동산 동결과 몰수에 관한 문제를 포괄적으로 해결할 수 있을 것이다. 이때 2013년 8월 남북한이 중단되었던 개성공단을 정상화하면서 체결한 합의서를 참고할 수 있을 것이다. 이는 개성공단이 중단되는 사태의 재발을 방지하고 개성공단을 안정적으로 운영하기 위한 것이었다.

'남북 개성공단 정상화 합의서'는 제1조에서 "남과 북은 통행 제한 및 근로자 철수 등에 의한 개성공단 중단사태가 재발하지 않도록 하며, 어떠한 경우에도 정세의 영향을 받음이 없이 남측 인원의 안정적 통행, 북측 근로자의 정상 출근, 기업재산의 보호 등 공단의 정상적 운영을 보장한다"라고 규정하였다. 제2조에서는 "남과 북은 개성공단을 왕래하는 남측 인원들의 신변안전을 보장하고, 기업들의 투자자산을 보호하며, 통행·통신·통관 문제를 해결한다"라고 규정하였다. 이를 보장하기 위해 상설적 협의기구로 '개성공단 남북공동위원회'를 구성하기로 하고, 투자자산의 보호와 통행·통신·통관 문제를 협의하기로 하였다. 개성공단의 경우에는 이러한 합의서에도 불구하고 2016년 2월 북한의 핵과 미사일 개발로 인하여 개성공단이 다시 전면적으로 중단되었다는 점에서 한계가 있다고 할 수 있다.

둘째, 남한주민의 신변안전을 보장하는 안전장치를 마련해야 한다. 북한 당국이 신변안전과 무사귀환의 보장한다는 일방적 선언만으로는 부족하다. 북한과 현대그룹이 체결한 합의서도 신변안전을 법제도적으로 담보할 수 있는 것이 아니다. 특히, '개성·금강산지구 출입·체류합의서'는 금강산 관광사업에 대하여는 실효된 상태이므로 제10조에서 남한주민에 대해 원칙적으로 북한의 형사사법권과 재판관할권을 배제하는 것을 규정을 복원시킬 필요가 있다. 나아가 후속합의서와 후속조치를 통하여 남북공동위원회의 구성, 남한주민에게 보장되는 기본적 권리의 내용과 범위, 범칙금 부과와 추방의 구체적인 절차, 북한 당국의 조사의 절차와 한계, 엄중한 위반행위의 범위, 남북한 형사사법공조 등 위 합의내용을 구체화해야 한다.[26]

셋째, 합리적 분쟁해결절차를 구축해야 한다. 남북한은 법률체계가 서로 달라 법적 분쟁을 신속하게 해결하는 공통의 사법제도를 도출하기 어렵다. 금강산국제관광특구법에서 삭제한 남북상사중재위원회를 통한 분쟁해결수단을 다시 인정해야 한다. 또한, 남북한이 체결한 상사분쟁해결절차합의서와 남북상사중재위원회 구성운영에 관한 합의서에 따라 남북상사중재위원회를 구성하고, 중재규정을 마련하는 등 후속조치를 이행해야 한다. 이와 함께 남북한 사이에 송달, 증거조사 등 사법공조에 대한

---

26 이효원, 『통일법의 이해』, pp. 38~40; 한명섭, 『통일법제 특강』, pp. 398~411.

내용도 합의해야 할 것이다.[27]

넷째, 신속하고 효율적인 절차규정을 마련해야 한다. 금강산 관광사업에 해당하는 경우에는 관광사업자나 관광객의 출입과 체류 등의 절차를 개선하여 법제도와 집행의 안정성을 확보해야 한다. 특히, 통신·통행·통관 등 절차를 간소화하고, 물류활성화를 보장할 수 있도록 남한물자의 반출범위를 확대해야 한다. 반출입의 승인제도에 있어서도 탄력성을 부여하는 등 법제도를 개선할 필요가 있다. 실효된 것으로 해석되는 '개성·금강산지구 출입·체류합의서'의 내용도 대부분 복원해야 할 것이다. 특히, 투자자산의 보호를 위해서 남북사이의 투자보장합의서에 남북한이 합의사항을 위반한 경우에 제재 등 조치를 명확하게 규정할 필요가 있다.[28] 북한이 제정하는 금강산 관광사업에 관한 법률에도 투자자산을 보호하고 일방적으로 동결이나 몰수를 금지하는 규정도 두어야 할 것이다.

다섯째, 남북합의서의 법적 구속력을 확보하기 위한 절차적 조치도 취해야 한다. 남북관계를 규율하는 가장 중요한 규범체계인 남북합의서는 정치적 변화에도 불구하고 지속적으로 적용되어야 한다. 남북합의서가 법적 구속력을 유지하기 위해서는 남북관계발전에 관한 법률에 따라 국회의 동의를 받는 등 절차를 이행해야 한다.[29] 북한도 헌법과 관련법률에 따라 법적 구속력을 확보하는 절차를 이행해야 하고, 금강산 관광사업에 관한 법률에는 금강산 관광사업에 적용되는 남북합의서에 대해서는 법적

---

27   이효원, 위의 책, p. 41.

28   이효원, 위의 책, pp. 40~41.

29   이효원, 위의 책, p. 43.

효력을 부여한다는 규정을 다시 포함시켜야 한다.

3. 관련법률의 정비

금강산 관광사업을 재개할 경우에는 현재의 금강산국제관광특구법을 그대로 유지할 수는 없다. 남한과 북한은 각각 금강산 관광사업을 안정적으로 성공시킬 수 있는 법제도를 구축해야 한다.

첫째, 북한은 금강산 관광지구법의 효력을 복원시키는 입법조치를 하든지 금강산국제관광특구법을 개정하여 금강산 관광지구법의 내용을 복원시키면서 기존의 문제점을 개선하여 보완해야 한다. 북한이 금강산국제관광특구법을 폐지하고 금강산 관광지구법을 복원하는 것은 기대하기 어려우므로 금강산국제관광특구법의 장점을 살리면서 개정하는 것이 현실적이라고 판단된다. 이때에는 다양한 형태의 관광사업을 통해 국제적 관광사업을 발전시키는 것도 검토할 수 있다.

금강산국제관광특구법은 관광사업의 내용과 범위를 다양하게 확대하고 있는데, 특정 기업의 독점과 남한주민의 관광에 국한하지 않고 국제적 관광사업을 확장할 필요도 있다. 이와 함께 금강산국제관광특구법을 개정하는 경우에는 남북합의서와 별도로 남한주민의 신변안전보장에 대해서도 구체적으로 규정하여 법제도적 안전장치를 강화할 필요가 있다.

북한은 금강산국제관광특구법을 제정하면서 사업운영에 있어서 남한의 개발업자를 배제하고 북한당국이 국제관광특구 관리기관을 통해 직접 관리하도록 하고 있다. 금강산국제관광특구법은 제4조에서 북한의 국가기관 또는 단체도 투자할 수 있도록 규정하고 있어 북한당국이 직접적으로 관여하는 것을 기본방향으로 하고 있는 것으로 평가된다. 하지만, 금강산 관광사업을 재개하기 위해서는 개발업자의 권리를 회복시키고 남한 주민이 주도하는 관리위원회를 구성할 필요가 있다.[30] 또한, 금강산 관광지구 하위규정을 국제관광특구 하위규정과 종합하여 체계적으로 정비해야 한다. 특히, 중앙관광지도기관의 시행세칙과 관리위원회의 사업준칙도 제대로 제정하여 금강산 관광사업을 뒷받침하는 법적 인프라를 마련해야 할 것이다.

금강산 관광사업을 재개할 경우에는 북한으로 하여금 중국의 '대만투자동포보호법'을 참고하여 남한주민의 투자자산을 보장하는 특별법을 제정하도록 할 요구해야 한다는 견해가 있다.[31] 중국은 1983년 '대만동포의 경제특구투자에 대한 특별우대판법'을, 1988년 '대만동포투자장려에 관한 규정'을, 1994년 '대만동포투자보호법'을, 1999년 '대만동포투자보호법 실시세칙'을 각각 제정하여 대만주민의 투자자산을 보호는 내용을 규정하였다. 북한이 중국과 같은 내용으로 특별법을 제정할 것인지는 알 수 없다. 하지만, 북한에 대해 중국의 사례를 참고하여 금강산국제관광특구법을 개정하는 과정에서 남한주민의 투자자산을 보다 강하게 보장할 수 있는 장치를 마련할 것을 요구할 수는 있을 것이다.

북한은 금강산국제관광특구법에 따라 세금규정을 제정하여 과세의지를 표명하였는데, 금강산 관광사업을 재개하기 위해서는 세금 관련 법령을 정비하여 남한주민의 투자자산을 보호해야 한다는 주장도 있다.[32] 북

---

30 한명섭, 『통일법제 특강』, pp. 375~376.

31 안택식, "금강산 관광객 피격사건으로 인한 분쟁의 해결방안 및 관광재개를 위한 법적 검토," 『저스티스』, 통권 제107호 (2008), p. 78.

32 한상국, "북한의 금강산국제관광특구에서의 세금문제 : 세금규정의 평가와 전망," 『조세연구』, 제13권 제2집 (2013), p. 204.

한이 제정한 금강산국제관광특구 세금규정은 과세표준, 과세구간과 해당 세율, 조세채권의 소멸시효, 소급과세의 금지 등에 대해 조세법률주의에 위반되는 내용이므로 이를 반드시 보완하여 정비해야 한다는 것이다. 남한이 북한으로 하여금 금강산 관광사업에 관한 법령을 정비하도록 하는 것은 한계가 있다. 하지만, 남북협상을 통해 금강산 관광사업을 재개하기 위해 필요한 법령의 정비를 요구할 수는 있을 것이다.

둘째, 남한도 금강산 관광사업을 지원하는 법률을 제정할 필요가 있다. 금강산 관광사업은 개성공단사업과 차이가 있지만, 북한지역에 남한 기업과 주민이 출입·체류하면서 북한법의 적용을 받는다는 점에서 공통적이다. 금강산 관광사업에 있어서는 남북한 법령이 다면적·중층적으로 적용되며, 남북한의 정치적·법률적인 경계접점으로 중요한 의미가 있고, 향후 북한의 체제전환과 통일 이후의 법률통합을 위한 교육장으로서 역할도 담당할 수 있다. 이러한 점을 고려하여 개성공업지구 지원에 관한 법률과 같이 금강산 관광사업을 행정적·재정적으로 지원하는 특별법을 제정할 필요가 있다. 다만, 법률을 제정하는 구체적인 시기와 내용에 대해서는 남북관계와 국제사회의 여건을 고려하여 신중하게 결정해야 할 것이다.

금강산 관광사업을 재개할 경우를 대비하여 현재 국회에는 2개의 특별법안이 발의되어 있는 상태이다. 2016년 8월 5일 원혜영 의원이 대표발의한 '금강산 관광사업 중단 및 5·24조치로 인한 남북경제협력사업자 등 손실보상에 관한 특별법안'과 2016년 10월 31일 이양수 의원이 대표발의한 '금강산 관광사업 중단에 따른 보상 및 고성통일경제특별구역의 지정·운영에 관한 특별법안'이 그것이다. 후자는 금강산 관광사업을 지원하기 위해 고성지역을 경제특별구역으로 지정하자는 내용이 포함되어 있다.

금강산 관광사업을 중단하게 된 원인과 그 법적 성격, 5·24조치의 법적 성격과 효력, 금강산 관광사업의 중단에 따른 경제적 손실의 발생과 그 전보책임 등에 대해서는 다양한 견해가 있을 수 있다.[33] 국회에서 발의된 이들 법률을 제정할 경우에는 남북관계의 개선 여부, 국제사회와 관계, 남북협력기금의 재정건전성, 다른 접경지역과의 형평성 등을 적절히 고려해야 할 것이다. 금강산 관광사업을 지원하기 위한 법률을 제정하는 경우에는 남북합의서는 물론 북한이 제정하는 금강산 관광사업에 관한 법률, 하위규정, 시행세칙, 사업준칙 등과 형식 및 내용면에서 체계적으로 정합하게 만들어야 한다.[34]

금강산 관광사업을 위한 특별법을 제정할 경우에는 무비자 출입국을 지원하기 위해 양양국제공항을 이용할 수 있도록 내용을 포함시키자는 견해도 있다.[35] 금강산 지역에는 외국인이 출입할 수 있는 국제공항이 없으므로 남한의 속초를 통해 무비자 출입국을 지원하자는 것이다. 이를 위해서는 출입국관리법 등 관련법령을 개정해야 하지만, 금강산 관광사업을 지원하는 특별법에서 특례를 규정할 수 있을 것이다. 남한은 '제주특별자치도 설치 및 국제자유도시 조성을 위한 특례법'을 제정하여 무비자 출입국에 대한 특례를 인정한 적이 있으므로 이를 참고할 수 있을 것이다.

---

33 통일부는 2017년 11월 10일 금강산 관광 중단과 5·24조치로 인하여 어려움을 겪고 있는 남북경협기업에 대해 투자자산은 실태조사에서 확인된 피해액의 45%를 35억원 한도로, 유동자산에 대해서는 피해액의 90%를 70억원 한도로 각각 지원할 계획이라고 발표하였다. 『한겨레』, 2017년 11월 11일.

34 이효원, 『통일법의 이해』, pp. 44~45.

35 유병호, "금강산국제관광특구 연구," 『통일과 평화』, 6집 1호 (2014), p. 74.

4. 국제사회와 협력

금강산 관광사업을 할 경우에는 국제사회와 연계하여 관련 법제도를 정비해야 한다. 남북관계의 발전과 평화통일을 위해서는 국제적 협조와 지원이 필수적으로 요구된다. 남북 교류협력을 국제질서에 편입시킴으로써 남북관계의 안정성을 국제적으로 담보할 수 있으므로 북한을 국제사회의 일원으로 참여하도록 하는 것이 필요하다. 하지만 금강산 관광사업을 재개하기 위한 국제적 여건은 개선될 기미를 보이지 않고 있다. 유엔 안보리는 2006년부터 모두 9차례에 걸쳐 대북제재 결의안을 채택하였으나 북한은 핵실험과 장거리 미사일을 발사하는 등 변화를 보이지 않고 있다.

유엔은 북한의 핵과 미사일 개발에 대해 지속적으로 대북제재 결의안을 강화하고 있고, 미국도 금강산 관광사업에 대해 호의적이지 않다. 유엔 안보리는 2017년 9월 11일 대북제재 결의 2375호를 채택하여 북한과 합작사업의 설립·유지·운영을 전면적으로 금지하고, 기존의 합작사업체를 120일 이내에 폐쇄할 것을 결의하였다. 미국은 2016년부터 독자적으로 대북제재법과 대북차단 및 제재 현대화법을 제정하기도 하였다. 미국 국무부는 2017년 5월 26일 "북한 관광이 핵과 탄도미사일 개발의 자금원이 될 수 있다"라고 하면서 금강산 관광사업의 재개에 대해 반대한다는 입장을 밝혔다. 미국 하원 외교위원회 아시아태평양 소위원회도 미국인의 북한관광을 전면적으로 금지하는 '북한여행통제법'을 가결하기도 하였다. 따라서 금강산 관광사업을 재개하더라도 대북제재 결의안과 충돌되지 않는 범위에서 추진할 필요가 있다.

유엔 안보리 결의는 국제사회에서 매우 강력한 국제법적 효력을 가지며, 남한과 북한 모두 유엔 회원국으로 이를 준수할 국제법적 의무를 부담한다. 금강산 관광사업을 재개할 경우에 유엔 안보리 결의에 위반될 소지가 있다. 즉, 유엔 안보리 결의는 북한과의 합작사업을 금지하고 있고, 북한과 상업적 거래를 통해 현금을 지급하거나 금융기관을 설치하는 행위도 금지하고 있다.[36] 따라서 금강산 관광사업의 내용을 확정하는 과정에서 유엔 안보리 결의에 위반하지 않도록 면밀하게 검토해야 할 것이다.

유엔 안보리 대북제재 결의에 대해서는 남북관계의 특수성을 기초로 하여 안보리 결의의 적용대상이 아니라고 설득하는 작업도 필요하다. 또한, 유엔 안보리 제재위원회로부터 사전에 허가를 받아 그 적용의 예외로 인정받는 방안도 적극적으로 검토할 필요가 있다. 이와 함께 금강산 관광사업은 북한의 핵무기 등에 기여하는 것이 아니라 핵문제를 해결하고 남북한의 평화와 통일을 달성하기 위한 것임을 국제사회에 알리는 노력을 기울여야 한다.

Ⅴ. 결론

금강산 관광사업은 1998년부터 약 10년간 계속되었고, 중단된 이후 10년이 지나고 있다. 금강산 관광사업은 개성공단과 함께 한반도의 평화와 남북 교류협력을 대표하였다. 하지만, 2008년 남한 관광객 총격사건으로 중단되고 말았다. 그 이후 남북관계는 더욱 악화되었고, 북한의 핵개발 등으로 인해 개성공단까지 전면 중단되었다. 문재인 정부가 출범한

---

36 개성공단 재개의 경우 발생하는 유엔 안보리 결의의 대한 법적 쟁점에 대해서는 이효원, "개성공단 재개에 관한 법적 쟁점," pp. 17~21.

이후에도 북한은 핵과 미사일 발사시험을 계속하여 남북관계는 근본적으로 변화하지 않고 있다. 하지만, 자유민주적 기본질서에 입각한 평화통일을 달성하기 위해서는 남북한이 교류협력을 강화해야 한다.

금강산 관광사업은 남북 교류협력의 결실이자 남북관계를 발전시키는 유용한 수단이 될 것이다. 금강산 관광사업을 재개하기 위해 노력해야 한다. 이를 위해서는 남한의 국민적 합의, 북한의 변화, 국제사회와의 협력 등 남북관계를 둘러싼 정치환경이 갖추어져야 할 것이다. 금강산 관광사업을 재개할 경우에 제기될 수 있는 법적 쟁점을 검토하고 준비하는 것은 반드시 필요하다.

금강산 관광사업은 법치주의를 바탕으로 추진하였다는 점에서는 중요한 의미가 있다. 하지만, 남북 교류협력에 관한 법률과 남북관계발전에 관한 법률만으로 금강산 관광사업을 규율하여 이 사업을 안정적이고 효율적으로 규율하는 구체적인 법제도적 시스템은 부족하였다. 금강산 관광사업을 재개할 경우에는 그동안의 경험이 큰 교훈이 될 것이다. 이때에는 금강산 관광사업을 실효적으로 지원할 수 있는 남북합의서를 체결하고 국회의 동의를 받는 대상이 되는 남북합의서를 보다 명확하게 확정할 수 있도록 하고, 국내법적 효력을 부여하는 절차에 대해서도 구체적으로 규정하여 그 법적 구속력도 확보해야 한다. 북한은 금강산 관광사업을 안정적으로 추진할 수 있도록 금강산 관광사업을 규율하는 개별적인 법률을 제정하는 등 관련 법령체계를 정비할 필요가 있다. 이와 함께 금강산 관광사업이 유엔의 대북제재 결의와도 규범적으로 조화로울 수 있도록 면밀하게 검토하고 준비해야 할 것이다.

05

금강산 관광사업의 정치군사적 의미

Ⅰ. 서론

'세기의 담판'으로 전 세계의 주목을 받았던 6·12 북미정상회담이 끝 났다.[1] 이번 회담이 전 세계의 주목을 끌었던 가장 주요한 이유 중 하나는 초강대국 미국의 대통령이면서 사업가 출신인 트럼프^{D. Trump} 대통령과 지구상에서 가장 폐쇄된 국가이면서 은둔의 지도자인 김정은 위원장이 비핵화와 체제안전보장이라는 '빅딜'을 놓고 벌이는 협상의 결과에 많 은 관심이 있었기 때문이다. 그런 이유에서 북미정상회담은 이미 준비과 정에서 양국 간의 기 싸움으로 인해 트럼프 대통령의 회담 취소 선언으로 위기를 맞았으나, 두 차례에 걸친 남북정상회담을 추진했던 문재인 대통

---

1   본 글은 저자의 논문인 "금강산 관광사업의 정치군사적 의미,"『국방정신전력원』, 제 53호 (2018), pp. 33~50을 수정 발전시킨 것임.

령의 적극적인 중재와 북한의 즉각적인 태도변화로 전 세계의 관심 속에서 성공적으로 개최되었다.

그러나 2018년 2월 평창 올림픽을 계기로 시작된 한반도의 평화과정 직전의 상황은 한반도의 군사적 위기가 그 어느 때보다 높았던 시기였다. 북한은 2017년 9월 3일 12시 29분경 함경북도 길주군 풍계리 핵실험장에서 6차 핵실험을 실시하였으며, 북한 조선중앙통신은 공식 발표를 통해 대륙간탄도미사일 ICBM: Intercontinental Ballistic Missile 장착용 수소탄 시험을 성공했다고 밝혔다. 미국은 핵 소형화뿐만 아니라 지난 7월 북한이 ICBM 화성-14형 1, 2차 시험 발사에 모두 성공한 직후 미 본토인 알래스카뿐만 아니라 LA와 시카고까지 타격할 수 있는 탄도 미사일 라인업을 갖추고 있다고 판단하고 있다. 그 결과 맥매스터 H.R. McMaster 국가안보보좌관은 처음으로 대북 군사적 옵션으로 '예방 전쟁'을 거론하였으며,[2] 제임스 매티스 James Norman Mattis 국방장관은 6차 핵실험 이후 트럼프 미 대통령과의 면담 직후 "(북한이) 거대한 군사적 대응 massive military response 을 맞게 될 것"이라고 밝혔다.[3]

한미정상회담을 위해 방한한 트럼프 대통령은 2017년 11월 8일 대한민국 국회 연설을 통해 북한에게 "힘을 통한 평화 peace through strength "를 강조하면서 3척의 항공모함과 핵잠수함이 바로 근처에 있음을 상기시켰

---

2   Joy Reid, 'McMaster: North Korean missiles a "grave threat"', *MSNBC*, Aug. 6, 2017. http://www.msnbc.com/am-joy/watch/mcmaster-north-korean-missiles-a-grave-threat-1018553923969 (Accessed Aug. 21, 2017).

3   "매티스 美 국방장관 "北 전멸 원하진 않아…北, 동맹 위협시 거대한 군사적 대응" 경고,"『조선일보』(온라인), 2017년 9월 4일;〈http://news.chosun.com/site/data/html_dir/2017/09/04/2017090400900.html〉

다. 그러나 북한은 미국의 위협에 대항하여 11월 29일 화성-15형을 발사하여, 미국 본토를 겨냥한 대륙간탄도미사일 시험발사를 했으며, 실험 직후 김정은은 "국가 핵무력 완성"을 선언하였다.

한반도의 이러한 안보상황이 극적 전환을 맞이하기 시작한 것은 2018년 1월 1일 김정은 위원장이 신년사를 통해 평창올림픽 참가를 위한 남북 당국자 회담을 제안하면서 시작되었다. 2018년 2월 9일 김정은 위원장의 여동생 김여정 당중앙위원회 제1부부장과 김영남 최고인민회의 상임위원회 위원장이 평창올림픽 북한 대표단을 이끌고 방남 하였다. 김정은 위원장의 대남 특사로 파견된 김여정은 2월 10일 청와대로 문재인 대통령을 예방하여 김 위원장의 친서와 함께 "빠른 시일 안에 만날 용의가 있다"는 초청의사를 직접 전달하였다. 문재인 대통령은 어렵게 만들어진 남북대화의 기회를 북미대화로 연계하기 위해 4월 초 한미연례군사훈련이 열리기 전인 지난 3월 5~6일 일정으로 정의용 국가안보실장을 단장으로 서훈 국가정보원장 등 5명을 평양에 대북 특사로 파견하였다.

김 위원장과의 회담 결과 양측은 제3차 남북정상회담을 오는 4월 말 판문점 남쪽 지역 '평화의 집'에서 개최하기로 합의하였고, 또한 비핵화는 선대 수령의 유훈이라는 김 위원장의 언급대로 비핵화가 남북정상회담의 의제로 등장할 것임을 확인하였다. 정의용 국가안보실장과 서훈 원장은 미국을 방문하여 트럼프 대통령에게 김 위원장이 트럼프 대통령을 만나고자 한다는 것과 북한의 의도가 동결이 아닌 실질적인 비핵화에 있음을 전달하였고, 이에 트럼프 대통령은 다가오는 5월 북미 정상회담을 개최하자고 제안하였다.

2018년 6월 12일 북미 두 정상은 오전 9시(현지시간) 성조기와 인공기가 교차 배치된 싱가포르 센토사섬 카펠라 호텔 회담장 입구 양쪽에서 약

10초간 악수와 함께 간단한 담소를 나눈 후 단독회담장으로 이동했다. 트럼프 대통령은 이 자리에서 "우리는 굉장히 성공할 것"이라며 "만나게 돼서 영광스럽게 생각한다"라고 언급했다. 김 위원장도 "여기까지 오는 길이 그리 쉬운 길은 아니었으나, 모든 것을 이겨내고 이 자리까지 왔다"라고 했다. 두 정상은 북미정상회담 합의문에 서명하고, 모든 논의를 추후 실무회담에서 개최하기로 합의하였다.

2017년 북핵을 둘러싼 북미 간의 무력 충돌 가능성이 높아지는 가운데, 2018년 초 북한이 평창 올림픽 참가를 위해 남북대화에 나온 것은 북한의 비핵화와 한반도 평화체제의 선순환 구조를 창출하기 위한 우리 정부의 '한반도 운전자론'을 시험해 볼 수 있는 좋은 기회이며, 더 나아가 한반도의 영구적인 평화를 위한 남북대화와 북미대화를 통한 북한의 비핵화와 개방을 추동할 수 있는 기회의 장이 열렸다고도 볼 수 있다. 이에 북미정상회담 또한 성공적으로 개최됨으로써 한반도의 평화를 위한 움직임은 더욱 빨라질 것으로 예상된다.

따라서 본 논문의 목적은 지난 2월 평창 올림픽 참가를 매개로 시작된 남북정상회담과 북미정상회담의 성공적 개최뿐만 아니라 이 회담을 계기로 북핵문제의 외교적 해결을 위한 남북관계의 새로운 방향을 모색하는 데 있다. 남북관계의 새로운 방향을 모색하는 여러 가지 시도가 가능하겠지만 여기에서는 지난 1998년 11월 18일 현대금강호가 관광객 826명을 태우고 동해항을 출항함으로써 남북화해 분위기 조성과 대규모 남북민간경협의 토대를 제공했던 금강산 관광의 정치군사적 의미를 살펴보고, 이를 통해 현재 문재인 정부가 추진하고자 했던 '한반도 운전자론'에 입각한 선先 남북관계 개선을 통한 북핵문제 해결의 방향을 모색해 보고자 한다.

Ⅱ. 금강산 관광사업의 운영 현황

1. 금강산 관광을 통한 남북교류 현황

금강산 관광은 1998년 대북화해협력정책(햇볕정책)을 선언했던 김대중 정부의 출범과 함께 시작되었다. 1998년 6월과 10월 고^故 정주영 현대그룹 명예회장이 두 차례에 걸쳐 500마리와 501마리의 소 떼를 몰고 최초로 판문점을 통과하여 방북한 이후 금강산 관광 등 경협사업을 논의하면서 남북 간에 상호 필요에 의해 실현되었다. 1998년 6월 23일 금강산 관광 계약이 체결되었고, 8월 6일 통일부는 현대상선, 현대건설, 금강개발을 협력사업자로 승인하였다. 그리고 1998년 11월 18일 현대금강호가 관광객 826명을 태우고 동해항을 출항함으로써 대규모 남북 민간경협의 토대를 제공하였다.

금강산 관광은 2008년 7월 관광이 중단되기까지 9년 8개월 동안 약 196만 명의 우리국민들이 금강산을 다녀오면서 단일 남북교류사업 중 가장 많은 인적교류를 기록하였다. 최초 해로관광을 시작으로 2003년 9월 육로관광이 실시되었고, 2004년부터 기존의 4박 5일 관광에서 당일 관광, 1박 2일 관광, 2박 3일 관광 등으로 관광 일정이 다양화되었고, 관광코스 또한 초기에는 구룡연, 만물상, 삼일포 등에 한정되었다가 점차 해금강과 야영장, 해수욕장 개방 등 확대되었다. 이후 관광시설 등의 확충이 이뤄지면서 관광객이 지속적으로 증가하였다. 그 결과 금강산 관광을 시작한 지 7년째인 2005년에 100만 명을 돌파하였고, 이로부터 3년 후인 2008년에는 200만 명 돌파를 목전에 두고 관광객 피격사건으로 관광이 중단되었다. 1998년 이후 연도별 관광객 현황은 다음 〔표 1〕과 같다.

〔표 1〕 연도별 금강산 관광객 현황 (단위: 천명)

구분	1998	1999	2000	2001	2002	2003	2004	2005	2006	2007	2008
관광객	11	147	212	59	87	78	273	302	238	348	201
누적	11	158	370	429	516	594	867	1,169	1,407	1,755	1,956

자료: 현대아산(주)

또한 아래 〔표 2〕에서 보듯 금강산 관광 지역에서는 북한 주민의 생활을 위한 다양한 행사가 진행되었는데, 주요 참여 기관은 남측 지자체(충북 제천시), NGO 단체(통일농수산사업단, 평화의 숲, 새천년생명운동, 열린기독포럼) 등이 농업설비 및 기술 지원, 산림녹화사업, 의약품 지원 등을 전개하였다.

〔표 2〕 금강산지역 북한 주민의 민생관련 행사

기관	내용	비고
충북 제천시	삼일포지역에 6,000평 과수농장 건립	사과, 복숭아 등
통일농수산사업단	금강산 여러지역에 협동농장, 양돈장, 농기계 수리소 등을 건립하여 영농설비 및 농업기술 지원	삼일포, 온정리, 성북리 등에서 협력사업 진행
평화의 숲	소나무, 밤나무 조림사업	
북고성 농업협력단	남새온실농장 건립을 통해 영농기술 및 시설 지원	
새천년생명운동	연탄 보일러 지원사업	3,500대
연탄나눔운동본부	연탄지원사업	
열린기독포럼	의약품 보급 및 병원보수 지원	
남북치의학교류 협력위	치과 기자재 지원 및 진료	온정인민병원

자료: 현대아산(주)

2. 금강산지역 투자 현황

금강산 관광사업은 개발사업자인 (주)현대아산이 1998년 10월 북한의 조평통(조선아시아태평양평화위원회)과의 합의를 통해 시작하게 되었다. 사업주체인 현대아산이 사업권한의 일부를 다른 투자자에게 양도, 임대할 수 있도록 되어있었기 때문에 사업 초기에는 주로 현대아산이 관광시설과 기반시설을 투자하였지만, 관광객이 증가함에 따라서 여러 기업들이 참여하게 되었다.

현대아산은 금강산 관광특구의 토지를 2052년까지 50년간 이용할 수 있는 토지 이용권도 확보하고 있었기 때문에 주도적으로 관광도로 및 관광신 징박부두, 발전소, 상화수실비 등 SOC 시설 및 숙박시설, 편의시설, 관광코스 등을 자체적으로 건설하고 운영하였다. 이와 같은 투자를 바탕으로 2002년 한국관광공사가 관광시설에 투자하였고, 2005년부터 다수의 기업들이 참여가 본격적으로 이어져 호텔, 골프장, 식당, 관광상품점 등의 관광시설들이 확충되었다. 또한 정부에서는 정례적인 이산가족상봉을 위해 2005년 금강산에 면회소 건립공사를 시작하였다. 금강산 관광시설 현황과 투자금액 현황은 아래 〔표 3〕과 〔표 4〕와 같다.

〔표 3〕 금강산지역 시설현황

구분	내용	규모	비고
숙박시설	금강산호텔, 외금강호텔, 해금강호텔, 비치호텔 등	2,500명~3,000명 숙박가능	면회소 제외
식음시설	관광식당, 옥류관, 금강원 등	3,700명 수용가능	남측 및 북측에서 식당운영
판매시설	면세점, 관광기념품점, 편의점 등		

구분	내용	규모	비고
위락시설	골프장, 온천장, 문화회관 등	18홀(골프장) 1,000명(온천장)	북측교예공연 관람 가능
농업시설	영농장, 양묘장, 과수농장 등		남북협력사업
기반시설	부두, 발전소, 관광도로 등	3만톤급×4대 8천KW 발전용량	

자료: 현대아산(주)

〔표 4〕 금강산지역 투자현황

구분	내용	투자금액	비고
금강산 관광 사업권	관광, 개발, 토지이용에 대한 독점적 권리 (현대아산 투자)	486,697천USD (5,354억)	환율 1,100원/$ 적용
시설투자	현대아산 투자	2,269억	호텔, 기반시설 등
	한국관광공사 등 투자	1,330억	골프장, 면세점, 식당 등

자료 : 현대아산(주)
주1: 투자금액 미포함자산 : 정부자산(면회소, 소방서) 약 600억, 관광공사 영업권
 541억
주2: 현대아산 투자금액外 투자액은 추정치임

그 결과 금강산 관광은 이산가족상봉 및 남북당국회담, 지자체와 민간
단체들의 협력과 교류의 장場을 제공하고 촉진하는 역할을 수행하였다.
첫째, 이산가족상봉은 6·15남북공동선언(2000년) 이후 지속적으로 추
진된바, 총 19차례 남북 3,934가족(18,691명)이 상봉하였고, 이중 16차
례 남북 3,331가족(15,055명)이 금강산에서 상봉한 바 있다. 둘째, 남북
당국 간 대화는 제1차 남북장성급 군사회담(2004년), 금강산면회소 착공

(2005년), 동해선 남북열차 시범운행(2007년) 등이 금강산에서 이루어졌다. 셋째, 민간차원에서는 남북의 대학생과 농민들의 만남(2004년)이 이루어졌고, 남북이 함께 KBS금강산 열린음악회(2005년), 윤이상음악회(2006년)을 개최하였으며, 불교계에서도 북측의 조선불교도연맹과 함께 금강산 신계사 복원사업(2007년)을 진행하였다.

그러나 불행하게도 남북 화해와 협력의 본격적인 토대를 마련한 금강산 관광은 1998년 11월에 시작하여 2008년 7월까지 9년 8개월 진행되었지만, 금강산 관광객 고[故] 박왕자씨 피격사건 이후 현재까지 약 10년째 중단사태를 맞고 있다.

Ⅲ. 금강산 관광사업의 정치군사적 의미와 평가

1. 남북한의 정치군사적 관계

1) 냉전기 남북한의 정치군사적 관계

지난 70년의 남북관계의 긴 역사 속에서 남북한의 정치군사적 대립은 뿌리 깊은 적대적 관계에 기반한 대결구도를 형성해왔다. 무엇보다 가장 큰 이유는 1950년 한국전쟁이며, 1953년 7월 정전협정 이후 정전체제 하에서 남북의 정치군사적 대결의식은 생존과 정당성을 증명하기 위한 치열한 체제 경쟁을 야기하였다. 그 결과 한반도 정전체제는 지난 60여 년간 한반도의 민족 간의 분단 질서를 규정하는 행위의 틀이자 현상유지의 작동 메커니즘으로써 제도화되었다. 박명림은 한반도 정전체제의 특징을 첫째, 적대적 상호의존성; 둘째, 잠정성과 과도성; 셋째, 지역성과 국제성; 넷째, 세계최고 수준의 폭력성과 무력성; 다섯째, 동아시아의 예외주의로서의 다자주의 배제와 일방적 양자주의 지속 등으로 설명하고 있다. 이중 어떤 요인들은 상호 충돌적인데, 그 충돌과 모순 자체가 바로 정전체제의 본질이었다.[4]

이승만 정부 시기의 남북 간 정치군사적 관계를 규정하는 것은 바로 한국전쟁이었다. 한국전쟁의 경험은 당시 한국인들에게 반공과 멸공을 내재화하는 결정적인 기제가 되었다. 그 결과 이승만 정부의 대북정책은 북한의 실체를 인정하지 않고, 북한 지역을 불법으로 점거하고 있다는 전제하에 남한 정부가 전 한반도의 유일 합법성임을 내세워 힘에 의한 '무력북진통일정책'을 주장했다.[5] 전쟁으로 증폭된 대북적대의식의 토대 위에서 반공주의는 북진무력통일담론 외에 평화통일 혹은 북과의 협상통일에 대한 어떠한 주장도 모두 금기의 영역으로 내몰았다.

1960년대 박정희 정부는 국가안보에 있어서 반공노선을 분명히 하고, 통일방안에 있어서 '선건설 후통일'을 천명하였다. 또한 1961년 7월 4일 반공법이 공포됨으로써 사실상 정부와 의견을 달리하는 민간차원의 통일논의는 완전히 봉쇄되었고, 1960년대 말까지 대북 불승인·불협상 원칙을 고수되었다. 박정희 정부가 반공법 제정 등 강력한 반공정책을 펼치자, 북한은 이에 대응하여 1961년 7월 6일 소련과 그리고 7월 11일

---

4 박명림, "한반도 정전체제: 등장, 구조, 특성, 변환,"『한국과 국제정치』, 제22권 1호 (2006), p. 12.

5 정영철, "남북한 통일정책의 역사와 비교: 체제 통일에서 공존의 통일로,"이화여대통일학연구원 편,『남북관계사: 갈등과 화해의 60년』(서울: 이화여대출판부, 2009), pp. 45~46. 1948년 6월 12일 제헌국회에서 북한 지역에서 선거를 통해 선출된 대표 100명을 국회로 보내 주기 바란다는 결의문을 채택하여, 남한을 한반도 전체의 법적 대표성을 갖는 정부로 규정하고, 북한의 실체를 인정하지 않았다.

에는 중국과 상호원조방위조약을 체결하는 조치를 취했다. 그리고 1962
년 12월 노동당 중앙위원회 제4기 5차 전원회의에서 4대 군사노선을 채
택하였고, 남조선혁명론을 전면에 내세워 미제와 반공정권에 대항한 광
범위한 투쟁을 선동하면서 민족해방전쟁을 수행하기 위한 북조선 '혁명
기지' 강화에 들어간 것이다.[6] 이때부터 북한은 남조선혁명역량 강화를
위해 군사강경노선을 전면에 내세우며 무장게릴라침투와 통일혁명당 건
설 등을 적극 추진하였다.

그러나 1970년 초반 미·중 간의 '상해공동성명'과 미소 차원에서
시작된 세계적인 데탕트 detente 는 남북한 모두에게 1960년대의 대결적
인 정책을 대화로 전환시키는 결정적 계기를 맞게 된다. 박정희는 1970
년 광복절 축사를 통해 북한의 실체를 인정하고, 상호 경쟁을 제안했다.[7]
1972년 최초의 남북합의인 7·4 남북공동성명을 발표했으며, 1973년
'평화통일 외교정책에 관한 특별선언'(6·23선언)을 발표했다.

1980년대 남한의 정치적 소용돌이 속에서 등장한 전두환 정부는 1981
년 새해 국정연설에서 남북한 간의 최고 책임자 대화(정상회담)를 제안하
였고,[8] 1982년 정부차원의 첫 통일방안으로서 '민족화합 민주통일방안'
을 제시하였다.[9] 이는 1980년 6차 당대회에서 북한의 '고려연방제통일

---

6   김형기,『남북관계변천사』(서울: 연세대학교 출판부, 2010), pp. 51~52.

7   박정희, "8·15 경축사," 국토통일원,『남북한 통일 대화 제의 비교』(서울: 국토통일
     원, 1990), pp. 104~105.

8   통일부,『통일부 30년사』(서울: 통일부, 1999), p. 57. "아무런 부담이나 조건 없이
     서울을 방문하라"고 초청하고, 자신도 같은 조건으로 초청된다면 "언제라도 북한을
     방문할 용의가 있다"고 밝혔다.

9   김형기,『남북관계변천사』, p. 104. 통일의 원칙으로 민족자결, 민주적 절차, 평화적
     방법 제시하고 쌍방 민주대표로 민족통일협의회의를 구성하여 통일헌법을 기초, 국민

방안'에 대한 대응이자, 북한의 '대민족회의' 구성제안을 '민족통일협
의회'로 받아들임으로써 통일을 제도적 협상의 방식으로 달성하자는 북
한식 통일공세의 논리를 부분적으로 수용했다는 것을 의미하였다.[10] 그러
나 북한은 1983년 10월 버마 아웅산 폭발사건을 일으켜 남북 간의 군사
적 대결을 고조시켰으며, 국제적 고립을 자초하였다.

2) 탈(脫)냉전기 남북한의 정치군사적 관계

1987년 민주화로의 급속한 이행은 노태우 정부로 하여금 냉전적 통일
정책을 탈냉전적 통일정책으로 전환시키는 원동력이 되었다. 적극적인
'북방정책'으로 소련과 중국 등과 수교를 체결하고, '7·7선언'과 '한
민족공동체통일방안' 제시, '남북기본합의서' 체결, '한반도 비핵화 선
언', 'UN 남북동시가입' 등을 실현하여 남북관계에 괄목한 만한 성과를
냈으며, 무엇보다 반공에 기반한 반북주의적인 체제의 경직성을 넘어서
는 계기를 마련하였다. 그 결과 김대중 정부와 노무현 정부의 대북화해
협력 정책이 남북관계의 주류 담론이 되는 토대를 마련하였으며, 본격적
인 탈냉전기 시기에 맞춰 남북관계의 정치군사적 대결양상도 크게 변화
하는 계기가 되었다. 그러나 1990년대 노태우 정부의 공세적인 통일 및
외교정책에 비해 북한의 대남정책은 지난 1980년대에 비해 매우 수세적
이고 방어적이었다.

사실상 탈^脫냉전기 남북관계의 본격적인 질적 개선은 1998년 집권한
김대중 정부가 들어서면서 시작되었다. '햇볕정책'으로 대표되는 김대

투표로 확정하면 그에 따라 총선거를 실시, 통일국가를 완성하자는 것이다.

10 전현준, "전두환·노태우 정부의 대북정책,"『북한』, 통권 제335호 (1999), p. 91.

중 정부의 대북 포용정책은 한반도 문제의 국제화를 방지하고, 남북당사자 원칙에 입각하여 주도적인 입장에서 평화를 바탕으로 남북관계의 화해·협력을 적극 추진해 나가기 위한 것으로 "무력도발 불용, 흡수통일 반대, 화해 및 교류협력 추진"의 대북정책 3원칙을 제시하였다.[11] 김대중 정부의 대북포용정책은 2000년 6월 13~15일까지 이루어진 남북정상회담에서 통일방안에 대한 합의로 이어졌다. 김대중 정부는 통일을 낮은 단계에서 높은 단계로 발전해 가는 하나의 과정(과정으로서의 통일)이며, 따라서 법적인 통일, 즉 정치적 통일보다는 '사실상$^{de\ facto}$의 통일' 상태를 점진적으로 지향한다는 점을 분명히 했다.[12]

김대중 정부는 민간 차원의 교류·협력을 통해 남북 간 신뢰의 축적과 평화적인 남북관계를 만들어 가는 것을 목적으로 하였다. 그 결과 김대중 정부의 대북화해협력정책은 이후 대한민국의 대북정책에서 교류증대와 화해협력을 한꺼번에 되돌리기 힘들 만큼 일정한 궤도에 올려놓았다. 1998년 금강산 관광을 시작으로 경의선, 동해선이 연결되었고, 개성공단 사업이 시작되었다. 이명박 정부에서 천안함 폭침과 연평도 포격으로 남북관계가 최악으로 악화되었을 때도 개성공단이 당시 유지되었던 것은 이러한 사실을 잘 증명해 주었다.

김대중 정부의 대북포용정책을 계승한 노무현 정부 또한 '평화번영정책'을 통해 '한반도에 평화를 증진시키고, 남북 공동 번영을 추구함으로써 평화 통일의 기반 조성과 동북아 경제 중심으로서 발전 토대를 마련하

11　통일부, 『통일부 30년사』, p. 81; 통일부, 『통일백서』(서울: 통일부, 2003), pp. 405~406.

12　이승환, "2000년 이후 대북정책담론 연구"(경남대학교 석사학위논문, 2008), p. 56.

고자 하는 국가전략'으로 추진하였다.[13] 또한 노무현 정부는 대화를 통한 문제해결, 상호 신뢰 우선과 호혜주의, 남북 당사자 원칙에 입각한 국제협력, 그리고 국민과 함께하는 정책을 추진의 원칙으로 내세웠다.[14] 또한 이를 실현하기 위해 무엇보다 '한반도 평화체제 구축'에 중점을 두었다.

그러나 남북관계의 발전은 2001년 부시행정부의 출범과 2002년 10월 북한이 우라늄 농축 프로그램을 시인했다는 미국의 발표와 이에 대한 북한의 핵동결 해제 및 핵시설 재가동 선언, 2003년 1월 NPT 탈퇴선언으로 2차 북핵 위기가 조성되면서 새로운 국면을 맞게 되었다. 북한의 핵보유선언은 남북대결의 장을 6자회담으로 옮겨놓았다. 2003년 8월 중국의 중재로 북핵문제 해결을 위해 시작된 6자회담은 2003년 8월 27~29일 1차 6자회담을 시작으로 완전하고, 검증가능하며, 돌이킬 수 없는 핵폐기를 주장한 미국과 일괄타결안에 따라 동시행동원칙을 내세운 북한의 주장이 대립되는 가운데 2008년 12월까지 지속되었다. 2006년 10월 9일 북한의 제1차 핵실험은 그동안 김대중·노무현 정부 시기 대북화해협력 정책에 대한 근원적인 회의론과 함께 한반도는 북핵 문제의 격랑 속으로 빠져들었다.

2008년 등장한 이명박 정부는 지난 김대중-노무현 정부 10년의 대북정책을 잃어버린 10년으로 규정하고, 대북포용정책을 폐기함으로써 대남전략에 차질이 불가피하였다. 북한은 이명박 정부의 '비핵, 개방, 3000' 전략을 북한붕괴론에 기반한 흡수통일 시도로 인식하였다. 그 결과 북한의 대응은 대남 강경책이었다. 2008년 8월 금강산 관광객을 피격

---

13   통일부, 『참여정부의 평화번영정책』 (서울: 통일부, 2003), p. 3.
14   "노무현 대통령 취임사," 2003년 2월 25일.

하였고, 2008년 12월 1일 군사분계선을 가로지는 육로통행을 제한하는
조치를 취했다. 2009년 3월 30일부터 8월 13일까지 개성공단에 근무했
던 우리측 근로자를 억류하였고, 2009년 1월 17일 남한에 대한 전면적
인 대결자세를 공표, 남북 간의 정치 군사적 충돌을 해결하는 모든 합의
들의 무효화 선언, 그리고 2009년 4월 장거리 로켓 발사, 5월 25일 제2
차 핵실험 실시, 그리고 2009년 11월 대청해전 발생, 2010년 3월 천안
함 폭침 사건, 그리고 2010년 11월 연평도 포격 등 남북 간의 무력충돌
로 확장되었다. 이후 남북한의 모든 교류를 차단하는 5·24조치가 내려
짐으로써 남북의 장기적인 경색 국면이 이명박 정부 마지막까지 이어졌
다.

　　2013년 2월 25일 출범한 박근혜 정부의 외교안보정책의 핵심은 '한
반도 신뢰프로세스'이다. 한 마디로 남북 간에 '신뢰'를 통해 남북관계
개선과 한반도 평화와 아시아 및 세계 평화가 가능하다는 것이다. 이를
위해 '한반도 신뢰프로세스'는 한반도 평화를 위한 남북한의 '신뢰프로
세스'와 동북아의 평화와 협력을 위한 '서울 프로세스'가 수레의 두 바
퀴처럼 함께 굴러가야 개념임을 분명히 하고 있으며, 유럽통합의 출발점
인 1975년 '헬싱키 프로세스Helsinki Process'를 벤치마킹의 대상으로 제
시하였다.[15] 그러나 북한은 2012년 12월 12일 국제사회의 반대에도 대
륙간탄도미사일ICBM 기술을 이용한 은하3호 장거리 로켓을 시험 발사하
였다. 미국을 비롯한 국제사회가 2013년 1월 23일 보다 강력한 대북 제
재안인 2087호를 중국과 협의하여 15개 이사국의 만장일치로 통과시키

15　Park Geun-hye, "A New Kind of Korea: Building Trust between Seoul and
　　Pyongyang," Foreign Affairs, (Sep/Oct 2011).

자, 북한은 또다시 2013년 2월 12일 제3차 핵실험을 강행하였다. 북한의 관영매체인 조선중앙통신은 12시 30분 긴급소식을 통해 "3차 지하핵실험을 성공적으로 진행했다"라고 보도했다. 한반도 신뢰프로세스를 통한 북핵문제 해결을 공언했던 박근혜 정부는 취임 전부터 한반도의 군사적 긴장과 직면했으며, 2016년 1월 4차 핵실험과 장거리 미사일 발사 이후 2월 남북화해협력의 상징이었던 개성공단의 폐쇄로 이어지면서 남북 간의 대결국면이 장기화 되었다.

2. 금강산 관광의 정치군사적 평가

1998년 11월 18일 시작된 금강산 관광은 분단 이후 민간차원의 대규모 인적교류 통해 남북의 화해와 협력 및 안정에 기여하였다. 예를 들어 그동안 단순교역과 소규모 위탁가공 수준의 남북경협사업이 개성공단 건설, 남북철도연결, 교역증대 등 본격적인 투자로 확대되는 계기가 된 것이다. 물론 최초의 남북 간 경협이 시작된 것은 1988년 노태우 정부가 '7·7 특별선언'을 통해 대북교역 문호 개방을 선언한 데 이어, 후속 조치로 동년 10월 『남북물자교류에 대한 기본 지침』에 따라 '대북한 경제 개방조치'를 발표함으로써 공식적으로 시작되었으나, 남북경협이 본격적으로 시작된 것은 김대중 정부에서 시작된 금강산 관광이었다. 홍순직은 다음 [그림 1]에서 남북경협의 추진 경과를 설명하면서 남북경협의 본격적인 추진이 1998년 4월 제2차 남북경협활성화 조치 이후 단행된 금강산 관광 개시라고 설명하고 있다.[16]

16　홍순직, "남북경협 부문의 비전과 발전과제,"『통일경제』, 제1호 (2015), p.21.

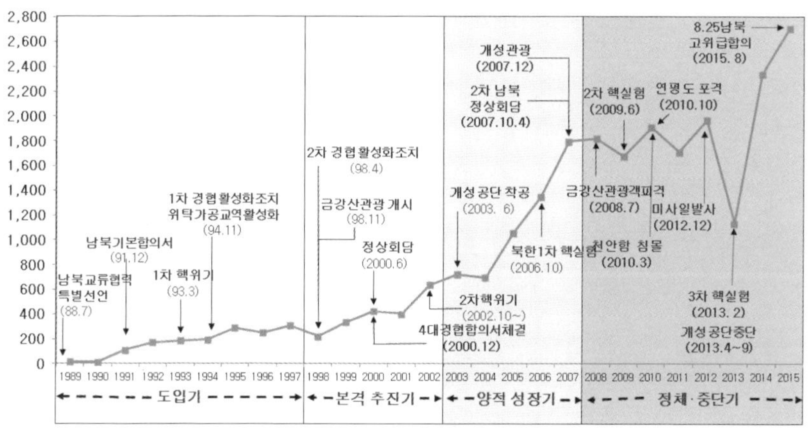

〔그림 1〕 남북경협의 추진 경과(1989~2015)

주 : 남북경협 = 상업적 거래(일반교역+경제협력사업)+비상업적 거래(대북 지원+사회
    문화협력 사업)

금강산 관광 이후 남북경협이 활발해 지면서 가장 먼저 나타난 큰 변화는 우리 국민들의 대북 적대인식이 크게 개선되었다는 점이다. 1998년 금강산 관광이 시작되기 전 설문조사에서 북한이 지원 및 협력이 대상이라는 응답은 37.2%였던 반면 경계 및 적대대상이라는 응답은 54.4%로 나타났다. 그러나 금강산 관광 이후 남북경협이 본격적으로 진척이 된 2003년 조사에서는 북한이 지원 및 협력의 대상이라는 응답이 52.5%인 반면, 경계 및 적대대상이라는 응답이 39.7%로 완전히 역전되었다.[17]

북한에 대한 대국민적 이와 같은 인식변화는 대북정책을 둘러싼 국내의 보수와 진보의 정치적 대결을 완화하는 효과를 가져왔다. 보수진영은 금강산 관광 수입이 결국 북한의 김정일 체제를 강화하는 통치자금으로

17　최진욱 외, 『남북관계의 진전과 국내적 영향』(서울: 통일연구원, 2003), pp.231-232 요약.

전용될 우려를 주장하며 '퍼주기'의 전형이라고 비판하였다. 그러나 이에 대해 진보진영은 금강산 관광이 경색된 남북관계를 완화시켜줄 수 있는 좋은 기회라고 주장하였다. 이와 같은 국내의 정치적 갈등은 기록적인 남북인적교류의 확대와 남북대화 및 경협의 증가로 인해 점차 남북화해협력 정책이 국내적인 당파성을 넘어 비가역적인 정책의 하나로 자리를 잡는데 큰 기여를 했다고 볼 수 있다.

다음은 남북한 군사적 긴장완화에 커다란 기여를 했다. 금강산 관광지역은 남북한의 군사적 대치가 가장 밀집된 곳이었다. 무엇보다 북한의 군사적 관점에서 해로관광을 위해 북한 동해항의 군사적 요충지인 장전항의 개방은 나름 큰 위협을 감수한 행위라고 볼 수 있다. 금강산 관광이 시작되면서 장전항에 포진했던 북한의 동해함대가 약 100km 후퇴하였다는 것은 북한의 대남 도발에 상당한 장애물을 설치한 것과 같은 의미가 있었다.

또한 남북한 군사분계선을 넘어 남한의 관광객이 해상과 육로를 통해 출입하게 됨으로써 남북한의 군사적 신뢰관계가 형성되는 계기가 되었다. 서동만은 금강산 관광이 남북한 사이에 군사적 신뢰를 형성한 사례로 서해교전을 들었다. 그는 남북 양측이 서해교전을 막지 못한 것은 불행한 일이지만, 서해교전이 더 이상 확전되지 않고 그 정도로 수습된 것은 남북 양측이 서로 자제를 했기 때문이며, 여기에는 교전에도 불구하고 금강산 관광이 진행 중이었다는 점이 크게 작용했다고 주장했다.[18] 또한 서해교전 사태 이후 남측 관광객이 일시적인 억류 사태가 발생했지만

---

18 서동만, "금강산 관광사업은 남북 정부간 관계개선에 기여할 것인가?," 『금강산 관광사업 1년 평가 학술심포지움』, 경남대학교 극동문제연구소 (1999년 11월 11일), p. 5.

남북 모두 이 문제가 해결될 수 있으리라는 전망을 가질 수 있었던 것도 이미 교전사태 이전에 조성된 신뢰관계 때문이었다고 평가했다.[19]

마지막으로 금강산 관광사업으로 이한 정치군사적 긴장완화는 남북당국간 회담을 비롯한 남북관계의 지속적인 발전에 기여했다고 볼 수 있다. 무엇보다 금강산 관광은 최초의 해로관광에서 육로관광으로 확대되었으며, 이것은 남한의 관광객들이 군사분계선을 넘었다는 것이다. 이것은 동부전선의 주요 통로에 매장된 지뢰제거 및 군사시설이 이전되면서 남북 간에 다양한 형태의 군사회담과 남북대화가 이뤄졌다는 것을 의미하며, 이로써 금강산 관광이 대화를 통한 남북관계 개선이 가능성을 보여준 매우 중요한 사례라는 점이다.

금강산 관광사업 시작이 남북한 정경분리의 원칙에 따라서 이뤄졌으며, 님한의 현대그룹과 북한의 아태평화위원회가 계약의 주체로 등장하였다. 남한의 민간기업과 북한의 당黨통일전선부 산하 대외교류 및 협력창구 간의 계약이었다. 당시 남북대화가 부재한 상황에서 금강산 관광을 매개로 남한의 민간기업인이 남북한의 최고지도자와 면담을 통해 사업을 성사시킨 것으로 이후 금강산 관광의 본격적인 추진을 위해 남북한 당국 간 회담이 열리는 계기를 마련하였다.

또한 금강산 관광은 이후 남북정상회담(2000년, 2007년)을 포함한 남북장관급회담, 적십자회담, 철도/도로연결 실무협의회 등 남북당국 간 회담을 견인, 민간경협의 확대가 당국 간 대화채널 유지에 지대한 역할을 수행하는 명분이 되었다. 결과적으로 김대중 정부 출범 당시 경색된 남북관계를 정경분리의 원칙에 따라서 남북경협의 추진과 이후 당국자

---

19 서동만, 위의 글, p. 5.

간 대화를 성사시켜 사업의 안정적 관리와 함께 남북관계 진전을 위한 다양한 제도적 보장을 마련한 것은 남북관계 발전의 새로운 접근방식을 마련한 것으로 평가할 수 있다.

Ⅳ. 결론: 향후 과제

2018년 4월 27일 남북은 역사적인 3차 남북정상회담을 하였다. 판문점 남측지역 평화의 집에서 개최된 이번 정상회담은 북핵문제 해결의 방향을 결정하는 6월 북미회담의 성공을 위한 예비회담의 성격을 갖고 있으면서, 동시에 남북관계 개선과 한반도 정전체제의 종식과 평화체제로의 전환을 위한 본 회담의 성격을 동시에 갖고 있었다.

지난 2018년 3월 25~28일까지 진행된 북중정상회담에서 북한의 김정은 위원장은 비핵화는 선대의 유훈이며, 따라서 한국과 미국이 평화안정의 분위기를 조성하고, 단계적으로 보조를 맞춘다면 한반도 비핵화 문제를 해결할 수 있을 것이라고 언급했다. 즉 평화실현의 단계적 조치에 따라서 비핵화를 할 수 있다는 입장을 밝힌 것이다.

물론 이것은 미국이 공언했던 선先비핵화, 후後보상인 '리비아식 해법'과 비핵화와 평화체제를 일괄타결식으로 진행하고자 했던 우리정부의 구상과는 차이가 있다. 그러나 4월 27일 남북정상회담 이후 한반도 비핵화와 평화체제 그리고 남북관계 개선을 위한 첫 그림이 나올 것으로 예상된다. 그렇다면 남북관계 개선을 위한 큰 그림 중 지난 2008년 7월 고故 박왕자 여사의 총격 사건 이후 현재까지 중단된 상태로 남아있는 금강산 관광과 지난 2016년 2월 북한의 4차 핵실험과 장거리미사일 시험 발사 이후 폐쇄된 개성공단의 재개는 언제 재개될 수 있을 것인가에도 관심이 모아지고 있다.

어렵게 마련된 남북대화와 북미대화 속에서 한반도 위기의 평화적 관리와 남북한 간의 군사적 충돌을 막아야 한다는 차원에서 새로운 대북정책의 변화가 필요한 것도 사실이다. 그러나 여전히 북한의 비핵화에 대한 의지가 의심받고 있는 상황에서 대북제재는 여전히 북한을 대화의 테이블로 나오게 만든 중요한 요인임에 틀림없다. 국제사회는 북한의 여섯 차례의 핵실험과 다종의 탄도 미사일 시험 발사로 인해 북한에 대한 투자와 경협 그리고 수출의 전면중단과 유류의 반입을 90%까지 줄인 유엔안보리 결의안 2371호와 2375호 그리고 2397호까지 통과시켰다. 또한 이와 함께 미국의 독자제재로 인해 북한과 거래하는 모든 은행과 국가는 '세컨더리 보이콧^{secondary boycott}'에 의한 제3자 제재에 직면하게 되었다. 그 결과 사실상 북한은 국제사회로부터 모든 금융거래뿐만 아니라 수출입까지 차단되어 국제적 고립 상황에 놓여있었다.

따라서 최근 4월 27일 남북정상회담과 6월 12일 북미정상회담에서 비핵화와 평화체제 그리고 체제안전보장에 대한 3국 간의 합의는 향후 미국을 비롯한 국제사회의 대북제재에도 영향을 미칠 것으로 예상된다. 물론 미국이 북한의 비핵화 이전에 제재 해제는 없다고 강력하게 주장하고 있기 때문에 제제가 쉽게 풀리지 않을 전망이다. 그러나 우리 정부는 이번 한반도 평화의 기회를 성공시키기 위해 최선의 노력을 다할 것이며, 한반도 문제의 당사자로서 대북정책의 주도권을 계속해서 방치할 수도 없는 상황이다. 그런 의미에서 향후 남북 및 북미 실무회담에서는 북한의 비핵화와 한반도 평화체제를 구체화할 수 있는 남북관계 개선을 위한 새로운 접근이 요구된다. 이 중에서 과거 남북 간의 긴장완화뿐만 아니라 북한에 대한 위협인식을 크게 개선시켰던 금강산 관광의 재개 또한 비핵화 이행의 속도를 살펴보면서 고려해 볼 수 있을 것이다.

그런 의미에서 비핵화와 평화체제 그리고 체제안전보장의 교환 조건에 따라서 전개될 실무회담에서는 북한이 제시한 단계별 조치 가운데 한미 당국이 언제부터 경제제재를 단계적으로 해제할 것인가에 대한 논의가 시작될 것이다. 즉, 이에 대한 단계적 해법의 수단으로서 금강산 관광의 재개가 새로운 대안이 될 수 있을 것이다. 그러나 여전히 국제사회의 제재가 강력하게 추진되고 있는 상황에서 우리정부는 금강산 관광 재개를 비핵화와 한반도 평화체제 논의의 원활한 진행을 위한 촉매제로 활용하기 위해서 두 가지 정책적 고려를 할 필요가 있다.

첫째, 미국을 비롯한 국제사회의 동의를 어떻게 구할 것인가에 대한 과제이다. 현재의 제재 하에서 비핵화 협상을 촉진하는 수단으로서 금강산 관광 재기를 통한 긴장완화와 남북 간 신뢰회복에 대한 정부의 대북정책 입장을 어떻게 미국을 비롯한 국제사회에 이해시킬 것인가를 고려해야 할 것이다. 둘째, 금강산 관광 재재에 대한 국내적 합의를 어떻게 이끌어낼 것인가에 대한 과제이다. 남북 간 경협의 재개가 북한의 비핵화를 이끌어 낼뿐만 아니라 장기적으로 북한의 개혁 개방을 촉진할 수 있다는 것을 어떻게 정치권과 국민들을 상대로 설득하고 동참하도록 유도할 것인가를 고려해야 할 것이다.

결과적으로 금강산 관광 재개는 한국정부의 단독적인 판단에 의해 이행될 수 있는 사안이 아니라, 북한의 비핵화의 진정성과 이에 대한 단계별 이행의 정도와 미국을 비롯한 국제사회가 북한의 이러한 행동에 대한 평가가 함께 어울려져야 비로소 남북관계 발전을 위한 교류와 협력 사업의 첫 발을 뗄 수 있을 것이다. 따라서 정부는 북한과의 마지막 비핵화 협상에 임하면서 성급하게 성과를 내는 데 집착하기보다는 현 상태의 진

전 정도에 따라서 점진적으로 이행하는 운영의 미를 함께 살려 나갈 필요
가 있다.

06

금강산 관광 중단과 사회적 패러다임 변화

I. 들어가는 말

금강산 관광은 개성공단과 함께 단순한 관광사업을 넘어서서 한반도의 긴장완화, 남북한 간 대규모 인적교류 및 사회경제적 교류의 활성화, 통일의 기초여건 조성 등 남북관계 개선의 상징으로 간주되었다(진희관 1998a; 현대경제연구소 2014등 참조). 1998년 11월 역사적인 금강호의 출항과 함께 유람선 관광으로 시작되었던 금강산 관광은 2003년 2월부터 육로를 이용한 관광으로, 그리고 2008년 봄부터는 승용차를 이용한 관광으로 진화해 나가면서 거대한 사회적 반향을 불러일으켰지만 2008년 7월 11일 발생한 관광객 박왕자씨 피격사건으로 인해 다음 날부터 관광이 중단되었다. 하지만 그때까지 연인원 200만 명 가까이가 관광에 참여하였고 지속적으로 발전해 나가면서 한반도 긴장완화와 남북관계의 획기적 개선에 크게 공헌한 것이다([표 1] 참조). 하지만 불의의 사고로 중단된 이후에는 남북한 정부와 민간의 수많은 재개 필요성에 대한 지적과 각고의 노력들에도 불구하고 현재까지 사업은 중단된 실정이다(현대경제연구원 2014; 홍익표 2011 참조).

그동안 금강산 관광 중단과 관련한 이해 당사자들의 담론은 대체적으로 "관광재개 요구"와 "피해보상"으로 요약된다. 물론 둘은 밀접히 연관되어 있으며 피해를 보상하는 최선의 방법은 결국 관광을 재개하는 것이지만 그것이 국내외 여건상 어렵다면 다양한 국가의 지원책을 동원하여 고성군민들의 경제적 피해를 보상해달라는 것이었다(금강산광광재개와 교류활성화 건의 등 참조).

〔표 1〕 금강산 관광의 효과

정치 · 군사	- 한반도 긴장완화: 북방한계선과 군사분계선 북상: 해상 100km 후퇴(전선까지 이동시간 2시간 지연), 군사분계선을 통한 관광객 출입 · 왕래 - 정치적 대립의 완충과 가교 역할 수행: 당국 간 대화 채널 유지, 비공식적 외교 채널 역할 수행, 남북정상회담 성사 기반 조성 - 코리아 디스카운트 해소: 한반도의 평화와 안정을 대내외 과시
사회 · 문화	- 민족적 동질성 회복: 분단 이후 최초의 대규모 인적 교류로 상호 이질감 해소에 기여 - 통일 체험장 제공: 통일의식 변화의 장, 미래 세대 통일 체험학습장 마련 - 남북 간 법 · 제도적 격차 조율기회 제공: 북한 법제 인프라 개선에 기여
경제	- 자본주의 시장경제 학습의 장: 금강산은 관광 · 서비스업 중심, 개성공단은 제조업 중심 - 북한 경제 개발 및 통일비용 감축 효과: 민간의 북한 경제 활성화 지원으로 정부 차원의 통일비용 절감 효과 기대

자료: 현대경제연구원 2014, p. 3

관광 중단 이후 고성군민들을 비롯한 강원도민들에 의해 줄기차게 제기되어온 관광재개의 목소리는 그 가능성이 점차 낮아지면서 이제 현지에서조차 힘을 잃어가고 있다. 한국 정부가 견지해 온 진상규명, 재발방지, 관광객 신변안전보장이라는 기본원칙을 북한이 명확하게 보장하지 않은 상태[1]로 시간이 흐르는 와중에 천안함 사건, 연평도 포격, 북핵 및 미사일과 그에 따른 UN 제재 등 남북관계에 부정적 영향을 미치는 많은 사건들이 발생하여 이제 고성군민들 사이에는 2017년 5월의 정권교체에도 불구하고 관광재개의 희망조차 사라진 것이 아닌가 하는 비관적 분위기가 지배적이다(홍익표 2011; 현지조사 및 면담).[2]

게다가 피해보상 문제 해결도 더욱 어려워지고 있다. 물론 근본원인은 관광이 재개되지 못하는 데 있지만, 그에 못지않게 악화되는 남북관계 속에서도 명맥을 유지하던 개성공단마저 2016년 2월 폐쇄되고 게다가

---

1 실질적으로 북한은 여러 차례 간접적인 형태로 남한 정부의 요구에 응답하였지만 보다 명확한 조치를 원한 남한 정부는 그것을 인정하지 않았다. 2009년 8월 17일, 김정일-현정은 면담에서 "중단된 금강산 관광을 빠른 시일 안에 재개"하며 "김정일 국방위원장께서 취해주신 특별조치에 따라 관광에 필요한 모든 편의와 안전이 철저히 보장"될 것이라고 공동보도문을 발표한 바 있다. 또 2010년 2월 8일에 개최된 남북당국 간 실무회담에서 북은 4월 1일부터 재개하자는 합의서 초안을 제시하였지만 남측당국이 관광재개를 위한 3대조건(진상규명, 재발방지, 신변안전보장) 우선 해결을 강력하게 요구함으로써 사실상 거부한 셈이 되었다. 이후 북한은 금강산에 설치된 남한자산을 몰수하고 현대아산에 대한 독점사업권도 박탈하였다.

2 이 글을 작성하기 위한 문헌분석과 현지조사가 이루어진 2017년 가을의 시점은 거듭되는 북한의 핵실험과 미사일 도발로 남북관계 개선 및 금강산 관광에 대해 매우 부정적인 기류가 지배적인 분위기였다. 하지만 이 글의 최종 원고를 작성한 2018년 봄은 평창 동계올림픽 이후 실현된 남북정상회담과 북미정상회담이 조성한 화해, 평화분위기 때문에 금강산 관광 재개의 희망이 어느 정도 되살아난 상태였다. 물론 북한에 대한 경제제재조치가 지속되고 있는 상황이어서 단기간에 금강산 관광이 재개되리라는 희망은 여전히 시기상조였다.

2016년부터는 사드 배치문제를 둘러싼 중국의 경제보복 조치로 제주도처럼 지역 단위로 경제피해를 입는 사례가 생겨나는 등, 정부의 대외정책 및 대북관계와 관련하여 경제적 피해를 입는 사례가 많아짐으로서 금강산 관광을 특수한 사례로 주장하기가 점점 어려워지고 있다. 말하자면 금강산 관광에 대한 피해보상은 개성공단이나 제주도 같은 다른 사례들과의 형평성 속에서 논의되어야 한다는 주장에 금방 직면할 가능성이 높아진 것이다.

이 글은 금강산 관광 중단 10년이 지난 오늘의 시점에서 과연 고성 사람들이 그 동안에 무엇을 보고 느끼고 생각하고 살아왔는지를 좀 더 차분한 자세로 재점검해 볼 필요가 있다는 문제의식을 토대로 금강산 관광과 관련한 우리 사회의 담론 변화과정을 고성지역 사람들의 목소리를 중심으로 담아보고자 한다. 일단 이 글은 피폐한 고성지역의 경제가 회생되고 심하게 왜곡되어 버린 사회적 삶과 관계들이 복원되어 이 지역이 활력을 되찾기 위해서는 금강산 관광이 하루빨리 재개되어야 한다는 입장이다. 하지만 관광재개 못지않게 과연 금강산 관광과 그 중단이 우리에게, 특히 지역 주민들에게 무엇이었는가, 그들은 그러한 급격한 사회경제적 변화의 와중에서 무엇을 생각하고 어떻게 변화하면서 그에 대응해 왔는지를 점검하려는 것이다.

이 글은 금강산 관광의 정치, 경제, 사회, 문화적 의미를 찾아보려고 노력한 기존 연구들의 연장선상에 있다. 하지만 금강산 관광사업은 그 중요성에 비해 적절한 학문적 조명을 받지 못하는 측면이 있었고 부족한 학문적 관심도 대부분 피해보상을 위한 피해금액 산출과 보상방안 그리고 개발과 관광 등 경제적 측면에 초점이 맞추어져 있었다(강인원 2006; 신용석 2011; 유병호 2014등 참조). 물론 금강산 관광이 고성군에 어떤 혜택을 가져왔는지보다 그 중단이 어떤 문제를 가져왔는지, 경제적 피해를 측정하는데 집중하였던 이전의 관심들은 결국 정확한 피해를 알아야 그에 대한 보상이 가능할 것이라는 인식에 토대를 둔 것이었다. 하지만 그런 인식은 금강산 관광의 재개도 고성지역에 대한 만족할만한 보상도 이루어지지 못한 현실에서 더 이상 이 문제를 바라보고 분석하는 틀로서는 적실성이 높지 못하며 새로운 시각과 담론이 필요하다는 점을 제시해 보고자 하는 것이다. 무엇보다 고성지역 사람들과의 대화를 통해 그런 사실을 어느 정도 감지할 수 있었다.

고성지역의 어려움과 문제를 다루면서 분석적으로 두 가지 유의점을 염두에 둘 필요가 있다. 하나는 한국의 대부분 지방이 수도권화의 심화로 경험하고 있는 문제들과 고성지역의 문제가 어떻게 구분될 수 있는가, 말하자면 고성지역 사회가 경험하고 있는 현상들이 정말로 금강산 관광의 중단에서 비롯된 것인가를 판별하는 문제이다. 말하자면 그 정도로 수도권과 지리적으로 유리되고[3] 경제사회적 여건이 좋지 못한 대한민국의 대부분 농어산촌 지역이 모두 겪는 문제를 고성지역도 겪는 것에 불과한 것 아닌가 하는 문제제기가 가능하다는 생각 때문이다. 다른 하나는 고성지역이 금강산 관광 중단 이후 경험하고 있는 어려움과 변화가 과연 그 재개로 해결될 수 있는 성질의 것인가이다. 말하자면 그곳에 사는 사람들에게 금강산 관광의 재개가 궁극적인 사회경제적 목표가 될 수 있는가의 문제이다.

결론부터 말하면 첫 번째 문제의식에 대한 해답은 결국 고성군민들이

3　서울부터 고성까지의 거리는 약 220km이며 자동차를 운전할 경우 3시간 20분 정도 소요된다.

겨고 있는 문제는 애초 그들 스스로 원한 것이 아닌 금강산 관광을 정부가 결정함으로써 군민들의 생활을 뒤흔들었고 다시 한 번 정부가 관광을 금지하고 이를 유지함으로써 애초 금강산 관광이 시작되지 않았던 것 보다 훨씬 더 급격한 사회적 변화와 심리적 박탈감 등을 경험하게 되었다는 사실로부터 유래하는 것으로 확인할 수 있었다. 말하자면 최소한 그 문제들이 대부분의 지방들이 공유하는 문제라고 해도 금강산 관광을 실시하고 중단하는 과정에 그 심리적, 사회적, 경제적 여파가 고성군민들에게 훨씬 더 증폭된 형태로 전달될 수 있었다는 점은 분명해 보인다. 두 번째 문제에 대한 해답은 관광재개는 현실적으로 쉽지 않은 상태이고 설사 가능하다고 하더라도 상당한 시간이 필요하며 현재의 고성 사람들 상태를 봤을 때 그 궁극적인 수혜자가 되기 위해서는 여러 가지 전제 조건들이 필요하다는 점이 고려되어야 한다. 말하자면 고성군민들은 과거를 돌아보면서 스스로 과연 금강산 관광의 실질적인 수혜자였는지 확신하지 못하는 모습을 보이곤 했고 따라서 고성군민 스스로가 이제 관광재개 뿐만 아니라 다양한 관점에서 새로운 패러다임을 추구함으로써 현재의 문제들에 대응하고 그를 해소하고자 노력하고 있다는 사실이 강조될 필요가 있다. 실제로 고성 현지에는 이제 금강산 관광 재개에 대한 바램보다 오히려 새로운 비전을 창출하여 금강산 관광 중단에 따른 피해를 만회하여야 한다는 식의 새로운 담론이 서서히 나타나고 있는 것으로 보인다. 이 글은 그러한 고성지역과 군민들의 변화 모습을 담아내고자 하는 것이다.

Ⅱ. 금강산 관광과 고성

1. 금강산 관광이 고성지역에 미친 영향

1) 금강산 관광

금강산 관광은 개성공단 사업과 함께 2000년대 중반 남북관계의 개선을 상징하는 대표적인 남북한 협력사업이었다. 대한민국에서 가장 성공한 기업가 중 한 사람이며 분단된 강원도 출신인 정주영이라는 상징적 인물이 현대라는 한국 최대의 기업집단을 배경으로 하면서 소 떼 방북이라는 상징적 퍼포먼스를 통해 토대를 마련하였다. 이런 상징적 조치들은 김대중 정부의 소위 햇볕정책이 낳은 성과로 치부되면서 서서히 실현되어 갔고 1989년 금강산 관광협력의정서가 채택된 이후 약 10년만인 1998년 11월 관광이 개시되게 된 것이다.

애초 현대 측이 운행하는 유람선[4]으로 강원도의 동해항을 출발하여 약 10시간 동안 뱃길을 거쳐 북한 장전항에 도착, 정박하면서 3박 4일 일정으로 금강산 명소를 2~3개 코스로 관광하는 일정이었다. 하지만 금강산 지역에 다양한 관광시설을 설치하게 되고 2003년 2월에는 육로관광으로 진화하면서 금강산을 찾는 관광객은 첫해 4개월간 3만 6,700여 명을 시작으로 매년 20만 명을 넘었다. 더욱이 중단되기 직전인 2007년에는 34만 5000여 명이 다녀가는 등 매년 관광객 수가 급증하였으며 전체적으로 금강산을 관광한 관광객 숫자는 아래의 표가 보여주듯이 10여 년 동안 연인원 200만 명에 육박했다([**표 2**] 참조).

---

4 금강호, 봉래호, 풍악호 등 세척이며 총 정원 2,951명이었다.

〔표 2〕 금강산 관광객 연도별 현황

연도	1998	1999	2000	2001	2002	2003
인원	10,554	148,074	213,009	57,879	84,727	74,334
연도	2004	2005	2006	2007	2008	계
인원	268,420	298,247	234,446	345,006	199,966	1,934,662

고성은 강원도 최북단 군으로서 군 자체가 남북 고성으로 분단되어 있다. 인구는 약 30,000명, 세대수는 15,000여 세대가 거주하며 관광업과 농업 그리고 수산업이 대표산업이다. 간성읍, 거진읍, 현내면, 죽왕면, 토성면, 수동면 등 2개 읍과 4개 면으로 구성되어 있으나 면적은 665㎢나 된다. 하지만 고성군을 구성하는 2개 면 4개 읍 중 실제로 금강산 관광과 밀접히 연계되었던 것은 거진읍과 현내면이며 나머지 지역은 금강산 관광의 직접적인 혜택 혹은 피해를 입는 등 직접적인 연관성은 크지 않았다. 따라서 2013년 강원도청이 발주한 피해조사 역시 이 두 읍면에 집중되어 있었다(백학순 2013 참조).

2) 금강산 관광 중단 이후 고성지역의 변화

애초 유람선 관광으로 시작되었을 때 금강산 관광과 고성지역은 사실상 무관했었다. 금강호와 봉래호는 동해시에서 출발하였으므로 해상관광이 주가 되었던 기간 동안에는 금강산 관광과 고성군은 무관하였다. 하지만 2003년 육로관광이 개시되면서 고성지역은 경제, 사회, 문화적으로 금강산 관광과 적지 않은 연계관계를 가지게 되었으며 여러 가지 측면에서 수혜를 입게 되었던 것으로 보인다.

연 30만 명에 달하는 관광객이 고성지역을 거쳐 북한으로 관광하게 되면서 고성지역은 많은 경제사회적 변화를 겪었다. 그렇지만 금강산 관광으로 인해서 고성지역이 실제로 어떻게 변화되었는지에 대한 체계적인 분석은 별로 찾아보기 어렵다. 아마 경제적 통계를 통해서 일부 추측해 볼 수는 있겠지만 실제로 그런 분석을 체계적으로 수행한 성과는 찾아보기 어렵다. 게다가 현지인들도 당시에는 그 변화를 별로 실감하지 못했다고 한다. 말하자면 그런 변화가 자신들의 삶에 가져온 기회와 위험성을 당시에는 인식하지 못했다는 것이다(고성군민과의 인터뷰 2017. 11. 2).

오히려 2008년 7월 12일 갑작스럽게 관광이 중단되면서 고성지역이 그 피해를 고스란히 떠안게 되자 비로소 그 당시의 변화가 어떤 의미를 가지는 지 이해하게 되었다고 한다. 고성군에 따르면 금강산 관광이 중단되면서 인구는 급격히 감소하였고 특히 젊은이들의 외부유출이 급속히 진행되었다. 최소한 연 200만 명 이상의 관광객이 감소하였으며 그 결과 음식업소와 납품업체, 일반업소 등 고성지역 414개 업소가 휴 · 폐업했고, 수백 명에 달하는 관련 종사자들이 직장을 잃으면서 가정 해체로 한 부모와 조손 가정 등 결손가정이 급격하게 늘어났다(고성군 2016a). 관광중단으로 생계를 책임졌던 가장들이 일자리를 찾아 외지로 떠나면서 2007년 50가구 정도였던 한 부모 가정은 2012년 100가구 214명으로 늘었다. 〔표 3〕에 나타나듯이 금강산 관광의 영향을 많이 받은 현내면과 거진읍은 관광이 중단된 지 약 7년이 경과한 2014년에 고령화율이 각각 30.4%, 27%로 고성군 내 다른 읍면에 비해 월등히 높은 편이다.

〔표 3〕 고성군 인구현황　　　　　　　　　　　　　　　　　　　　（2014년）

구분 합계	인구(명)			세대수 (세대)	인구밀도 (인/㎢)	세대 당 인구(인)	고령화율 (%)
	남	여					
강원도	1,558,885	785,023	773,862	673,978	92.38	2.31	16.42
고성군	30,760 (1.97)	16,393 (2.08)	14,367 (1.86)	15,408 (2.29)	46.53	2.00	22.35
간성읍	7,745	4,261	3,484	3,623	42.94	2.14	16.81
거진읍	7,511	3,821	3,690	3,742	97.85	2.01	27.00
현내면	2,749	1,371	1,378	1,337	30.12	2.06	30.41
죽왕면	4,193	2,229	1,964	2,036	83.51	2.06	25.59
토성면	8,562	4,711	3,851	4,670	71.05	1.83	19.12
수동면	-	-	-	-	-	-	-

자료 1 : 강원도, 강원통계연보(2015), 자료 2: 고성군, 고성통계연보(2015)
　　주 1: 읍면별 인구합계는 외국인이 포함된 수치이나, 통리별 인구자료는 외국인이
　　　　　제외됨
　　주 2: ( )는 강원도 전체 대비 비중임
　　주 3: UN에서는 65세 이상의 노령인구비율이 전체 인구 가운데 7% 이상이면 고령
　　　　　화사회, 14% 이상이면 고령사회, 20% 이상이면 초고령사회로 분류함

Ⅲ. 금강산 관광 중단 이후 고성군민의 대응: 담론의 변화과정

1. 관광재개의 기대와 요구

관광이 중단된 이후 약 10여 년 동안 고성군민, 금강산 관광에 투자한
기업들, 남북관계 관련 NGO, 매스컴 등 한국 사회 내의 관련 당사자들
의 인식을 지배한 금강산 관광에 대한 키워드는 "피해보상"과 "관광재

개"였다. 그러한 사실은 두 가지 사실을 통해서 확인이 가능하다. 하나는 관광중단 이후 보도된 매스컴의 기사들이고 다른 하나는 이해 당사자들의 활동 및 요구내용이다.

2008년 금강산 관광이 중단된 이후 2017년까지 약 10년 동안 금강산 관광 재개 문제는 꾸준히 국내 언론의 주목을 받아왔다. 중단 직후인 2008년 가을부터 매스컴은 금강산 관광 중단이 고성에 미친 영향에 관한 보도를 시작하는데 그 내용은 대개 고성군이 겪고 있는 경제적, 사회적 어려움들에 대한 것이었다(예컨대 노컷뉴스 2008. 11. 14 참조). 이후 이 문제와 관련한 매스컴의 보도기사들은 2009년부터 매해 7월 관광중단 일정 주기(예컨대 1주년, 2주년 등)가 돌아오거나 정부가 남북관계에 대한 새로운 정책을 발표[5]할 때 혹은 남북관계에 훈풍이 불어서 관광재개의 기대감이 높아질 때 등 몇 가지 전형적인 계기가 주어질 때마다 지속되어 왔다.[6] 하지만 그 기사들의 내용은 대체적으로 일정한 유형을 가지고 있었다. 현지의 어려워진 경제적 사회적 여건들을 서술하고 그 기간 동안의 피해액을 제시하며 고성 지역 주민들이 내는 피해보상 요구의 목소리를 전해주면서 궁극적으로는 금강산 관광 재개의 필요성을 지적하는 내용들이 대부분이었다.

---

5 예컨대 박근혜 정부의 통일대박론에 대해 금강산기업인협의회는 크게 기대했다고 한다. 통일대박론은 정치적이고 외교적인 의미를 주로 가졌던 평화와 통일문제를 경제적 관점에서 바라보는 시각이라는 점에서 남북경협이 한 차원 업그레이드될 것이라는 기대를 하게 되었다는 것이다. 『주간경향』, 2016년 11월 1일.

6 신문기사들을 검색해보면서 느낀 점은 약 10여년 간 이 문제에 대해 놀랍도록 지속적으로 각종 신문들의 보도가 이어지고 있었다는 점이다. 참고문헌의 신문자료들을 참조할 것. 7) 2009년 8월 20일 조선닷컴은 현대그룹과 북한 측이 금강산 관광 재개에 합의하였으며 재개를 위한 준비로 분주하다고 보도하였다. 『조선닷컴』 2009년 8월 20일 참조.

하지만 3년여에 걸칠 관광재개의 기대와 요구에도 불구하고, 보수정부의 경직된 대북 정책과 북한의 지속적인 도발로 수차에 걸친 관광재개 기회가 무위로 돌아가고 정부당국에 의한 문제해결이 어려워지자 국내의 종교계, 진보적 사회단체, 북한 및 통일관련 단체, 업계, 고성군, 고성군 의회, 고성군민, 금강산기업협의회, 고성군 번영회 등 대부분 이해당사자들은 민간이 적극적으로 금강산 관광의 조속한 재개와 지역민들에 대한 피해보상을 실현하도록 압박하겠다고 나섰다.

금강산에 투자한 49개 기업(현대아산만 제외한)이 모인 금강산투자기업인협의회는 피해당사자로서 금강산 재개와 피해보상을 요구하는 다양한 활동을 펼쳤다. 그들은 매해 성명서를 발표하고 정부에 관광재개를 촉구하였으며 2016년 11월에는 금강산기업인협의회와 평양을 중심으로 한 247개 임가공 기업, 801개 단순 교역기업 등 1,146개 경제협력 모임인 남북경협기업비상대책위원회, 그리고 개성공단 유통, 서비스 건설 등 65개 업체의 모임인 개성공단 영업기업비상대책위원회 등 3개 단체가 100일 철야농성을 벌이기까지 하였다(주간경향 2016. 11. 1). 특히 종교계와 금강산지구기업협의회, 민족화해범국민협의회, 우리민족서로돕기운동본부, 남북경협활성화추진위원회 등 이해 관계자 단체와 NGO 단체들이 주축이 되어 한반도 긴장완화와 남북관계의 개선을 목표로 2012년 9월 5일 '금강산 관광재개 범국민운동본부'를 결성하고 금강산 관광재개를 위한 다양한 활동을 펼쳤다(금강신문 2012. 9. 5).

하지만 이러한 활동에도 불구하고 정부의 입장은 거의 변화하지 않았다. 일단 외부적으로는 대북관계가 지속적인 경색국면을 벗어나지 못했고 오히려 악화되는 추세였다. 천안함 사건 이후 적용된 5·24조치로 남북 간의 경제적 거래는 사실상 불가능해졌고 계속되는 핵실험과 미사일 발사로 UN의 대북 경제제재 역시 지속적으로 강화되어 갔다. 게다가 개성공단까지 폐쇄되는 사태에 이르자 북한에게 금전적 보상이 따르게 되는 금강산 관광사업의 재개는 사실상 불가능하거나 최소한 핵문제의 해결이 전제되는 정치군사적이고 국제적이며 장기적인 이슈로 변화해 나갔다.

2. 사회적 자각과 담론 변화

1) 지역 연대의 형성과 활동의 적극화

금강산 관광 재개에 대한 희망이 점차 사라지는 와중에도 고성군민들은 새로운 방식으로 해결책을 모색하기 시작하였다. 그리고 그 새로운 방식은 극단적으로 보수직이었던 고성군의 전반적인 정치사회적 분위기를 감안할 때 매우 놀라운 것이었다. 사실 고성지역은 인구의 구성이나 지역적 특성 모두에서 매우 보수적인 성격을 가지고 있다. 접경지역이라는 지역적 특성은 강한 반공의식이 지배적 분위기가 될 수밖에 없는 배경이었다. 그에 더하여 급속한 고령화의 진행은 지역의 보수적 인식을 강화시키는 중요한 요인이었다. 따라서 18대 대통령 선거 당시에는 박근혜 새누리당 후보에게 66.5%의 압도적인 지지를 보냈으며, 촛불혁명이나 탄핵사태를 통해 사회적 분위기가 완전히 반전된 19대 대통령 선거에서도 홍준표 자유한국당 후보가 35.2%로 30.6%의 더불어민주당 문재인 후보를 앞섰을 정도이다.

사실 2010년대 중반까지 고성군민들의 관광재개 및 피해보상 요구를 위한 활동은 고성군이나 고성군의회 등 공공기관에 대한 협조, 중앙의 진보적 NGO 단체의 지원, 그리고 매스컴의 보도를 통한 여론 형성 등에 의존하는 경향이 강했으며 스스로의 조직화된 노력은 상대적으로 제한적이었다. 그런 모습은 물론 급속하게 노령화되는 군의 사회적 변화와 함께 관광중단 이후 고성군이 겪는 경제적 어려움이 가중되던 시기였고 무엇보다 여전히 단순한 관광재개 혹은 피해보상에 대한 요구가 이 문제에 대한 담론을 지배하고 있었기 때문이었던 것으로 보인다.

하지만 2016년부터 고성지역에는 금강산 관광이라는 사회적 이슈에 대한 새로운 자각과 움직임이 나타나기 시작하였다. 이전까지 공공기관이나 외부의 지원에 의지하는 경향이 있었던 고성군민들은 2016년부터 더 이상 관에게 이 작업을 맡겨서는 성과를 기대하기 어렵다고 판단하고 스스로 문제해결을 위해 적극 나서겠다는 의지를 가지기 시작했다(고성군 번영회장 면담 2017. 11. 02). 일단 금강산 관광재개 및 피해보상 문제에 보다 적극 대처하기 위해 군내 각 지역의 번영회나 업계단체 등을 중심으로 한 사회적 연대가 형성되기 시작하였다.

고성군 번영회장과 고성군 의회 의장이 중심이 되어 고성군 내의 관련 단체들을 조직화하기 시작한 것이다. 2016년 5월 4일 금강산 관광 중단 피해대응을 위한 고성군 사회단체연석회의를 개최하여 '금강산 관광중단 대응추진위원회'를 구성하는 것과 범군민 서명운동을 전개하기로 합의하였다(금강산 관광중단 피해대책 촉구를 위한 상경집회 결과보고). 일주일 후인 5월 11일 추진위원회 구성회의를 갖고 〔표 4〕에 나타나듯이 고성군 번영회장과 고성군 의회 의장이 공동의장단을 맡고 기획, 집행, 홍보분과 등 3개 분과를 설치하여 군 내의 중요한 공적, 사적 조직 10개가 참여하도록 조직하였다(〔표 4〕 참조). 그러한 구성은 구체적인 행동을 실행하기 위하여 조직적으로 자금을 갹출하고 사람을 동원할 수 있는 능력을 갖추는 것에 초점을 맞춘 것이었다(고성군 번영회장 면담 2017. 11. 02).

〔표 4〕 금강산 관광중단 피해대응 추진위원회 구성

위원장(공동)	고성군 번영회장 / 고성군의회 의장		
부위원장(3인)	기획분과	집행분과	홍보분과
	여성단체협의회장	이장연합회장	외식업지부장
분과위원(5인)	새마을지회장	주민자치위원장 농업경영인연합회장 수산업경영인연합회장	전문건설협회장
사무국장(간사)	고성군 번영회 사무국장		

자료: 금강산관광 중단 피해대응 추진위원회, 2016

추진위원회는 곧바로 공동행동에 돌입하였다. 우선 범군민 서명운동을 5월 16일부터 6월 6일까지 전개하였는데 총 11,355명이 서명에 동참함으로써 군내에 거주하는 성인 절반 정도가 서명에 참여하는 성과를 거두었다. 말하자면 이 문제에 대한 고성군민들의 위기의식과 일치된 해결 요구를 성공적으로 표출해 낸 것이다.

추진위원회는 6월 13일 대정부 건의서 및 서명부를 통일부, 국무총리실은 방문하여 전달하였고 그 외 9개 기관에 우편으로 발송하였다. 6월 17일에는 상경집회를 기획하고 논의하기 위한 사회단체연석회의를 다시 개최하였으며 집회 참가인원을 결정하고 경비 모금방안 등을 협의하였다. 6월 27일에는 설악권 4개 시군 번영회장 공동성명서가 발표되었고 7월 1일에는 상경집회를 위한 사전 준비모임이 개최되는 등 군민의 확고한 의지가 표출되기에 이르렀다(금강산 관광중단 피해대책 촉구를 위한 상경집회 결과보고).

상황이 여기에 이르자 정부도 그에 반응할 수밖에 없었고 그 결과 통일부를 중심으로 한 중앙부처 고위 공무원들이 7월 8일 고성군 현장을 방문하였다. 그들은 고성군수를 면담하고, 10개 부처 국장급이 참석하였고 통일부 차관이 주재한 대책회의에서 논의된 결과를 설명하였으며 통일안보공원, 통일전망대, 717 OP DMZ 박물관, 명파리, 마차진리의 폐상가 현황 등을 둘러보았다.

결국 고성군민들은 7월 11일 정부종합청사의 통일부 앞 광장에서 금강산 관광 중단 피해대책 촉구집회를 개최하고 요구조건을 내걸었다. 이 집회에는 고성군민과 재경군민 등 약 350여명이 참여하였으며 이 문제에 대한 사회적 관심을 불러일으키고 정부의 대응을 촉진하는 데 성공하였다. 이들이 당시 요구한 사항은 〔표 5〕에 정리되어 있다. 입법이 필요한 두 가지 요구사항과 지역개발과 관련한 현안들을 정리한 10가지 요구사항들로 구성된다.

이런 요구사항은 정부의 11개소[7]에 전달되었으며 그 요구들에 대해 6개소[8]가 회신하였다. 대부분의 회신들은 일부 사업들에 대해 예산지원을 적극 고려해 보겠다거나 규제를 일부 완화하는 것을 고려하겠다는 정도의 내용이었으며 본질적인 요구들에는 대부분 형평성, 장기적 고려, 남북관계의 경색 등을 이유로 난색을 표했다(금강산 관광중단 피해대책 촉구건의서 제출에 따른 중앙부처 회신).

말하자면 성과라는 측면에서 크게 이룬 것은 없었지만 주민들이 자발적으로 대책위원회를 구성하고 요구조건을 정리하였으며 서울까지 장거리 원정을 가서 시위를 전개하였다는 것은 노령화되고 매우 보수적인 분

---

7   청와대, 국무총리실, 통일부, 문화체육관광부, 국토교통부, 행정자치부, 국방부, 강원도지사, 강원도의회, 국회, 이양수 국회의원실 등이다.

8   국무총리실, 행정자치부, 문체부, 국토부, 강원도의회, 육군 제5861부대 등이었다.

위기였던 고성군민들에게는 획기적인 사건이며 어떤 의미에서 남북관계
에 조금 더 적극적일 것으로 생각되는 문재인 정부에 대한 기대감을 반영
하는 것이기도 하다(고성군 토성면 번영회장 면담 2017. 11. 2).

〔표 5〕 피해대책 요구 사항

	명칭	비고
입법 사항	금강산 관광중단 피해지역 지원 특별법 제정	
	고성 남북교류 촉진지역(군) 지정	남북고성지역을 주민이 자유롭게 생활할 수 있는 '통일교류촉진'지역으로 조성하고 '작은 통일한반도 특별행정구역'으로 운영
현안 사항	특별교부세 지원(월 32억원 / 연 384억원)	
	통일전망대 일원 관광지/금강산 전망대(717OP) 개방	
	동해고속도로(속초~고성) 연장 건설	
	동해북부선 철도(강릉~고성) 연결사업 조기시행	현내리, 배봉리
	노후정수장(현내) 개량사업 지원	211억원(국비 105.6 지방비 105.6)
	화진포 관광개발 및 북방문화타운 조성	거진. 거진등대~화진포 일원
현안 사항	동해북부선 연계 금강산 관광 레일바이크 사업	
	송지호 죽도 해상 스카이워크 조성	
	코리아 둘레길 '랜드마크' 조성	
	도원~원터간 도로확포장 사업	

* 일부 문서에는 DMZ 세계생태공원 고성군 선정이나 통일준비를 위한 남북교류 협력
　사업 지원 같은 요구사항들도 포함되어 있었지만 이는 남북관계의 경색이 장기화되
　면서 가능성이 낮아 제외한 것으로 보인다.

특히 추진위원회의 구성은 군 내외의 시민사회단체와의 연계조차 없이 순수하게 고성지역 주민들의 자치단체이거나 업계 단체들이다. 말하자면 보수적인 고성군민들의 입장에서는 진보적인 시민사회단체들과의 연계조차 없이 대정부 압박을 추진함으로써 더욱 고성 주민들의 절박한 처지를 강력한 의지로 표출한 것으로 이해할 수 있는 것이다.

Ⅳ. 장기적 비전의 창출

관광중단이 장기화되는 가운데 관광재개의 가능성이 점차 낮아지고 고성지역의 어려움이 가중되어 가면서 금강산 관광과 고성지역에 대한 사회의 담론은 점차 변화해 갔다. 무엇보다 북핵 및 미사일 문제 등으로 국제사회의 대북 경제제재가 강화되면서 북한과의 직접적인 금전적 거래가 필요한 금강산 관광의 재개는 사실상 매우 어려운 과제로 인식되기 시작한 것이다. 피해보상 역시 군민이 적극적으로 참여한 장거리 시위나 정부에 대한 건의문, 요구서 전달 등의 활동에도 불구하고 의미있는 성과를 얻어내지 못함으로써 해결이 쉽지 않은 문제임을 확인할 수밖에 없었다.

그런 분위기 속에서 뭔가 새로운 접근이 필요하다는 점이 인식되기 시작하였고 그것은 고성지역 스스로 발전을 위한 장기 비전을 제시하고 그 실현을 위해 노력하는 것이 차라리 더 현실적이라는 자각으로 확산되기 시작한 것이다. 그 결과 단순한 관광재개나 피해보상의 요구를 뛰어넘어 분단의 최전선, 가장 큰 피해지역, 남북대립의 다양한 유산 등 전쟁과 분단, 남북대립과 갈등의 쓰라린 경험 속에서 축적된 고성군의 문화적 자산들을 군의 장기 발전전략[9]과 밀접히 연관시킨 장기 비전들로 녹여내기 시작한 것이며 통일특별자치군 구상이나 남북교류촉진특별지구 구상 등이 그 대표적인 사례였다.

1. 통일특별자치군 구상

고성 통일특별자치군 구상은 강원평화특별자치도와 밀접히 연계되어 있다. 강원평화특별자치도는 2010년 당시 한나라당 이계진 도지사 후보의 공약으로 처음 언급되었으며 최문순 지사가 2012년 18대 대통령선거에 출마한 후보들이 채택하도록 추진하였으나 최종적으로는 과제에서 제외되었던 구상이다. 기본 발상은 국내 유일의 분단도인 강원도의 상징성을 바탕으로 평화모형지역으로 만들고 지역경제를 통해 남북공동 행정체제를 실험하는 남북일제南北一制를 도입해 운영하자는 것이다. 이는 제주특별자치도나 세종특별자치시 설치에 자극받아 분단된 강원도에 특별자치권을 부여하고 특별회계 신설, 남북협력기금 활용 등을 통한 안정적인 재정지원을 이끌어내 장기적인 경제적 번영과 발전을 도모하자는 것이다(고성군 2016b, 163~166). 이는 동계올림픽 개최가 점차 가시화되던 2010년대 중반 현재 강원도의 가장 중요한 장기과제의 하나로 제시되고 있다.

고성군을 통일특별자치군으로 만드는 계획은 강원평화특별자치도 구상에 포함되어 있다.

---

9 고성군의 장기발전계획 및 그에 남북관계 및 통일관련 프로젝트들이 어떻게 연계되어 제시되었는가는 고성군 2016a 참조.

〔표 6〕 강원평화특별자치도의 고성평화특구 개발방안

구분	내용
범위	- 남북 고성군 권역 전체를 대상으로 추진
개발 방안	- 남북합의에 따라 현대아산이 추진했던 금강산 구역을 포함하고, DMZ를 중심으로 남북 고성군 지역에 신도시를 개발하여 국제투자 중심구역으로 개발하는 것을 핵심 사업으로 추진 - 양양 국제공항과 원산 갈마공원을 중심으로 국제항로를 개척하고 백두산 관광과 연계하여 설악-금강-백두산 연계관광을 발전시킴
전제 및 형태	- 홍콩식 국제자본 투자구역 국제 도시개발을 목표로 설정 - 남측 33%, 북측 33%, UN 34%로 행정장관을 임명하여 준국가적 자치권을 인정하는 형태로 운영-UN의 협조와 지원과 남북합의를 도출하는 역할 - UN 보증으로 국제 투자자들의 신뢰를 이끌어 기존 특구와 차별화시켜 남북통일의 기반을 구축하는 계기로 활용 - 고성 평화특구는 남북이 어떻게 기본 내용을 합의하여 추진하느냐가 관건 - 기초 인프라 구축을 위해 남북협력기금과 남한 정부의 예산을 중심으로 투자하는 것을 기본으로 하고 국내외 기업들의 투자를 받아 사업 추진 - 사업방향: ① 내·외국인 카지노 중심 국제 관광도시, ② 남북전략과학산업 육성, 국제인재 양성 카이스트급 국제대학교 육성기반 국제과학도시 추진, ③ 금강설악식 의학, 생명의료산업 특화육성
권한	- 남북과 UN 합의 하에 준 국가적 자치권을 가짐 - 입법, 사법, 행정의 권한을 일정한 기간동안 가짐 - 남북일제 고성평화특구 기본법 정립
강조점	- 금강산 특구사업의 연장선상에서 추진 - DMZ 구역과 남고성을 포함하는 설악-금강지역 관광산업 특구사업 - 국제투자유치를 위해 국제도시로 개발한다는 점 - 준국가적 자치권 부여를 통해 독립성 인정 - 분쟁관련 자율적 해결방안 마련 - 금융, 관광, 식품산업, 카지노 등을 테마로 국제도시로 계획적 개발

자료: 김주원, 2012

이 구상은 남북 고성군 지역을 경제중심의 평화특구로 만들어 남북 공동시장 조성과 무비자 왕래 등을 활성화해 남북 공동자치구 성격의 자치권을 갖는 지역으로 지정하자는 내용이다. 또한 남북 통합을 위한 공동협력사업과 남북광역경제권 차원의 평화산업단지, 설악-금강권 국제관광자유지대 조성 등 통일을 위한 시범사업들도 만들어 나가간다는 것이다. 〔표 6〕에 나타난 것은 강원발전연구원에서 2012년에 발표한 통일특별자치군 설치를 위한 기본 안이다.

이 안은 남북 고성지역을 독자적인 입법, 사법, 행정권을 가진 자치정부를 수립하여 운영하고 UN의 보증을 기반으로 국제적 투자를 유치하여 행정적, 경제적, 문화적 자치구로 만들고 국제관광과 교육, 의학 및 생명의료산업을 특화하는 등 경제적으로 발전된 지역으로 개발해 나가자는 안을 포함한다. 말하자면 고성은 통일의 선도적 실험지역이 됨과 동시에 국제적인 발전지역으로 성장시켜 나가자는 것이다.

2. 고성 남북교류촉진특별지구 구상

통일특별자치군 구상이 남북 고성지역을 엮은 남북공동의 사업으로 구상된 반면 고성 남북교류촉진특별지구 구상은 고성군이 전국 지자체 남북교류사업을 선도함으로써 역사성과 대표성을 갖고 고성군을 남북교류의 통로로 일원화하는 교류촉진지역 실험의 장으로 만들자는 아이디어이다. 통일 후에 대비하여 낙후된 접경지역을 개발하고 통일로 나타날 혼란에 대비하기 위한 교류협력과 지원의 일환으로 실시하자는 것이다. 독일의 사례를 참고하여 통일 이후 발생할 혼란을 최소화하고 통일비용을 감소시켜 국가 효율의 극대화라는 측면에서 통일 전 완충지대를 만들기 위한 기반 구축과 지원이라는 의미를 갖는다는 것이다(고성군 2016b,).

이 안은 특히 기존에 발의된 접경지역의 특구 안들이 경제특구 중심으로 짜여진 것과 차별성을 추구하여 고성군을 남북한 간 문화 및 관광 교류사업의 선도주자로 만들겠다는 것이며, 남북고성에 위치한 문화, 관광자원인 금강산, 삼일포, 화진포 등을 활용하여 지역적 특성을 살리고 타 지역과 차별화를 두어 지역적 경쟁력을 확보하자는 것이다(고성군 2016b, 163-166).

이 안의 구체적 추진은 몇 가지 핵심전략을 가진다. 우선 이 안은 강원도 내의 지역균형발전의 논리를 활용하는 전략이다. 즉 춘천, 원주, 강릉 등 세 도시의 성장과정에서 상대적으로 소외된 강원도 북동부 지역의 균형발전을 위해 고성에 '고성남북교류촉진청'을 설치하여 문화 및 관광자원의 효과적인 활용을 주도하도록 지원한다는 것이다(2016b, 143-144). 다른 하나는 단계적 추진전략이다. 1단계는 남북교류 관문인 고성 남북출입사무소를 중심으로 반경 50㎞ 이내 지역을 지정한다. 2단계는 남북 고성의 주요 관광지가 분포한 해안가와 금강산(북측), 설악산(남측)을 연계한 관광벨트를 형성한다. 3단계는 남북 고성군 전체지역을 대상으로 시험적인 제도를 실시한다는 것이다(고성군 2016b, 147-149).

3. 정부 국정과제와의 연계 모색

2017년 5월 새롭게 출범한 문재인 정부는 대북정책의 국정과제 중 하나로 한반도 신경제지도 구상 및 경제통일 구현을 제시하였다. 여기에는 남북경협기업에 대한 조속한 피해지원과 금강산 관광 재개 등이 포함되어 있고 무엇보다 동해권 에너지자원벨트, 서해안 산업물류교통벨트,

DMZ 환경관광벨트 등 3대 벨트 구축을 통해 한반도 신성장동력 확보 및 북방경제 연계를 추진한다는 내용이 포함되었다. 또 통일경제특구를 지정 운영하겠다는 계획도 포함되어 있다(통일부 홈페이지 참조).

2018년 겨울, 동계올림픽을 계기로 급격히 개선된 남북관계는 이제 남북정상회담과 북미정상회담의 개최로 이어져 상황에 따라서는 북핵문제의 해결을 위한 로드맵이 만들어지고 그에 따라 북한에 대한 경제제재가 예상보다 이른 시간 안에 해제되면서 남북관계가 급속히 개선될 가능성도 낳고 있다. 실제로 2018년 6월 1일 개최된 판문점선언 이행을 위한 남북고위급회담에서는 금강산 지역에서 8·15에 즈음하여 금강산 지역에서 남북 이산가족 행사를 갖도록 합의되기도 하였다. 이런 상황 진전은 금강산 관광의 재개와 함께 고성군의 장기적 비전들이 보다 빠른 시간 안에 추진될 수 있는 여건이 마련되고 있음을 의미할 뿐 아니라 그것이 정부의 한반도 신경제지도의 추진과정에서 한층 탄력을 받게 될 가능성을 가지게 되었음을 의미한다.

문재인 정부의 한반도 신경제지도는 고성군과 밀접히 연계된다. 관광 재개와 피해지원 같은 기본적인 사업들은 물론이고 동해권 에너지·자원 벨트나 DMZ 환경·관광벨트 등은 고성군을 제외하고는 추진하기 어려운 프로젝트들이며. 4·27 남북정상회담의 합의문에도 포함된 동해북부선 연결 사업은 강릉에서 고성군의 제진을 연결하는 사업으로서 고성군이 남북경제협력 사업의 선도적 지역이 될 가능성을 시사하는 것이다.

Ⅴ. 함의

　이제까지 간략하나마 금강산 관광 중단 이후 이 문제에 대한 담론변화 과정을 고성지역과 고성군민을 중심으로 정리해 보았다. 2017년 11월 북핵 및 미사일 위기가 한창일 당시 고성지역을 방문하여 현장연구 및 면접연구를 진행하면서 명확히 느낄 수 있었던 것은 현지인들의 금강산 관광 재개에 대한 희망이 매우 엷어졌고 절망적인 분위기가 지배적이라는 느낌이었다. 대부분의 인터뷰 대상자들은 북한 핵이나 미사일 그리고 UN 제재 같은 국제정세의 흐름을 단편적으로나마 언급하면서 금강산 관광 재개는 정권교체에도 불구하고 당분간 어려울 것이며 따라서 그에 대한 기대는 그렇게 크지 않다는 점을 스스로 언급하곤 하였다. 그리고 지난 10여 년 간의 금강산 재개 주장과 그를 위한 노력들이 무위로 돌아간 느낌이며 인구감소, 지역 주민의 노령화, 경제적 어려움, 사회적 분위기 저하 등의 요인들 때문에 그런 노력을 지속하는 것이 매우 어려울 것이라고 말하는 등 이 문제에 대해 상당한 수준의 피로감을 보이고 있었다(고성군민과의 인터뷰 2017. 11. 2).

　인터뷰 중 어느 한 주민의 다음과 같은 말은 고성지역 주민들이 현재 겪고 있는 아픔이 금강산 관광과 밀접히 연관되어 있다는 사실을 확인시켜 줌은 물론 이 지역 주민들의 아픔을 대변하는 듯하였다(고성군민과의 인터뷰 2017. 11. 2).

> 우리가 언제 금강산 관광 고성으로 지나가게 해 달라고 한 적 있습니까?
> 자기들이 필요해서 고성 통해서 금강산 관광 하게 된 것 아닙니까? 우리
> 가 금강산 관광 중단되는데 무슨 잘못한 것 있습니까? 예상치 못한 일이
> 발생해서 자기들이 중단시켰고 이후 10여 년 동안 재개 못하게 막고 있는

"

것 아닙니까? 금강산 관광 없었으면 이 지역 주민들 못 살아도 그럭저럭 살아갔을 겁니다. 하지만 그거 시작해서 주민들 흔들어 놓고 이제 와서 무작정 기다리라 하고 나 몰라라 하는 것은 너무도 무책임한 것 아닙니까? 정부는 언제든 그렇게 마음대로 해도 되는 겁니까?

그러면서도 고성 군민과 관청은 발상전환에 입각한 새로운 담론들을 발굴하여 확산하고 실행에 옮기고 있었다. 따라서 애초 관광재개에 대한 열망과 피해보상의 요구가 중심이 되었던 고성의 사회적 담론은 점차 고성지역 주민들의 적극적인 행동과 지역발전을 위한 장기 비전의 제시노력 등으로 변화되어가고 있었다. 가장 중요한 발상의 전환은 이제까지 지배적이었던 피해-보상의 프레임이 가졌던 피해자 중심적 관점에서 보다 긍정적이고 적극적이며 주체적 관점으로 변화된 부분이다. 말하자면 사회적 연대를 구성하고 토론을 통해 자신들의 주장을 정리하여 정부에 제시하며 시위를 통해 목소리를 발신하는 등 극히 보수적인 고성지역의 분위기에서는 획기적 변화로 보이는 활동을 전개한 것이다. 나아가 남북관계의 개선 시는 물론 그렇지 못하더라도 추진할 수 있는 장기적 비전과 사업들을 만들어 나가면서 고성이 자체적으로 생존해 나갈 수 있는 방안을 모색하고 추진하고자 하였다.

2018년의 동계올림픽 개최 이후 전개된 북핵문제의 해결 가능성 및 남북관계 개선 분위기에 맞추어본다면 그런 고성군과 사람들의 선택은 현명한 선택이었음이 점차 밝혀지고 있다. 이제 고성군은 비단 국가적 차원에서 남북관계의 개선에 맞추어 금강산 관광을 재개하는 것은 물론 스스로 만들었던 다양한 장기 비전의 실현을 추진할 수 있는 절호의 기회를 맞고 있다.

하지만 금강산 관광 재개는 여전히 시간이 필요한 상태이고 설사 재개된다 해도 중요한 문제가 도사리고 있음을 간과해서는 안 된다. 무엇보다 현재 사실상 붕괴상태인 현내면이나 거진읍의 경제사회적 역량으로는 사업들이 재개되었을 때 그 혜택을 주민들이 누릴 수 있을지 확실하지 못하다. 피해보상 문제도 형평성의 문제 등을 이유로 특별법 제정에 대한 반대의견이 만만치 않아 쉽사리 해결되기 어렵다. 물론 고성군은 이미 스스로 새로운 고성발전의 담론과 장기적 비전을 개발해내고 이를 통해 활로를 모색하는 의미있는 변화의 과정을 거치고 있었다. 이제 남북관계가 개선되고 다양한 교류협력 사업들이 펼쳐질 가능성이 열린 상태이지만 당면 과제는 고성군이 단기간에 그런 전반적인 여건 변화를 자신들의 장기적 비전과 접목하여 구체적 사업들로 만들어내고 추진해 나갈 수 있는 역량을 갖출 수 있는가이다. 예컨대 금강산 관광의 시작과 그 중단 등을 관통하는 스토리를 만들고 이미지화하는 방식으로 그간 경험한 어려움들을 오히려 자산으로 바꾸어 나가는 등 능동적으로 변화에 적응하도록 많은 노력이 경주되어야 한다.[10] 그간 겪은 고통의 크기만큼이나 커다란 노력이 필요한 시점이다.

---

10 강원연구원은 2015년부터 강원도에서 발주한 DMZ 스토리텔링 형상화사업 기본계획 수립용역을 진행 중이며 여기에는 특히 고성 DMZ를 이야기로 전달하기 위한 핵심 컨셉트 및 활용방안을 담으려고 시도하고 있다(강원연구원 홈페이지).

07

'금강산 찾아가기' 담론의 사회적 구성과 실천[1]

Ⅰ. 문제제기

'금강산 관광'은 우리에게 무엇인가? 왜 다시 금강산 관광인가? 분단
체제에서 어린 시절 우리는 '금강산' 노래를 부르며 놀았다. 지금도 그
노래는 초등학교 6학년 음악교과서에 실려 있다. 1998년 이전 50여 년
동안 금강산은 우리에게 환상 속 공간이었지만, 1998년부터 10년간 약
200여만 명의 '관광객'은 금강산을 찾아가서 '일 만 이 천봉'을 보았
다. 그러다 갑자기 금강산은 다시 닫혀 버린 채 10년의 시간이 흐르고 있
다. 금강산 관광과 관련하여 우연하게도 세 번의 10년이라는 시간을 경
과했다. 열렸다 닫힌 그 20년간 한국사회는 관련 피해자의 고통과 무관

---

1 이 글은 『담론201』, 21권 2호 (2018)에 게재된 논문이다. 게재를 허락한 한국사회역
사학회에 감사드린다.

심 사이, 어느 한 편에 머물렀다.

　1989년에서 1998년, 1998년에서 2008년, 그리고 2008년부터 현재 2018년, 공교롭게 10년 단위로 연결된 이 세 시기 동안 금강산에 대해 한국사회는 어떤 의미를 부여하였고, 그 결과는 무엇인가? 금강산은 금강산 관광으로 대상화되고, 남북교류의 상징으로 최상의 정치적 이미지를 획득했었다. 금강산이 열리자 정치적, 사회적, 경제적 의미 부여는 공급과잉 상태였다. 그러나 금강산이 닫혀버린 10여 년간 정부는 '정치적 프로젝트'를 포기했고, 금강산 관광의 직접적 이해 당사자들은 막대한 사회적 비용을 지불하며 지금도 그 피해에서 벗어나지 못하고 있다.

　금강산이 닫힌 이후 남북교류의 정치적 환경은 그 이전과 또 달라졌다. 예전과 다른 수준에서 북핵 문제라는 남북관계의 새로운 도전에 직면하고 있다. 정치적, 사회적 환경 변화 속에서 남북교류의 상징으로서 금강산 관광 재개 여부는 여전히 논쟁 중이다. 변화된 정치적 조건 위에서 금강산 관광이 남북교류의 새로운 모색을 위한 실마리가 될 수 있다면, 지난 시간의 한계와 경험에 대한 성찰이 필요하다는 것이 이 글의 논점이다.

　금강산 관광과 관련하여 세 번의 10년을 지나는 동안 남북교류, 그리고 구체적으로는 금강산 관광에 대한 관점은 어떻게 구성되었으며, 어떠한 접근이 이루어졌는가? 구체적으로 무엇을 실천한 것이며, 그 함의는 무엇인가? 이러한 경험이 앞으로의 남북교류에 어떻게 작용할 것인가? 이러한 문제제기를 바탕으로 이 글에서는 금강산 관광의 실행과 중단 과정에서 형성된 사회적 담론의 특징을 살펴보고, 금강산 관광의 당사자 간, 그리고 당사자와 비당사자 간 인식과 이해관계의 분절, 정치적 프로젝트와 사회적 비용 사이의 간극 등에 대해 초점을 맞추고자 한다.

금강산 관광에 대한 기존의 논의는 거의 국책 또는 전문연구기관의 정책연구의 틀에서 이루어졌다. 통일연구원, 한국관광공사, 한국문화관광연구원, 현대경제연구원 등에서 남북교류 활성화를 위한 정책 제안, 즉 법과 제도, 남북한 경제협력 등을 중심으로 논의되어 왔다. 이 글은 기존 연구로부터 축적된 금강산광관의 내용을 바탕으로 하지만, 금강산 관광에 대한 정치사회학적 접근을 통해 금강산 관광의 본질과 의미를 재성찰하는 방향을 지향한다.

이러한 논의를 통해 남북교류 재개는 보다 중장기적이고 지속적인 계획과 준비는 물론이고, 남북교류의 근본적 의미와 목표에 대한 체계적이고 심층적인 접근을 통해 모색되고 실천되어야 한다는 점, 그리고 정치적 편의와 수익추구에 몰두한 접근으로는 지난 시간의 오류를 반복할 뿐이라는 점에 주목할 것이다. 정치적 프로젝트의 본질이 모호한 채로 민간기업의 개별사업으로 경제적 효과만 부각되면서 실행되는 행태는 금강산 관광사업의 오류를 반복할 것이고, 그 과정에서 사회적 비용을 감당해야 하는 피해자를 양산하게 된다. 이러한 맥락 속에서 금강산 관광의 함의와 영향을 재성찰하고자 한다.

Ⅱ. 금강산 관광의 사회적 구성: 실재와 담론의 한계

금강산 관광은 1998년 6월 16일, 정주영 현대그룹 명예회장 일행과 '소 떼 500마리'가 판문점 군사분계선을 관통하는 일종의 '상징적 행위 의식performance'를 거친 후 그로부터 5개월 후인 11월부터 본격화되었다. 11월 18일 '아산금강호'가 처음으로 출항했고 이후 10년간 약 200여만 명의 관광객이 금강산을 찾아갔다(조명균, 1999; 최신림, 1999). 금강산 관광과 관련하여 성찰해 보아야 하는 기본적인 질문들은 다음과 같다. 10년 동안의 관광 호황이 어느 날 갑자기 중단되어 버리기까지 금강산 관광이 한국사회에서 차지하는 의미는 무엇이었고, 금강산 관광을 둘러싸고 구성된 현실reality은 무엇인가? 이에 대해서는 어떤 사회적 담론이 형성되었고, 이후 미친 사회적 영향은 무엇인가? 관광의 참여와 무관심, 또는 소외과정 등은 어떻게 진행되었는가? 10년간 약 200여만 명의 관광객의 경험은 어떤 의미가 있는가? 남북관계에서 금강산 관광의 위상은 무엇인가?

만일 특정 기업의 주도권 뒤에서 금강산 관광 상품은 단순 소비재에 불과한 것이었다면, 이런 상품을 재출시해야 할 당위성은 어디서 찾아야 하는가? 금강산 관광이 중단된 10년 동안 관련자들의 경제적 고통은 매우 심각한 수준이었다. 정부가 보증한 기업의 추진사업은 많은 사람들의 관심을 끌어모았고, 이해 관련당사자를 형성하였다. 그러나 '예기치 못한 상황'의 전개로 인해 발생한 비용은 대부분 개인들이 감당해야 했다. 금강산 관광의 20여 년 전개과정을 통해 민간교류를 경제적 모델로만 추진하는 것의 본질적 문제가 드러났음에도 불구하고, 재개론이나 불가론 모두 지난 경험의 교훈을 둘러싸고 문제의 본질보다는 관점의 차이로 인한 해석의 거리를 그대로 유지하고 있다. 민간교류나 경제협력의 진행과정에서 발생하는 문제는 결국 정치적 수준에서 해결책이 모색되어야 하는 것이고(아시아사회과학연구원, 2000), 어떤 영역의 남북관계도 그 본질에 정치적 변수를 내재하고 있기 때문에 실재의 사회적 구성에서 정치적 측면을 배제한 경제중심적 사고의 한계는 언제든 노출될 수밖에 없다.

금강산 관광은 비정치적 수준에서 남북경제협력, 민간교류의 틀로 화려하게 추진되었으나, 결국 '우연한 사고'에 대한 정치적 해법을 찾지 못한 채 중단되었다. 분단체제에서 휴전선을 넘어 금강산을 관광한다는 것이 단지 한반도에서 가장 경치좋은 곳을 구경했다는 관광 행위 그 자체에 불과한 것이라고는 할 수 없는 일이다. 그러나 10년 동안 이어진 관광이 그야말로 갑자기 중단된 시기 동안 이해당사자들의 고통과 직접적인 타격을 입은 강원도 고성군의 열악한 지역 현실이나 관련 기업체의 파산 등이 간혹 언론을 통해 이목을 끌었지만, 긴장과 적대라는 대북관계의 근본적 틀이 다시 활성화되면서 한국사회 일반에서 금강산 관광의 실재^{reality}는 부정되었다. 한 기업의 독점적인 주도로 기획된 프로그램은 약 200여만 명의 사회구성원을 참여시켰지만, 그 실재는 지속되지 않은 것이다. 그 프로젝트의 실질 행위자와 일반 참여자들이 경험한 '역사적' 행위의 정치적, 사회적 의미도 완결되지 못했다.

금강산 관광이라는 실재는 남한 사회에서 인위적으로 시도된 일종의 사회적 구성의 결과이다. 다시 말해서 사회적 논의나 공감의 과정 없이, 한편에서는 정치적 허가를 받지 않은 문익환, 임수경 등의 방북이 사회적으로 심각한 이념논쟁과 공안정국의 국면을 형성하고 있는 상황이 벌어지고 있었고, 다른 한편에서는 정치적 허가와 무관하게 민간인 경제협력을 내세우면서 북한이 고향인 한국의 대표적인 기업인이 북한의 초청을 받아 북한과 '의정서'를 체결하고 금강산 관광을 추진한다는 일방적 전개과정이 있었다(법무부, 2003: 76-94). 그리고 다시 10여 년의 시간이 지나고 어느 날 '소 떼와 함께' 방북이라는 이벤트가 벌어지고, 사회구성원들에게 금강산 관광의 기회가 주어졌다.

피터 버거^{Peter L. Berger} 등이 '실재의 사회적 구성'에 관한 논의 속에서 밝히고자 했듯이, 실재를 만들어내는 사회적 조건과 동학의 맥락에서 금강산 관광 개시 상황과 전개과정을 살펴본다. 버거 등이 지적하는 바처럼, 사회는 객관적 사실성을 가지고 있고, 또한 주관적 의미를 표현하는 활동에 의해 확립된다. 객관적 사실성과 주관적 의미라는 사회의 이중적 성격을 통해 사회의 '특정한 실재'가 만들어지는 것이다. 이러한 사회의 '특정한 실재'에 대한 적절한 이해를 위해서 이 실재가 구성되는 방식에 대한 탐구를 필요로 한다는 버거의 논지는 금강산 관광의 함의를 파악하기 위한 논의에서 시사하는 바가 크다(버거 등, 2013; 36).

분단체제의 경직된 정치적·사회적 공간에서 살아온 일반인들에게 금강산은 일상생활의 실재 밖에서 존재하는 것이다. 그런데 어느 날 금강산 관광을 통해 사회구성원들은 상영이 시작된 극장에 들어간 것처럼, 자체의 의미를 지니고 있고 일상생활의 질서와 다양한 관계가 있을 수도 그렇지 않을 수도 있는 질서를 지닌 '다른 세계'로 전이되었다. 그러한 전이과정에서 새로운 실재를 실제화 할 수 있기 위해서는 공통된 경험을 한 타자들과 공통의 언어로 사회적 교섭을 할 수 있는 시간성^{temporality}이 중요하다. 그러나 갑자기 상영이 중단되어 버리면 중요 행위자인 줄 알았던 구경꾼은 일상생활로 돌아가야 한다. 상영 중 제공된 실재는 그 공연이 잠깐 동안 아무리 화려하고 즐거웠다고 하더라도, 그 잠깐의 경험은 다시 일상생활의 지배적인 실재 속에서 이제는 빈약하고 순간적이고 무의미해 보이기까지 한다(버거 등, 2013; 48).

이와 같은 과정처럼 금강산 관광은 '관광 행위'에 불과해진다. 금강산 관광은 실제 참여자들이 의식을 했든 하지 못했든 적어도 분단을 너머 '금강산을 찾아가는' 역사적 행위의 의미를 지닌 것이었다. 그러므로 그 경험은 관광에서 멈추는 것이 아니라 그 경험이 축적되고 모아져서 이전까지의 분단체제의 일상생활을 지배해 온 일상의 경험과 의식과는 다른 무언가로 전이될 수 있어야 했다. 그러나 남북한 정부는 돌발적인 상황에 대한 적절한 대비도 하지 않았고 대응의 수준도 매우 빈약했다. 남북한 정부 모두 이미 출발부터 특정 기업인의 경제적 프로젝트 뒤에 숨어 분단체제에서 금강산 관광이 갖는 본질적 의미를 굳이 외면한 채 표피적이고 피상적인 서로의 이득챙기기에 머물렀다.

금강산 관광이 한국사회에서 하나의 담론의 효과를 지닐 수 있었는가의 문제는 푸코^{Michel Foucault}를 통해 논의해볼 수 있다(Gordon, 1980). 푸코는 한 사회 담론의 형성 원리가 특별한 사회권력의 작용과 연관되어 있음에 주목하였다. 담론은 규칙의 내재적 원리를 드러낼 뿐 아니라 전유, 통제, 감시 등의 사회적 실천을 통해 강화된 규정에 의해 제약을 받는다. 그러므로 담론은 일종의 정치적 상품인 것이다. 푸코가 배제, 제약, 금지 등의 현상으로서 권력과 담론의 표출을 부정적으로 인식한 것은 분명하지만, 다른 작업을 통해 담론이 사회적 현실의 구성을 위한 프로그램을 구축해왔다는 점에도 관심을 보였다. 담론의 의미와 역할에 관한 한 푸코의 기여는 담론의 존재를 통해 그 담론의 대상이 되는 영역이 개입을 위한 초점으로서 또한 존재를 드러내는 기능하는 전체로서 동시에 규정되도록 만든다는 점을 역사적 분석에서 시도했다는 것이다. 말하자면 우리는 특정 프로그램을 그대로 따르지는 않지만, 프로그램의 세계 속에서 살고 있다는 점을 부인하기 어렵다. 그러므로 담론의 효과를 통해 세계가 이해되는 것이다. 담론의 목표는 실재를 합리화가 가능하고 투명한 것으로 만들고자 하는 것이며, 담론의 대상을 프로그래밍이 가능하도록 하려는 것이다(Gordon, 1980; 245).

이러한 논의를 바탕으로 한 사회에서 어떤 현상이나 상황에 대한 인식과 담론을 형성·유포시키고 실행하는 과정에서 권력이 작용하고 강화되어 간다는 점과, 이 과정에서 특정집단의 정치경제적 이해관계가 구축된다는 점을 파악할 수 있다. 이렇게 보면 금강산 관광은 시작부터 중단까지 짧지 않은 10여 년 동안 누적 관광객 약 200여만 명이라는 성과를 기록했다는 측면이 있는 동시에, 2000년대 초반 분단체제 하에서 금강산 관광의 프로그램 속에서 살면서도 그것이 정치적 상품이라는 본질에 대한 인식은 미뤄진 채 민간 수준의 경제협력 내지 교류의 포장을 두르고 남북한 사회의 지배적인 일상으로부터 고립된 특정한 실재에 머물렀다. 그러므로 금강산 관광의 담론은 사회적 현실의 구성을 위한 프로그램으로 작용하기보다는 매우 제약되고 한정된 담론의 표출이라는 한계에 갇혀 있었다.

Ⅲ. '정치적 프로젝트'와 사회적 비용

1. 인식의 형성과 현실의 전개과정: 관광과 의식(儀式) 사이, 그리고 경제적 이익과 교류 사이

1988년 12월 23일 남북한 상품교역 외 시베리아 개발 및 이란·이라크 전후 복구사업 등의 협의를 위해 북한이 정주영 현대그룹 명예회장을 초청할 것이라는 보도가 나왔다(전북일보, 1988. 12. 23). 금강산 관광의 가능성은 정주영 회장에 대한 '북한초청설'로 조금씩 관심을 끌기 시작했다. 12월 30일 북한의 허담 조국평화통일위원장이 발송한 공식 초청장이 1월 12일 일본인사에 의해 정주영 회장에게 전달되었다고 한다. 국내 언론사 중 극히 일부에서만 정 회장의 입장이 보도되었다(전북일보, 1989. 1. 19). 그 내용은 "북한에 가는 것은 순전히 개인자격이며, 정부 측과의 협의는 전혀 없다. 북한 방문에서 북한 당국자들과 금강산 일

대의 관광단지 개발을 위한 철도, 호텔, 도로, 건설 문제를 중점 협의한
다"라는 것이었다(전북일보, 1989. 1. 14). 그리고 1월 23일 정주영 회장
은 북한을 방문했다. 또 1989년 2월 두 번째 방북이 4월에 이루어질 것
이라는 보도가 나왔다(전북일보 1989. 2. 2). 그러나 이 보도를 끝으로 〔표
1〕에서 보이는 바와 같이 금강산 관광이나 개발은 후속 보도 없이 사회
적 논의 대상이 되지 않았고, 대신 문익환 목사와 임수경의 방북에 이은
'공안정국'이 전개되었다. 다른 한편으로 당시 노태우 대통령은 이른바
'북방외교'와 '한민족공동체 통일방안' 등을 내세우고 있었고, 정부의
선언 내용과 실제 정치사회적 환경은 어긋나고 있는 상황이 지속되었다.

〔표 1〕 금강산 관광 개시 이전(1980년대말에서 1990년대 초) 정치환경 변화

시기	주요내용
1988. 2. 25	노태우 정부 출범
1988. 7. 7	〈7·7 선언〉 남북동포 교류 추진 등 대북정책 6개항
1988. 9. 17	서울올림픽
1989. 1. 23	정주영현대그룹명예회장 방북/ 3월 문익환 목사 방북/ 6월 임수경 방북
1989. 9. 11	노태우, 〈한민족공동체통일방안〉
1990. 9. 5	남북총리회담, 범민족통일음악회, 남북축구경기(서울, 평양)
1990. 10. 1	한국-소련 수교
1991. 9. 16	남북한 유엔동시가입/ 남북한 한반도 비핵화 공동선언
1992. 8. 24	한국-중국 수교
1993. 2. 25	김영삼 정부 출범
1994. 6.	북한, 핵확산금지조약(NPT) 탈퇴: '1차 북핵위기' 6월 18일 남북정상회담 합의
1994. 7.	김일성 사망, 남북정상회담 무산, 이른바 '조문파동', 남북관계 경색
1994. 10. 21	북한-미국 간 제네바합의(2003년 파기)

동유럽 국가들과의 연이은 수교 및 소련과의 수교를 수립함으로써 냉전에 기반한 세계 질서의 변화가 전개되고 남한 내부에서도 북한과의 전향적인 관계 모색을 위한 시도가 1989년 본격화된다. 우선 북한의 신년사에서는 '남북정치협상회의'를 제의하면서 남한의 김수환 추기경, 문익환 목사, 백기완 등 재야 저명인사들을 지명하여 평양으로 초청하고자 한다는 식으로 남북 간의 민간교류를 제안했다(중앙일보, 1989. 1. 4). 이에 대응한 첫 번째 시도는 3월 20일 소설가 황석영, 3월 25일 문익환 목사의 방북이었고, 6월 27일에는 서경원 평민당 의원의 밀입북 사건이, 7월 북한 평양에서 열린 '세계청년학생축전'에 남한 대학생 임수경이 참가하였다. 남한 정부의 경우 1월 대통령 신년사에서 민족화해와 평화통일을 강조한 데 이어 9월 노태우 대통령은 국회에서 한민족공동체통일방안을 발표했다. 그러나 전향적인 통일방안이 발표되어도 북한과의 관계 모색은 현실화되지 않고, 국내 분위기는 매우 경직되어 4월 검찰·경찰·안기부 합동으로 '공안합동수사본부'가 만들어졌다. '공안합동수사본부'는 공안사범에 대한 검거에 나서고, 이른 바 이념서적을 출판하고 판매한 출판사, 서점 등에 대해 압수수색을 벌였다. 그리고 국가보안법 개정안 논의는 중단되었다(중앙일보, 1989. 4. 10).

정주영 회장은 1989년 1월 13일 소련 방문 후 '한-소 민간경협위원회' 발족을 제의하였고, 이어 1월 23일 북한을 방문하였다. 북한에 고향을 둔 남한의 대표적인 기업인이라 할 수 있는 정주영 회장은 북한을 방문하여 북한과 금강산 관광 개발 의정서를 체결한 것이다. 방북 후 2월 2일 기자회견에서 북한 측과 합의한 금강산 공동개발, 시베리아 개발 공동참가, 합자투자회사 설립 추진 등 3개 합의사항을 발표하였다(현대경제연구원, 2014). 이후 2월 10일 임시국무회의에서 '남북 교류협력법안'

이 의결되었다. 그러나 이후 김영삼 정부의 출범, '1차 북핵 위기', 김일성 사망 등의 과정에서 금강산 관광에 대한 기대나 논의는 표면에 떠오를 수 없었다.

김영삼 정부 말기 한국사회가 직면한 경제위기는 결국 'IMF 관리체제'를 불러왔고, 김대중 정부의 출범으로 이어졌다. 1998년 2월 임기를 시작한 김대중 정부는 북한에 대한 협력과 지원을 강조하는 대북화해협력정책을 제시했다. 그리고 11월에는 금강산 관광이 시작되었다. 겉으로 보기에 금강산 관광은 정부의 프로젝트가 아니었다. 대북 사업을 위해 현대아산을 만든 현대그룹은 마치 정부와 별개로 독자적으로 사업을 추진하는 듯 했고, 정치와 거리를 유지한 채 관광사업의 틀을 고수했다(현대경제연구원, 2012). 이러한 접근 방식은 남북한 모두에게 '돌발적인 상황'이 발생하면 하루아침에 중단될 수 있는 개연성을 내재한 것이어서 위험부담은 상존했다.

남한의 대표 기업인에 의해 금강산 관광에 대한 매우 극적인 상황이 연출되었다. 1989년 정주영 회장이 북한을 방문해 '금강산 관광 및 시베리아 공동개발 등에 관한 의정서'를 체결했었다는 일방적 통보가 사회에 던져졌고, 그로부터 10여 년만인 1998년 6월 정주영 회장은 이른 바 '소 떼 방북'을 실행했다. 1998년 6월 16일 현대그룹은 북한에 소 1천 마리를 제공할 것이라고 발표했고, 그중 1차분 소 5백 마리를 트럭에 싣고 판문점을 통해 방북했다. '민간차원의 합의'를 통해 북한은 군사구역인 판문점을 개방하여 분단 이후 민간인이 최초로 군사분계선을 넘도록 했다. 정주영 회장은 판문점 공동경비구역 평화의 집에서 방북기자회견을 했고, 판문점 중립국감독위원회 회의실을 지나 도보로 군사분계선 관통하는 '역사적 이벤트'의 주인공이 되었다.

〔표 2〕 금강산 관광 개시부터 중단까지의(1990년대 말에서 2008년) 주요 정치환경 변화

시기	주요 내용
1998. 2. 25	김대중 정부 출범: 〈대북화해협력정책〉 선언
1998. 6.	정주영 회장의 '소 떼와 함께, 방북'
1998. 10.	김정일 국방위원장, 정주영 회장, 금강산 관광사업 합의
1998. 11.	금강산 관광 시작: 유람선, "금강호" 출항
1999. 2.	현대아산 설립
1999. 6. 21	관광객 억류사건 발생으로 관광중단, 6월 26일 현대측에 관광객 인도
1999. 8. 5	관광 재개
2000. 6. 13	남북정상회담, 〈6·15 남북공동선언〉
2000. 8.	개성공단 건립 합의
2003. 2.	노무현 정부 출범: 금강산 관광, 개성공단, 철도·도로 연결 등 '3대 남북경협사업' 추진
2003. 10.	금강산 육로관광 시작
2007. 12.	개성 관광 시작
2008. 2.	이명박 정부 출범
2008. 7. 11	관광객(박왕자) 북한군 총격으로 사망
2008. 7. 12	금강산 관광 중단

　　민간인 합의의 틀을 만들기 위해 정주영 회장을 초청한 단체는 북한의 '조선아시아태평양평화위원회'였고, 부위원장 송호경 등이 판문점 북측 지역 판문각에 나와 정주영 회장 일행을 맞았다. 그리고 4달 뒤, 나머지 501마리의 소 떼는 다시 판문점을 넘었다. 당시 현대그룹은 소 떼 방북에 트럭과 사료를 포함하여 41억 7700만원의 비용을 부담한 것으로 알려졌다(서울경제. 1998. 6. 16). 이러한 이벤트가 실재화되는 동안 현대그룹, 정주영 회장을 제외하고 남한사회에서 어느 누구도 이 과정에 참여할 수 없었다. 대북화해협력정책을 적극적으로 추진한 김대중 정부는

1차 북핵 위기와 김일성 사망 이후 최악의 상태에 놓인 남북관계를 개선해야 했고 직접적인 정치적 부담을 지지 않는 민간 부문의 주도권을 허용한 것으로 보인다.

금강산 관광은 남한 국민이 분단 이후 처음으로 북한을 직접 여행할 수 있게 되었다는 점에서 관광 그 이상의 상징적인 의미를 내재하는 사회적 행위이다. 북한의 김정일 국방위원장과 현대그룹 정주영 회장의 합의로 1998년 11월 18일 유람선 '아산금강호'를 이용한 해로관광으로 시작했다. 정주영 회장의 최초 방북으로 '금강산 관광 개발 의정서'가 체결되고도 9년이 지나서야 금강산 관광의 문이 열린 것이다. 이어 2003년 9월 육로 관광길이 열리면서 관광객이 크게 늘었다. 2003년 2월 14일 DMZ를 차량으로 통과하는 역사적인 육로관광이 시작된 후 육로관광이 계속 유지되었으며 [표 3]에서 보이듯이 1998년부터 10년간 약 200여만 명의 한국인이 금강산 관광을 다녀왔다. 그러나 갑작스러운 인명사고, 즉 북한군에 의한 관광객 박왕자 씨 피격사건으로 인해 중단됐다. 이후 개성관광은 한동안 계속되었지만 결국 그마저 중단된 채 10여 년의 시간이 지나갔다.

〔표 3〕 금강산 관광객 현황 집계 (단위: 명)

	1998	1999	2000	2001	2002	2003
연도별	10,554	148,074	213,009	57,879	84,727	74,334
누적	10,554	158,628	371,637	429,516	514,243	588,577
	2004	2005	2006	2007	2008	
연도별	268,420	298,847	234,446	345,006	1,934,662	
누적	856,997	1,155,244	1,155,244	1,734,696	1,934,662	

자료: 통일부, 2018, 남북인적왕래현황; 〈http://kosis.kr/〉

2008년 관광중단 이후 금강산 관광은 한국사회에서 어떠한 사회적 현
안 및 쟁점의 대상이었는가? 중단된 상태에서 다시 10여 년의 시간이 지
나는 동안 이명박 정부나 박근혜 정부는 〔표 4〕에서 보이는 바와 같이 관
광 재개와 관련된 체계적이거나 집중된 노력을 기울이지 않은 것으로 보
인다(뷰스앤뉴스, 2011. 1. 3, CBS 노컷뉴스 2013. 8. 22). 금강산 관광 중
단 10여 년간 보수정부의 집권이 이어졌고 대북강경정책이라는 보수적
정부의 노선과 방침에 따라 대북관계는 더욱 경색 국면으로 나아가면서
금강산 관광의 실재는 부정당한 채 간헐적으로 명목적 논의 대상이 되었
을 뿐이다.

국회나 민간 사회 영역에서 제기한 문제는 언론 및 사회적 논의에서
주목받지 못한 채 이해당사자의 고통과 피해가 쌓여갔다. 〔표 4〕에서 보
이듯이 국회에서 몇 번 토론회가 개최되고, 이해당사자나 피해자를 중심
으로 문제제기가 시도되었지만, 근본적으로 정부 수준의 해결 시도 없
이는 금강산 관광 재개는 불가능한 일이었다. 실제로 2013년 10월 23일
통일부의 입장("금강산 관광을 재개하기 위한 회담을 북측에 제의할 계획을 가
지고 있지 않다")과 통일부 장관의 발언("지난 5년간 관광이 중단된 분명한
원인이 있었고, 북측이 져야할 책임이 있으니, 그 책임에 해당하는 조치가 분명
히 이뤄질 때 비로소 사업을 재개할 수 있다"-외신기자클럽 기자회견, 2013년
10월 22일) 등은 금강산 관광 재개 전망을 낙관할 수 없음을 의미하는 것
이었다. 그리고 2013년 이후 2016년의 기간 동안 더욱 악화된 남북관계
로 인해 금강산 관광 관련 사회적 논의와 관심은 매우 제한적이었다.

〔표 4〕 금강산 관광 중단 이후 주요 정치환경 변화

시기	주요 내용
2008. 12. 1	북한, 남북 간 육로통행 차단
2009. 8. 17	현정은 현대그룹 회장 방북, 개성공단 및 금강산 관광문제 현안 논의
2009. 8. 21	북한, 개성공단 억류 주재원 석방, '12·1 조치'(남북 육로통행 제한·차단, 경의선 철도운행 중단, 경협사무소 폐쇄 등) 철회 발표
2010. 2. 8	금강산·개성관광 재개를 위한 실무회담(신변안전에 대한 제도적보장을 둘러싼 이견)
2010. 3. 26	천안함 침몰
2010. 4. 23	북한 명승지개발지도국, '금강산 내 남한정부자산(한국관광공사 소유의 소방서, 온천장, 온정각면세점, 문화회관, 이산가족면회소 등) 몰수, 민간기업자산 동결(현대아산 및 민간기업의 숙박 및 판매시설, 골프장 등), 남측 관리인원 전원 추방'
2010. 5. 24	이명박 정부의 '5·24조치': 북한선박의 남측해역 운항 전면 불허, 남북 교역 중단, 국민의 방북 불허, 대북 신규투자 금지, 대북지원 사업의 원칙적 보류
2010. 11. 23	연평도 포격사건
2011. 4. 10	북한, 현대아산의 독점사업권 취소
2011. 5	북한, '금강산국제관광특구법' 채택(현대아산의 독점권 박탈, 금강산지구에 대한 관리기관 구성 시 남측 참여 배제, 법을 위반할 경우 형사적 책임 부과(기존에는 엄중한 경우 추방하도록 규정))
2011. 6	북한, '특구법'에 따라 남한 측 재산처리 통보, 남한기업인에 방북 요구
2011. 7	남한측의 '특구법' 거부 및 재산권 보호 강조 남한 정부 금강산 관광사업 당면문제 해결협의를 위한 남북 당국간 회담 제의, 북한 거부
2011. 8. 22	금강산 관광사업 인력 북한으로부터 철수
2011. 8. 23	금강산 관광재개 촉구 토론회(박주선 의원실)
2011. 12. 17	김정일 사망

시기	주요 내용
2012. 9. 5	금강산 관광재개 범국민운동본부 출범 금강산 관광재개 범국민행동의 날 행사
2012. 9. 12	〈금강산 관광사업 중단 또는 5·24조치로 인한 남북경제협력사업 손실 보상 등에 관한 특별법안〉 (원혜영 의원 대표발의/발의자 59명)
2012. 10.22	금강산 관광 재개를 위한 토론회(우상호, 원혜영 의원실)
2012. 11. 17	금강산 관광재개 범국민행동의 날 행사
2013. 2	박근혜 정부 출범
2013. 9. 21	금강산에서 열릴 예정이던 이산가족상봉행사 북측 연기통보
2016. 5. 11	고성군, 금강산 관광 중단 피해대응 추진위원회 구성
2016. 7. 11	고성군민 350명 금강산 관광 중단 피해대책 촉구집회(광화문정부종합청사)
2016. 11. 6	금강산 관광사업 중단과 5·24조치로 인한 남북경제협력사업자의 손실을 전액 보상하는 특별법안 (법안심사소위원회 보류)

금강산 관광이 시작될 무렵부터 이른 바 국민의식조사가 지속적으로 이루어지면서 사회구성원의 인식 변화 과정이 파악되었다. 1999년 조사에서 금강산 관광 경험자들은 금강산 관광사업이 남북 교류협력, 북한의 적대적인 태도의 변화, 긴장완화를 통한 국가신인도 증대 등 남북한 관계 개선과 한반도 대결구도 약화에 기여한다고 평가한 것으로 나타났다 (강원택, 1999; 김성섭, 2004; 심의섭, 2006). 금강산 관광의 경험 여부는 이 사업의 의미와 효과를 평가하는 데 있어서 비경험자와는 매우 대조적 시각을 갖게 된 것으로 조사됨으로써 사업의 지속이 갖는 잠재력을 가늠할 수 있는 여지를 보였다. 또한 2005년 관광객이 급증하는 시점에서 조사된 결과를 보면, 금강산 관광객의 75.8%가 재방문 의사를 보였고, 금

강산 관광객은 개성관광에도 관심을 보이고, 개성관광이 남북관계 개선에 미치는 기여도에 대해서도 75.9%가 긍정적인 답변을, 기여하지 않는다는 답변(7.6%)을 크게 앞섰다(EBS, 2008. 3. 1).

이명박 정부 이후 박근혜 정부에 이르기까지 남북관계 긴장 고조 국면의 지속으로 금강산 관광 재개 전망이 불투명해지는 가운데 사회구성원의 인식의 변화도 감지되었다. 2012년 한 조사에 의하면, 여전히 금강산 관광의 의미에 대한 적극적인 평가가 나왔다. 금강산 관광이 재개되어야 한다고 응답한 비율이 67.8%, 금강산 관광의 의미를 '남북 상호 간을 좀 더 이해할 수 있는 창구(39.1%)', 또는 '남북 화해 및 평화의 상징(36.1%)' 등으로 인식하고 있었다. 이에 비해 '단순한 관광 상품'이라는 의견은 24.8%로 나타났다. 금강산 관광 중단 1년째인 2009년 조사와 비교해 볼 때 남북 상호 이해 창구 및 화해, 평화의 상징이란 부문에서 응답률이 높아졌다(현대경제연구원, 2012). 남북관계의 긴장과 교착 현실에도 불구하고 사회적 수준에서는 관광 중단에 대해 사회구성원들이 아쉬움을 표현하고 있었고, 금강산 관광의 역사적, 정치적 의미에 대한 인식 형성이 일정 정도 이루어졌다고 볼 수 있다(홍성걸, 2012).

다른 한편으로 관광 중단 이후 관련 조사를 이어온 서울대 통일평화연구원 여론조사 결과에 따르면, 금강산 관광 재개에 찬성하는 여론은 〔표 5〕와 〔표 6〕에서 볼 수 있는 바와 같이 시간이 지날수록 감소추세를 보였다(서울대 통일평화연구원, 2017). 지역별로도 보면, 전국적으로 찬성비율이 일반적으로 하락하는 경향을 보여줌으로써 중단 10년간 금강산 관광의 실재와 그 의미가 사회구성원의 인식에서 멀어졌음을 알 수 있다.

〔표 5〕 금강산 관광 재개에 대한 견해 (%)

연도	찬성	보통	반대
2010	60.2	26.8	13.1
2011	61.3	25.2	13.5
2012	62.5	25.2	12.3
2013	57.4	29.2	13.4
2014	49.7	34.8	15.5
2015	55.0	31.3	13.8
2016	50.4	26.1	23.6
2017	44.6	26.3	26.3

자료: 서울대통일평화연구원(2017; 113).

〔표 6〕 금강산 관광 재개에 대한 지역별 찬성비율 (%)

구분	2010	2011	2012	2013	2017
수도권	63.4	60.2	59.4	59.4	44.4
중부권	54.2	61.5	66.4	48.3	51.6
호남권	81.5	81.9	87.8	75.4	64.5
영남권	48.8	55.2	58.7	50.6	36.3
강원	58.3	65.7	55.6	60.0	32.9
제주	61.5	61.5	61.5	46.2	35.4

자료: 서울대통일평화연구원(2013:92; 2017:338)에서 작성.

금강산 관광이 중단된 채 10여 년의 시간이 흐르고 정치환경의 급격한 재편이 시작된 2016년 무렵 사업 중단의 직접적 피해자들이 본격적으로 직접적인 문제제기에 나서기 시작했다. 피해 당사자 중 하나인 강원도 고성군 주민들은 중단 이후 처음으로 정부종합청사 앞에서 집회를 열었다(고성군, 2016b). 금강산 관광 중단과 5·24조치로 피해를 본 남북경협 기업들이 모인 금강산기업협회는 금강산 관광 중단으로 인한 막대한 피해를 호소했다. 그동안 간헐적으로 피해의 현황과 피해자의 절박한 현실이 언론에 등장했지만, 사회적 주목의 대상이 되지 못했고 정부의 적극적 구제 조치도 체계화되지 않았다(CBS 노컷뉴스, 2016. 7. 10; 강원도민일보 2016. 6. 21).

피해당사자들에게 금강산 관광사업은 순전히 민간 수준의 경제교류가 아니라 정부가 보증하는 '정치적 프로젝트'라는 인식이 기저에 깔려 있었고, 사업이 10여 년 동안 지속되면서 관련자들의 투자와 관련자들의 이해관계가 증대했었다. 금강산 관광은 다양한 관련자를 생산해냈다. 일반인들은 금강산을 간다는 사실에 감동했고, 단순 관광이 아니라 마치 분단을 넘는 의식儀式처럼 참여하기도 했다. 그리고 기업들은 새로운 관광사업의 투자처를 찾아 적극적으로 나섰고, 금강산 관광이 출발하는 강원도 고성군의 주민들은 시설 투자에 참여했다(김고중, 1999).

금강산 관광은 '정치적 프로젝트'이지만, 민간경제교류라는 포장을 두르고 있었고, 참여자들은 관광과 의식儀式 사이에서, 그리고 경제적 이익과 교류 사이에서 각기 금강산 관광을 구성해냈다. 그러나 금강산 관광의 실재가 갑자기 실종되면서 사회적 비용의 그림자가 한국사회에 짙게 내려앉았다.

2. 금강산 관광 중단 이후의 사회적 비용과 갈등

금강산 관광이 어떻게 시작되고, 그 과정이 어떠했는지, 그리고 갑자기 중단되는 과정, 중단 사태를 둘러싼 남·북한 양측 정부의 입장과 태도가 어떠했는지 살펴보았다. 금강산 관광의 시작, 과정, 그리고 결과의 맥락에서 형성된 관점과 입장은 어떤 위치에 있느냐에 따라 다양할 수밖에 없다(김병로, 1999). 남북한 정부뿐 아니라 강원도 고성군, 현대아산, 금강산 관광 관련 기업(금강산투자기업협회) 등이 직접적 관련 행위자들이라고 한다면, 참여자로서의 일반 관광객, 관심자 등의 시민단체, 그리고 다른 한편으로 적극적인 반대자들도 있었다.[2]

이와 같은 다양한 층위에서 형성된 금강산 관광에 대한 인식과 실천의 현실에서 과연 금강산 관광의 추진 목적은 무엇인가? 과연 그것은 통일을 준비하는 '사회적 실천'의 일종인가? 아니면 특정 기업의 이니셔티브를 바탕으로 하는 '정경분리원칙'에 따른 경제협력, 또는 이윤추구를 위한 경제활동인가? 이러한 문제는 금강산 관광 재개에 대한 논의에서 직면해야 하는 물음이다. 10여 년 동안의 관광 중단 장기화로 인한 사회적 부담과 비용이 급증하면서 당사자들 간 또는 당사자와 비당사자 간 갈등의 상황이 지속되어 왔다. 지난 정부의 행정부나 의회는 이러한 갈등을 사회적 공론의 장으로 가져오지 않았다. 결국 금강산 관광에 대한 논의와 인식은 분산되고, 분열되었을 뿐이다(송영훈, 2017).

금강산 관광을 적극적으로 평가하는 입장에서는 남북경제협력이 본격적으로 시작되고 남한의 기업 투자 등이 일정한 규모 이상으로 추진되는

2　금강산 관광이 현실화되자 일부 국회의원들이 반대의사를 드러내었다. 대표적인 사례로는 1998년 9월부터 한나라당과 자민련 소속 90명의 국회의원이 〈통일부장관에게 드리는 건의서〉를 제출하였고, 한나라당 김용갑 의원 중심으로 〈금강산 관광중단을 촉구하는 국회의원들의 모임〉이 결성되었다. 또한 1998년 9월, 금강산 관광사업 중단 촉구 결의대회(종묘)가 열렸고, 1998년 9월 26일, 여야의원 125명이 서명한 〈금강산 관광 즉각 중단을 촉구하는 건의서〉가 당시 김종필 총리에게 전달되는 등 보수언론을 중심으로 반대의사 형성이 지속되었다.

계기가 되었다는 점, 남한의 관광객이 직접 금강산을 관광함으로써 남북 교류의 사회문화적 경험이 축적될 수 있는 기회를 형성하게 되었다는 의의 등이 강조된다(메인아르더스, 1999; 박정원, 2000; 리훈, 2011; 노영순, 2015). 즉 경제적으로는 기존의 남북경제협력이 낮은 단계의 단순교역이나 위탁가공 수준이었다면, 금강산 관광사업을 통해 북한에 대한 본격적인 투자가 이루어지는 단계로 진전되었던 것이다. 또한 분단체제로 인해 각종 규제와 제약의 대상이 되어왔던 분단 강원도가 금강산 관광의 출발지가 되면서 지역경제의 활로에 대한 희망을 품게 되고, 접경지역의 소외를 극복할 수 있는 정치적, 사회적 기회를 만나게 되었으며, 남한의 관광객과 자본이 들어가면서 북한의 개혁 개방 촉진에도 기여할 수 있다는 전망도 가능했다(강인원, 2006; 신용석, 2012). 분단 이후 정치적, 군사적 긴장과 대치관계를 관광과 경제협력을 통해 화해와 평화의 관계로 전환할 수 있다는 희망을 금강산 관광이 활발해지면서 키워가고, 이것이 남북 긴장의 완화와 남북정상회담의 기반이 되고, 궁극적으로 통일의 과정 중 하나의 경로가 될 수 있다는 희망도 갖게 되었다(서동만, 1999).

　이러한 사회적 인식과 담론에 담긴 전망은 지속적이고 체계적인 정치적 대비와 노력이 전제되어야 실현가능한 것이 된다(신용석, 2011). 그러나 실제로 금강산 관광과 별개로 남북한 정부 간에는 늘 위기 국면이 상존하고, 결국 정권 교체 후 관광객 사망이라는 돌발변수의 돌출로 인해 금강산 관광이 중단되면서 그 모든 전망은 순식간에 실종되고, 중단의 피해는 남한 내 사회적 비용과 부담으로 굳어졌다. 중단에 의한 피해 처리를 둘러싼 정부의 조치는 미진했고, 그 사이 금강산 관광을 정부의 보증이 전제된 '정치적 프로젝트'로 인식하고 투자에 나섰던 기업과 금강산 관광 남측 관문 지역이었던 강원도 고성군의 상황은 점점 더 심각해졌다. 금강산 관광을 위해서는 현대아산 대리점에서 예약을 하고 고성군 화진포 아산 휴게소에서 수속을 해야 하는 경로로 관광이 진행되었기 때문에, 중단이후 고성군의 타격은 지역붕괴로까지 이어질 정도이다(연합뉴스. 2016. 7. 19). 강원도 고성군의 지역경제 위축으로 인한 지역 황폐화와 남북경제협력업체들의 도산과 경영 악화 등이 지속되는 등 금강산 관광 중단의 장기화로 관련 기업의 경제적 손실의 양은 막대하다.

금강산 관광 중단이 가져온 사회적 비용과 부담은 강원도 고성군의 사례를 통해 직접적으로 드러난다(고성군, 2016a). 금강산 관광은 2003년 9월부터 육로관광이 시작되면서 2004년부터는 유람선 관광이 중단되고 육로관광만 가능했다. 금강산 육로관광이 가능해지면서 관광 6년 만에 관광객이 100만 명에 이르렀다. 금강산 관광의 육로관광 남측 출발지인 강원도 고성군은 분단도의 유일한 분단군으로서의 구조적 제약을 고스란히 감당해 온 지역이었지만, 금강산 관광을 통해 처음으로 지역의 활로가 모색되었다. 고성군 통계에 따르면, 2007년 금강산 관광객 포함 고성 지역 관광객이 721만 명에 달했다. 그러나 금강산 관광 중단 이후 그 희망은 고스란히 지역의 부담으로 전가되고 있다.[3] 언론 등을 통해 보도된 바에 의하면, 중단 기간 중 고성군의 경제적 손실 총액은 3천억 원을 넘어서고, 지역 상점은 거의 대부분 문을 닫았다(한겨레신문. 2009. 7. 10; 연합뉴스 2016. 7. 19). 〔표 7〕, 〔표 8〕에서 보이듯이 관광 중단 이후 일자리 소멸로 인한 인구 감소 비율 및 고령화 진행율은 전국 최고 수준이다.

---

3 본 연구자는 2017년 11월 2~3일 고성군에 대한 현지조사를 실시했다. 고성군수, 고성군의회, 현내면장, 고성군 번영회장, 현내면 번영회장, 토성면장, 토성면번영회장, 주민 등과의 간담회 및 심층인터뷰를 가졌다. 이 글을 통해 면담과 인터뷰에 응해주신 관계자들께 감사드린다.

〔표 7〕 강원도 고성군 인구 변화 추이

년도	인구 수	세대 수	현내면 인구 수
1998	37,367	12,127	4,382
2005	32,167	12,698	3,470
2007	30,794	12,757	3,219
2008	30,734	13,136	3,143
2010	30,615	13,975	2,947
2012	30,516	14,663	2,834
2015	30,500	15,324	2,711
2016	29,378	15,035	2,635
2017	29,235	15,159	2,581

자료: 강원도기본통계; 〈http://stat.kosis.kr〉에서 연도별 작성. 현내면 자료의 경우 1998년 행정안전부, 주민등록인구현황; 〈http://stat.kosis.kr〉; 나머지 연도는 강원도 주민등록 인구통계; 〈http://stat.kosis.kr〉.

〔표 8〕 강원도 고성군 가족 해체 추이

년도	합계	혼인상태	이혼	미혼
1990	30,767	18,537	250	8,487
1995	29,275	17,187	275	8,271
2000	26,455	16,051	482	6,522
2005	24,646	14,565	688	5,974
2010	23,436	13,374	772	6,068
2015	25,687	12,922	1,164	7,807

자료: 통계청 국가통계포털; 〈http://kosis.kr〉

또한 현지조사에 의하면, 금강산 관광 중단 이후 가족해체 현상이 급증했다는 진단이 일반적이었다. 최북단 마을이자 금강산 관광 출발지 현내면의 경우 최근 6년간 인구 감소율이 −2.46%, 65세 고령화율 30.4%이다.

금강산 관광 중단 이후 고성군의 실태는 각종 통계자료만이 아니라 현지조사를 통해 직접 확인할 수 있었다. 아래의 인터뷰는 금강산 관광이 사회구성원에게 미친 영향을 잘 드러내준다.[4]

> 우리, 고성주민은 여기 유일한 분단도, 분단군의 환경에서 조용히 농사짓고, 고기 잡으며 운명에 순응해서 살아왔다. 어느 날 갑자기 금강산 관광객이 몰려들었다. 전에는 몰랐던 사업, 영업의 유혹이 다가왔다. 빚을 내고, 대출하고, 가게를 차리고, 물건을 들여오고, 시설투자에 나섰다. 우리에게도 이런 기회가 왔다는 것에 감격하고 정부에서 하는 일이라 믿고 달려들었다. 그런데 어느 날 갑자기 중단되었다. 이제 아무도 오지 않는다. 우리는 모두 다 잃었다. 금강산 관광은 우리가 시작한 일이 아니다. 10년째 견디고 있지만, 희망이 없다. 우리도 국민이다.... 최소한 여기서 살게 해주어야 하지 않나?
>
> -2017년 11월 2~3일 현지조사, 고성군 번영회장 등 마을 대표와의 인터뷰 중

2017년 5월 정부가 바뀌자 피해보상 및 관광재개를 요구하는 사회적 의견이 본격적으로 개진되기 시작했다. 예를 들면 2017년 7월 11일 서울 정부종합청사 앞에서 '남북경협비상대책본부'와 '금강산기업협회'가 금강산 관광 재개와 피해보상을 요구하는 집회를 열었고, 관련 시민사회단체가 금강산 관광재개를 촉구하는 기자회견을 열었다(연합뉴스, 2017. 7. 11). '공공 필요에 의한 재산권의 수용·사용 또는 제한 및 그

---

4 인터뷰는 2017년 11월 3일 오후 4시부터 약 90분가량 토성면사무소 회의실에서 토성면장, 토성면 번영회장, 고성군 번영회장, '금강산 관광 중단 피해대응 고성군 추진위원회' 관계자 등이 참석한 가운데 진행되었다.

에 대한 보상은 법률로써 하되, 정당한 보상을 지급하여야 한다'라는 헌법(제23조 제3항)을 근거로 이해당사자와 피해자 측은 정부에 보상을 요구하고 있다. 즉 금강산 관광에 대한 투자는 그것이 실질적으로 정부가 추진한 '정치적 프로젝트'라는 사회적 인식 하에서 이루어졌다는 논리이다.

금강산기업협회에 따르면 금강산 관광 중단과 5·24조치에 따른 남북경제협력사업 중지로 피해를 입은 남북경협 기업들을 대상으로 이명박 정부와 박근혜 정부하에서 세 차례의 특별 대출과 52억 원 규모의 긴급 운영경비 지원만이 이루어졌다. 박근혜 정부가 2016년 2월 개성공단 가동 중단 이후 입주 기업들에게 확인된 피해액 7,500억 원 중 5,079억 원(72.5%)을 보상해준 것과 형평성에서 어긋난다는 입장이다(한국일보 2017. 7. 11). 왜 정부의 다른 조치가 나왔는가에 대한 재검토와 확인이 필요하다. 정부가 추진한 정책은 사회적 신뢰를 바탕으로 정권 교체와 무관하게 장기적인 전망을 갖는 것이어야 한다. 특히 불안정한 남북관계 관련 부문에서는 더욱 그렇다. 남북관계에서 발생한 부담과 사회적 비용을 정치적으로 적절하게 조정하는 노력을 통해 사회갈등을 최소화할 수 있는 것이다(정동준, 2017).

2017년 5월 출범한 문재인 정부는 남북관계에 대한 전향적인 노선과 입장을 표명했다. 평화·번영 기조의 대북정책은 금강산 관광사업의 이해당사자들에게는 암울한 현실에서 벗어날 수 있는 새로운 기대를 품게 하는 계기가 되고 있다. 사업재개에 대해 부정적이었던 지난 정부와 달리 문재인 정부에서는 조명균 통일부 장관이 국회 외교통일위원회 현안 보고에서 남북경협 기업지원과 관련해 "국가의 책임성과 남북관계 복원 차원에서 적극적 조치를 검토하고, 개성공단 입주 기업에 대해서도 추가

지원을 적극 검토한다"는 입장을 밝혔다(국회연구소, 2017). 문제의 본질은 분단체제의 구조적 제약 하에서 경제협력 진행과정에 대한 사회적 논의의 틀이 의회에서도, 여론형성에서도 제대로 구축되었던 적이 없다는 점이다.

2016년 6월 이후 국회 의안정보시스템을 보면 국회에 계류되어 있는 남북경제협력 관련법은 다음과 같다. '개성공단 재가동 및 피해기업과 노동자 피해보상 촉구 결의안', '개성공단 입주기업 등의 피해지원에 관한 특별법안', '개성공단 재개 및 입주기업 설비의 점검 및 유지보수를 위한 방북허용 촉구 결의안', '추락하는 한국경제의 활로를 열기 위한 남북경제협력 및 개성공단 재가동 촉구 결의안', '개성공단 재가동 및 남북대화 촉구 결의안', '남북경제협력사업 중단에 따른 손실보상에 관한 특별법안', '금강산 관광사업 중단 또는 5·24조치로 인한 남북경제협력사업자 등 손실보상에 관한 특별법안', '남북통일경제특별구역의 지정 및 운영에 관한 법', 8건의 '남북협력기금법 일부 개정법률안' 등이다. 그리고 2016년 6월 이후 2018년 3월까지 '남북 교류협력에 관한 법률 일부개정법률안' 14개가 계류 중이다. 상당수 의원들이 공동발의한 법률안이 소관위원회에 접수되었지만, 의회에서의 본격적인 토론이나 논의는 제대로 이루어지지 않고 있다.[5]

금강산 관광의 본질이 통일을 대비하는 남북교류의 실천 중 하나의 길이라고 한다면, 장기적이고 체계적인 전망 하에서 재개가 이루어져야 한다. 금강산 관광 중단과 개성공단 폐쇄의 과정에서 남북한 정부가 얼마

5　의안정보시스템 2018; 〈http://likms.assembly.go.kr/bill/BillSearchSimple.do〉 (검색일 2018년 4월 2일).

나 정치적으로 대응했는지를 살펴보면 남북경제협력을 정치적 논리를 배제하고 진행하자는 주장의 한계가 보인다. 남북경제교류에서 특히 민간기업의 참여시 경제적 수익 구조는 중요하다(조동호, 2008). 이러한 측면을 포함하여 이제 남북교류, 남북경제협력은 정권 수준의 편의적 정치논리나 보수언론이 형성하는 이념적 담론의 한계를 넘어 의회에서, 사회적 공론의 장에서 그 목표와 수단, 과정과 결과, 그리고 이익과 제약의 내용에 대한 개방적 접근이 필요한 시점이다. 경제교류의 주도권이 일방적으로 행사되지 않도록 다양한 참여자들에게 기회가 개방되고 정치적 합의가 추진되어야 한다는 점을 강조하고자 한다. 지난 20여 년의 패턴을 그대로 반복하는 것은 경제적 수익구조에도, 남북교류의 진전에도 적절한 대응이 될 수 없다.

Ⅳ. 결론

이 글은 다음과 같은 문제의식을 기반으로 논의를 전개했다. 금강산 관광사업의 의미와 효과는 무엇인가? 남북교류의 사회적 실천인가? 단지 명승지 관광인가? 금강산 관광을 둘러싼 관점의 차이를 불러오는 요인은 무엇인가? 과연 금강산 관광을 기업의 주도권 하에서만, 경제적 관점에서만 인식하는 것이 적절한가? 금강산 관광 중단 20여 년의 경험은 앞으로의 남북교류에 어떠한 교훈을 주는가? '금강산 관광 재개론'은 경제적 측면을 넘어 무엇에 주목해야 하는가? 이 글의 결론은 금강산 관광은 사회적 합의와 정치적 실천의 대상이라는 것이다. 먼저 중단 이후 사회적 피해를 해결하기 위해서는 이미 제안되어 있는 「금강산 관광 중단

피해지역 지원 특별법」, 「통일경제특구법」 및 「금강산 관광사업 중단 또
는 5·24조치로 인한 남북 경제협력사업자에 대한 손실 보상에 관한 특
별법」안 등에 대해 정치적 이념 분쟁이 아닌 사회적 공론화와 합의가 시
급하다. 의회가 이러한 역할을 수행하는지 유권자의 감시와 심판이 필요
하다.

금강산 관광을 통해 정치·군사적인 측면에서는 분단체제 한반도의
긴장을 완화하고 남북왕래의 길을 열었다. 해상의 북방한계선을 관통하
는 유람선 관광에서 시작하였지만, 군사분계선을 넘어가는 육로관광으
로 이어졌다. 즉 군사분계선을 관광객이 평화롭게 넘나들 수 있다는 역
사적 기회로 등장하였다. 이는 비무장지대 일부에 대한 남북 공동관리가
이루어지고 군사지역을 부분적으로 공유하는 평화적 실천을 내재한 것이
었다. 경제적 측면에서는 남한기업들의 새로운 투자가 가능해졌고, 시장
확대 및 통일경제를 준비할 수 있는 실험장이자 북한에 시장경제의 효과
를 미치는 경제활로 모색의 계기가 될 수 있었다. 그리고 사회·문화적
으로는 대규모 물적·인적 교류확대가 이루어짐으로써 남북 간 접촉 기
회가 전례없이 증대하게 되었다. 또한 금강산에 설치된 이산가족면회소
는 (이산가족 상봉이 정례화된다면) 분단의 아픔을 치유할 수 있는 사회적
공간으로 창출되었다는 점에서 역사적 의미를 평가할 수 있다.

1998년 11월 18일부터 2008년 7월 13일까지 10여 년간 시행된 금강
산 관광은 일종의 '기획 프로젝트이자 프로그램'으로 사회구성원 앞에
등장했다. 관광이 본격화되고, 2003년 9월의 육로관광과 2006년 6월의
내금강 관광 등으로 관광 코스가 다양해지면서 2008년 7월 관광 중단 전
까지 누적 관광객은 약 200여만 명에 달하는 성과를 내었다. 그러나 이
프로젝트가 준비되는 동안 사회적 논의과정은 없었다고 해도 과언이 아

니다. 어느 날 실재가 되어 출현한 금강산 관광에 대해 사회구성원의 인식이나 담론은 자리 잡을 새도 없이 관광은 유행처럼 번졌고, 관심자들에 의한 경제적 투자가 증대했다.

누적 관광객의 수가 늘어나고 투자가 증대했지만, 분단 이후 남북관계가 늘 위기를 잠재하고 있었듯이 금강산 관광은 돌발사고로 인해 갑자기 중단되어버렸다. 금강산 관광에 대한 유행은 증발하고 그 자리에 다시 적대와 긴장 의식이 들어차버렸다. 남한 정부와 북한 정부 모두 상대측에 대한 비난과 재개에 대한 정치적 수사만 10여 년을 반복했고, 그사이 쌓여간 사회적 비용은 모두에게 정치적, 경제적 부담으로 남아있다. 적어도 현재에 이르기까지, 남과 북의 정치를 배제시킨 순수한 민간경제교류의 가능성을 과장하는 것이 얼마나 피상적인 논의인지를 보여주는 매우 직접적인 사례 중 하나가 금강산 관광이다.

남북관계의 긍정적 변화가 감지되는 지금의 시점에서 금강산 관광 재개를 고려한다면, 다시 말해서 앞에서 논의했듯이 관광을 통한 남북관계 개선이라는 금강산 관광이 가진 본질과 의의를 되살리고자 한다면, 금강산 관광에 대한 접근은 정쟁이나 이념적 공세가 아닌 사회적 논의의 장에서 그 추진과정과 목표에 심층적으로 다가가는 방식으로 이루어져야 한다. 이러한 인식을 전제로 몇 가지 제안을 하고자 한다.

첫째, 이제는 금강산 관광 재개를 적극적인 사회적 논의의 장으로 가져와야 한다. 즉 특정 기업의 경제적 이니셔티브에만 의존하는 것으로는 이 사업의 장기적 전망은 여전히 불안하다. '정치를 배제한 경제교류'라는 정치적 수사는 남북한 관계의 본질상 결정적 순간에 직면하면 아무 의미가 없어진다. 금강산 관광은 관광을 통한 남북관계의 개선과 교류 진작이 궁극적 목표이기 때문에 분단경계선을 넘어가는 육로관광이 역사적 의미를 갖는 것이다. 물론 관광사업이라는 점에서 기업의 이윤추구 활동, 일자리 창출은 현실적인 측면에서 실제로 파급효과가 크고 중요하다. 바로 그 이유 때문에 돌발변수에 의한 중단 가능성과 정권교체에 따른 정부 정책의 변화가 금강산 관광사업에 미치는 영향을 반드시 중요한 변수로 상정하고 제도적 설계를 다시 해야 한다. 경제적 관점 또는 일부에서 주장하는 '기업가적 마인드'로만 접근하는 것의 한계는 이미 현대와 북한의 조선아시아태평양평화위원회 간 〈금강산 관광을 위한 계약서 및 부속계약서〉(1998. 6)와 남북한 당국 간 〈남북사이의 투자보장에 관한 합의서〉(2000. 12)의 효력의 한계에서 경험하였다. 그러므로 금강산 관광은 정치적 프로젝트이고, 여기서 발생하는 사회적 비용과 부담은 공공의 본질을 갖는 것이라는 점에서 재설계의 과정이 있어야 한다는 것이다.

둘째, 재개를 위한 체계적인 검토와 준비과정에서는 정치적, 사회적, 경제적 조건의 변화 속에서 기존의 금강산 관광 관련 남북한의 합의서와 법령에 대한 재검토와 새로운 합의규정이 치밀하게 대비되어야 한다. 기존의 '조선민주주의인민공화국 금강산 관광지구법(2002. 11. 28.)', '개성공업지구와 금강산 관광지구 출입 및 체류에 관한 합의서(2004. 1. 29.)', '금강산 관광객 등의 북한방문절차에 대한 특례(2005. 1. 31.)', '금강산 관광 활성화를 위한 남북실무접촉 합의서(2008. 2. 5.)' 등에 대한 전면적인 재검토와 이행 수칙이 정부 간 합의의 수준으로 진행되어야 한다.

셋째, 10여 년간 진행된 금강산 관광의 과정에서 발생한 무관심과 소외 현상에 대한 재검토가 필요하다. 경제적, 사회적 소외층의 무관심은 금강산 관광에 대한 반대와 부정의 동력으로 전환될 수 있고, 실제로 이산가족 또는 실향민 중 사회빈곤층의 '금강산 찾아가기'의 좌절은 금강산 관광의 정치적 의미를 위축시키기 때문이다. 통일을 지향하는 교류의 단계라고 한다면, 사회적 동력이 확보되어야 하고, 다수의 지지를 바탕으로 하는 추진력이 확보되어야 한다.

마지막으로, 금강산 관광의 시작과 중단이라는 지난 20년의 경험으로부터 새로운 출발을 위한 단서를 찾아야 한다는 점이다. 다시 말해서 이해 당사자와 피해자에 대한 '정치적 조정'은 다수의 지지를 받는 민주적 정부의 역량을 필요로 하고, 사회적 논의를 선도해 갈 수 있는 의회의 역량이 필요한 문제임을 강조하고자 한다. 금강산 관광이 그 정책 목표('평화, 화해, 협력의 실현을 통한 개선')에 조응하는 '정치적 프로젝트'로서, '공적인 교류활동'으로서의 위상을 갖추기 위해서는 추진 주체에 대한 재검토도 중요하다. 실질적 행위 수준에서는 개별 민간기업의 활동이 보장되어야 하지만, 일방적이고 독점적인 경제활동의 틀을 넘어서는 확장성이 필요하다. 물론 그동안 현대아산의 투자에 대한 일정한 보장과 우선권은 유지되어야 하겠지만, 공공재로서의 잠재성을 회복하고, 장기적인 전망을 확보하기 위해서는 단순 관광상품, 즉 '상품화의 오류와 한계'를 넘어서야 한다는 것이다. 문제가 발생했을 때 결국 최종 책임은 정부가 질 수밖에 없는 구조적 제약 하에서 '정치적 프로젝트'의 본질을 부정하거나, 사회적 비용의 부담을 외면하는 인식과 행태로는 금강산 관광의 의미를 살릴 수 없다. 금강산 관광이 '남북 화해 및 평화의 상징'으로 재정립되고 남북교류와 남북관계 개선의 통로로 자리 잡기 위해서는 지금까지 사로잡혀 있던 인식의 틀을 벗어나려는 노력이 필요하다.

제3부

금강산 관광과 남북교류의 미래

08

금강산 관광의 장기 비전

Ⅰ. 서론

이 글은 금강산 관광이 한반도를 뛰어넘어 환동해로 확장되는 중장기 비전을 제시하는 데 초점을 맞추고 있다. 따라서 금강산 관광 재개는 금강산에 국한되지 않고 '환동해 경제권' 차원에서 큰 그림을 가지고 접근해야 할 것이다. 이 과정에서 미국을 비롯해 중국, 러시아, 일본 등 주변국과의 협력까지 구상해볼 수도 있다. 문재인 정부는 한반도 신경제지도라는 그랜드 국가발전구상을 제시하고 있는데, 이 구상을 뒷받침하는 핵심 축의 하나인 환동해경제권은 금강산 관광사업을 중요한 출발점으로 자리매김해놓고 있다. 다행스럽게도 한반도 정세가 해빙 무드를 타고 있고, 두 차례의 남북정상회담과 더불어 북미정상회담까지 개최되어 금강산 관광의 재개를 위한 환경이 이전보다는 크게 나아진 상황이라 금강산 관광의 비전을 달성하기 위한 심도 있는 논의도 필요해 보인다.

지난 2008년 관광객 피격 사건으로 인해 갑작스럽게 금강산 관광이 중단된 이후 10년이 흘렀다. 이 10년 기간 동안 평화의 토대가 많이 흔들리면서 남북관계는 표류하였고 심지어 2017년에는 북미 간의 갈등과 대결 수준이 극단으로 치달으면서 핵 전쟁 일보 직전까지 치닫는 상황을 맞이하기도 했다. 그렇지만 일관되게 대화와 협상을 통한 핵문제 해결을 강조하고, 평화와 번영의 새로운 한반도 시대를 열고자하는 강한 열망을 가진 문재인 정부가 출범하면서 들어서면서 남북관계는 빠르게 정상화되고 있다. 북미 간의 비핵화 프로세스가 순조롭게 진행된다면 북한에 대한 제재도 완화 또는 해제될 것이고, 이에 따라 금강산 관광도 재개의 수순을 밟게 될 것으로 예상딘다.

그렇지만 국제사회의 대북제재라는 큰 걸림돌 외에 지속가능한 금강산 관광 재개를 위해서는 넘어야 할 장애물이 많아 보인다. 우선 북한의 일방적인 금강산 관광 재산 동결과 몰수 조치와 금강산 관광특구법 제정 등을 원래 상태로 되돌리는 조치 등이 풀어야 할 숙제들이다. 금강산 관광은 남과 북의 주민, 즉 사람과 사람이 만나는 평화비지니스이다. 남북관계 개선과 지속가능한 한반도 평화의 토대를 만들기 위해서는 금강산 관광은 반드시 재개되어야 한다. 처음 금강산 관광이 시작될 때 수많은 사람들이 오랜 갈등과 대립을 끝내고 평화의 뱃고동 소리에 설레어 했던 것처럼 우리는 다시 금강산 관광을 통해 한반도 평화와 번영의 시대를 열어나가야 한다.[1] 긴 어둠의 터널을 지나 새로운 평화시대의 새벽을 맞이하기 위해서는 멀리, 깊게, 그리고 선제적으로 미래를 보는 통찰이 필요

---

1 경실련 통일협회,『금강산 관광 재개를 위한 환경과 방안』, 금강산 관광 중단 10년 재개촉구와 방안 마련을 위한 토론회 자료집 (2017년 7월 5일), p. 2.

하다. 금강산 관광의 재개와 동시에 중장기 비전을 구상할 때 한반도 범위를 넘어 동아시아 평화의 초석을 이끌어 내는데 초점을 맞출 필요가 있다. 따라서 금강산 관광은 남북이 당사자이지만 급변하는 국제환경을 고려하면서 주변국과의 평화와 번영을 공유하는 협력사업을 구상하는 것이 요구된다. 이 글은 이런 정책적 수요들을 충족시키는 데 기여하고자 한다.

Ⅱ. 한반도 신경제지도: 비전과 구상[2]

1. 비전: 한반도 경제통일과 북방경제시대 개막

문재인 정부는 경제 위기 속에서 성장 동력의 돌파구를 찾지 못하는 우리에게 경제활동 영역의 확장은 아주 시급한 과제로 인식한다. 이는 북한도 마찬가지일 것이다. 결국 남북관계를 어떻게 만들어 가나에 따라서 국민들의 먹고사는 문제를 해결하는 방안을 찾을 수 있다. 정치적 통일에 얽매일 것이 아니라 남북은 먼저 경제 공동체를 이뤄야 잘 살 수 있다는 것이다. 한반도 신경제지도 구상은 북핵 문제 해결과 함께 대북정책의 핵심으로서 남북경협과 동북아경협의 비전과 방향을 담고 있다. 이

2　임을출, "새정부의 한반도 신경제지도 구상, 추진전략은?,"『도발과 제재의 악순환 한반도 신경제지도 구상은?』, 평화문제연구소 · 한스자이델재단 주최 제12차 통일한국포럼 (2017년 8월 16일), pp. 37~47; 임을출, "한반도 신경제지도 구상의 이행전략,"『비핵평화번영을 위한 한반도 신경제지도 구상』, 통일연구원 주최 학술회의 (2017년 9월 19일), pp. 39~51; 임을출, "한반도 신경제지도 구상의 의의와 과제,"『평화와 번영의 한반도를 위한 문재인 정부의 국가전략』, 제34차 세종국가전략포럼 (2017년 10월 19일), pp. 91~106.

구상은 분단으로 육지 속의 섬처럼 갇혀 있는 우리 경제의 영역을 북한으로, 대륙으로 확장하여 대한민국 경제 활로를 개척하여 새로운 성장동력을 찾아내고, 이를 토대로 동북아 평화 정착과 공동번영을 달성하자는 것으로 문재인 대통령의 통일비전이자 경제비전으로 평가된다. 한반도가 나아가야 할 미래에 대한 청사진의 성격을 내포하고 있는 셈이다.

문 대통령은 지난 2015년 8월 15일 민주당 대표 시절 이 구상을 처음 발표하면서 광복 100년을 맞는 새로운 대한민국의 꿈이라고 표현했다. 우리는 대륙과의 협력을 통해 남북의 새로운 미래를 만들어 나갈 수 있다는 것이다. 문 대통령은 베를린 연설에서 "군사분계선으로 단절된 남북을 경제벨트로 새롭게 잇고 남북이 함께 번영하는 경제공동체를 이룰 것이다. 끊겼던 남북 철도는 다시 이어져 부산과 목포에서 출발한 열차가 평양과 북경으로, 러시아와 유럽으로 달릴 것이다. 남·북·러 가스관 연결 등 동북아 협력 사업들도 추진될 수 있을 것"이라고 밝힌 바 있다.

2. 핵심 구상과 목표

1) 핵심구상: 3대 경제 · 평화벨트와 하나의 시장협력

이 구상은 4대 핵심정책을 기반으로 하고 있다. 즉 환동해 · 환황해 · 접경지역 개발을 통한 한반도 균형발전과 북방경제와의 연계강화로 성장잠재력 확충을 도모하기 위한 3대 경제 · 평화벨트 구상을 비롯해 남북한 상품 및 생산요소의 자유로운 이동을 제약하는 요인들을 점진적으로 제거함으로써 시장 확대를 도모하고, 이를 통하여 남북한 주민 전체의 후생을 증진하면서 궁극적으로 하나의 시장을 형성하는 '하나의 시장협력'으로 구성되어 있다. 단기적으로 북한 내부의 시장화를 촉진하고 남북경협을 통해 북한 전역 시장과의 연계성을 강화, 중장기적으로 소비재 및 생산요소 시장통합을 지향하고 있다.

3대 경제·평화벨트 구상에는 △금강산, 원산(관광), 단천(자원), 청진, 나선지역(산업단지, 물류인프라)의 남북 공동개발을 통한 동해안과 러시아를 연결하는 '동해권 에너지·자원벨트 구축', △수도권(서울-인천-해주-개성), 개성공단, 평양·남포·신의주 연결 서해안경협벨트 건설 및 경의선 개보수, 서울-베이징 고속교통망 건설 등 '서해권 산업·물류·교통벨트 건설', △설악산·금강산·원산·백두산 관광벨트 구축 및 DMZ 생태·평화안보 관광지구 개발 등이 구체적인 실천과제들로서 포함되어 있다.

첫째, 환동해 경제벨트는 동해 연안을 중심으로 관광·교통·에너지·자원 벨트를 조성하자는 것이다. 금강산과 평창을 포함한 설악산 지역과 원산을 잇는 국제관광협력 사업, 나진-하산 복합물류 사업, 단천 자원개발협력, 남·북·러 3각 에너지협력사업 등이 포괄되어 있다. 금강산 관광은 우리가 이미 경험해본 사업이며 단천 자원개발도 과거에 초기 단계 협력에 성공한 사례에 속한다. 나진-하산 복합물류 사업은 이전 박근혜 정부에서 '유라시아 이니셔티브'의 일환으로 시행하다가 북한의 핵실험으로 중단된 바 있다. 따라서 정치안보적 상황이 개선되면 재개가 가능한 사업들이다. 이전 정부가 추진한 사업이라도 의미와 가치가 있는 사업들은 계승, 발전시킬 계획이다.

둘째, 환황해 경제벨트는 수도권, 개성공단, 해주, 남포, 신의주를 연결하는 서해안 산업·물류·교통 벨트를 만들자는 것이다. 여기에는 경의선 개·보수 사업, 신경의선 고속도로 건설, 서울~베이징 고속철도 건설 등 교통인프라 건설 사업이 해당된다. 게다가 개성공단 재가동, 제

2의 개성공단 건설, 서해 평화경제지대 조성, 인천~개성~해주를 잇는 서해 복합물류네트워크에다 중국의 도시들을 연결하는 환서해물류망을 구축하자는 구상이다.

셋째, 한강 하구부터 DMZ를 가로지르는 경기 북부 접경지역을 생태·환경·평화·관광벨트로 만들자는 구상이다. 박근혜 정부에서도 DMZ 평화생태공원 프로젝트가 추진되었지만 남북관계 악화로 인해 결실을 거두지 못한 사례가 있지만 접경지역 평화벨트 사업은 낙후된 경기 북부 지역과 강원도 접경 지역의 발전을 위해서도 필요한 사업이다. 더구나 이 지역들은 생태 및 역사관광 잠재력도 풍부하다. 평화안보 관광도 얼마든지 수요가 있다. DMZ 주변의 군사적 긴장이 완화되고 신뢰구축조치가 만들어진다면 남북공동시장을 열 수도 있을 것이다. 이렇게 해서 '통일경제 시범 특구'를 조성하는 기반을 만들 수 있을 것이다.

북한 내부에서 시장이 크게 확산되어 왔다. 시장을 매개로 남북경제를 통합하는 방향의 경협도 모색해야 한다. 북한의 시장화를 촉진하는 방향에서 남북경협을 추진할 필요가 있는 것이다. 우선 과거에 활발하게 추진하면서 긍정적 성과를 보여준 바 있는 소비재 중심의 위탁가공교역을 재개해야 한다. 북한 내 생필품 생산공장에 대한 기술·설비·원료를 지원하고 공동으로 자원을 개발하는 협력 사업도 적극적으로 추진해야 한다.

남북이 점진적으로 경협의 범위와 대상을 넓혀가다 보면 당연히 중국 동북 지역과 극동 러시아와의 경제적 연계가 이루어질 수밖에 없다. 중국의 일대일로 구상과 러시아의 신동방정책과 결합하여 지역 전체의 평화와 공동번영을 꾀할 수 있게 된다. 분단된 남북을 경제로 잇고, 하나로 된 한반도경제가 북방으로 뻗어 나가 유라시아경제와 만날 수 있게 되는 것이다.

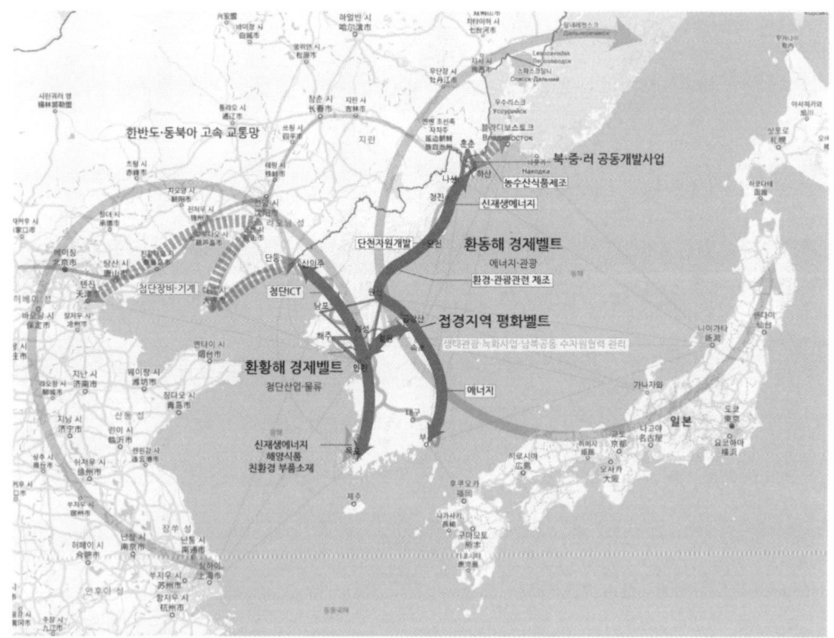

〔그림 1〕 한반도 신경제지도 구상도

자료: 국정기획자문위원회, "한반도 신경제지도 구상," (2017년 7월), p. 3.

요약하면, 한반도 신경제지도는 동과 서, 그리고 동서를 잇는 이른바 'H 경제 벨트'를 조성해 장기적으로는 남북 시장 통합, 즉 경제통일을 이룬다는 구상이다. 동해권에는 금강산에서 러시아까지 이어지는 에너지·자원·관광 벨트를, 서해안에는 남쪽의 수도권에서 신의주까지 올라가는 물류·교통 벨트를 조성하고, 비무장지대^{DMZ}는 환경·관광 벨트로 꾸려 이른바 남북경제협력 'H 벨트'를 구축한다는 구상이다. 낙후된 남북 접경 지역을 통일경제특구로 만들어 평화와 경제적 이익을 확보하고, 더불어 남북 공동어로 구역이나 평화 수역 등을 포함하는 서해 평화협력 특별지대를 조성할 수 있다. 이를 위해 단기적으로 남북관계 상황을 감안해 여건이 조성될 경우 개성공단을 정상화하고 금강산 관광을 재개하는 방안이 우선적으로 추진된다.

2) 핵심 목표

한반도 신경제지도는 남북관계 개선과 경협 활성화를 통해 한국경제의 새로운 성장 동력을 만들고 일자리를 창출하고자 하는 목표를 담고 있다. 한국 경제의 신성장동력 확보를 통해 한반도 모든 주민들의 삶의 질을 향상시키는 데 기여할 수 있다. 대한민국의 국가적 생존과 미래 한반도의 번영을 위해 북한의 지경학적 가치를 최대한 활용하는 전략을 수립해 남북한의 상호보완적인 분업구조를 형성함으로써 창출되는 새로운 가능성을 통해 한국 경제가 직면한 일자리 부족, 인구 노령화, 저출산, 성장동력 상실 등 주요 문제를 해결할 수 있다.

아울러 한반도 신경제지도는 북한을 개혁·개방으로 견인하여 점진적으로 국제사회에 정상적인 국가로 인정받도록 하고, 궁극적으로 남북한 경제공동체 형성을 기여하는 임무를 부여받고 있다. 경제를 매개로 북한을 변화의 길로 나서도록 하며, 이를 통해 한반도의 안정과 번영을 도모하는 것이 중요하다. 이와 관련해서는 북한이 개혁·개방을 통해 정상적인 발전 경로를 선택하도록 견인하는 남북경협을 정교하게 기획하고, 추진할 필요가 있다. 일방적 지원을 넘어 북한의 시장화와 개방화를 지원하고 북한의 경제체제 전환을 견인하기 위한 포괄적이고 체계적인 접근이 요구되는 것이다. 끊어진 남북 경제의 맥을 다시 연결하여 하나의 경제시장을 이루고, 궁극적으로 사실상의 경제통합을 실현하는 것도 중요한 목표이다. 궁극적으로 남북 간 교통망·에너지망 연결과 산업경제벨트 구축 등을 통해 경제공동체를 형성함으로써 하나의 생활·문화공동체를 형성할 수 있을 것이다.

남북한과 동북아가 동반 성장하기 위하여 역내국가간 산업·인프라를 공유하고, 투자와 이익을 공유하려는 초국경적 협력메커니즘을 구축하는 것도 중요한 목표다. 북한과 중·일·러를 포함하는 환황해, 환동해 新산업벨트 및 북방·접경 新산업벨트를 조성하여 한반도를 동북아 경제중심국가로 발전시킬 수가 있다. 남북 경제공동체 형성을 통해 동북아 지역의 경제공동체 형성을 주도적으로 추진함으로써 동북아지역 경제협력의 허브로 개발하는 것이다. 남북한의 경제통합 진전은 내수 시장을 확대하고, 동북아 유통망을 통해 유라시아 대륙과 직접 연결되는 효과를 가져옴으로써 한반도를 동북아 경제중심지, 물류중심지로 발전시킬 수 있다.

또한 동북아 차원의 물류와 에너지망이 구축될 경우 북방대륙으로의 연계망 구축을 통해 우리 경제의 성장잠재력을 획기적으로 업그레이드하는 발판이 마련될 수 있다. 남북한 경제협력을 통해 의미 있는 수준의 이익 창출을 도모하고, 이를 기반으로 주변 국가들과 비전을 공유하고 경제교류의 혜택을 나누면서 동북아 전체의 경제협력 수준을 한 단계 높은 수준으로 끌어올릴 수 있다. 동북아의 군사적 긴장을 대체할 수 있는 경제교류협력의 적극적 추진을 통해 한반도를 중심으로 응집된 에너지를 동북아 각 나라의 경제성장의 동력으로 전환할 필요가 있다. 한반도 신경제지도 구상은 꽉 막힌 남북관계를 뚫어나감과 동시에 좀처럼 돌파구를 찾지 못하고 있는 우리 경제의 공간적 활로도 모색해보자는 문제의식을 담고 있다.

3. 신경제지도 구상실현을 위한 금강산 관광 재개의 중요성

금강산 관광은 한반도 신경제지도 실행을 위한 마중물같은 역할을 할 가능성이 높다. 문재인 대통령은 과거 민주당 당 대표 시절에 발표한 "한반도 신경제지도 구상(2015. 8. 15)"에서 금강산 관광 재개 의지를 천명한 바 있다. 그때 제시한 15대 실천과제 가운데 금강산 관광재개와 관련해 두 가지 공약을 제기했다. 이 두 공약은 ⑨ 평양 · 백두산 관광 추진과 금강산 · 개성 관광 재개, ⑮ 금강산 관광 중단 또는 5 · 24조치로 인한 남북경협사업 손실보상 특별법 제정 추진이었다.

북핵 문제와 국제사회의 제재로 공약을 즉각적으로 이행하기 어려운 상황을 맞기도 했지만 신경제지도 구상 실현을 위해서도 금강산 관광 재개는 피할 수 없는 과제임에는 분명하다. 금강산 관광사업을 매개로 다양한 사업들을 씨줄과 날줄로 묶어야 한반도 신경제지도의 실행력을 제고할 수 있기 때문이다. 다양한 사업들의 예를 들면 철원~김화~평강~내금강을 잇는 접경지역 평화공원 조성사업과 금강산 관광지구를 연계하는 사업도 추진할 수 있다. 또한 남북 접경지역(경원선, 동해북부선) 철도 연결 → 북한 철도 개보수 → 북한 철도 현대화(복선화 · 고속화)를 추진함으로써 유라시아의 철도 연결을 가능하게 할 수 있다. 남 · 북 · 러 가스관 연결 사업에도 긍정적 영향을 미칠 수 있다. 이와 관련해서는 가스관 연결 사업 중 최단거리 노선으로 러시아의 블라디보스토크에서 북한의 원산~고성을 거쳐 남한의 인천에 도달하는 경로가 검토된 바 있음도 참조할 필요가 있다.

Ⅲ. 한반도에서 환동해로: 환동해경제·관광권 형성

1. 환동해 경제관광벨트 조성을 위한 구상들

동해는 변방의 바다였다. 남북의 동해안 지역, 중국의 지린성, 러시아의 극동 연해주, 일본의 서쪽 지역이 면해있는 동해는 각국의 주변부의 중첩된 변방으로 존재했다. 일본까지 포함해 대부분이 자국 내 다른 지역에 비해 상대적으로 발전과 성장이 지체돼 있었다. 1970~1980년대 일본 쪽에서 '탈구입아론(서구 중심에서 벗어나 아시아와 협력강화)'이 부활하며 북한을 포함해 중국, 러시아와의 경제협력을 활성화하기 위한 환동해경제권 구상이 있었지만 구상에 머물렀다. 한구을 비롯해 러시아, 일본 등 동해 쪽 지방들은 상대적인 낙후상태에서 벗어나지 못했다. 가장 큰 장애물은 남북의 분단과 냉전이었다. 동해는 사실상 닫혀있는 바다였다. 분단은 비무장지대에만 있었던 것이 아니다. 동해를 갈라놓고 북방으로 가는 길을 막았다. 중·러의 대륙세력과 미·일의 해양세력은 동해를 사이에 두고 분리돼 있었다. 동해는 소통하고 협력하는 열린 공간이 아니라 하나의 경계였다.[3] 그러나 지방정부와 민간 기업 간 협력은 꾸준히 추진되어 왔고, 중국, 러시아 등의 중앙정부도 동해를 출구로 하는 새로운 물류 및 관광 통로를 개척하기 위한 나름대로 노력해왔다. 더구나 동해는 기후변화로 열리는 북극해 항로의 관문으로서 주목을 받고 있다. 동북아는 세계경제의 3대 축이며, 세계 해상물류의 또 다른 중심으로 자리잡고 있기 때문에 동해의 지경학적 위상은 갈수록 높아질 것이다.

---

3 『한겨레』, 2014년 7월 21일.

우리는 이제 금강산 관광을 남북경협 차원에서 벗어나 '환동해(동해를 둘러싼 지역) 경제권'의 형성이라는 큰 그림 아래 추진해야 한다. 이 큰 그림 아래에서는 가까운 중국, 일본, 러시아를 포함해 미국과의 협력까지 포함한 구상을 해볼 수 있다.[4] 금강산 관광을 금강-설악 관광지대로 연계시키고, 이 지대를 북으로 원산과 마식령 스키장, 남으로는 평창까지 확대해야 한다. 철도, 도로를 이용한 DMZ 통과지역을 중심으로 DMZ 일대를 세계적인 평화관광지대로 선포하는 것도 고려할 수 있다. 철원-김화-평강-내금강을 잇는 대규모 평화관광지대를 조성할 수 있는 것이다. 이렇게 될 경우 남북을 연결하는 동해지대는 국제관광지대로서 지역의 평화와 번영을 선도할 수 있게 된다.

사계절과 하얀 눈, 푸른 동해, 금강과 설악을 잇는 백두대간, 평창 동계올림픽 인프라가 결합하는 금강산 지역은 러시아 극동지역, 중국, 동남아 관광객들에게 매력적인 관광지역이 될 것이다. 나아가 유라시아 철도와 가스관을 한반도까지 연결시킬 수 있다면 이 지역의 개발잠재력은 더욱 높아질 수밖에 없다. 주변국인 중국과 러시아에게도 이런 구상의 실행은 자국의 실리를 증대시키면서, 한반도와 동북아의 평화와 번영의 토대를 한층 더 강화시킬 수 있다. 동해가 닫힌 변방의 바다에서 에너지, 관광 및 물류의 거대 협력의 공간으로 변모해 동북아 협력의 미래를 보여줄 수 있게 된다.

문재인 정부 아래에서 추진 여건이 조성될 경우를 전제로 환동해 신산

---

4 "트럼프 시대, '금강산 관광 재개'의 좋은 기회다,"『오마이뉴스』(온라인), 2016년 11월 22일; 〈http://www.ohmynews.com/NWS_Web/View/at_pg.aspx?CNTN_CD=A0002262232〉.

업관광벨트 조성을 위한 단계별 사업들로서 다음과 같은 제안들을 검토할 필요가 있다. 즉 남북한 강원도(속초~원산) 및 함경도(함흥~청진)를 중심으로 일본의 니가타 등 동부연안도시들과 연계한 환경산업 및 관광관련 제조업 벨트 구축 추진, 북한 함경도와 남한의 강원권, 대구·경북권, 부산·울산·경남권과 연계해서 신재생에너지, 환경, 해양관광산업 등을 육성, 연해주와 함경도 지역을 연계하는 농수산업 및 관련 식품제조업 벨트 구축, 북한 동북부 지역과 극동러시아 및 중국 동북 3성과 연계하여 남북공동의 환동해 국제관광협력벨트 조성, 두만강유역의 국제자유경제도시 건설 등이 대표적인 아이디어들이다.

환동해경제관광벨트 형성을 위한 사업들은 모색단계→재개단계→본격화단계 등으로 구분해 살펴볼 수 있는데, 모색단계에서는 △금강산 관광사업 재개를 위한 현지 실사 △러시아가 추진 중인 나데진스카야 등 선도개발구역에서 남·북·러 3각협력 방식으로 농업 및 식품관련 협력사업 추진 △1.5 트렉의 전문가 포럼을 통해 환동해 국제관광·에너지·환경분야 협력방향과 과제 논의 등이 가능한 사업으로 거론되고 있다. 재개단계에서는 △중단된 금강산 관광을 재개하고 금강산 관광지구의 복원을 추진, △금강산지구와 원산-마식령과의 연계 추진 △단천지역의 자원개발 단지 조성과 청진지역의 산업단지 개발도 추진 △북·중·러 접경지역인 나선, 훈춘, 하산을 연결하는 교통, 중개무역 가공, 관광협력사업 등이 주요 추진할 만한 사업으로 간주된다. 마지막으로 활성화단계에서는 △남북한 강원도(속초-원산) 및 함경남북도(함흥-청진)을 중심으로 일본의 니가타 등 동부연안도시들과 연계한 환경산업 및 관광관련 제조업 벨트 구축 △북한의 함경남북도는 강원권, 대구·경북권, 부산·울산·경남권과 연계해서 신재생에너지, 환경, 해양관광산업 등을 육성 △ 블라디보스토크를 중심으로 한 연해주와 북한의 함경남북도지역을 연계하는 농수산업 및 관련 식품제조업 벨트 구축 △ 북한지역 동북부와 극동러시아 및 중국 동북 3성과도 연계하여 남북공동의 환동해 국제관광협력벨트 조성 △ 두만강 유역의 국제자유경제도시 건설 추진 등을 검토할 만하다.

2. 단기적 추진과제: 환동해 크루즈관광

관광산업은 한반도 긴장완화의 해법이기도 하다. 크루즈(유람선 여행)와 같은 관광산업 개발을 통해 한반도를 둘러싼 긴장을 완화하는 것도 적극 고려할 필요가 있다. 환동해에는 아직 크루즈 시장이 형성되지 않은 상태이다. 한국 - 러시아 - 일본 - 중국 - 북한이 연계된 크루즈 상품을 개발하면 동북아의 지중해로 발전할 수 있고, 환동해의 평화와 공동 번영에도 기여할 수 있다. 이런 맥락에서 보면 동해와 금강산 관광은 북방으로 가는 관문이자 새로운 미래적 유라시아 협력의 공간인 셈이다.

북한이 관광산업 육성에 박차를 가하면서 실제 선박(크루즈)을 통한 중국(옌벤) - 나진 - 금강산 관광을 추진한 바가 있다. 이는 중국 측의 변경지역 개발수요와 밀접한 연관이 있다. 2009년 두만강 지역협력개발은 중국 정부로부터 국가전략으로 승격되었는데, 동시에 북한을 관광목적지 국가로 지정하였다. 이에 따라 한때 북한관광은 빠른 속도의 발전하는 전기를 맞게 되었다. 북한 나선시로의 무비자여행이 열렸고, 중국 훈춘 - 북한 나선 - 러시아 블라디보스토크를 잇는 3국 무비자 관광코스가 개발되면서 중국 관광객들의 관심과 수요가 커졌다. 또한 2011년 8월 28일~9월 2일 시작된 〈만경봉호〉를 이용한 북한의 나선 - 금강산 크루즈 시범관광은 2012년까지 6회의 운항기록을 갖고 있다. 만경봉호 크루즈 관광을 계기(만경봉호 적재 승선 인원수는 180명이었고 개량 후엔 400명으로 되었으며 만경봉 92호는 승선 인원 약 1,000명 수준의 수용이 가능했음)로 북한은 금강산 개발계획을 공표하고 제1단계 사업으로 $60m^2$ 규모의 금강산지역 국제관광지 및 상업구개발 계획을 확정하고 사업에 착수하게 되었다.[5]

국제사회의 강력한 제재가 부과되기 이전까지만 해도 북-중-러 3국은 무비자 관광을 허용하면서 중국 지린(길림)에서는 자가용으로도 북한에 갈 수가 있었다. 또한 북한은 다양한 관광개발특구를 지정해 놓고 있다.[6] 북한은 경제개발구법의 제정 등을 통해 관광 개방 의지를 천명하고, 마식령스키장과 나선경제특구 등에 대한 외자유치에 적극적으로 나서고 있으나 핵문제로 국제사회의 제재를 받게 되면서 가시적인 성과를 거두지 못하고 있다. 하지만 금강산 관광객 모집에 나서는 등 여전히 관광산업에는 큰 관심을 보여준 바 있다.[7] 조선금강산국제여행사는 웹사이트 '금강산'에 강원도 금강군 내금강리에 건축면적 $1660m^2$, 연 건축면적: $22460m^2$, 침실 수 250개(총 침대 500개)를 구비한 12층짜리 '내금강 호텔'을 짓는다며 투자 안내서를 게시했다. 지금도 김정은 국무위원장이 국제사회의 제재 아래에서도 가장 심혈을 쏟고 있는 사업이 금강산-원산국제관광지대 조성이다. 김 위원장은 금강산과 연결된 원산을 국제관

---

5   최철호, "북한 관광사업의 현황과 북중관광협력," 경남대 극동문제연구소·연변대 공동 내부 세미나 자료집 (2016년 5월 16일), p. 7.

6   『한겨레』, 2017년 10월 27일.

7   『서울평양뉴스』, 2017년 10월 15일.

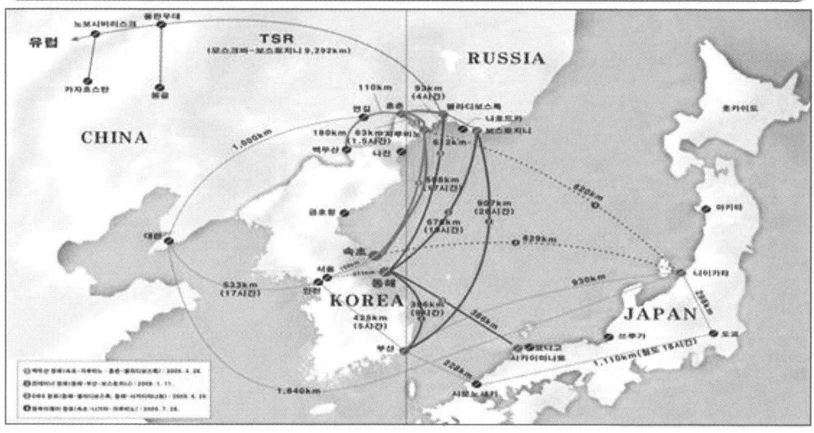

〔그림 2〕 환동해 크루즈 페리 운항 노선도
자료: 『한겨레』, 2015년 10월 29일.

광도시로 만들고자 건설에 박차를 가하고 있다.

다국간 크루즈 관광은 한국도 추진한 경험이 있다. 2009년 6월 강원 동해시와 일본 사카이미나토, 러시아 블라디보스토크를 잇는 환동해 크루즈 항로가 열렸다.[8] 디비에스^{DBS} 크루즈훼리㈜는 1만 4000t 급의 '이스턴 드림호'를 일본, 러시아를 오가는 새 국제정기항로에 투입한 것이다. 이에 따라 환동해 항로는 기존 금강산(동해~장전항), 컨테이너선(동해~부산~보스토치니), 백두산(속초~자루비노~블라디보스토크) 항로에 이어 네 노선으로 늘어났다. 이스턴 드림호는 사카이미나토 2차례, 블라디보스토크 1차례 등 매주 3차례 일본과 러시아를 오갔다. 이스턴 드림호는

---

8 『한겨레』, 2009년 6월 25일.

전체길이 140m, 너비 20m에 평균 운항 속력은 20.15노트로 동해~사카이미나토(386㎞)는 14시간, 동해~블라디보스토크(612㎞)는 19시간이 걸린다. 이 배는 귀빈실 2개, 1등실 21개를 포함해 52개 객실에 458명을 수용할 수 있으며, 20피트짜리 컨테이너 130개, 자동차 60대도 실을 수 있다. 레스토랑과 면세점, 찜질방 등 다양한 편의시설도 갖췄다. 환동해 크루즈관광은 정세와 어느 정도 무관하게 당장 추진할 수 있는 장점이 있고, 북한을 포함해 관련 당사국들이 적극적으로 호응할 가능성이 상대적으로 크다는 점에서 환동해 경제관광권 형성을 위한 초기사업모델로 적극적 검토가 필요하다.

Ⅵ. 추진 전략과 과제

1. 남북 간 신뢰 복원과 기존합의 이행

한반도 신경제지도 구상의 실현을 위해서는 남북 간 신뢰복원과 기존합의 이행이 최우선적으로 요구된다. 문재인 대통령이 밝힌 '베를린 구상'의 목표는 한반도에 항구적인 평화 체계를 구축하고 이를 바탕으로 '한반도 신경제 지도'를 그리겠다는 것이었다. 이는 1953년 휴전 이후 65년간 계속된 정전협정 체제는 전쟁의 완전한 종결이 아닌 일시적 중단일 뿐이며, 불안한 정전체제 위에서는 공고한 평화를 이룰 수 없다는 인식에서 비롯된 것이다. 문재인 대통령은 한반도의 냉전구조를 해체하고 항구적인 평화정착을 이끌기 위한 정책방향으로 당시 크게 다섯 가지를 밝혔다. 이 중 첫째로 추구하는 것은 '평화'이다. 문 대통령은 "평화로운 한반도는 핵과 전쟁의 위협이 없는 한반도"라면서 "남북이 공동번영의 길로 나아가자고 약속했던 '6·15공동선언'과 '10·4 정상선언'으로 돌아가는 것이 평화로운 한반도로 가는 길"이라고 밝혔다. 그러면서 인위적 흡수 통일은 추진하지 않을 것임을 확인했다. 문 대통령은 "이 자리에서 분명히 말한다. 우리는 북한의 붕괴를 바라지 않으며 어떤 형태의 흡수통일도 추진하지 않을 것"이라고 말했다.

북한은 문재인 정부의 일관된 평화공존 메시지에 호응해 남북관계 복원에 적극 나섰고, 이제는 두 차례에 걸친 정상회담까지 하게된 시점에 이르렀다. 특히 4월 27일 열린 정상회담에서는 판문점선언을 도출했는데, 이는 금강산 관광재개에도 청신호로 읽혀 진다.

모두 3항 13조로 구성된 4·27 판문점선언에는 완전한 한반도비핵화를 비롯해 군사적 긴장완화를 포함한 항구적 평화정착 문제, 획기적 남북관계 발전을 위한 교류협력사업 분야 등에서 예상을 뛰어넘는 방대한 내용이 담겼다. 또한 애초 예상과는 달리 성공적인 남북정상회담으로 금강산 관광을 비롯한 광범위한 남북경협 재개를 시작될 수 있는 환경도 조성된 것으로 평가된다. 특히 1조 6항 "남과 북은 민족경제의 균형적 발전과 공동번영을 이룩하기 위하여 10·4 선언에서 합의된 사업들을 적극 추진해나가며, 1차적으로 동해선 및 경의선 철도와 도로들을 연결하고 현대화하여 활용하기 위한 실천적 대책들을 취해 나가기로 하였다."는데 주목할 필요가 있다.

사실 신경제지도 구상의 실현은 남과 북이 10·4 정상선언을 함께 실천하기만 해도 상당한 진전을 보여줄 수 있다. 10·4 정상선언은 남북경제협력을 위한 투자 장려, 기반시설 확충, 자원개발 협력 등 남북 협력사업의 특수성에 맞게 각종 우대조건과 특혜를 우선적으로 부여하고, △서해평화협력특별지대 △조선협력단지 △철도·도로 개보수 △개성공단 활성화 등의 내용을 골자로 하고 있다. 서해평화협력특별지대와 관련해 △공동어로수역 지정 △해주지역 경제특구 건설 △해주항 활용 △평화협력 통항구역 △한강하구 공동이용 등을 세부사업으로 하고 있고, 개성공단 활성화에 대해선 △문산-봉동간 철도화물수송 △개성-신의주 철도 개보수 및 공동이용 △개성-평양 고속도로 개보수 및 공동이용 △남포, 안변지역 조선협력단지 건설 등이 포함돼 있다. 이처럼 문재인 정부가 구상하는 '한반도 신경제지도'는 10·4 남북정상선언에 포함되어 있는 경제협력 사업들에서 밑그림을 찾을 수 있다. 문재인 정부는 10·4 정상선언에 담겨 있는 다양한 남북경제협력 사업들을 재추진하고, 이를 통해 '한반도 신경제 지도'를 그려내겠다는 구상을 갖고 있는 셈이다.

2. 법제도, 인프라 구축 등 사전 여건 조성

다음으로 한반도 신경제지도 추진을 위한 제도·인프라 정비 등 추진 여건 조성에 주력할 필요가 있다. 남북경협에 대한 원칙과 사회적 합의를 확보하기 위한 제도적 장치들을 법으로 규정해서 일관성 있는 정책 추진이 가능하도록 만드는 것이 시급한 과제이다. 남북경협에 대한 원칙과 사회적 합의를 보장하기 위한 제도적 장치로서 관련 법률들을 정비할 필요가 있는 것이다. 남북관계의 특성상 남북경협이 국내 정치상황으로부터 자유스러울 수 없다. 따라서 금강산 관광을 비롯한 남북경협 사업이 본궤도에 오르기 위해서는 보다 큰 틀 속에 정치상황도 용해될 수밖에 없는 정치문화를 시민사회와 국회가 만들어 내야 한다.

또한 남북경협 재개시 우리 기업들이 보다 안심하고 북한에 진출할 수 있도록 뒷받침하는 대북 교역 및 투자 안전장치를 마련하는 것도 중요한 과제이다. 남북경협 관련 법제도 정비, 경협보험 등 남북교류 중단에 따른 지원 및 투자보장제도 근거 규정을 보다 현실성을 갖도록 수정·보완할 필요가 있다. 또한 남북 간 합의를 통해 남북경협이 지속가능하고 안정적으로 추진될 수 있도록 제도화하고, 합의 파기, 계약변경 등이 남북한 당국 어느 일방의 의사에 의해 쉽게 취해지지 못하도록 하는 장치를 마련해야 한다.

지난 보수 정권 집권 기간 동안 경협 기반이 거의 붕괴되었기 때문에 5·24조치로 중단된 남북경협·교역과 금강산기업 피해지원 및 개성공단 기업 피해지원 등을 통해 이를 복원하는 조치도 신속하게 추진되어야 한다. 법제도적 기반의 정비 못지않게 중요한 과제가 남북교역 및 경협 전문 인력과 기업인들의 생존을 지원하는 일이다. 특히 북한과의 교역 및 경협 경험이 풍부한 기업인들은 남북경협 복원과 신경제지도를 진척시키는데 매우 중요한 인적 자산들이라는 점을 고려할 필요가 있다.

국민과 함께 하는 민생통일 방안의 일환으로, 남북 간 갈등으로 국민들이 피해를 보는 일부터 해결하기 위해 농업개발, 생태계 복원, 감염병 관리 등 남북 공동의 문제를 함께 해결하는 사업을 민관이 협력하여 전개할 필요도 있다. 이러한 남북 간 협력사업은 가능한 여러 단위가 남북협력에 참여할 수 있게 해야 한다. 민간영역에서의 참여뿐 아니라 지역별, 도시별 교류관계를 맺도록 정부가 적극 지원하고 기업과 사회단체들도 북한과 상응한 영역에서 폭넓게 교류하고 협력하도록 해야 한다. 이를 위해서는 다양한 민간 경협 주체의 발굴 및 지원 제도가 마련되어야 한다. 남북경협 사업에 기존의 중소기업뿐 아니라 대기업, 자영업자, 지방자치단체, 대북지원 NGO 등이 폭넓게 참여할 수 있도록 하는 법적 근거를 만들어야 한다. 또한 민간경협주체에 대한 체계적인 지원 및 관리

시스템을 만드는 것도 중요하다. 대북 사업을 위한 사전 접촉, 계약, 사업추진 단계별로 체계적인 컨설팅 제공, 보험제도 등 금융지원 관련 제도 개선, 민간차원의 남북 교류협력을 체계적으로 지원·관리할 수 있는 전문기관도 운영할 필요가 있다.

나아가 한반도와 유라시아 지역을 잇는 교통·에너지 인프라를 구축하기 위해 관련국가와의 제도적 연계를 강화하고, 재원마련과 상호경제협력에 장애가 되는 제도적 장벽 제거 방안 등을 국제협력 차원에서 논의할 필요가 있다. 국제컨소시엄 구성, 국제철도협력기구OSJD 가입(2018년 6월 7일 정회원 가입 실현), 유라시아연결 철도·에너지망 건설 기금 설립 등도 검토될 과제들이다. 초기에는 현지 사전 조사 또는 탐색 차원에서 북한 인사 접촉 및 방북 등을 추진하고 점진적으로 여건 변화 등을 고려해 남북경협을 확대발전하는 방식으로 전개할 필요가 있다. 민생 목적의 보건의료사업과 개발협력 사업 등을 남북경협사업과 연계시키는 방안도 고려해야 한다.

3. 주변국 국가발전전략과의 전략적 공조

한반도 신경제지도는 기본적으로 남북 간 협력이 핵심축이지만 주변국과의 정책 공조가 매우 중요하다. 따라서 신경제지도 구상을 실천하기 위해서는 주변국의 국가발전전략과의 긴밀한 연계체제를 구축하는 것이 필요하다. 문재인 정부는 이를 위해 "동북아플러스 책임공동체"구상을 밝힌 바 있다. 동북아 지역 내 지정학적 긴장과 경쟁구도 속에서 장기적으로 우리나라의 생존 및 번영에 우호적인 평화·협력적 환경 조성을 추진한다는 것이다. 평화의 기반을 확대하는 '평화의 축'으로서 한·중·

일 3국 협력 강화 등을 통해 동북아 평화협력 플랫폼을 구축하고, 동북아를 넘어서는 지역으로 확장하여 '번영의 축'으로 삼는 신남방정책과 신북방정책을 추진하겠다는 구상이다. '번영의 축'을 떠받치는 두 기둥은 해상전략으로서의 신남방정책과 대륙전략으로서의 신북방정책이다. 신남방정책은 아세안^{ASEAN ; 동남아국가연합}과 인도를 겨냥하고 있다. 아세안의 수요에 기반하여 한반도 주변 4국과 비슷한 수준으로 실질 협력을 강화하며, 인도와도 전략적 공조를 강화하고 실질 경제 협력도 확대하겠다는 것이다.

특히 한반도 신경제지도 구상과 직접적으로 맞닿아 있는 것은 신북방정책이다. 문재인 정부는 △나진-하산 물류사업, 철도, 전력망 등 남북러 3각 협력 추진 기반 마련, △한-유라시아경제연합 FTA 추진 △중국 일대일로 구상 참여 등을 계획하고 있다. 북방으로는 유라시아 대륙 국가들과의 교통물류 및 에너지 인프라 연계를 통해 새로운 경제영역을 확보하고 공동 번영을 꾀하는 신북방정책을 펼치고자 한다. 일단 적절한 여건이 조성되면 이전 정부에서 추진하다 중단된 나진하산 물류 프로젝트를 재개할 필요가 있다. 이 사업은 남·북·러 3각협력의 시험대가 될 사업이기 때문에 북핵 문제에 일정한 진전이 일어나면 우선적으로 추진될 것으로 전망된다. 또한 푸틴 대통령의 신동방정책에 부응해 다양한 극동 러시아 개발프로젝트에 한국이 적극적으로 참여할 필요가 있다.

Ⅴ. 결론

금강산 관광은 경제협력을 통해서 남북을 연결하는 동해 축의 시발점으로 남북경제 협력의 거점이다. 또한 남북협력의 동해축은 원산과 나선 지역을 거쳐 중국의 동북 3성 지역과 러시아의 연해주, 그리고 일본의 동해 지역들과 연결된다는 점에서 환동해 경제 및 관광권 형성에서 핵심 역할을 할 수 있다. 금강산 관광이 한반도를 뛰어넘어 환동해로 확장되는 중장기 비전을 실천할 수 있는 전략적 자산으로서의 가치를 갖고 있는 것이다.

유엔은 관광을 '평화로 가는 여권^{a passport to peace}'이라고 규정했다. 관광은 상호 이익을 증진하고 신뢰를 구축하는데 가장 경제적이고 효과적인 수단이기 때문이다. 실제로 금강산 관광은 북한의 군사항을 개방하고 북방한계선을 북상시켰다. 이러한 관광의 안보적인 효과가 안보를 튼튼히 하면서도 방위비용을 감축하는 효과를 가져올 수 있음을 간과해서는 안 될 것이다. 또한 금강산은 개성과 같은 시장경제의 실험장이었다. 북한은 금강산 관광을 통해서 굴뚝 없는 산업이 창출하는 '부'에 대해서 깨닫게 되었다. 따라서 우리는 금강산 관광을 시장경제의 학습장으로서의 역할도 높게 평가할 필요가 있다. 금강산 지역은 환동해경제권 형성을 촉진할 수 있는 한반도 신경제지도의 핵심 거점 역할을 할 수 있다는 측면에서 지속적인 관심과 개발 비전을 가다듬을 필요가 있다.

마침 북한을 둘러싼 한반도 주변 강대국 사이에 전개되는 대립과 갈등이 대화와 화해로 전환되고 있는 시점에서 우리는 보다 평화롭고, 번영하는 한반도를 만들기 위한 역할을 주도적으로 해야 한다. 통일이라는 목표를 포기하지 않는 한 남북협력사업은 꾸준히 추진되어야 한다. 경협은 우리 통일의 문제뿐 아니라 대한민국 생존의 문제이다. 너무 서둘러서 실패의 우를 범해서도 안 되지만, 너무 신중하게 접근하면서 기회를 놓쳐서도 안 된다. 앞으로의 남북경협사업은 남북한의 공동번영을 촉진하면서, 상호 갈등을 해소하고 평화공존을 증대시키는 차원으로 계획되고, 실행되어야 할 것이다. 우리 앞에 놓인 이러한 민족적 과제의 실현을 위해 민간과 국회, 정부가 다 함께 힘을 모아 남북경협이 '평화롭고 번영된 한반도'의 마중물 역할을 할 수 있도록 해야 한다.

남북관계의 장기간 단절은 갈수록 증가되는 안보비용, 지정학적 리스크 비용 등 많은 소모적 비용을 만들어 낸 바 있다. 새로운 한반도 평화와 번영시대를 여는 출발점에서 우리는 남북관계를 비용이 아닌 혜택과 편익을 극대화하는 방향을 설정하고, 이전보다 담대하고, 실리적인 접근을 추구해야 한다. 남북경협을 우리 경제성장에 필수적인 동력으로 인식하는 발상의 전환과 함께 평화공존과 평화창조의 기반 및 수단으로 삼아야 할 때이다.

09

금강산 관광

: 당위, 희망, 현실, 그리고 과제

Ⅰ. 당위

"금강산 찾아가자 일만 이천 봉, 볼수록 아름답고 신기하구나." 분단 시기에 사는 한국인의 귀에 그렇게 낯설지 않은 동요 '금강산'의 한 구절이다. 요즈음 아파트 숲으로 이루어진 도시 주거지에서 이 노래를 부르며 고무줄놀이를 하는 아이들을 보기 어려울 것이다. 오래전 서울 4대문 안팎의 뒷골목에서 이 노래를 부르며 즐겁게 노는 아이들을 종종 본 기억이 왠지 새롭다. 요즈음 도시 골목이나 놀이터에서 금강산 동요를 듣기 어려우면 세계적 성악가로 이름을 날린 소프라노 조수미의 '그리운 금강산'을 들을 수도 있겠다.

금강산은 '삼천리 금수강산'으로 불리는 한반도의 수많은 산 중에서도 경치가 빼어나기로 으뜸으로 꼽힌다. 아름다운 경치와 철따라 펼쳐지는 풍광의 변화무쌍함 때문에 금강산은 계절별로 별칭이 있다. 봄에는 금강산金剛山, 여름에는 봉래산蓬萊山, 가을에는 풍악산楓岳山, 그리고 겨울에는 개골산皆骨山이다.

오랜 세월의 역사 속에서 금강산은 우리 한민족의 가슴 속에 자리 잡고 있었다. 민족의 영산으로, 그리고 세계의 명산으로 각인되었으며 "일찍이 중국 진시황秦始皇이 장생불사약을 구하기 위해 금강산으로 선남선녀를 보내기도 하였다."라는 이야기를 비롯하여 '선녀와 나무꾼' 등 수많은 설화의 원천이기도 하다.[1] 16세기 후반 조선의 정치인이자 시인이었던 정철은 가을의 금강산을 읊은 시 '풍악산 가는 길에 중을 만나다楓岳道中遇僧'에서 "⋯일만 이천 봉우리 나무숲에는萬二千峯樹, 가을이 오니 잎 새마다 단풍들었네秋來葉葉丹"라고 읊었다.[2] 금강산은 가장 인기 있는 천렵의 장소이기도 하였다. 그리고 한반도가 남북으로 분단된 이후 분단 문제와 통일을 생각할 때, '그리운 금강산'은 우리 국민의 정서를 대변해주는 상징적 표현이었다. 적어도 한반도에서 태어난 사람들에게 금강산은 일생에 최소 한 번은 반드시 가보아야 하는 곳으로 간주되기도 한다. 분단 시대를 사는 한민족의 개개인에게 금강산 관광은 어쩌면 하나의 당위처럼 인식될 수도 있다. 금강산은 이산가족의 만남의 장소이기도 하다.

냉전 시기에 이루어진 남북한의 많은 제안 속에는 기본적으로 교류 · 협력이 담겨있었다. 남북한은 대화 시작 이후 첫 합의서인 1972년의

---

1   국립민속박물관 편, "금강산,"『한국민속문학사전: 설화 편』(서울: 국립민속박물관, 2012), pp. 96~97;

2   이용준, 권승안 외, "금강산의 한자시선,"『금강산데이터베이스』(서울: CNC 학술정보, 2011); 〈http://geography.yescnc.com/mountain/GKMoun.aspx#action〉

7·4 남북공동성명에서 민족적 연계 회복, 상호 이해 증진 및 평화통일 촉진을 위해 "다방면적인 제반 교류를 실시하기로 합의하였다." 사실 남북대화 시작 이래 남북한의 교류·협력 제안들은 적어도 표면적으로는 서로 크게 다르지 않았다. 북한은 실천의지와는 무관하게 주한미군 철수 등 정치군사 문제와 함께 '다방면적인 합작과 교류실현문제'를 다루자고 기회가 있을 때마다 제안하였다. 그러나 금강산 관광을 구체적으로 먼저 제안하지는 않았다.

금강산 관광을 처음 제안한 측은 한국이다. 1982년 2월 1일 당시 국토통일원(현 통일부) 장관은 북한에 교류·협력, 사회개방, 긴장완화 분야에 걸쳐 '20개 시범실천사업'을 제안하면서 서울·평양 도로 연결·개통, 인천항과 진남포항의 우선 개방, 이산가족 간의 우편 교류 및 상봉 실현 등과 함께 금강산 관광 관련 내용을 포함시켰다. 구체적으로 남북한이 "설악산 이북과 금강산 이남 지역을 관광·휴양지로 설정하여 자유관광 공동지역으로 개방한다"는 제안이었다.[3]

이후 한국은 노태우 정부가 북방정책을 추진하면서 적극적인 대북 접근을 모색하였다. 노태우 대통령은 1988년 7월 7일 '민족자존과 통일번영을 위한 특별선언(7·7선언)'에서 남북 간 적극적인 상호 교류, 가능한 모든 방법을 통한 이산가족 문제 해결, 남북 교역 문호 개방과 남북 교역의 민족내부교역 간주, 한국의 소련·중국 등 사회주의국가와의 관계 개선 추구와 북한의 미국·일본 등 한국의 우방과의 관계 개선 협조 등을 선언했다. 7·7선언은 적대와 갈등으로 점철되어왔던 기존 남북관계의 패러다임을 변화시키려는 시도였다. 또 1988년 서울 하계올림픽을 앞두

---

3   국토통일원, 『남북대화백서』 (서울: 국토통일원, 1982), pp. 288~297.

고 대북정책에 관한 자신감의 표현이기도 하였다.

한편, 올림픽과 관련 과거 북한의 제안 중 흥미로운 사실이 있다. 북한은 1988년 1월 1일 국가주석 김일성의 신년사를 통해 그해 9월 서울에서 열리는 제24회 올림픽을 공동주최하는 문제를 협의하자고 제안하였으며, 올림픽을 채 한 달도 남겨두지 않은 8월 20일에는 서울 올림픽에 '남측이 북측을 초청한 문제와 올림픽 공동주최 문제'를 협의하자고 제안하였다.[4] 30년 후 2018년 1월 1일 김일성의 손자 국무위원장 김정은이 신년사를 통해 평창 동계올림픽 참가 용의를 밝히고 당국 간 대화 의사를 밝혔다. 1988년과 2018년의 한반도 내외 환경은 다르지만, 김일성은 서울 하계올림픽 참가를 거부한 반면 김정은은 평창 동계올림픽에 참가했다.

7·7선언을 발표한 노태우 정부는 그 후속 조치로 1988년 10월 7일 북한에 대한 경제개방조치를 발표하여 교류·협력의 물꼬를 텄다. 1989년부터 공식적인 남북 간 교역과 인적 교류가 시작되었다. 김일성 정권이 노태우 정부의 적극적인 대북 관계개선 정책을 "우리(북한) 내부에 어떤 영향을 미쳐 보려는 기도"로써 "통일문제에서 정치의 의의와 역할을 무시하고 있는 데로부터 어차피 실패의 운명을 면할 수 없다"라고 비난하였으나,[5] 전 세계적인 사회주의 진영의 체제변화를 보면서 북한체제 방어를 위해서도 그 변화에 어느 정도 적응하지 않을 수 없었다. 남북 간 인적, 물적 교류·협력이 시작되면서 금강산 관광도 실현 가능성의 문제로 등장하였다. 1992년 2월의 남북기본합의서에서 "여러 분야에서 교류

4　김태영, 『애국애족의 통일방안』(평양: 평양출판사, 2001), p. 167, p. 173.

5　"조국평화통일위원회 서기국장 안병수의 기자회견," 『조선중앙통신』, 1989년 5월 18일.

와 협력을 실시"하기로하고, 끊어진 철도와 도로의 연결과 해로, 항로를 개설하기로 합의하면서 금강산 관광의 실현에 대한 기대는 더 높아졌다. 그러나 그 과정은 결코 쉽지 않았다. 남북관계의 부침 속에 강원도 통천 출신의 재벌 현대그룹 경영인 정주영 명예회장의 기업가정신이 그 성과를 맺기까지 약 10년의 세월이 걸렸다. 그리고 금강산 관광이 시작된 후 10년 동안 진행되다 관광객 피격 사망 사건으로 중단된 지 10년이 흘렀다.

북한이 핵·미사일 개발에 박차를 가하면서 긴장의 냉풍이 한층 고조되었던 한반도에 급격한 해빙의 바람이 불고 있다. 2018 평창 동계올림픽에 북한이 참가하고 이를 계기로 남북한 간, 미·북 간 접촉이 이루어졌다. 세 차례의 남북정상회담(4·27, 5·26, 9·19)과 북·미 간 역사적인 첫 정상회담(6·12)이 열리고 김정은 정권 출범 이후 열리지 않던 북·중 정상회담이 개최되었다. 한반도에 부는 온풍이 금강산 관광에 새로운 희망을 줄 것인가?

Ⅱ. 희망

7·7선언과 그 후속 조치에 따라 1989년 남북 간 공식적인 교류·협력이 시작된 환경 변화를 배경으로 정주영 명예회장의 금강산 관광 프로젝트가 추진되었다. 1989년 1월 하순 북한을 방문한 정주영 회장은 북한 측과 금강산 관광 개발 사업에 원칙적 합의를 하고, 현대그룹과 북한의 조선대성은행은 금강산 관광 개발 및 시베리아 공동개발과 원동지구 공동 진출에 관한 의정서를 체결했다. 그러나 금강산 관광사업이 곧 실현

되지는 않았다.

세계적 차원의 냉전 구조가 해체되면서 남북 간에도 새로운 관계 설정을 위한 남북고위급회담이 열렸다. 1988년 12월 28일 남한 측의 제의로 출발하여 1990년 9월 4일부터 서울과 평양을 오가며 열린 남북고위급회담은 '남북 사이의 화해와 불가침 및 교류·협력에 관한 합의서'(남북기본합의서)를 산출하였다. 그동안의 남북관계 역사에서 가장 포괄적인 합의문인 남북기본합의서는 1991년 12월 13일 남북 총리 간에 서명되고 1992년 2월 19일 발효되었다. 남북기본합의서는 교류·협력을 포함하여 남북관계 전반에 큰 희망을 주었다. 소설 '태백산맥'의 작가 조정래는 남북기본합의서의 서명을 두고 "온겨레의 통일염원을 담을 커다란 소쿠리를 짜냈으니 그 얼마나 슬기로운 일인가? 1991년 12월 13일을 통일 다음가는 두 번째 기쁜 날로 기억하고 싶다"면서 벅찬 감정을 표현했다.[6]

남북기본합의서 교류·협력과 관련 남북한은 공동의 이익과 번영을 도모하기 위하여 "다각적인 교류·협력을 실현"하기로 했다. 구체적으로 과학·기술, 교육, 문학·예술 등 "여러 분야에서 교류와 협력을 실시"(제16조)하고 "민족구성원들의 자유로운 왕래와 접촉을 실현"(제17조)하기로 약속했다. 또 "끊어진 철도와 도로를 연결하고 해로, 항로를 개설"(제19조)하기로 하였다. 비록 군사분계선과 비무장지대가 남북 간을 물리적으로 가로막고 있으나 끊어진 철도와 도로가 연결되면 실천 합의에 따라서 금강산 관광은 이른 시일 내에 성사될 수도 있다는 기대를 가져다주기에 충분하였다.

---

6 『중앙일보』, 1991년 12월 16일; 양영식, 『통일정책론: 이승만 정부로부터 김영삼 정부까지』(서울: 박영사, 1977), p. 288 재인용.

사실 1980년대만 하더라도 남한 측의 교류 · 협력 제안에 대하여 소극적인 입장을 보였던 북한은 1990년 1월 1일 김일성의 신년사를 통해 적어도 제안 상으로는 남북한 사이의 "차별 없는 자유 내왕 및 제한 없는 접촉과 활동, 정치와 경제, 문화 등 모든 분야의 전면 개방"을 거론하였다.[7] 또 김일성은 1991년 12월 13일 남북기본합의서가 채택된 이후에는 그 이행 대책을 마련할 것을 강조하였으며, 이후 북한은 "힘 있는 사람은 힘으로, 지식 있는 사람은 지식으로, 돈 있는 사람은 돈으로 조국통일에 특색 있게 기여"해야 한다고 주장하기 시작했다.[8] 물론 이러한 언급들은 남한 사회 내의 외세 배격, 국가보안법 철폐와 같은 조건이 동반하였다.

남북기본합의서가 발효되고 남북교역이 꾸준히 증가하는 추세를 보였으나 남북관계에는 새로운 커다란 장벽이 불거졌다. 북한의 핵개발 문제다. 남북기본합의서와 함께 '한반도 비핵화에 관한 공동선언'이 발효되었으나 동 선언은 북한의 핵개발로 인해 사실상 무용지물이 되었다. 북핵 문제는 남북관계는 물론 한반도와 그 주변 정세를 긴장시키는 요인이 되었다. 당시의 상황에서 한반도 긴장을 극도로 고조시켰던 북핵 문제가 1994년 10월 제네바 합의로 일단 가라앉았으나 북한은 '고난의 행군'이라는 전례 없는 경제위기에 봉착하였다.

1994년 7월 분단 이후 남북 간 첫 정상회담을 앞두고 김일성이 사망하면서 정상회담은 무산되었다. 권력을 세습한 국방위원장 김정일의 위기

---

7   『김일성 저작집 42권』(평양: 조선노동당출판사, 1995), pp. 239~240; 김태영, 『애국애족의 통일방안』(평양: 평양출판사, 2001), p. 186 재인용.

8   김태영, 『애국애족의 통일방안』(평양: 평양출판사, 2001), pp. 195~198.

관리 체제가 운영되기 시작하였다. 김일성은 사망 이전 1993년 4월 6일 남북 간 "접촉, 내왕, 대화를 통하여 전 민족이 서로 신뢰하며 단합"하자는 항목이 포함된 '조국통일을 위한 전민족대단결 10대 강령'을 제시했다. 이는 1997년 8월 김정일에 의해 북한의 공식적인 통일정책의 핵심인 '조국통일3대헌장'의 한 구성요소가 되었다. 이에 앞서 한국의 김영삼 정부는 남북기본합의서의 기본 정신을 반영하여 1993년 7월 화해·협력→남북연합→통일국가의 3단계로 이어지는 '3단계 통일방안'을 제시하였으며, 이는 다음 해 8월 15일 대통령 경축사를 통해 민족공동체 통일방안으로 발전·제시되었다. 이 두 통일방안의 핵심은 남북한이 함께 자유와 평화를 누리면서 공존·공영하고 평화를 정착해야 통일로 갈 수 있다는 평화공존의 관념에 토대하고 있었다.[9] 특히 화해·협력의 중심 구상은 정치적 화해와 더불어 사회, 문화, 경제 영역에서의 교류와 협력을 통한 공동체의 형성을 상정하고 있다. 이후 민족공동체 통일방안은 정부의 교체와 무관하게 대한민국 정부의 공식 통일방안으로 유지되고 있다.

김정일은 이른바 김일성의 총대중시, 군사중시 사상에 토대를 두었다는 '선군정치'를 앞세워 북한을 통치했다. 선군정치는 말 그대로 "군사를 앞세우고 군대에 의거하는 정치방식"이었으며[10] 내외의 난관에 봉착한 김정일로서는 체제 유지 및 방어를 위한 위기관리의 방식이었다. 김정은의 선군정치 아래서 핵무기 개발은 "평화는 오직 힘에 의해서만 담

9　박영호 외, 『'민족공동체 통일방안의 이론체계와 실천방향』 (서울: 민족통일연구원, 1994), pp. 24~27.

10　김인옥, 『김정일장군 선군정치론』 (평양: 평양출판사, 2003), pp. 152~238.

보”되며 “평화는 구걸해서는 얻을 수 없고 … 막강한 전쟁억제력을 가질 때에만 담보된다”는[11] 인식의 구체적 표현이었다.

그러나 선군정치 아래서 북한은 한국을 비롯하여 미국 등 국제사회로부터 인도적 지원을 받기 시작했다. 남북 교류·협력이 조금씩이지만 늘어났고 남북교역도 꾸준히 증가하는 추세를 보이며 1997년에는 처음으로 총액 3억 달러를 넘었다. 반면 북한의 대외무역 총액은 1990년 47억 2천만 달러에서 1998년에는 그 30% 정도인 14억 4천만 달러로 대폭 줄어들었다. 1998년 2월에 출범한 김대중 정부는 남북관계 개선을 우선하는 정책적 입장을 제시했다. 이에 따라 4월에 기업인들의 방북 확대, 투자 규모 상향 조정, 남북 경협절차 간소화 등의 조치를 취했다.

북한 경제의 어려움과 대북 인도적 지원, 남북 경제교류·협력 활성화 조치의 상황 속에서 현대그룹의 정주영 명예회장은 1998년 6월 소 1,001 마리와 그 소들을 운반하는 차량과 비료를 북한 측에 제공하는 통 큰 선물을 했다. 그 동기야 어쨌든 그의 이러한 선물 접근은 금강산 관광 사업의 실현에 도움을 주었다. 방북한 그는 북한의 조선아세아태평양 평화위원회와 금강산 관광을 위한 의정서, 합의서, 계약서를 체결하였다. 그 안에는 금강산 관광개발추진위원회의 설립, 1단계로 유람선에 의한 금강산 조직관광 준비 등이 담겨 있었다. 1998년 9월 투자규모 9,583만 달러의 합영사업으로 현대의 금강산 관광 및 개발 사업이 정부에 의해 승인되었다.[12]

11　위의 책, pp. 257~258.

12　조건식, “금강산 관광사업, 어떻게 할 것인가?,”『금강산 관광사업과 남북 교류협력의 새로운 모색』, 강원일보·서울대학교 통일평화연구원·강원대학교 통일강원연구원 공동 주최 2017 평화통일 국제학술 심포지엄(2017년 11월 21일).

　　마침내 1998년 11월 18일 동해항에서 금강산 관광에 나선 첫 한국인 단체관광객을 실은 금강호가 출항을 했다. 문호 개방에 극히 민감한 북한이 금강산 지역에서도 극히 한정된 부분을 그것도 통제 아래서 관광할 수 있도록 한 것이지만 금강산이 주는 상징성이 실현된 것이다. 특히 일반 한국인들이 단순 관광객으로 북한 지역에 갈 수 있다는 사실만으로도 남북관계에 큰 변화가 올 수 있다는 기대를 주기도 하였다. 물론 관광대가로 일정기간, 즉 2005년 초까지 6년 3개월간 총액 9억 4,200만 달러를 월별로 나누어 무조건 지불하는 계약에 문제가 없는 것은 아니었다. 관광객의 신변안전 보장과 관광지에서의 자유로운 활동의 제약 등 여러 문제도 있었다. 또 관광객 명찰과 같은 신분 표시 수단 등에 '한국'이라는 용어의 사용을 금지하고, 일부 언론인의 상륙을 거부하거나 관광객을 일시적으로 억류하는 등 여러 불편한 일들이 수시로 발생하기도 하였다.

　　그러나 비록 금강산의 일부에 한정되었지만 꽉 닫혀있던 북한에 한국 국민들이 관광객으로 갈 수 있다는 작은 바람이 실현됨으로써 그러한 일들이 초기에 큰 문제가 되지는 않았다. 한국의 사업 주체인 현대가 북한 측과 금강산 관광세칙 및 신변안전보장합의서를 합의하는 등 금강산 관광은 점차 합영 사업으로서는 물론 남북교류의 일부로서 점차 자리를 잡아나갔다. 필자도 1998년 12월 초 금강호를 타고 금강산 관광에 참여하였다. 한국 관광객을 실은 선박은 남한과 북한의 영해 사이를 거치는 짧은 항로가 아니라 공해를 거쳐 돌아가는 긴 항로를 따라 새벽녘에 장진항에 도착했다. 각종 행동 규제에 매우 조심스러웠지만 동트기 전 새벽의 장진항을 뱃머리에서 바라보았던 약 20년 전의 기억이 새롭다. 배에서 내려 버스를 타고 들어갈 때 좁은 길 양쪽에 촘촘하게 서 있던 어린 북한 군인들의 모습과 온정각 입구에 서 있던 "금강산 방문을 환영한다"는 한국인에게는 낯선 반말 투의 환영 표지판을 보면서 '여기가 북한이구나!' 하던 생각도 떠오른다.

여하튼 금강산 관광의 시작은 남북관계의 희망을 보여주는 상징적 사건이었다. 남북 군사적 긴장이 여전하고 때때로 정치·군사 정세가 교착되었으나 교류·협력을 활성화하는 수단의 하나로도 간주되었다. 또 많은 한국 국민들이 단순 관광 목적으로 극히 제한된 영역이지만 북한 땅을 밟을 수 있는 수 있는 기회가 되었다. 여러 차례에 걸쳐 금강산 관광에 참여했던 필자의 경험에 비추어보면, 처음에 매우 경직된 자세를 보였던 북한 측 안내원들은 시간이 지날수록 다소 유연해지는 모습을 보이고 그들의 외양도 변화를 보이기 시작했다. 많은 한국 관광객들이 그들과 대화를 하고 싶은 마음을 표출하였다. 이에 대해 북한 측 안내원들의 태도도 점차 반응적으로 변화하였다. 이러한 상호 작용 자체가 한정적이지만 남북 간 교류와 협력의 필요성을 보여주는 징표였다. 금강산 관광은 많은 한국 국민들에게 남북관계와 북한의 변화를 보여주는 하나의 작은 창이었던 것이다.

〔표 1〕에서 보는 바와 같이 2008년 7월 북한경비병의 총격으로 관광객 박왕자 씨가 사망하는 사건으로 중단되기까지 금강산 관광에 참여하는 한국 국민들의 수는 계속 증가하는 추세를 보였다.

〔표 1〕 금강산 관광객 현황, 1998-2008　　　　　　　　　　　　　　단위: 명)

1998 -2000	2001	2002	2003	2004	2005	2006	2007	2008	계
371,637	57,879	84,727	74,334	268,420	298,247	234,446	345,006	199,966	1,934,662

자료: 통일부, "주요사업 통계" 중 금강산 관광객 현황 재정리; 〈http://www.unikorea.
　　go.kr/unikorea/business/statistics/〉

처음 해로로 시작된 금강산 관광 길은 남북을 연결하는 동해선 도로가 개통됨으로써 2003년 9월부터 육로를 통한 관광이 본격적으로 가동되었다. 2004년 1월에 해로관광은 중단되었다. 동해안을 따라 비무장지대를 통과하는 남북한의 육로가 연결된 것은 분단 이후 판문점 이외 지역으로는 처음이었다. 비록 관광의 편의를 위한 것이 주목적이었으나 남북한은 2003년 1월 동·서해지구 임시도로 통행의 군사적 보장 합의서를 발효시킴으로써 일종의 군사적 신뢰구축 조치를 실험하게 되었다. 육로를 통한 금강산 관광은 남북 간의 정치적·군사적 장벽이 제거되기만 하면 물리적 거리는 아무런 문제가 되지 않음을 보여주는 것이었다. 한국 측의 출경 절차를 거친 후 금강산으로 출발하면 채 10분도 되지 않아 북한 측 입경 사무소에 도착하였다.

한편 북한 최고인민회의 상임위원회는 2002년 11월 13일 최고인민회의 상임위원회 정령으로 강원도 고성, 해금강, 삼일포, 통천 일대를 '금강산 관광지구'로 지정하는 '금강산 관광지구법'을 채택·발표하였다. 총 29개조, 부칙 3개조로 구성된 동 법은 북한 헌법 제37조의 특수경제지대에 기업을 창설·운영하는 것을 장려하는 규정에 근거하여 법인·개인 및 경제조직의 자유로운 투자 허용과 재산의 법적 보호, 자유로운 외화의 반출입 허용, 출입절차의 간소화 등을 담았다.[13] 특히 북한 측은 같은 날 사업 주체인 현대아산(주)에 대하여 2002년 11월 13일부터 2052년 11월 13일까지 50년간의 토지이용증을 발급해주었다. 금강산 관광지구는 북한 최초의 관광특구로서 김정일 시대 경제개발구 사업의 일환이었다. 북한이 금강산 관광을 제도적으로 뒷받침하고 현대아산에 장기간

---

13 법무부, 『북한 '금강산 관광지구법' 분석』 (서울: 법무부, 2003) 참조.

의 토지이용권을 부여함으로써 금강산 관광이 활성화될 것이라는 기대가 더 높아졌다. 더욱이 동해선 철도 및 도로의 연결에 따른 육로관광이 시작되면서 금강산 관광의 확장에 대한 기대도 높아졌다.

돌이켜보면 1990년대의 남북관계는 북핵 문제라는 커다란 걸림돌과 남북 간 군사적 대치와 갈등의 본질이 변하지 않는 가시밭길을 걸으면서도 조금씩 개선의 가능성을 찾아가던 모습이었다. 금강산 관광은 그 작은 한 부분이었다. 금강산 관광은 분단의 아픔과 북녘의 고향에 대한 그리움을 느끼는 많은 한국인들에게는 아주 작지만 정서적 만족을 찾을 수 있는 출구의 역할을 할 수 있었다. 또한 폐쇄된 북한 사회를 조금이나마 엿볼 수 있는 기회를 주었다. 그러나 관광객의 행동반경에 제약이 있었고 북한 주민들을 접할 기회가 극히 한정되어 있었기 때문에 쌍방 지향적인 남북교류라고 볼 수는 없었다.

한국 정부의 입장에서 보면 폐쇄적인 북한 사회를 관광을 통해 외부에 접근하도록 만드는 교류 · 협력 사업이었다. 매우 제한적이지만 남북한 주민 간에 만나 서로를 이해하고 민족 동질성을 찾는 장으로 활용하는 의미도 찾을 수 있었다. 북한 정부의 입장에서는 금강산이라는 민족적 정서를 불러일으키는 지역의 관광사업을 통해서 부족한 재정을 일부라도 보충하는 외화(달러) 가득원의 창구였다. 또 체제를 크게 개방하지 않고 한정된 지역을 활용하여 경제개발구 사업을 실험할 수 있는 장이었다. 그러나 북한 측의 금강산 관광사업은 국제적 경쟁력을 갖는 관광사업으로서보다는 한국 정부의 관계 개선을 위한 정책을 활용하고 한국 국민의 '민족적' 정서에 기대는 한계를 뛰어넘지 못했다.

필자의 개인적 경험에 비춘다면, 여러 차례의 금강산 관광 기회를 통하여 아주 작지만 미세한 북한 사회의 변화를 탐지할 수 있었다. 이미 지적하였지만 현지 마을과 현지 사람과의 접촉을 차단하는 북한 측의 경계는 시간이 지남에 따라서 조금씩 변화해 나갔다. 북한 측 금강산 관광 안내원과 환경 감시원들은 초기에는 매우 경직되어 있었으나 점차 한국의 관광객들과 말을 섞는 등 유연한 모습을 보이기 시작했고 외양도 점차 세련되는 모습을 보였다. 현지 관광의 모습도 점차 활성화되었다. 많은 돈을 벌수는 없었지만 관광을 통해 이익을 남기려는 북한 측의 현지에서의 상업적 활동도 증가하였다. 2007년 5월 금강산 면세점이 개장되었고, 6월에는 내금강관광이 시작되었다. 2008년 2월에는 금강산관리위원회 설립이 합의되었고, 3월에는 개인 승용차를 이용해 금강산 관광에 나설 수도 있게 되었다. 관광객의 소비용으로 현지에서의 남북 간 농업 합영 사업도 이루어지고, 금강산 지역인 온정리 마을의 난방 개량과 같은 협력지원 사업도 이루어졌다.

그 사이 북핵문제가 남북관계의 전반을 여전히 지배하였으나 앞서 지적하였듯이 김정일 정권은 2002년 11월 금강산 관광지구법을 발표하고, 강원도 고성, 해금강, 삼일포, 통천 일대를 금강산 관광지구로 지정하였다. 2002년 7월의 7·1 경제관리 개선조치의 발표에서 보듯 북한도 점차 경제개혁의 필요성을 인식하였고 대외 경제관계의 확대에도 힘을 기울였다. 물론 이러한 북한의 경제정책은 대외적으로 북핵문제를 넘어설 수 없었고 또 북한 사회의 대외적 개방을 철저하게 경계한 북한 당국의 기본 정책을 넘어설 수도 없었다. 따라서 금강산 관광도 개방사회에서의 통상적인 모습의 관광과는 거리가 여전히 멀었다.

그러나 금강산 관광은 최소한 남북한을 연결하는 고리가 되었고, 일반 한국 국민이 북한 땅을 밟을 수 있는 기회였으며, 이산가족들에게는 만족스럽지는 않지만 고향의 냄새를 간접적이나마 맡을 수 있는 기회였다. 한국 정부의 정책담당자들에게는 북한 사회의 변화를 위한 정책 구상을 탐색할 수 있는 기회이자 남북관계의 개선을 홍보할 수 있는 수단이었다. 북한·통일관련 연구자들에게는 제한적이지만 북한 사회의 변화를 관찰할 수 있는 기회였고, 전반적인 교류·협력을 어떻게 추진해 나갈 것인가를 탐구하는 경험관찰의 대상이었다.

금강산 관광은 이처럼 여러 측면에서 남북관계의 발전에 대한 '희망'을 싹트게 하는 교류·협력의 한 동력이었다. 그러나 동시에 북한의 선호에 따라서 전개되는 일방적인 교류·협력의 한 모습이기도 하였다. 또 일정기간 동안 관광객의 수와는 상관없이 일정액의 경화(달러)를 북한에 의무적으로 지불해야 하는 관광대가는 북핵문제와 연관되어 한국 사회에서 이른바 '현금 지원'의 논란의 대상이 되었다.[14] 북한 당국이 '천하의 명산'이라고 자랑하면서 금강산 관광을 홍보·선전하였으나 통제받는 금강산 관광은 평범한 세계인들이 흔히 생각하는 일반적이고 통상적인 관광이 아니었다. 자연 생태적 관광이자 풍광을 감상하는 관광으로서 충분한 경쟁력을 갖는 것도 아니었다. 더욱이 금강산 관광은 자유로움과 여유로움과는 거리가 멀었다.

---

14 2000년에 한국 측 사업 주체인 현대아산이 기업 경영 악화로 제대로 약정한 대가 지급을 할 수 없게 되면서 북한 측은 한국 정부에 지급을 요구하기도 하였다. 결국 2001년 6월 북한 측과 금강산 관광사업 활성화 방안을 합의하면서 관광객 수에 따른 대가 지불(1인당 100달러 이하) 이외에 육로관광을 추진하게 되었다.

Ⅲ. 현실

2008년 7월 금강산 관광사업이 시작된 이래 최대의 위기가 발생했다. 7월 11일 새벽 5시경 산책하던 한국 관광객이 북한 군인의 총에 맞아 사망하는 사고가 발생했다. 북한 측은 유감을 표명했으나, 그 관광객이 허용된 관광구역을 벗어나 군사 통제구역 안에까지 들어온 데 사고의 근본 원인이 있다고 주장했다.

그러나 한국 정부의 입장에서 북한 측의 주장은 어떠한 이유로도 정당화될 수 없었다. 금강산에는 사건 발생 당시까지 190만 명이 넘는 한국 국민 관광객이 다녀갔고 안전사고가 발생하기도 했으나 한 번도 한국의 관광객이 북한 당국이나 북한 군인을 위협한 적이 없기 때문이었다. 한국 관광객들은 금강산 관광을 위해 북한 지역에 들어갈 때 각종 행동 유의사항을 교육받고 또 북한 측의 엄격한 심사를 받았으며 행동의 제약을 대체적으로 인식하고 있었다. 북한 군인의 총격에 의해 사망한 한국 관광객은 53세의 여성으로 비무장 상태였으며, 새벽 동이 틀 무렵 금강산 해수욕장 해변을 단순히 산책하는 상황이었다.

한국의 이명박 정부는 7월 11일 오후 정확한 진상조사가 완료될 때까지 금강산 관광을 잠정적으로 중단하기로 결정하고 판문점 연락 채널을 통해 북한 측에 공식 진상조사를 위한 조치를 요구하기로 했다. 한국 정부 당국은 "이러한 일이 일어난 것은 있을 수 없는 일이며, 결코 일어나서는 안 되는 일"이라는 점을 분명히 하고 깊은 유감을 표명했다. 그리고 "정부 당국자 등으로 구성된 조사단을 금강산 현지에 긴급 파견"하기로 하고 북한 측에 협조를 요청하는 전통문을 보내기로 했다.

그러나 북한 측은 7월 12일 명승지종합개발지도국 명의의 담화를 발표하고, 남한 측의 전통문 수령을 거부했다. 동 담화에서 북한 측은 오히려 이번 사고의 책임이 남한 측에 있으며 남한 측이 책임을 지고 북한 측에 "명백히 사과하고 재발방지 대책을 세워야 한다"고 주장했다. 금강산 관광의 잠정 중단에 대해서도 북한 측에 대한 도전이라고 한국 정부를 역으로 위협했다.[15]

이에 대해 한국 정부는 7월 13일 북한 정부 당국의 책임 있는 행동을 촉구하는 통일부 대변인 명의의 성명을 발표했다. 성명에서 한국 측은 남북 당국 간에 체결된 금강산지구 출입·체류합의서에 따른 북한 측의 책임을 지적했다. 금강산지구 출입·체류합의서에 의하면 "남측 인원의 신체 불가침을 보장하게 되어 있으며 만약 문제가 있었다면 이를 중지시킨 후 조사절차를 밟아야 함에도 불구하고 총격으로 사망하게 한 사실은 어떠한 이유로도 정당화될 수 없다"고 강조했다. 또 "이번과 같은 불행한 일을 해결하기 위해서는 합의한 바에 따라 상호 협조하에 반드시 진상을 명확히 밝혀야 한다"며 "북측은 우리 측의 진상 조사단을 받아들이고 재발방지 대책을 강구해 나가는 것이 책임 있는 당국으로서 취해야할 마땅한 조치"라고 밝혔다.[16]

금강산 관광객 피살사건은 유감스럽게도 이명박 정부가 북한 당국에 대해 전면적인 대화 재개를 제의한 날 새벽에 발생했다. 남북한 정부 당국은 책임 소재를 상대측에게 돌리면서 문제의 해결을 위한 방향으로 간격을 좁히지 못했다. 그러나 문제의 본질은 남북한 정부 당국 간 서로에 대한 경계의 수준이 높아지고 신뢰는 결여된 상태에서 찾을 수 있었다.

---

15 『조선중앙통신』, 2008년 7월 12일.

16 "정부, '금강산피살' 남북합의위반 제기," 『연합뉴스』, 2008년 7월 13일.

북한 측은 한국에 새로이 보수 정부가 들어서 대북정책 노선을 변경하면서 이명박 정부에 대한 경계를 높이고 비난을 강화하는 중이었다. 그리고 '흡수통일' 정책을 추진한다면서 정책 변화를 촉구하였다. 반면 이명박 정부는 앞선 두 정부의 정책이 "일방적인 지원과 대북 저자세 등으로 국론을 분열시켰다"는 입장에 있었다. 북핵 문제의 해결을 우선시하면서 교류협력의 방식도 "외형보다는 내실을 기하도록" 하겠다는 입장이었다. 철저한 원칙과 투명한 정책을 강조하기도 하였다.[17] 한마디로 한국의 이명박 정부는 앞선 두 정부와는 다른 정책노선을 펴는 중이었고, 북한 측은 앞선 두 한국 정부의 정책이 그대로 유지되기를 바랐다. 한국의 정부 교체에도 불구하고 금강산 관광은 계속 유지되었으나 한국 관광객이 북한 군인의 총격에 의해 사망한 사건으로 이러한 남북 정부 간의 대립 구도와 갈등이 표면화된 것이다.

결국 금강산 관광은 2008년 7월 11일을 기점으로 중단되었다. 이후 북한에 의한 천안함 폭침 사건과 연평도 포격 사건이 발생하면서 남북관계는 더 악화되었다. 더욱이 북한의 핵실험과 탄도미사일 시험발사가 잇따르고 이에 대한 유엔 안보리의 대북제재 결의와 국제사회의 대북제재가 점차 강화되면서 금강산 관광은 재개를 위한 기회를 찾을 수 없었다. 이명박 정부에 이은 보수 정부 박근혜 정부에서도 금강산 관광의 중단은 계속되었다. 김정은 정권에 들어서 북한의 핵·미사일 개발이 가속화하면서 북핵 문제가 전반적인 남북관계를 더욱 압박하고 차단하는 데 영향을 미쳤다. 2016년 1월 초 김정은 정권의 4차 핵실험은 한 달 후인 2016

17　통일연구원, 『이명박정부 대북정책은 이렇습니다』 (서울: 통일연구원, 2007), pp. 9~15, pp. 28~29.

년 2월 박근혜 정부의 개성공단 폐쇄조치를 가져왔다.

박근혜 대통령의 탄핵으로 2017년 5월 한국에 문재인 정부가 출범했다. 문재인 대통령은 2017년 7월 6일 독일 쾨르버재단 연설을 통해 "우리가 추구하는 것은 오직 평화"라면서 평화로운 한반도로 가는 길은 6·15공동선언과 10·4선언으로 돌아가는 것이라고 말했다.[18] 북한이 특히 중시하는 두 선언으로의 복귀를 강조함으로써 앞선 두 정부와는 다른 대북 접근을 보여준 것이다. 그러나 김정은 정권의 핵무기와 탄도미사일 개발은 2017년 9월의 수소탄 핵실험과 11월의 대륙간탄도미사일 시험 발사에 보듯이 한층 더 속도를 냈다. 이에 따라 유엔 안보리와 국제사회의 대북제재의 강도는 더욱 세졌다.

이러한 상황에서 남북한 합작으로 시작된 금강산 관광은 문재인 정부 아래서 남북 당국 간 대화가 재개되고 2018년 4월 27일 제3차 남북정상회담이 이루어진 변화의 흐름 속에서도 중단된 상태에 있다. 즉 중단 10년째를 맞고 있다. 그 이유로 관광객의 신변 안전을 북한 정부 당국 차원에서 명백하게 보장받지 못하는 상황에서 관광이 계속될 수 없다는 형식 논리도 가능하지만, 근본적으로는 북한의 핵·미사일 개발에 따른 유엔 안보리의 제재조치들과 미국의 양자 제재로부터 엄격한 규제를 받기 때문이다. 북한 당국은 그동안 진상규명을 위한 남북한 합동조사는 물론 한국 정부가 요구한 당국 차원의 재발방지 대책 마련, 관광객 신변안전 보장 강화 요구에 응하지 않았다.

북한은 금강산 관광사업을 시작하면서 한국의 기업 현대아산이 50년간 관광사업 독점권을 갖도록 계약했다. 그런데 금강산 관광 중단이 지

18　통일부, 『문재인의 한반도 정책: 평화와 번영의 한반도』 (서울: 통일부, 2017), p. 10.

속되면서 북한 측은 2011년 8월 22일 현대아산의 독점권을 일방적으로 취소했다. 또 금강산 관광특구에 있는 한국 측의 부동산과 설비, 기자재를 포함한 모든 재산을 법적 처분하겠다고 일방적으로 통보했다.[19] 북한 당국의 이러한 모든 조치들은 그들 자신의 법·제도적 장치가 아무런 효력이 없음을 보여주며, 현대아산과 북한 간 합의를 깨뜨리고 '남북 사이의 투자보장에 관한 합의서'는 물론 국제규범과 관례를 위배하는 것이다.

반면에 한국 국민들의 금강산 관광이 중단되면서 북한은 중요한 외화 소득원을 상실하였다. 2007년에는 연간 35만 명에 달하는 한국 관광객이 금강산을 찾아 북한이 수천만 달러의 관광 수입을 올리기도 하였다. 그러나 한국 국민의 금강산 관광이 중단되면서 금강산 관광지역은 적막한 강산으로 변했다. 북한 당국은 현대아산과의 계약을 일방적으로 파기한 후 새로운 관광사업을 시도하고 있다. 이를 위해 북한은 2011년 4월 29일 북한 최고인민회의 상임위원회 정령으로 금강산국제관광특구를 지정하고 금강산국제관광특구지도국을 발족시켰다. 이에 따라 새로운 투자기업 및 관광업체를 모으기도 하였다. 이의 일환으로 2011년 8월 30일부터 9월 2일까지 금강산특구 시범여행을 시행했다.

북한 당국은 중국, 홍콩, 일본 등의 투자기업인과 관광회사 등의 관계자 수십 명과 중국 동북 3성 대표단을 초청했다. 또 국제적 관심을 끌 목적으로 미국의 AP통신, 영국의 로이터통신, 러시아의 이타르타스통신, 중국의 환구시보, 일본의 아사히신문, 홍콩의 봉황TV 등 해외 언론사 기자단도 초청했다. 북한의 나진항에서 출발한 국제관광단은 금강산의

19　『조선중앙통신』, 2011년 8월 22일.

구룡연과 만물상, 삼일포, 해금강 일대 등을 돌아봤다. 그러나 해외 언론사들의 금강산여행기 보도는 기대보다는 실망한 모습이었다.

영국 일간지 데일리메일은 2011년 9월 1일 보도에서, "세상에서 가장 초라한 유람선"인 만경봉호가 8월 30일 출항식을 갖고 나진항을 출발했으며, 만경봉호는 "녹이 슬었고, 여러 명이 나눠 쓰는 선실은 비좁았고, 은색 군용식판을 들고 뷔페식을 했다"고 묘사했다.[20] 프랑스의 AFP통신은 9월 4일 북한의 관광사업 재개와 관련 금강산 발로 보도했다. 통신에 따르면, 북한은 현재 다른 나라에서 투자자를 끌어들이려 애쓰고 있다고 전했다. 그러나 북한의 변덕스러운 태도 때문에 투자유치는 쉽지 않을 것으로 보인다고 지적했다.[21] 미국의 뉴욕타임스도 북한 당국은 세계의 어느 나라, 어느 기업으로부터도 투자를 받기를 원하지만 "투자 환경이 리비아보다도 불안하기 때문에" 투자가 어렵다는 한 중국 관광업 경영자의 말로 결론을 맺었다.[22]

한국의 박근혜 정부 아래서 2015년 10월 이루어진 제20차 이산가족 상봉행사가 금강산 지역에서 열렸으나 금강산 관광의 재개로 이어질 수는 없었다. 김정은 정권으로서는 금강산지역에서의 이산가족 상봉행사가 금강산 관광으로 이어지도록 압박하는 의도를 가졌을지는 모르지만 국제 제재가 지속되고 있으며 한국인 관광객 피살사건에 대한 남북 당국 간의 입장 차이도 해결되지 않은 상태다.

20　"Shared cabins and a rusty ship: It must be North Korea's first ever cruise liner," *Daily Mail*, September 2, 2011.

21　『연합뉴스』, 2011년 9월 4일.

22　"A North Korean Resort Seeks to Draw Foreigners," *New York Times*, September 3, 2011.

　김정은은 북한 경제 건설전략의 일환으로 경제특구사업을 확장하였다. 이의 일환으로 원산과 금강산을 잇는 관광벨트인 원산-금강산 국제관광지대 조성 사업이 활발하게 전개되고 있다. 원산은 김정은 남매의 고향이다. 마식령 스키장이 조성·개장되었으며, 원산갈마공항이 확장·현대화되었다. 2016년 9월에는 원산갈마공항에서 구형 비행기를 이용한 에어쇼인 '제1회 원산국제항공축전'이 관광 상품으로 진행되기도 하였다. 또 원산에 대규모 관광단지인 원산갈마해안관광지구 건설 사업이 집중적으로 이루어지고 있다. 김정은은 2018년 1월 1일 신년사에서 원산갈마해안관광지구 건설을 역점사업으로 제시하고, 6월 공사현장 시찰에서는 완공 목표일을 지정했다.[23] 북한은 원산갈마관광지구를 정권 수립 70주년 기념일인 2018년 9월 9일까지 완공할 계획으로 건설 장비와 기술자, 노동자 등 인력을 집중적으로 배치하였다. 이 사업은 금강산 관광과 연계되는 사업으로 김정은 시대의 경제건설 사업의 시금석으로도 볼 수 있다. 그러나 원산-금강산 관광특구와 원산 마식령스키장을 연결하는 관광코스는 유엔의 제재로 현실화되지 못하고 있으며, 남북 간의 금강산 관광도 북한의 핵·미사일 개발로 인한 유엔제재의 지속 등 여전히 재개의 전제 조건이 해결되지 않은 상태가 지속되고 있다.

23　"北, 원산-금강산 투자유치 본격 홍보 "외국인 토지·세금 등 특혜 보장,"『Newsis』(온라인), 2018년 6월 25일; 〈http://www.newsis.com/view/?id=NISX20180624_0000344769&cid=10332"〉

Ⅳ. 과제

1992년 2월 발효되었던 남북기본합의서에서 남북한은 상대방의 체제를 인정하고 존중하기로 합의했다. 또 상대방에 대한 비방·중상을 하지 않기로 약속했다. 상대방에 대한 존중은 바로 스스로에 대한 존중이다. 남북한이 비방·중상하지 않고 상호 존중할 때 신뢰가 쌓이고 관계 발전의 지름길이 비로소 열리게 될 것이다.

그동안 남한과 북한은 각기 다른 체제 아래서 다른 방식으로 국가 발전의 길을 걸어왔다. 그 결과로 한국은 경제협력개발기구^{OECD} 개발원조위원회^{Development Assistance Committee} 회원국, 즉 선진국으로 성장한 반면에 북한은 경제적 최빈국이자 최악의 인권국의 하나로 평가받는다. 그러나 두 개의 서로 다른 정치적 실체는 적대적 상대방이자 분단 극복의 동반자이기도 하다. 남북기본합의서에서 남한과 북한은 "쌍방 사이의 관계가 나라와 나라 사이의 관계가 아닌 통일을 지향하는 과정에서 잠정적으로 형성되는 특수관계"로 합의했다. 그러나 각각의 방식대로 통일을 인식하고 정책을 추진해왔기 때문에 본질적인 갈등과 대립의 간격을 좁히지 못했다. 남북대화의 역사는 이미 45년 이상이 지났으며 남북교역의 물꼬가 터진지도 30년이 넘었다. 1971년 8월 남북 적십자 간 접촉으로 시작된 남북대화는 2018년 5월 말 현재까지 네 차례의 정상회담, 8차례의 총리급회담 등을 포함하여 총 659회에 달한다. 남북 간 합의 중에 중요한 문건만도 첫 공식 합의문인 7·4 남북공동성명, 가장 포괄적인 남북기본합의서, 한반도 비핵화의 약속을 담은 한반도 비핵화 공동선언, 정상회담 합의문들인 6·15공동선언, 10·4선언, 판문점선언 등이 있다.

1988년 7·7선언 이후 남북관계는 외형적인 변화를 보여 왔다. 남북

교역액은 꾸준히 증가했으며, 인적 교류도 지속적인 증가 추세를 보였다. 한국 국민들이 금강산과 개성을 관광하고, 개성공단에서는 한국의 중소기업들이 북한의 노동력을 이용해 상품을 생산하였다. 또 사회 문화 분야에서의 교류도 확대된 바 있다. 남북기본합의서, 6·15공동선언과 10·4선언에는 모두 여러 분야에서의 교류와 협력을 실시하기로 합의한 내용이 들어있다. 특히 금강산 관광은 교류와 협력 중에서도 민족 정서를 반영하면서 체제 개방에 민감한 북한의 우려를 고려한 사업이었다. 쌍방 지향적이지 않지만 북한의 개방 제한성을 염두에 두면서 남북 간 점진적인 교류·협력을 확대해나갈 수 있는 사업으로 인식되었다.

그러나 세계적 차원의 냉전구조가 해체되고 동·서독이 통일된 지 근 30년이 다가오며 국제질서가 급변하는 상황에서도 남북관계는 여전히 상호 믿을 수 있는 화해는 물론 교류와 협력도 제대로 이루어지지 않고 있다. 교류·협력을 포함하여 전반적인 남북관계는 쌍방 지향적이고 호혜적이기보다는 남한으로부터 북한으로 가는, 또 북한의 선호가 우선해서 작용하는 일방적이고 지원적인 성격이 지배적이었다. 또한 남북관계는 때때로 발생하는 남북 당국 간 대화의 중단에서 보듯이 북한의 자의적인 행동에 의해 영향을 받고 대화의 재개를 북한의 선의^{善意}에 기대하는 양상으로 전개되어 왔다. 남북관계는 여전히 불안정하고 제도화되지 못한 상태에 머물러 있다. 핵심 장애물은 북한의 핵·미사일 개발이다.

2018년 4월 27일 제3차 남북정상회담의 합의문인 판문점선언에서 남북한의 두 정상은 "새로운 평화의 시대가 열렸음"을 천명하면서 "이미 채택된 남북 선언들과 모든 합의들을 철저히 이행함으로써 관계개선과 발전의 전환적 국면을 열어나가기로 했다." 남북관계와 관련, 남북관계의 개선과 발전을 "더 이상 미룰 수 없는 시대의 절박한 요구"라는 인식 아래 당국 간 협의 지원과 민간교류·협력 보장을 위한 남북공동연락 사무소의 설치와 다방면적 협력과 교류, 왕래와 접촉의 활성화에 합의 했다.[24] 이에 따라 한국 사회에서 남북관계의 발전에 대한 기대와 희망이 다시 떠오르고 있다. 여러 분야에서의 교류·협력 재개를 바라고 폐쇄된 개성공단의 재가동은 물론 다양한 남북 경협사업에 대한 기대의 목소리 가 높아지고 여러 방안들이 제시되고 있다. 북한을 "새로운 시장 새로운 기회"로 보아 경제적 이익 획득의 목적을 위한 비즈니스 차원에서의 진 출 전략이 제안되기도 했다.[25] 이러한 기대와 제안들이 현실화되기 위해 서는 북한 비핵화가 진전되어 유엔안보리의 대북제재와 미국의 대북제재 조치가 어떠한 방식으로든 점차 완화되고 해제의 방향으로 나가야 한다. 이러한 제재의 영향을 벗어나는 영역에서는 일정한 정도로 교류와 협력 이 이루어질 수 있을 것이지만, 과거 남북 간 진행되었던 방식의 금강산 관광은 제재와 직접적으로 연관이 있다. 따라서 기본적으로 북한 비핵화 의 진전 속도와 범위와 폭이 전반적인 남북관계 개선과 발전의 구체적 이 행으로 이어지는 것을 보장하는 전제가 될 것이지만 금강산 관광을 포함 하여 남북교류와 협력, 전반적인 남북관계는 다음과 같은 과제를 안고 있다.

첫째, 남북 교류·협력은 민족 정서에 대한 의존과 대북 시혜적 조치 의 성격, 북한 문 두드리기의 방식으로부터 벗어나야 한다. 북한이 국제 사회에서 고립되고 한국과의 총체적인 국력 격차가 두드러지지만 북한

---

24 "한반도의 평화와 번영, 통일을 위한 판문점선언," 남북정상회담 준비위원회, 2018 남북정상회담 결과 설명자료 (2018년 4월 27일).

25 삼정KPMG 대북비즈니스지원센터 편, 『북한 비즈니스 진출 전략』 (서울: 두앤북, 2018) 참조.

도 유엔의 회원국으로서 2015년 현재 160개국과 외교관계를 맺고 있는 나라다. 김정일 시대의 선군정치로부터 김정은 시대의 당 기능 정상화가 이루어지고 핵무력 완성의 토대 위에서 국제사회와의 관계 개선을 추진하면서 '정상국가화'가 거론되고 있다. 그러나 북한의 정상국가화는 북한이 유엔 회원국으로서 국제사회의 합당한 일원으로 행동하면 된다. 남북 간 거래와 그 한 방식으로서의 금강산 관광은 남북한이 '사실상 두 국가적 실체'로서의 관계 방식을 적용하면 될 것이다.

둘째, 남북 간 호혜적이고 상호주의 관계가 발전될 수 있도록 하는 것이 남북관계를 지속가능하고 안정적으로 만들 수 있다. 북한 지도부는 체제방어적인 입장을 가질 수밖에 없다. 그러나 북한 사회도 결국 긴 변화의 과정에 진입하게 될 것이며 김정은 정권을 그 방향으로 추동할 필요가 있다. 따라서 교류협력은 다양한 행위자, 자율적인 행위자의 접촉면을 넓히도록 하는 것이 중요하다.[26]

북한의 변화를 바깥으로부터 추동할 수 있는 유력한 수단은 가급적 접촉과 교류의 기회를 확대하는 것이다. 금강산 관광은 남북한 모두 경제적 측면의 관광 비즈니스 측면을 무시할 수는 없을 것이다. 금강산 관광을 시작으로 관광산업의 확장이 북한의 경제를 재건하면서 한국의 경제 진출과 남북한의 경제통합을 향한 선도적인 협력 사례가 될 수 있다. 그러나 동시에 남북한의 주민이 직접 대면하고 접촉하며 소통하는 장의 역할을 하도록 염두에 두어야 한다. 과거처럼 금강산을 관광객으로 방문한 한국인들의 한국인들만을 위한 관광이라면 교류와 협력을 통한 남북한

---

26   민족화해협력범국민협의회 정책위원회 엮음, 『남북 교류협력의 재조명: 분양별 진단과 과제』(서울: 늘품플러스, 2015), p. 41.

주민 간의 이해 증진의 창구로서 금강산 관광은 의미를 찾을 수 없다.

셋째, 어떠한 경우나 상황에서도 남북관계를 지속시키는 것이 마치 남북관계의 발전인 것처럼 착각하는 오류에서 벗어나야 할 것이다. 1990년대 초 '북한 바로알기'가 통일지상주의의 신화神話에 빠졌던 것과 같이 남북관계가 지속되면 북한이 변할 것이라는 신화에 빠지기 쉽다. 또한 남북관계의 악화에 대한 반동으로, 북한의 평창 동계올림픽 참가를 계기로 한 북한인들의 남한 방문과 판문점선언 등 남북관계의 개선 환경이 조성되면서 다시 한번 '북한 바로알기'를 주창하는 현상이 나타나고 있다. 동일한 맥락에서 남북 교류·협력과 관계 개선의 신화에 빠질 수 있다.

남북 교류·협력은 남북관계의 변화의 모습이자 동시에 그 지속가능성과 질적 변화를 탐지할 수 있는 내용이다. 금강산 관광이 재개될 경우 관광의 범위와 내용, 거래 방식 등은 남북 교류협력의 질적 변화를 가늠할 수 있는 수단이다. 따라서 금강산 관광 자체의 재개에 너무 집착하기보다는 관광을 어떠한 방식으로, 어떠한 콘텐츠로 구성하여 남북관계 전반, 그리고 남북 강원도의 지역적 협력 차원에서 어떻게 발전시켜 나갈 것인가를 염두에 두면서 발전적 재개를 준비해야 할 것이다.

넷째, 교류·협력은 남북 간 쌍방 거래의 질적, 양적 증대를 가져오는 수단이면서 동시에 남북 주민 간 접촉의 면을 넓혀 서로에 대한 이해의 폭과 범위를 증대하는 수단이다. 관광은 기본적으로 즐거움과 여유로움, 편안함과 휴식, 삶의 재충전을 도모하는 방식이다. 따라서 관광은 평화로움과도 통할 수 있다. 그러한 점에서 금강산 관광은 남북 간 평화의 증진을 위한 매개체가 될 수 있다. 금강산 관광은 단순히 자연과 경관의 감상, 가보지 못한 북한 지역의 방문 기회, 민족 정서의 배출구로서의 수단으로 기능해서는 안 될 것이다. 향후 남북 간 교류·협력의 안정성과 지속가능성은 평화의 공고화와 연관된다. 또한 관광은 자유와 행복 증진 이라는 차원에서 교류 사업의 중요 분야다. 민간 교류와 인권 개선 촉구 는 상호 모순이 아니다.[27] 금강산 관광을 비롯하여 북한 지역의 관광 활 성화는 북한 사회에 개방의 효과를 가져오는 방향으로 기여해야 하며 장 기적으로 북한 사회의 인권 상황을 개선하는 여건을 조성하는데 기여한 다는 점을 인식해야 할 것이다.

다섯째, 정보통신기술융합의 시대에 세계의 많은 나라들이 관광산업 을 주요 국가경제 발전 동력으로서는 물론 국가 이미지 제고를 위한 적극 적인 공공외교와의 연관 속에서 장려하며 진흥시키고 있다. 한국도 산업 경쟁력의 증진 수단으로써, 또 국가이미지 제고의 수단으로써 관광산업 을 중시하고 있다. 김정은 정권도 북한 경제건설의 한 방편으로써 관광 을 활용하고 있다. 자연경관을 활용한 기존의 주요 관광자원 이외에 관 광 지구를 지정·건설하고, 관광 상품으로서의 국제 아마추어 마라톤 대 회, 대동강 맥주 축제 등 관광콘텐츠의 개발에도 힘을 기울이고 있다. 특 히 원산-금강산 국제관광지대 조성 사업을 역점을 두어 추진하고 있다. 한국은 북한의 이러한 노력에 협력하고 지원할 수 있는 관광 경쟁력을 구 비하고 있다. 한국의 입장에서는 북한 비핵화가 진전될 경우를 대비하여 중앙 정부와 강원도 차원에서 오래전부터 구상해온 설악산-금강산 관광 연계를 향후 금강산 관광 재개 시 실현할 수 있는 준비를 해야 할 것이 다. 북한에 대한 경제제재가 진행되는 상황 아래서도 제3국의 관광객을

27　민족화해협력범국민협의회 정책위원회 엮음, 『남북관계 재정립을 위한 새 정부의 남 북협력 로드맵 제안』(서울: 늘품플러스, 2017), p. 81.

대상으로 한 남북 연계 관광의 방안을 강구·추진하도록 해야 할 것이다.

마지막으로 남북 교류·협력의 외형적 성장이 그 자체로 그치지 않고 남북 간 상호작용의 변화를 가져오고 남북관계의 질적 변화와도 연계될 수 있도록 해야 한다. 금강산 관광이 진행될 당시 연 최고 수준의 한국 관광객이 근 35만 명에 이르렀다. 10년 동안 총 관광객은 190만 명이 넘었다. 그러나 이러한 수의 한국 관광객이 북한에 대한 이해를 증진시키거나 남북 간 상호 이해의 증진을 가져왔다고 보기 어렵다. 남북 주민 간 접촉에 근본적인 한계가 있었기 때문이다. 향후 금강산 관광은 남북 주민의 접촉이 보다 자유로워지고 편안하게 소통할 수 있는 기회가 확대되는 관광이 되도록 해야 한다. 기존의 방식대로 제한된 장소에 통제받는 방식으로 금강산 관광이 진행되면 남북관계의 개선과는 무관한 결과를 가져올 것이다. 쌍방 지향의 교류·협력이 증대되는 방향으로 금강산 관광도 이루어져야 한다.

Ⅴ. 결론

향후 남북 교류·협력과 전반적인 남북관계는 어느 일방에 의한 방식이 아니라 제대로 된 정상적인 관계로 만들어가야 한다. 이제까지의 남북관계와 남북 교류·협력은 한국의 입장에서는 특정 정부의 정책적 신념과 구상에 따라서, 북한의 입장에서는 체제에 부정적인 영향을 주지 않는 범위 내에서 자국의 선호에 따른 이익을 확보할 수 있는 데에 따라서 이루어졌음을 부인할 수 없다. 그 결과는 교류·협력을 통해 서로 간의 이해를 증진하지도 못했고 남북관계는 수시로 단절되었다. 합의에 의한 군건한 약속은 제대로 지켜지지 않았고 민족에 대한 엄숙한 선언은 화려한 말의 잔치로만 끝났다. 한국이 말하는 '민족공동체'와 북한이 말하는 '우리 민족끼리'의 '민족'은 겉모습은 같지만 속에 담고 있는 내용은 전혀 다르다. 그 다른 내용을 당장에 똑같게 만들 수는 없다. 유엔회원국으로서 한국과 북한 두 국가의 상이한 체제와 이념의 장벽은 여전히 너무 탄탄하다. 바로 남북관계와 교류 · 협력이 새로운 사고와 새로운 방향으로 추진되어야 하는 이유다.

남북관계는 그야말로 중단되지 않고 장기적으로 이행될 수 있는 전략과 그에 토대한 실천계획이 필요하다. 금강산 관광의 재개는 그 자체로서 교류 · 협력의 끈을 연결할 수 있는 동력이 될 수도 있지만 전반적인 남북관계의 구도 속에서 위치되고 향후 접근 방안이 강구 · 실천되어야 한다. 남북관계의 현실, 북한의 리더십과 체제의 본질, 북한 비핵화 문제 등을 고려하면, 중장기적으로 남북한이 상대방으로부터 받는 위협 인식을 축소하는 방향으로 서로 이익을 얻을 수 있는 관계가 형성되어야 한다. 다시 말해 평화공존 상태가 형성되어야 한다. 그러나 이러한 상태의 구현은 시간이 소요되므로 우선은 상대방에 대한 신뢰가 없는 상태에서도 교류할 수 있는 여건을 만드는 것이 필요하다. 이를 위해서는 남북한이 "상대방의 체제를 인정하고 존중한다"고 약속한 남북기본합의서의 제1조를 실질적으로 실천해야 하며 그래야 다양한 협력 사업들이 쌍방지향적으로 이행될 수 있다. '나라와 나라 사이의 관계'가 아닌 '통일을 지향하는 특수한 관계'에서 남북한이 생각하는 통일의 상像과 목표가 다르기 때문에 상호 이해하는 과정은 여전히 매우 험난할 것이다. 그러나 그 한계 속에서도 평화공존으로 나아갈 수는 있다. 북한은 국제사회의 규범을 이탈하고 있는 나라로 평가되지만 국제사회와 고립되어 살 수는 없다. 한국은 G20 국가로서 세계와의 교류가 매우 활발하며 북한도 유

엔의 회원국으로서 세계의 많은 나라들과 교류하고 있다. 이러한 현실을
한반도에서도 인정하는 용기가 필요하다. 분단 시기 서독은 유럽 평화를
우선하는 외교정책을 추진하면서 1972년 12월 동독과 상호 독립성을 인
정하는 기본조약Grundvertrag을 체결하여 법적·제도적 토대 위에서 교류
와 협력을 증대시켜 나갔다.[28] 이처럼 한국과 북한도 개별 국가로서 협정
을 체결하여 교류하고 협력할 필요가 있다. 양자 관계의 안정적인 토대
가 서로에 대한 이해를 증진시키고 결국 통일로 가는 문을 여는 기회를
증대시킬 것이다.

  2018년 2월의 평창 동계올림픽을 계기로 남북 당국 간 관계가 재개되
고 남북정상회담과 북·미 정상회담이 개최되는 등 한반도 정세가 빠르
게 전환되고 있다. 북한 비핵화가 여전히 해결되어야 할 과제로 남아 있
으나 남북관계의 새로운 국면을 조성할 수 있는 기회가 다시 한번 우리에
게 주어졌다. 한반도에 남아 있는 냉전의 유산을 극복하는 도전의 기회
로 삼아야 한다. 그러나 남북관계의 일시적인 정체가 남북관계를 과거로
되돌리는 것이 아닌 것처럼 남북관계가 재개되었다고 해서 남북관계의
순탄한 길이 당장에 활짝 열리는 것도 아니다. 한 걸음의 후퇴로 보이는
교착상태는 두 걸음의 전진을 위한 준비 기간이다. 한 걸음 진전되는 것
같은 남북관계는 두 걸음, 세 걸음 뒤로 후퇴될 수도 있다. 금강산 관광
은 남북 교류·협력의 한 작은 부분이다. 금강산은 빼어난 자연경관으로
오래전부터 민족적 정서를 담고 있는 곳이다. 이산가족들이 만나는 장이
며, 많은 한국인들이 한 번은 가고 싶어 하는 '그리움'의 대상이기도 하

---

28 박영호, "미국·서독의 협력과 독일통일: 한·미협력관계에 대한 시사점,"『21세기
    정치학회보』, 제9집 1호 (1999), p. 242.

다. 그러나 거기에 그쳐서는 안 된다. 금강산과 금강산 관광은 남북한의 주민이 소통하고 서로 알아가는 이해와 교류의 장이 되어야 한다.

26년 전 1992년 2월 남북한이 발효시킨 남북기본합의서를 두고 북한은 "신성한 의무를 지니는 책임 있는 쌍방 사이의 약속이며 7천만 겨레 앞에서 다지는 신성한 서약"이라고 평가했다.[29] 그러나 그 '신성한 서약'은 북한에 의해 전혀 지켜지지 않았다. 2018년 4월 판문점선언에서 남북한의 두 정상은 "새로운 평화의 시대가 열렸음을 8000만 우리 겨레와 전 세계에 엄숙히 천명"했다. 그 '엄숙한 천명'이 허언虛言으로 끝나지 않으려면 상대방의 작은 이익이라도 고려하는 정책을 펼쳐나가야 한다. 이제 금강산 관광을 포함한 남북 교류와 협력, 그리고 전반적인 남북 관계 개선 전략과 계획들은 무엇보다 평화공존의 실현을 향해서 풀어나가야 할 것이다.

---

29 『로동신문』, 1992년 2월 22일.

〔국내자료〕

강세황.『표암유고』. 서울: 지식산업사, 2010.

강원택. "금강산 관광사업과 국민여론: 금강산 관광사업에 대한 국민 의식 조사연구 결과보고." 경남대 극동연 연구보고서 99-11. 경남대학교 극동문제연구소, 1999.

강인원. "관광교류협력사업과 연계지역의 관광발전 영향요인에 관한 연구: 금강산광 광사업과 강원도 고성군의 발전방안을 중심으로."『마케팅과학연구』, 제16집 4호 (2006).

경실련 통일협회.『금강산 관광 재개를 위한 환경과 방안』. 금강산 관광 중단 10년, 재개촉구와 방안 마련을 위한 토론회 자료집 (2017).

고경빈. "남북 교류협력 발전을 위한 민관협력 방향." 민족화해협력범국민협의회 정책 위원회 엮음.『남북관계 재정립을 위한 새 정부의 남북협력 로드맵 제안』. 서울: 늘품플러스, 2017.

고성군.『고성군 중장기 종합발전계획』. 강원연구원, 2016.

______. "금강산 관광 재개 및 교류활성화 건의." 강원도 고성군, 2016.

______. "금강산 육로관광 중단 피해에 따른 대책촉구 건의문." 강원도 고성군, 2016.

______.『통일 및 북방경제시대 대비: 통일고성 기반구축구상』. 강원연구원, 2016.

______.『2016-2030 고성군 중장기종합발전계획』. 강원도 고성군, 2016.

고성군 의회 · 고성군 번영회. "건의문: 금강산 육로관광 중단 피해에 따른 대책 촉구." (2016).

국립민속박물관 편.『한국민속문학사전: 설화 편』. 서울: 국립민속박물관, 2012.

국립중앙박물관.『불사리장엄』. 서울: 국립중앙박물관, 1991.

국립중앙박물관.『아름다운 금강산』. 서울: 국립중앙박물관, 1999.

국정기획자문위원회.『한반도 신경제지도 구상』. 2017.

국토교통부.『북한 건설 · 개발제도 및 계획현황 연구』. 세종: 국토교통부, 2015.

국토통일원.『남북대화백서』. 서울: 국토통일원, 1982.

국회연구소. "제352회 제1차 외교통일위원회회의록."(2017년 7월 10일).

권경숙. "海岡의 金剛遊覽歌 硏究."동아대학교 대학원 석사학위논문, 2003.

금강산 관광 중단 피해대응 추진위원회. "금강산 관광 중단 피해 대책 촉구 건의서 제
　　　출에 따른 중앙부처 회신."(2016).

＿＿＿＿＿＿＿＿＿＿＿＿＿＿＿＿＿＿. "금강산 관광 중단 피해 대책 촉구를 위한 상
　　　경집회 결과보고서."(2016).

김고중. "금강산 관광사업과 대북경협의 전망: 현대그룹의 대북경협 추진 방향 – 금강
　　　산 관광　개발 사업을 중심으로."경남대 극동연 연구보고서 99-11. 경남대학
　　　교 극동문제연구소, 1999.

김난영. "금강산 관광이 한반도 평화에 미치는 공헌도에 관한 연구."『관광연구논총』,
　　　제15호 (2003).

김난영 · 윤황. "금강산 관광 위험인지와 관광의도에 관한 연구."『동북아연구』, 제29
　　　권 1호(2014).

김난영 · 조민호. "금강산 관광개발이 한반도 평화에 미치는 공헌도에 관한 연구."『관
　　　광학연구』, 제30권 3호 (2006).

김범수 · 이봉희. "금강산 관광 중단으로 인한 강원도의 경제적 피해 실태와 해결 방
　　　안."금강산 관광재개 범국민운동본부 외, 2012.

김병로. "금강산 관광사업과 국민여론: 금강산 관광사업과 북한주민의 의식변화."경
　　　남대 극동연 연구보고서 99-11. 경남대학교 극동문제연구소, 1999.

김성섭. "금강산 관광사업에 대한 시민의식분석."『관광학연구』, 제28권 제1호
　　　(2004).

김성섭 · 문보영 · 김용완. "금강산 관광사업에 대한 시민인식 분석."『관광학연구』, 제

28권 1호(2004).

김승희. "노영의 금강산담무갈법기·지장보살현신도."『아름다운 금강산』. 서울: 국립
　　　중앙박물관, 1999.

金永基 編.『金海岡遺墨』. 서울: 대일문화사, 1980.

김용덕.『누가 오늘 일을 묻는가』. 서울: 불일출판사, 1996.

김인옥.『김정일장군 선군정치론』. 평양: 평양출판사, 2003.

김일성.『김일성 저작집 42권』. 평양: 조선로동당출판사, 1995.

김주원.『강원평화특별도와 남북일제 추진 방향 검토』. 2012.

김철원·이태숙. "남북관광 협력과 통일 인식 변화에 관한 연구 - 금강산 관광을 중심
　　　으로."『통일문제연구』, 2008년 상반기 통권 제49호 (2008).

김태영.『애국애족의 통일방안』. 평양: 평양출판사, 2001.

김학량. "고암 이응노의 전기 그림 세계."『한국근대미술사학2』. 서울: 청년사, 1955.

김현일. "新정부의 '한반도 신경제지도' 구상 공약과 의의."『북한포커스』. Weekly
　　　KDB Report, 2017.

김형기.『남북관계변천사』. 서울: 연세대학교 출판부, 2010.

남북정상회담 준비위원회. "2018 남북정상회담 결과 설명자료."2018년 4월 27일.

南鶴鳴.『晦隱集』. 1723.

노영순.『문화관광분야 통일정책의 방향과 과제』. 서울: 한국문화관광연구원, 2015.

大熊龍二郎.『金剛山案內記』. 1934.

德田富次郎.『金剛山』. 元山: 德田寫眞館, 1912.

리훈.『평화통일과 금강산』. 서울: 백산출판사, 2011.

메인아르더스, 로널드(Meinardus, Ronald). "금강산 관광사업 1년의 평가 : 동서독
　　　의 경험에 비추어 본 금강산 관광사업 평가."경남대 극동연 연구보고서 99-
　　　11. 경남대학교 극동문제연구소, 1999.

문교부.『제12회 대한민국미술전람회 도록』. 1963.

문명대. “노영필 아미타9존도 뒷면 불화의 재검토-고려 태조의 금강산배점 담무갈법
　　　기보살 예배도.”『고문화』, 제18집 (1980).

민윤숙. “금강산 유람의 통시적 고찰을 위한 시론.”『민속학연구』, 제27호 (2010).

민적.『유점사사적기』, 1915.

민족화해협력범국민협의회. “금강산 관광 중단으로 인한 고성군 지역주민 피해실태조
　　　사 및 보상방안.”연구보고서, 2013.

민족화해협력범국민협의회 정책위원회 엮음.『남북관계 재정립을 위한 새 정부의 남북
　　　협력 로드맵 제안』. 서울: 늘품플러스, 2017.

　　　　　　　　　　　　　　　　　　.『남북 교류협력의 재조명: 분양별 진단과
　　　과제』. 서울: 늘품플러스, 2015.

박명림. “한반도 정전체제: 등장. 구조. 특성. 변환.”『한국과 국제정치』, 제22권 1호
　　　(2006).

박영호. “남북관계 환경변화와 남북 교류협력 발전전략.”민족화해협력범국민협의회
　　　정책위원회 엮음.『남북 교류협력의 재조명: 분양별 진단과 과제』. 서울: 늘품
　　　플러스, 2015.

　　　. “미국·서독의 협력과 독일통일: 한·미협력관계에 대한 시사점.”『21세기 정
　　　치학회보』, 제9집 1호 (1999).

박영호 외.『‘민족공동체 통일방안’의 이론체계와 실천방향』. 서울: 민족통일연구원,
　　　1994.

박정원.『남북한 관광협력의 활성화를 위한 법제 정비 방안』. 서울: 한국법제연구원,
　　　2000.

박정희. “8·15 경축사. 국토통일원.”『남북한 통일 대화 제의 비교』. 서울: 국토통일
　　　원, 1990.

버거, 피터 & 토마스 루크만, 하홍규 역.『실재의 사회적 구성』. 서울: 문학과 지성사,
　　　2013.

법률출판사.『조선민주주의인민공화국 법전』. 평양: 법률출판사, 2012.

법무부. 『북한 개성공업지구법 분석』. 법무부, 2003.

______. 『북한 「금강산 관광지구법」 분석』 법무자료 제249집, 법무부 법무실 특수법령과, 2003.

______. 『북한 북남경제협력법 분석』. 법무부, 2006.

삼성문화재단. 『단원 김홍도』-탄신 250주년 기념 특별전. 서울: 삼성문화재단, 1995.

____________. 『이상범』. 서울: 삼성문화재단, 1997.

삼성미술관. 『소정과 금강산』. 서울: 삼성미술관, 1999.

삼정KPMG 대북비즈니스지원센터 편. 『북한 비즈니스 진출 전략』. 서울: 두앤북, 2018.

서기재. "일본 근대여행 관련 미디어와 식민지 조선." 『일본문화연구』, 제14호 (2005).

서동만. "금강산 관광사업은 남북 정부간 관계개선에 기여할 것인가?" 경남대학교 극동문제연구소. 금강산 관광 사업 1년 평가 학술심포지움 발표문 (1999년 11월 11일).

______. "금강산 관광사업 1년의 평가: 금강산 관광사업은 남북 정부 간 관계개선에 기여할 것인가?" 경남대 극동연 연구보고서 99-11. 경남대학교 극동문제연구소, 1999.

서울대학교 통일평화연구원 편. 『통일의식조사』. 1998; 2013; 2017.

서유리. "1910-20년대 한국의 풍경화 연구." 서울대학교 고고미술사학과 석사학위논문, 2001.

서화협회. 『書畫協會報』, 제1권 제1호 (1921).

송영훈. "박근혜 정부 대내적 통일정책의 평가와 인식론적 성찰." 『통일정책연구』, 26권 1호 (2017).

신용석. "금강산 관광의 재개를 대비한 제도적 개선방향." 『관광학연구』, 제35권 제4호 (2011).

______. 『남북관광 현황분석 및 정책 대응 방안』. 서울: 한국문화관광연구원, 2012.

심상진. "남북관광이 국내관광산업에 미치는 영향." 『한국관광정책』. 한국문화관광연구원, 2008.

심의섭. 『평화시대의 금강산 관광과 북한경제』. 서울: 평화연대평화연구소, 2006.

아시아사회과학연구원. 『금강산 관광의 법제도적 문제와 대응방안』. 서울: 아사연, 2000.

안택식. "금강산 관광객 피격사건으로 인한 분쟁의 해결방안 및 관광재개를 위한 법적 검토." 『저스티스』, 통권 제107호 (2008).

_____. "금강산국제관광특구법의 개선 과제." 『한양법학』, 제23권 제4집 (2012).

양승이. "금강산 관련 문학작품에 나타난 유가적 사유 연구." 고려대학교 대학원 박사학위논문, 2012.

양영식. 『통일정책론: 이승만 정부로부터 김영삼 정부까지』. 서울: 박영사, 1977.

염중섭자현. "금강산 유점사의 연기설화 검토." 『한국불교학』, 제83집 (2017).

오광수. 『한국현대미술사』. 서울: 열화당, 1995.

우성 김종영기념사업회 이효영 엮음. 『김종영-조각가의 그림』. 인천: 가나아트, 1998.

유병호. "금강산국제관광특구 연구." 『통일과 평화』, 제6권 1호 (2014).

유승훈. "근대자료를 통해본 금강산 관광과 이미지." 『실천민속학연구』, 제14호 (2009).

_____. "일제시기 투어리즘과 금강산 관광의 근대적 창출." 『사진엽서에서 만난 관광명소』. 부산: 부산박물관, 2008.

이경화. "鄭敾의 《辛卯年楓嶽圖帖》: 1711년 금강산 여행과 진경산수화의 형성." 『미술사와 시각문화』, 제11권 (2012).

이광수. 『금강산유기』. 경성: 시문사, 1924.

이구열. "전통의 계승. 근대한국화의 개창.", 『안중식』. 서울: 금성출판사, 1990.

이상균. "조선전기 外國 使臣들의 金剛山 遊覽과 그에 따른 弊害 고찰." 『史學研究』, 제101호 (2011).

이승환. "2000년 이후 대북정책담론 연구." 경남대학교 북한대학원 석사학위논문, 2008.

李良嬉. "日本 植民地下の觀光開發に關する硏究 – 金剛山 開發を中心に." 『日本語文學』, 제24호 (2004).

이영수. "이의성. 1757-1833의 『청류만록靑流漫錄』과 금강산도." 『美術史學報』, 제48집 (2017).

______. "19세기 금강산도 연구." 명지대학교 대학원 박사학위논문, 2016.

이용준 · 권승안 외, 『금강산데이터베이스』. 서울: CNC 학술정보, 2011.

이용화 · 이해정. "최근 남북관계 현안에 대한 전문가 설문조사-남북관계 개선을 위해 비정치적 접근 필요." 『VIP REPORT』, 17-22호 (2017).

이인호. "한반도 평화체제 구축에 따른 한 · 미동맹관계의 쟁점과 대책." 『국방연구』, 제51권 제2호 (2008).

이태호. "겸재 정선의 진경산수화에 나타난 실경의 표현방식 고찰." 『방법론의 설립 : 한국미술사의 과거. 현재 그리고 미래』. Los Angeles County Museum of Art (2001).

______. "금강산의 고려시대 불교유적." 『미술사와 문화유산』, 창간호 (2012).

______. "실경에서 그리기와 기억으로 그리기:조선 후기 진경산수화의시방식과 화각을 중심으로." 『미술사연구』, 제257호 (2008).

______. 『옛 화가들은 우리 땅을 어떻게 그렸나』. 서울: 마로니에북스, 2015.

______. "〈외금강옥류천도〉는 소정의 명품이다." 『미술세계』, 9월호 (1999).

______. "일만이천봉에 서린 꿈-금강산의 문화와 예술 300년." 몽유금강. 서울: 일민미술관, 1999.

______. "제주의 자연을 그려온 화가, 강요배- 금강산의 돌과 물을 그리다." 금강산-강요배 전시 도록. 아트스페이스 서울: 학고재, 1999.

______. 조선미술사기행. 서울: 다른세상, 1999.

______. "조선 후기 진경산수화의 여운." 이풍익 지음, 이충구 · 이성민 역. 『동유첩』.

서울: 성균관대학교출판부, 2005.

______. "칼끝으로 빚어낸 개골옥류의 금강풍정." 송필용의 금강산 주유기. 서울: 아트 스페이스, 2000.

______. "韓國 古代山水畫의 發生 硏究 -三國時代 및 統一新羅時代의 山岳과 樹木 表現을 中心으로." 美術資料. 서울: 국립중앙박물관, 1987.

______. "한국 산수화의 모태. 조선 후기 금강산 그림." 조선미술사기행. 서울: 다른세 상, 1999.

______. "17세기 인조시절의 새로운 회화경향-동회 신익성의 사생론과 실경도, 초상 을 중심으로." 『강좌미술사』, 제31호 (2008).

______. "20세기 초 전통회화의 변모와 근대화 - 채용신, 안중식, 이도영을 중심으로." 『동양학』, 제34집 (2003).

______. "20세기의 金剛山圖-현장에서 그린 사생화寫生畵와 기억으로 담은 추상화 追想畵." 『그리운 金剛山』. 서울: 국립현대미술관, 2004.

이풍익 지음, 이충구 · 이성민 역. 『동유첩』. 서울: 성균관대학교 출판부, 2005.

이해정. "금강산 관광 16주년의 의미와 과제." 『현안과 과제』, 제14-43호 (2014).

______. "독일 사례를 통해 본 통일 기반 여건 조성 방안 - 비정치 분야의 다양한 접촉 면 확대 필요." 『현안과 과제』, 제13-48호 (2013).

______. "새 정부 출범 100일. 남북관계 진단과 과제 - 한미정상회담 이후 남북관계 개선 모색." 우리민족서로돕기운동 제66회 평화나눔 정책포럼 (2017).

이해정 · 이용화. "남북경제협력의 정상화 과제-AGAIN. 남북경협." 『현안과 과제』, 제17-27호 (2017).

______. "남북경협을 통한 통일경제 토대 조성- 한국경제의 현재와 미래를 말하다(시리즈 ⑩ 남북경협)." 『VIP 리포트』, 제17-12호 (2017).

______. "신북방정책 추진의 기회와 위협 요인." 『VIP 리포트』, 제17-28호 (2017).

이해정 · 이용화 외. 『통일경제의 현재와 미래』. 서울: 현대경제연구원, 2016.

이화여자대학교박물관.『양구 방산의 도요지 지표조사보고서』. 이화여자대학교박물관, 2001.

이효원. "개성공단 재개에 관한 법적 쟁점."『통일과 법률』, 통권 제31호 (2017).

______.『통일법의 이해』. 서울 : 박영사, 2014.

임수호. "한반도 평화체제 논의의 역사적 경험과 쟁점."『한국정치연구』, 제18집 제2호 (2009).

임을출. "새정부의 한반도 신경제지도 구상, 추진전략은?"『제12차 통일한국포럼도발과 제재의 악순환 한반도 신경제지도 구상은?』. 평화문제연구소 · 한스자이델 재단 주최 (2017).

______. "한반도 신경제지도 구상의 의의와 과제." 평화와 번영의 한반도를 위한 문재인 정부의 국가전략 발표논문집. 제34차 세종국가전략포럼 (2017).

______. "한반도 신경제지도 구상의 이행전략." 비핵평화번영을 위한 한반도 신경제지도 구상. 서울 통일연구원, (2017).

전일욱. "금강산 관광의 의미와 재개 해법."『한국동북아논총』, 제71호 (2014).

전현준. "전두환, 노태우 정부의 대북정책."『북한』, 통권 제335호 (1999).

정동준. "경제평가가 통일의식에 미치는 영향: 2007-2017년 통일의식 조사 설문 결과 분석."『담론201』, 제20권 3호 (2017).

정영철. "남북한 통일정책의 역사와 비교: 체제 통일에서 공존의 통일로." 이화여대통일학연구원 편.『남북관계사: 갈등과 화해의 60년』. 서울: 이화여대출판부, 2009.

정은우. "고려후기 라마탑형 사리기연구."『동악미술사학』, 제3호 (2002).

정인섭.『조약법강의』. 서울: 박영사, 2016.

조건식. "금강산 관광사업, 어떻게 할 것인가?"『금강산 관광사업과 남북 교류협력의 새로운 모색』. 강원일보 · 서울대학교 통일평화연구원 · 강원대학교 통일강원연구원 공동 주최 2017 평화통일 국제학술 심포지엄 발표문(2017년 11월 21일).

조동호. "절망의 10년, 기교의 10년: 남북경협 20년의 평가."『담론201』, 제11권 1호 (2008).

조명균. "금강산 관광사업과 대북경협의 전망: 남북경협과 정부의 대북정책."경남대 극동연 연구보고서 99-11. 경남대학교 극동문제연구소, 1999.

조선국제여행사.『조선관광문답100』. 평양: 조선국제려행사, 1994.

조선총독부 총무국.『金剛山 植物調査書』. 경성: 조선총독부 총무국, 1918.

조정육. "근대 미술사에서 서화협회의 성과와 한계."靑餘 李龜烈 先生 회갑기념논문집 간행위원회.『근대한국미술논총』. 서울: 학고재, 1992.

조한승. "평화 매개자로서 국제관광의 개념과 대안: 이해관계자 맥락과 국제기구의 참여."『국제정치논총』, 제56집 1호 (2016).

조희룡.『호산외사』. 1844.

주경미. "원대 라마탑양식이 한국 불교에 미친 영향."항산 안휘준 교수 정년퇴임 기념논문집 간행위원회 편.『미술사의 정립과 확산2』, 2006.

진준현.『단원 김홍도 연구』. 서울: 일지사, 1999.

진희관. "금강산 관광 문제점 진단과 전망: 여론은 긍정적, 참여는 소극적."『통일한국』, 12월호 (1998).

______. "금강산 관광 실현의 과정과 과제: 마침내 출항하는 금강산 유람선."『통일한국』, 11월호 (1998).

______. "금강산 관광 재개의 필요성과 의의."김동철 · 김성곤 · 설훈 · 원혜영 의원 주최 '한반도 평화를 위한 긴급간담회' 발표문 (2013).

청와대. "노무현 대통령 취임사."2003년 2월 25일.

최남선.『금강예찬』. 경성: 한성도서주식회사, 1928.

최신림. "금강산 관광사업 1년의 평가: 금강산 관광사업은 대북경협의 바람직한 모델인가?"경남대 극동연 연구보고서 99-11. 경남대학교 극동문제연구소, 1999.

최완수.『겸재 정선1』. 서울: 현암사, 2009.

______. 『겸재 정선3』. 서울: 현암사, 2009.

최익현. "〈만폭동〉 7언시나 〈옥류동〉 5언시 등에 그런 심경이 잘 드러나 있다." 리용준 저·오희복 역."『금강산 한시집』. 평양: 문예출판사, 1989.

최인진. 『한국사진사』. 서울: 눈빛, 2000.

최진욱 외. 『남북관계의 진전과 국내적 영향』. 서울: 통일연구원, 2003.

최철호. "북한 관광사업의 현황과 북중관광협력." 경남대 극동문제연구소·연변대 공동 내부 세미나 자료집, 2016.

통일부. 『문재인의 한반도 정책: 평화와 번영의 한반도』. 서울: 통일부, 2017.

______. "주요사업 통계." 2017.

______. 『참여정부의 평화번영정책』. 서울: 통일부, 2003.

______. 『통일백서』. 서울: 통일부, 2003.

______. 『통일부 30년사』. 서울: 통일부, 1999.

통일연구원. 『이명박정부 대북정책은 이렇습니다』. 서울: 통일연구원, 2007.

하경숙. "여성 인물의 현실인식과 의미 양상 - 금원(錦園)의 문학작품을 중심으로." 『동양문화연구』, 제26집 (2017).

한국근대미술연구소 편. 『이당 김은호』. 서울: 국제문화사, 1978.

한명섭. "북한에 의한 금강산 관광지구의 우리 자산 몰수·동결과 관련한 법적 쟁점 연구." 『통일과 법률』, 제3호 (2010).

______. 『통일법제 특강』. 서울: 박영사, 2016.

한상국. "북한의 금강산국제관광특구에서의 세금문제: 세금규정의 평가와 전망." 『조세연구』, 제13권 2집 (2013).

현대경제연구원. "금강산 관광의 의미 재조명: 금강산 관광을 통일대박 실현의 초석으로 활용하자." 『현안과 과제』, 제14-10호 (2015).

______________. "금강산 관광 19주년 현황과 과제." 『현안과 과제』, 제17-29호 (2017).

__________. "남북관계 전문가 설문조사 - 신뢰 회복을 위한 남북한 실천적 조치 필요."『현안과 과제』, 제14-13호 (2014).

__________. "남북관계 현안 설문조사 결과와 시사점."『현안과 과제』, 제15-38호 (2015).

__________. "평창올림픽 이후 남북관계 전망 전문가 설문조사."『현안과 과제』, 제18-06호 (2018).

__________. 『현안과 과제: 금강산 관광 16주년의 의미와 과제』. 서울: 현대경제연구원, 2014.

현대경제연구원 통일경제센터.『남북관계 경색해소와 금강산 관광』. 서울: 현대경제연구원, 2012.

洪奭周.『淵泉先生文集』, 미상.

홍선표. "제당 배렴-문인풍 수묵산수의 모범." 배렴 성재휴 저.『배렴/성재휴』. 서울: 금성출판사, 1990.

홍성걸. "금강산 관광 재개와 수산협력 활성화."『해양수산』, 제2권 4호 (2012).

홍순직. "남북경협 부문의 비전과 발전과제."『통일경제』, 제1호 (2015).

홍용선.『소정 변관식』. 서울: 열음, 1978.

〔영문자료〕

Alluri, R. M. *The role of tourism in post-conflict peace-building in Rwanda.* Bern: Swisspeace, 2009.

Altinay, L. and D. Bowen. "Politics and tourism interface: The case of Cyprus." *Annals of Tourism Research*, Vol. 33, No. 4 (October 2006).

Anastasopoulos, P. G. "Tourism and attitude change: Greek tourists visiting Turkey." *Annals of Tourism Research*, Vol. 19, No 4 (January 1992).

Ap, J. and T. Var. "Does tourism promote world peace?" *Tourism Management*, Vol. 11, No. 3 (September 1990).

Askjellerud, S. "The tourist: A messenger of peace?" *Annals of Tourism Research*, Vol. 30, No. 3 (July 2003).

Azar, Edward E. *The Codebook of the Conflict and Peace Data Bank (COPDAB): A computer-assisted approach to monitoring and analyzing international and domestic events.* College Park, Mar.: Center for International Development and Conflict Management, University of Maryland, 1982.

Barakat, S. "Post-war reconstruction and development: Coming of age." In S. Barakat, ed. *After the conflict: Reconstruction and development in the aftermath of war.* New York: Palgrave Macmillan, 2005.

Becken, S. and F. Carmignani. "Does tourism lead to peace?" *Annals of Tourism Research*, Vol. 61 (November 2016).

Berno, T. and C. Ward. "Innocence abroad: A pocket guide to psychological research on tourism." *American Psychologist*, Vol. 60, No. 6 (September 2005).

Blinken, Antony J. "U.S. weighs North Korea nuclear test." *The New York Times.* March 16, 2017.

Butler, R. W. and B. Mao. "Conceptual and theoretical implications of tourism between partitioned states." *Asia Pacific Journal of Tourism Research*, Vol. 1, No. 1 (1996).

Buzinde, C. N., J. M. Kalavar, and K. Melubo. "Tourism and community well-being: The case of Maasai in Tanzania." *Annals of Tourism Research*, Vol. 44 (January 2014).

Causevic, S. and P. Lynch. "Phoenix tourism: Post-conflict tourism role." *Annals of Tourism Research*, Vol. 38, No. 3 (July 2011).

Chhabra, D. "Soft power analysis in alienated borderline tourism." *Journal of Heritage Tourism*, Vol. 14 (June 2017).

Cho, M. "A re-examination of tourism and peace: The case of the Mt. Gumgang tourism development on the Korean Peninsula." *Tourism Management*, Vol. 28, No. 2 (April 2007).

Collier, P., A. Hoeffler, and M. Soderbom. "Post-conflict risks." *Journal of Peace Research*, Vol. 45, No. 4 (July 2008).

D'Amore, L. J. "Tourism: A vital force for peace." *Tourism Management*, Vol. 9, No. 2 (June 1988).

Farmaki, A. "The tourism and peace nexus." *Tourism Management*, Vol. 59 (April 2017).

Fisher, Max. "North Korea. Far From Crazy. Is All Too Rational." *The New York Times*, September. 9, 2016.

Gordon, Colin, ed. *Power/Knowledge: Selected Interviews and Other Writings 1972-1977, Michel Foucault*. New York: Pantheon Books, 1980.

Graham, John L. "Trade brings peace: An essay about one kind of citizen peacebuilding." Paper presented at the Global Ethics & Religion Forum and Clare Hall. Cambridge University:, May 26, 2003.

Guo, Y., S. S. Kim, D. J. Timothy, and K. C. Wang. "Tourism and reconciliation between Mainland China and Taiwan." *Tourism Management*, Vol. 27, No. 5 (October 2006).

Harris, Ian M. "Peace Education Theory." *Journal of Peace Education*, Vol. 1, No. 1 (January 2004).

Jafari, J. "Tourism and peace." *Annals of Tourism Research*, Vol. 16, No. 3 (1989).

Kim, S. S. and B. Prideaux. "An investigation of the relationship between

South Korean public opinion, tourism development in North Korea and a role for tourism in promoting peace on the Korean peninsula." *Tourism Management*, Vol. 27, No. 1 (February 2006).

____________________. "Tourism, peace, politics and ideology: impacts of the Mt. Gumgang tour project in the Korean Peninsula." *Tourism Management*, Vol. 24, No. 6 (December 2003).

Kim, S. S., B. Prideaux and J. Prideaux. "Using tourism to promote peace on the Korean Peninsula." *Annals of Tourism Research*, Vol. 34, No. 2 (April 2007).

Kim, Y. K. and J. L. Crompton. "Role of tourism in unifying the two Koreas." *Annals of Tourism Research*, Vol. 17, No. 3 (1990).

Kissinger Henry. "How to Resolve the North Korea Crisis." *The Wall Street Journal*. August, 14, 2017.

Knopf, R. "Harmony and convergence between recreation and tourism." In J. B. Zeigler and L. M. Caneday, eds. *Tourism and leisure: Dynamic and diversity*. Alexandria, VA: National Recreation and Park Association, 1991.

Lepp, A., H. Gibson, and C. Lane. "Image and perceived risk: A study of Uganda and its official tourism website." *Tourism Management*, Vol. 32, No. 3 (June 2011).

Litvin, S. W. "Tourism: The world's peace industry?" *Journal of Travel Research*, Vol. 37, No. 1 (August 1998).

Mansfield, Y. and T. Korman. "Between war and peace: Conflict heritage and tourism along three Israeli border areas." *Tourism Geographies*, Vol. 17, No. 3 (April 2015).

Maoz, D. "The mutual gaze." *Annals of Tourism Research*, Vol. 33, No. 1 (January 2006).

McDowell, S. "Selling conflict heritage through tourism in peacetime Northern Ireland: Transforming conflict or exacerbating difference?" *International Journal of Heritage Studies*, Vol. 14, No. 5 (August 2008).

McMaster H.R. "North Korean missiles a 'grave threat'." *MSMBC*. August, 6, 2017.

Milman, A., A. Reichel, and A. Pizam. "The impact of tourism on ethnic attitudes: The Israeli-Egyptian case." *Journal of Travel Research*, Vol. 29, No. 2 (October 1990).

Mortenson, G. and D. O. Relin. *Three Cups of Tea: One Man's Mission to Promote Peace*. New York: Penguin Group, 2007.

Novelli, M., N. Morgan, and C. Nibigira. "Tourism in a post-conflict situation of fragility." *Annals of Tourism Research*, Vol. 39, No. 3 (July 2012).

Nyaupane, G. P., V. Teye, and C. Paris. "Innocents abroad: Attitude change toward hosts." *Annals of Tourism Research*, Vol. 35 No. 3 (July 2008).

Park, Geun-hye. "A New Kind of Korea: Building Trust between Seoul and Pyongyang." *Foreign Affairs* 90(September/October 2011).

Pettigrew, T. F. and L. R. Tropp. "A meta-analytic test of intergroup contact theory." *Journal of personality and social psychology*, Vol. 90, No. 5 (May 2006).

Pilecki, A. and P. L. Hammack. "Negotiating past, imaging the future: Israeli and Palestine narratives in inter-group dialogue." *International Journal of International Relations*, Vol. 43 (November 2014).

Pizam, A., A. Fleischer, and Y. Mansfeld. "Tourism and social change: The case of Israeli ecotourists visiting Jordan." *Journal of Travel Research*, Vol. 41, No. 2 (November 2002).

Pizam, A., J. Jafari, and A. Milman. "Influence of tourism on attitudes: US students visiting USSR." *Tourism Management*, Vol. 12, No. 1 (March 1991).

Poria, Y. and G. Ashworth. "Heritage tourism-Current research for conflict." *Annals of Tourism Research*, Vol. 36, No. 3 (March 2009).

Postman, N. *Technopoloy: The surrender of culture to technology*. New York: Vintage Books, 1992.

Pratt, S. and A. Liu. "Does tourism really lead to peace? A global view." *International Journal of Tourism Research*, Vol. 18, No. 1 (January/February 2016).

Pritchard, A., N. Morgan, and I. Ateljevic. "Hopeful tourism: A new transformative perspective." *Annals of Tourism Research*, Vol. 38, No. 3 (July 2011).

Rice, Susan E.. "It's Not Too Late on North Korea." *The New York Times*. August, 10, 2017

Rowen, I. "Tourism as a territorial strategy: The case of China and Taiwan." *Annals of Tourism Research*, Vol. 46 (May 2014).

Saguy, T., N. Tausch, J. F. Dovidio, and F. Pratto. "The irony of harmony: intergroup contact can produce false expectations for equality." *Psychological Science*, Vol. 20, No. 1 (2009).

Sang-Hun. Choe and David E. Sanger. "After North Korea Test. South Korea Pushes to Build Up Its Own Missiles." *The New York Times*. July 29, 2017.

Sanger. David E.. "Talk of 'Preventive War' Rises in White House Over North Korea." *The New York Times*. Aug. 20, 2017.

Selwyn, T. and J. Karkut. "The politics of institution building and European cooperation: Reflection on the EC TEMPUS project on tourism and culture in Bosnia-Herzegovina." In Peter M. Burns and Marina Novelli, eds. *Tourism and politics: Global frameworks and local realities*. New York: Routledge, 2007.

Shin, Y. "An empirical study of peace tourism trends between politically divided South and North Korea: Past, present, & future." *TOURISMOS: An International Multidisciplinary Journal of Tourism*, Vol. 1, No. 1 (April 2006).

Sokolsky. Richard and Aaron David Miller. "Regime Change in North Korea: Be Careful What You Wish For." 38 *North*. August 2, 2017.

Upadhayaya, P. K., U. Muller-Boker, and S. R. Sharma. "Tourism amidst armed conflict: Consequence, copings, and creativity for peace-building through tourism in Nepal." *The Journal of tourism and Peace research*, Vol. 1, No. 2 (March 2011).

Ward, Veda E. "Conflicts of Interest: Plasticity of Peace Tourism and the 21st Century Nation." *Perspectives on Global Development & Technology*, Vol. 8, Issue. 2-3 (2009).

Warrick. Joby. Ellen Nakashima and Anna Fifield. "North Korea now making missile-ready nuclear weapons. U.S. analysts say." *The Washington Post*, August, 8. 2017.

Webster, C. and D. J. Timothy. "Travelling to the 'Other Side': The occupied zone and Greek Cypriot views of crossing the Green Line." *Tourism Geographies*, Vol. 8, No. 2 (November 2006).

Ye, Min. *Comparative Kantian Peace Theory: Economic Interdependence and International Conflict at a Group Level of Analysis*. South Carolina: University of South Carolina Press, 2001.

송영훈

미국 사우스캐롤라이나대학교에서 정치학 박사학위를 받았으며, 서울대학교 통일평화연구원 HK연구교수, 통일연구원 부연구위원 등을 역임하고 강원대학교 정치외교학과 교수로 재직 중이다. 주요 저서는『평화를 만든 사람들 노벨평화상 21』(공저, 2017), 『분단폭력』(공저, 2016), 『재난과 평화』(공저, 2015) 등이 있다.

이태호

홍익대학교와 동대학원에서 미학미술사학과를 졸업하였으며, 전남대학교 교수와 문화재청 문화재위원등을 역임하였다. 현재는 명지대학교 초빙교수이자, 서울산수연구소장으로 활동하고 있으며 2011년에는 우현(고유섭) 학술상을 수상한 바 있다.

서보혁

한국외국어대학교에서 정치학 박사학위를 받았고 서울대학교 통일평화연구원 HK연구교수를 거쳐 현재 통일연구원 연구위원으로 근무하고 있다. 북한연구학회 연구위원장, 통일부 정책자문위원, 외교부 정책자문위원. 최근 저서로『평화학과 평화운동』(공저, 2016), 『배반당한 평화』(2017), 『분단폭력』(공편, 2016), *North Korean Human Rights*(2016) 등이 있다.

이해정

이화여자대학교에서 북한학 박사를 취득하고 현재 현대경제연구원 통일경제
센터장으로 재직 중이다. 현재 대통령 직속 북방경제협력위원회 민간위원과
통일부 정책자문위원을 맡고 있다. 남북경협과 북한을 포함한 다자협력 등
을 연구해왔고 최근 저서로『통일경제의 현재와 미래』(2016),『남북경협이
신뢰회복의 해법이다』(2014) 등이 있다.

이효원

서울대학교 법과대학에서 학사, 석사, 박사학위를 받았고, 서울대학교 법
학전문대학원 교수로 교수로 재직 중이며, 서울대학교 통일평화연구원 대외
협력실장을 맡고 있다. 서울중앙지방검찰청, 대검찰청 등에서 검사로 근무
하였으며, 헌법과 통일법을 전공하였다. 저서로는『평화와 법』(2018),『통
일법의 이해』(2018),『통일헌법의 이해』(2016),『판례로 보는 남북한관계』
(2012),『헌법소송법』(공저, 2012) 등이 있다.

이승열

북한대학교대학원에서 정치통일로 북한학박사를 취득(2009년)하고, 이화
여대 통일학연구원 연구위원을 거쳐 현재 국회입법조사처 입법조사관(북
한/남북관계)으로 재직 중이다. 스웨덴 ISDP(안보개발정책연구원)의 객원연
구원으로 근무하였으며, 주로 북핵문제, 북한체제 변동 등에 관한 연구
를 수행했으며, 최근 논문으로 "Changes in North Korea's Military and
Security Policies and Implications of the Kim Jong Un Era"(2017); "Political
Transition in North Korea in the Kim Jong-un Era: Elites' Policy Choices"
(2017) 등이 있다.

김기석

로스앤젤레스 소재 캘리포니아대학(UCLA)에서 정치학 박사학위를 취득하고 현재 강원대학교 정치외교학과 교수 겸 강원대학교 통일강원연구원 원장으로 재직 중이다. 현재 한국정치학회 부회장, 북한연구학회 부회장, 강원도 남북교류협력위원회 위원 등을 맡고 있다. 일본정치경제, 동아시아 지역협력 등을 연구해 왔고 저서로 『전후 일본패러다임의 연속과 단절』(2017), 『동아시아공동체로의 머나먼 여정』(2015) 등이 있고 논문은 "경제안보연계분석: 동아시아에 대한 적실성의 점검"(2017), "영토분쟁의 경제안보연계분석: 센카쿠/댜오위다오의 사례를 중심으로"(2016) 등이 있다.

이선향

이화여자대학교에서 정치학 박사를 취득하고 현재 강원대학교 정치외교학과 교수로 재직 중이다. 강원대학교 사회과학연구원장 등을 역임하였고, 현재 한국사회역사학회 회장이다. 한국의 정치사회 변동 등을 연구해왔고 최근 논문으로 "한국의 지방자치와 젠더정치의 현실"(2017), "한국사회 인권 거버넌스의 구축과 관료화"(2017) 등이 있다.

임을출

경남대학교에서 정치학 박사를 취득하고 경남대 극동문제연구소 전임교수 겸 북한개발국제협력센터 센터장으로 재직 중이다. 현재 남북정상회담 추진위원회, 청와대 국가안보실, 통일부와 기획재정부 등의 정책자문위원으로 활동하고 있다. 북한경제, 남북경협, 북미관계 등을 연구해왔고 최근 저서로 『김정은 시대의 북한경제』(2016), 『북한관광의 이해』(2017) 등이 있다.

박영호

미국 University of Cincinnati에서 정치학 박사를 취득하고 통일연구원 선임
연구위원을 거쳐 현재 강원대학교 정치외교학과/통일강원연구원 초빙교수
로 재직 중이다. 한국정치학회 부회장, 한국세계지역학회 회장 등을 역임하
였고 현재 통일부 통일교육위원이다. 대북/통일정책, 남북/북미관계, 북한,
외교안보 등을 연구해왔고 최근 저작으로『한반도 통일과 동북아 외교』(공
저, 2017),『남북교류협력의 재조명: 분야별 진단과 과제』(공저, 2015), “한
반도 비핵평화체제 실현을 위한 새로운 접근”(2016) 등이 있다.

ㄱ